LEAH FLEMING

Leah Fleming est née dans le Lancashire, au Royaume-Uni. Mariée et mère de quatre enfants, elle habite dans le Yorkshire. Après avoir exercé de nombreux métiers, elle se consacre désormais exclusivement à l'écriture.
L'Enfant du Titanic (2012) est son premier ouvrage publié en France, suivi de *La Jeune Fille sous l'olivier* (2014) et de *La Carte postale* (2016). Tous ses romans ont paru aux Éditions Belfond et sont repris chez Pocket.

Retrouvez toute l'actualité de l'auteur sur :
www.leahfleming.co.uk

LA CARTE POSTALE

DU MÊME AUTEUR
CHEZ POCKET

L'ENFANT DU TITANIC
LA JEUNE FILLE SOUS L'OLIVIER
LA CARTE POSTALE

LEAH FLEMING

LA CARTE POSTALE

Traduit de l'anglais
par Florence Hertz

belfond

Titre original :
THE POSTCARD
Publié par Simon & Schuster, UK Ltd, Londres

Ce livre est une œuvre de fiction. Les noms, les personnages, les lieux et les événements sont le fruit de l'imagination de l'auteur ou utilisés fictivement. Toute ressemblance avec des personnes réelles, vivantes ou mortes, des événements ou des lieux serait pure coïncidence.

MIXTE
Papier issu de sources responsables
FSC® C003309

Pocket, une marque d'Univers Poche,
est un éditeur qui s'engage pour la préservation
de son environnement et qui utilise du papier fabriqué
à partir de bois provenant de forêts gérées
de manière responsable.

ISBN : 978-2-266-27660-3

Dépôt légal : juin 2018

« En souvenir, devant Dieu, des hommes et des femmes du Mouvement européen de résistance, qui suivirent un entraînement secret à Beaulieu pour engager leur lutte solitaire contre l'Allemagne de Hitler, et qui, avant d'entrer dans les territoires occupés par les nazis, ont trouvé ici un peu de cette paix pour laquelle ils se battaient. »

Plaque commémorative du cloître de l'abbaye de Beaulieu, dans le Hampshire, en Angleterre, inaugurée le 27 avril 1969

Prologue

Adélaïde, Australie, 2002

Le coup de téléphone de la clinique réveilla Melissa en pleine nuit. Une infirmière compatissante avait pris sur elle de l'appeler.

— Votre père vous réclame. Il veut vous parler. Il dit qu'il a besoin de vous demander pardon.

Melissa avait beau savoir que la fin était proche, le choc que lui causa ce message l'empêcha un instant de ressentir autre chose que de la colère.

De quel droit cet homme froid et distant lui demandait-il d'accourir à son chevet à cette heure ? Avait-elle vraiment l'obligation de se lever pour soulager la mauvaise conscience d'un père qui n'en avait presque pas été un ? Lui ne s'était pas dérangé pour la soutenir, quand elle avait perdu sa mère. En dehors d'une aide financière et de quelques promesses creuses, il n'avait jamais été là pour elle.

Et pourtant, comment faire autrement ? Elle appela un taxi, s'aspergea le visage d'eau froide et enfila rapidement un jean et un T-shirt pour aller à la clinique.

Malgré sa rancœur, elle aimait Lew Boyd. Il ne lui restait personne d'autre au monde que ce père abîmé par la boisson, ce chef d'entreprise qui avait fait plier devant lui ses concurrents mais se trouvait comme tout le monde impuissant face à la mort. Et puis, si ce n'était pas pour lui qu'elle répondait à son appel, elle le faisait en mémoire de sa mère.

Le bruit de ses pas résonnait dans le silence des couloirs de la clinique. Elle n'était allée voir son père qu'une seule fois depuis le début de son hospitalisation – et encore, très vite. Elle lui avait apporté du raisin et annoncé une bonne nouvelle : elle venait de remporter une bourse prestigieuse qui lui permettrait d'aller terminer ses études supérieures de chant à la Royal Academy à Londres. Mais sa joie s'était vite éteinte quand elle l'avait vu. Ce n'était plus le même homme : ce grand gaillard autrefois bien en chair s'était desséché. Il n'avait plus que la peau sur les os. Ils avaient un peu bavardé, mais cette déchéance physique l'avait tant perturbée qu'elle s'était vite échappée.

Cette fois, les adieux seraient définitifs. Le cœur lourd, elle se demandait ce que son père espérait de ces regrets de dernière minute. Imaginait-il que cela pourrait changer quelque chose ?

Elle le trouva assis dans son lit, le dos calé par des oreillers, un masque à oxygène à portée de main. Sa peau autrefois brunie par le soleil s'était parcheminée. Ses joues n'étaient que des creux profonds, son crâne, dégarni par la chimiothérapie, ne conservait que quelques cheveux épars. Il n'était plus que l'ombre de lui-même, ce bel homme qu'elle avait admiré malgré elle. En la voyant entrer, il tendit sa main décharnée et dit d'une voix laborieuse :

— Ah, j'avais peur que tu ne viennes pas…

— La clinique m'a appelée pour dire que tu voulais me voir.

Melissa eut honte de sa voix tremblante, et elle attendit que l'infirmière se retire discrètement pour continuer. Elle approcha une chaise du lit, et fut très frappée par l'aggravation de l'état de son père et par sa respiration douloureuse. Comment avait-elle pu envisager de ne pas venir ?

Il tourna vers elle son regard si bleu.

— Je n'ai pas été un très bon père, hein, ma fille ?

— Tu es mon père, c'est tout ce qui compte.

Elle avait beau dire, elle avait beaucoup souffert de son incapacité à communiquer. Il s'était entièrement absorbé par son travail, trop occupé à construire son empire de béton et à faire fortune pour lui prêter attention. Et tout cela pour quoi ?

— Melissa, je te demande pardon. Je ne me suis pas assez intéressé à ce que tu faisais. Je vous aimais, toi et ta mère, vraiment. Et puis il y a eu l'accident de voiture. Sa mort m'a rendu fou et égoïste. Je te demande pardon, ma petite fille. J'ai toujours été tellement fier de toi, de ta voix !

Il s'interrompit, presque vaincu par l'effort que lui avaient coûté ces quelques mots.

— Je me suis souvent demandé de qui tu tenais ton talent. Ni de moi ni de ta mère, c'est sûr. Elle n'avait aucune oreille, la pauvre. Sans doute que ce genre de don saute les générations.

— Ma voix ! Mais quelle importance, ma voix ?

— Ah, il n'est pas facile à comprendre, le bonhomme ! Il faut que je te raconte quelque chose. Une histoire. Mon histoire. C'est important pour moi. Et pour toi.

Il aspira de l'oxygène avant de continuer d'une voix entrecoupée.

— Il y a très longtemps, je suis arrivé ici, en Australie, en bateau. On venait d'Angleterre, ta mamie Boyd et moi. C'était peu après la guerre. Je ne me rappelle plus grand-chose… ni pourquoi on est venus, ni dans quelle ville on s'est installés pour commencer. Ma petite Mel, je ne sais pas qui je suis. Tu verras qu'il n'y a pas d'acte de naissance dans mes papiers. Ta mamie Boyd n'était pas ma mère. Il faut que tu saches tout ça, maintenant que…

Lew n'acheva pas sa phrase, et Mel vit ses yeux se remplir de larmes. Elle lui prit la main.

— Ne t'en fais pas, papa. Tout ça c'est du passé.

— Non, non, c'est très important. Toute ma vie, j'ai souffert de ne pas connaître mes origines. J'ai perdu tous mes souvenirs. Pendant une de mes cures, j'ai vu un psy qui a proposé de me traiter par l'hypnose, mais j'ai refusé. Je le regrette, à présent. J'aurais été obligé de faire face, au lieu de noyer mon malheur dans l'alcool. On ne se comprenait pas bien, toi et moi… Je t'effrayais avec mes cuites et mes colères. Je ne méritais pas l'amour que ta maman m'a donné. Quel gâchis. J'avais tellement besoin de vous ! C'est la faute de ma mauvaise mémoire. Ça me rendait malade. Mes parents étaient gentils, ils voulaient bien faire, mais ils ne me parlaient jamais de mes premières années. J'ai essayé d'interroger ta grand-mère, mais bien trop tard. Elle n'a rien voulu dire. Quand on parlait de ça, elle se refermait comme une huître.

Il s'interrompit en secouant la tête, ébauchant un sourire.

— Ah ! ta mère, je lui dois beaucoup. C'était une femme aimante, et elle m'a ouvert le cœur. Mais j'ai tout raté. Je suis passé à côté de toi, je vous ai négligées. Je croyais que la réussite financière suffirait à faire de moi un bon père, mais j'avais tort. Je voulais que tu sois fière de moi, seulement, on ne peut pas être fière d'un alcoolique.

Melissa ne put que l'interrompre, les larmes aux yeux.

— Tais-toi, ne dis pas ça.

— J'aimerais tellement savoir d'où je viens… Je ne me rappelle rien, sauf une chose, quand j'étais petit… Un jour, tu auras des enfants toi aussi, et je veux que tu puisses leur parler de leur histoire, qu'ils sachent d'où leur viennent leurs qualités et leurs défauts ! J'ai laissé des affaires pour toi chez mon notaire, Harry Webster. Promets-moi d'aller le voir quand je serai parti, et de chercher…

— De chercher quoi… ? demanda Mel en se penchant pour mieux l'entendre.

— Quand tu iras en Angleterre, tu chercheras les lieux de mon enfance. Là-bas, tu rencontreras peut-être des gens qui pourront te renseigner. J'aurais voulu mener l'enquête moi-même, mais maintenant, pour moi, c'est trop tard. Tout ce que je sais, c'est que ta mamie n'était pas ma vraie mère. Il y avait une dame, une Anglaise, qui est venue me voir en Australie quand j'étais petit… Mel… Il faut que tu découvres qui était cette femme et pourquoi je ne l'ai plus jamais revue. Elle est peut-être encore en vie. Je t'en prie, ma petite fille, il faut faire vite. Tu veux bien ? Pour moi ?

Mel était effrayée. C'était beaucoup lui demander.

— Tu aurais dû m'en parler plus tôt ! On aurait pu entreprendre les recherches ensemble.

— Je n'y ai pas beaucoup pensé avant de devenir malade. Et puis après, avec la chimio, ça m'est complètement sorti de la tête.

Lew se laissa retomber sur ses oreillers, comme vidé de son souffle.

— Va voir le notaire, il t'aidera… Et pardon d'avoir été aussi peu là pour toi.

Ce furent les derniers mots intelligibles qu'il prononça.

L'infirmière entra discrètement dans la chambre et y trouva Mel en pleurs. C'était presque l'aube.

— Sortez un peu pour respirer, cela peut durer un certain temps.

— Non, je reste, murmura-t-elle. Je ne veux pas le laisser seul.

Deux semaines plus tard, un après-midi, Mel, vêtue du tailleur noir habituellement réservé à ses auditions, alla dans King William Street et monta jusqu'à l'étude de Harry Webster et associés pour son rendez-vous. Elle avait attendu de se sentir assez forte pour aller voir le notaire, mais ce laps de temps avait en fait accentué son malaise et ses interrogations. Elle avait hâte de mieux comprendre les révélations de son père.

Harry Webster était un homme robuste de l'âge de Lew. Son nez cassé et la largeur de ses épaules lui donnaient une allure de rugbyman ; ses joues roses et son sourire, une bonhomie rassurante. Il ne la fit pas attendre et l'accueillit directement dans son bureau, une pièce où s'entassaient les dossiers, les livres, et où traînaient des tasses à café vides. Sur les murs s'alignaient diplômes et certificats, mais sur la table des trophées sportifs servaient de presse-papiers.

— Toutes mes condoléances, Melissa. Lew était très fier de vous. Je sais que vous avez obtenu l'Elder Hall Award, une belle récompense… Nous nous connaissions depuis très longtemps, votre père et moi. Depuis nos années de collège. Un homme très ordonné, ajouta-t-il en jetant un regard amusé au fouillis qui l'entourait. En cela comme en beaucoup d'autres choses, nous étions très différents. Mon père connaissait bien les Boyd et s'occupait déjà de leurs affaires familiales quand je suis devenu ami avec Lew.

Il jeta à Mel un regard pénétrant, puis alla ouvrir une armoire pleine à craquer. Il en sortit une boîte à chaussures en rattrapant au passage des dossiers qui menaçaient de dégringoler par terre. Il porta la boîte jusqu'à son bureau, dégagea quelques papiers pour faire de la place et la posa devant Mel. Elle attendait, si impatiente qu'elle en oubliait presque de respirer. Elle allait enfin savoir.

Harry tapota la boîte du bout du doigt.

— Lew est venu me voir il y a six mois, dès qu'il a appris qu'il était malade… Il m'a demandé d'ouvrir ce carton après sa mort, ce que j'ai fait. Il contient une lettre qui vous est destinée, ainsi que quelques objets personnels. Du côté financier, il vous a laissée bien pourvue. La succession est simple : l'appartement est à vous, et le capital fournit des revenus qui vous permettront de voyager sans vous inquiéter.

Il lui indiqua qu'elle pouvait prendre la boîte.

— Je crois qu'il a mis là-dedans tout ce qui lui restait de son passé… Ce qui n'est pas grand-chose. Les Boyd n'étaient pas ses parents biologiques. J'ai compris qu'il regrettait de ne pas avoir entrepris de démarches pour connaître ses origines, mais vous le connaissiez… Il n'avait parfois pas beaucoup de suite dans les idées.

C'était une façon aimable de décrire les conséquences de la boisson sur le comportement de Lew Boyd : promesses en l'air, anniversaires oubliés, sorties annulées. Mel avait appris très jeune à ne rien attendre de lui et à profiter comme elle pouvait des rares moments qu'ils passaient ensemble. Malgré cette relation plus qu'imparfaite, son père lui manquait terriblement.

— On a beaucoup parlé dans la presse des faux orphelins expédiés en Australie après la guerre, reprit le notaire, mais je ne pense pas qu'il ait fait partie de ces malheureux-là. Il ne m'a pas dit grand-chose, sauf que les Boyd lui avaient sauvé la vie, comme vous devez le savoir.

— Mon père ne m'a appris que sur son lit de mort qu'ils n'étaient pas mes vrais grands-parents ! J'aurais voulu qu'il m'en parle plus tôt, au lieu d'en faire tout un mystère.

Harry prit place dans son fauteuil en poussant un soupir.

— Ah, c'est un syndrome bien connu, vous savez. J'ai connaissance d'un certain nombre d'affaires semblables : des gens sans passé, comme Lew. Ils ne se souviennent de rien parce que personne n'a ravivé leur mémoire dans leur enfance. C'est facile d'oublier, quand on ne peut pas parler de ce qui est arrivé. Peut-être aussi a-t-il été maltraité. Cette sorte d'amnésie joue sans doute un rôle protecteur. Tout ce que nous pouvons espérer, c'est que le contenu de ce carton vous fournira des indices suffisants pour vous permettre de reconstituer la vérité, comme il le souhaitait… Je n'ai pas ouvert la lettre qui vous était adressée. J'espère qu'il vous y indique des pistes. Je sais qu'il n'a pas été un très bon père, mais il était fier de vous.

Mel prit la boîte à chaussures sans l'ouvrir.

— Merci. Je regarderai tout ça tranquillement chez moi.

— Si vous avez besoin de mon aide, n'hésitez pas.

Harry quitta son fauteuil pour la reconduire à la porte.

Dans la rue, elle fut assaillie par la chaleur, l'intense lumière du soleil et le bruit de la circulation. Ayant prévu d'aller directement au conservatoire sans repasser chez elle, elle déposa le carton dans son casier, où il resta toute une semaine. Elle avait tant à faire pour préparer son prochain voyage, régler les formalités liées à sa bourse, terminer ses inscriptions, qu'elle le reprit seulement le vendredi soir.

Malgré sa hâte de savoir, elle redoutait tant ce qu'elle allait découvrir qu'il lui fallut encore une semaine pour se décider à soulever le couvercle.

Un soir, prenant son courage à deux mains, elle s'arma d'une bouteille de shiraz et d'une bonne tablette de chocolat au lait et elle l'emporta dans l'appartement de son père.

C'était un lieu sans âme où elle n'aurait pas aimé vivre – trop sombre, trop dépouillé mis à part ses canapés de cuir noir et ses tables à plateau de verre. Il lui sembla encore plus vide que d'habitude. Toutefois, elle y percevait encore un peu de la présence de son père, et c'était pour le sentir à côté d'elle qu'elle avait voulu venir là.

Elle se versa un grand verre de vin, puis elle s'assit pour ouvrir la lettre qui lui était adressée. L'écriture si familière la bouleversa. Dans l'enveloppe, il y avait aussi une carte postale qui tomba par terre. Elle la ramassa. Le timbre était anglais, à l'effigie d'un roi et d'une reine, et elle était adressée à « Monsieur Desmond Lloyd-Jones, aux bons soins de Mme Kane, Ruby Creek, Australie du Sud ».

Dans l'espace réservé au message, il n'y avait qu'une phrase : « À mon cher petit Desmond, de la part de sa maman qui l'embrasse bien fort. »

Mel retourna la carte pour voir l'image : une photographie aux tons sépia d'un petit village au bord d'une étendue d'eau.

Elle prit la lettre d'une main tremblante.

Ma chère Mel,

Pardonne-moi de ne pas t'en avoir parlé plus tôt, mais j'aimerais que tu te penches sur le mystère de ma naissance, et que tu te charges des recherches que je n'ai pas eu le courage d'entreprendre moi-même. Je sais que je te dois des explications…

J'ai découvert la carte postale que tu trouveras dans cette enveloppe il y a des années. Je suis tombé dessus par hasard en rangeant les affaires de ta mamie Boyd. La carte s'était perdue au milieu d'un paquet de lettres d'amour de mon père. Elle ne l'avait sûrement pas gardée pour rien, et quand j'ai vu la photo, et à qui elle était adressée, j'ai tout de suite compris qu'elle avait un rapport avec moi. Je ne sais pas pourquoi, mais j'ai eu ce sentiment très fort, comme un souvenir qui n'arrive pas à remonter à la surface. Seulement, quand j'ai demandé à mon père une explication, il s'est moqué de moi et il a dit que c'était bon pour la poubelle, juste une carte que ta mamie avait gardée parce que la photo lui rappelait l'Écosse, l'endroit où elle avait vécu avant la guerre. J'ai eu la nette impression qu'il me racontait des histoires, alors je l'ai conservée précieusement.

Je ne me rappelle pas clairement mon arrivée en Australie. Je ne garde que des bribes de souvenirs, comme ces morceaux de verre de couleur qui tournent dans les kaléidoscopes. Les images se forment et se défont dans ma mémoire sans s'y attarder. Je me souviens de l'odeur métallique du bastingage sur le bateau, de la peinture grise qui s'écaillait, des embruns sur mes joues. Je retrouve parfois quelques fragments de souvenirs dans mes rêves. Certains sont durs, lourds comme du plomb. J'ai l'impression d'être arrêté par un énorme mur dans lequel seul un petit trou permet d'apercevoir un jardin fleuri. Je ne suis pas très calé en poésie, comme tu le sais, et je ne m'y connais pas du tout en fleurs. Sauf pour les roses : j'identifie toujours le parfum des roses.

Je ne cherche pas à attirer ta pitié, mais il me semble que j'ai volontairement effacé mes souvenirs parce qu'ils étaient trop difficiles à supporter. Si j'avais eu plus de courage, si j'avais été capable d'affronter la réalité, tu aurais peut-être été fière de moi au lieu de ne me connaître qu'à travers mes faiblesses et de mal me juger. Les Boyd étaient de bonnes personnes, mais ils n'arrivaient pas à combler mon besoin d'affection. Seule ta mère a pu rattraper un peu ce manque. Je regrette de n'avoir pas su mieux mener mon enquête. Je te passe le relais. Il s'agit de découvrir pourquoi je suis devenu l'homme que tu connais, avec tous ses défauts. Moi je l'ignore, parce qu'une barrière se dresse entre moi et mon passé.

Je te connais. Je sais que tu mèneras l'enquête jusqu'au bout, mais surtout ne laisse pas cette affaire nuire à ton travail. Je te souhaite une très belle vie pleine de musique. J'espère malgré tout que j'aurai éveillé ta curiosité. C'est important de connaître ses origines. Il y a sûrement des gens qui pourront te renseigner, mais ne traîne pas trop, parce qu'ils ne seront peut-être plus très longtemps de ce monde.

Je veux que tu saches que je vous ai beaucoup aimées, ta maman et toi, et je te demande de me pardonner d'avoir été un aussi mauvais papa.

Lew

Les larmes de Mel brouillaient sa vue. Elle pleurait pour tous les malentendus, toutes les disputes vaines, et elle se sentait plus seule que jamais.

Elle s'essuya les yeux et entreprit d'explorer la boîte. Au fond, elle trouva des médailles de natation, des photos, dont l'une dédicacée par une comédienne coiffée d'un chapeau des années 40 à large bord. Il y avait aussi une médaille militaire au ruban fané, gravée de quelques mots en langue étrangère.

Mel sentit de nouveau monter la colère. Elle eut envie de tout jeter. Malgré ce qu'imaginait son père, elle n'avait pas l'impression d'être liée à son histoire. Pourquoi fallait-il qu'elle s'encombre de la recherche d'ancêtres mystérieux alors qu'elle s'apprêtait justement à commencer une nouvelle vie à Londres ? Mais c'étaient les derniers soubresauts de son désir d'indépendance : elle finirait fatalement, elle le savait, par obéir aux dernières volontés de son père. Comment faire autrement ? D'ailleurs, ce départ à Londres prévu de longue date semblait être un signe du destin.

PREMIÈRE PARTIE

Callie
1923-1945

When they begin the biguine
It brings back the sound of music so tender
It brings back the night of tropical splendour
It brings back a memory evergreen.

« Quand ils commencent la biguine
Revient le son d'une musique chère à nos cœurs
Revient la nuit d'une tropicale splendeur
Revient le souvenir de nos racines. »

Begin the Biguine,
paroles de Cole Porter, 1935

1

Caroline courait en boitillant, penchée pour tenir son genou égratigné. Elle sortit du bois et traversa le jardin pour rentrer à Dalradnor Lodge. Elle avait du mal à retenir ses larmes, vexée d'être tombée du balai de sorcière et de s'être exposée aux moqueries des deux frères Laird. Caroline savait parfaitement qu'elle avait juste enfourché une vieille branche noueuse, et non l'instrument du diable, mais cela ne l'avait pas empêchée de se faire mal. Ne voulant pas trahir la moindre faiblesse devant les jumeaux, elle était partie à toutes jambes pour cacher ses yeux humides et aller se faire consoler par Marthe.

À la mi-septembre, la saison des mûres apportait dans la cuisine une délicieuse odeur de confiture. Mme Ibell, la gouvernante, remplissait les pots vides de marmelade de Dundee avec de la gelée couleur rubis. C'était aussi le temps de la cueillette des châtaignes, des noisettes et des champignons.

En déboulant dans l'entrée, Caroline faillit se cogner à un visiteur en veste de tweed et culotte de cheval qui contemplait les tableaux au bas de l'escalier. Il s'était retourné en entendant le bruit de sa course, et il dévisagea avec intérêt la fillette qui s'arrêtait devant lui. Avec son kilt, son gros pull à torsades effiloché et ses chaussettes maculées de boue, elle avait l'air d'une sauvageonne.

— Eh bien, jeune fille, qui va là ? Vêtue aux couleurs du clan, qui plus est…

Mme Ibell apostropha Callie depuis la porte de la cuisine avec son fort accent écossais.

— Pardi, gamine, regardez-moi dans quel état vous vous êtes mise ! Que va penser de vous sir Lionel ? Il va dire que la nièce de Mlle Phoebe est un vrai petit démon.

— Elle est pleine de vie… remarqua le vieil homme avec un sourire. Et quel âge a-t-elle, cette petite, déjà ?… Six ans, je crois ? Six ans demain.

— Sept ans ! corrigea Caroline, outrée.

Et puis, se rendant compte qu'il était bien étonnant que ce vieux monsieur connaisse la date de son anniversaire, elle lui sourit. Peut-être venait-il lui offrir un cadeau ! Mais devant l'intensité avec laquelle il l'observait, la timidité l'envahit, et elle baissa le nez.

— Elle est grande pour son âge, il me semble. Et un vrai garçon manqué ! ajouta-t-il avec indulgence.

— Ah, pour ça, c'est sûr, grommela la gouvernante. Et ça galope dans les bois, et ça patauge dans la boue. Sa tante lui rapporte des belles robes de Londres, mais croyez-vous qu'elle est contente ? Pas du tout. Pour les lui faire enfiler, il faut se lever de bonne heure. Mais ça doit vous ennuyer, tout ça. Bien contente de vous voir de retour pour la chasse. Comment va la famille ?

— La famille se maintient. Ma femme est toujours sous le coup de la mort d'Arthur. Verity regrette auss beaucoup son frère et elle se sent très seule : tellement peu de jeunes gens en sont revenus… Enfin, je suis heureux de retrouver Dalradnor Lodge animé par un peu de jeunesse. Rien de tel que la vitalité des enfants pour redonner vie à une maison. Elle a l'air de se plaire ici. Et c'est donc la nièce de Phoebe, cette petite Caroline ? continua-t-il en scrutant toujours l'enfant.

— Je préfère qu'on m'appelle Callie… Je me suis fait mal, ajouta Caroline en désignant son genou meurtri.

— Il ne se passe pas un jour sans qu'elle revienne en sang, cette gamine ! grogna Mme Ibell. Allez, Mademoiselle, filez là-haut voir Marthe pour qu'elle vous nettoie ce genou et qu'elle vous change. Vous êtes dans un état !

Callie, qui aurait préféré rester pour satisfaire sa curiosité, obéit à contrecœur pendant que Mme Ibell reprenait sa conversation avec le visiteur.

— Voilà bien longtemps qu'on ne vous a pas vu, sir Lionel. Ah, quel malheur ! Ce pauvre M. Arthur… Restez donc un peu. Je ne sais pas à quelle heure Mlle Phoebe doit arriver…

— Je vous remercie, mais je dois rentrer. Je voulais simplement revoir la maison. Heureux de constater que vous tenez toujours la barre d'une main ferme, Nan.

— Je suis contente de m'occuper de la petite maintenant. C'est une coquine, mais bien vive, et c'est Marthe, sa nounou, qui se charge d'une grande partie du travail. Elle est courageuse, cette Marthe, pour une étrangère. Mlle Phoebe, elle, n'est jamais là. Elle est toujours partie pour ses rôles à Londres.

— Je pensais qu'elle avait abandonné le théâtre…

Du haut de l'escalier, Callie, qui n'en perdait pas une miette, se sentit obligée d'intervenir.

— Tante Phee va jouer dans des films ! Elle a promis de m'emmener au cinéma à Glasgow pour mon anniversaire… Vous m'avez apporté un cadeau ?

— Caroline ! s'indigna Mme Ibell.

Le vieux monsieur se contenta de rire.

— Elle a raison : qui ne demande rien n'a rien. Je vais voir si je peux te dénicher quelque chose, jeune fille.

— De mon temps, c'était malpoli de réclamer ! protesta la gouvernante. Allez, filez ou vous n'aurez rien du tout. Toutes mes excuses pour cette petite effrontée.

Callie courut jusqu'à sa chambre et y trouva Marthe, assise dans le fauteuil à bascule, en train de repriser le chemisier de son uniforme d'école auquel elle avait fait un accroc.

Du plus loin que Callie s'en souvienne, Marthe s'était occupée d'elle. Elle l'habillait, lui racontait des histoires en la mettant au lit. Marthe, Nan Ibell et Tam, le jardinier, étaient les trois adultes qui gouvernaient son existence ; et les jumeaux, Nairn et Niven, ses deux meilleurs amis. Elle ne trouvait qu'un seul défaut à cette vie de rêve : elle aurait tout donné pour ne pas être une fille.

Marthe nettoya le genou de Callie qu'elle entoura d'un bandage avec une tendresse qui fit s'envoler la douleur. Après avoir lavé la fillette, elle la fit se coucher pour sa sieste.

— Allez, un petit dodo. Si vous dormez maintenant, vous pourrez veiller un peu plus tard ce soir pour guetter l'arrivée de Mlle Phoebe.

Mais Callie était trop excitée pour dormir. Quand sa tante Phoebe venait, elle apportait toujours des cadeaux, des livres d'images, des bonbons dans de jolies boîtes – et elle avait des quantités d'histoires à raconter. Pour l'occasion, Mme Ibell préparait des scones délicieux qu'elle servait avec de la confiture de framboises et de la crème fraîche, des quatre-quarts, des tartes salées. La table de la salle à manger était déjà prête, parée d'une nappe en dentelle, l'argenterie sortie, et les jolies tasses en porcelaine posées sur leurs soucoupes. Tante Phoebe venait toujours pour son anniversaire, qui tombait pendant les vacances scolaires. Puisque Callie n'allait pas à la petite école de Mlle Lewis, elles pourraient s'amuser ensemble toute la journée. Tante Phoebe avait déjà promis dans une carte postale qu'elles prendraient le train dès le lendemain de son arrivée pour aller en ville.

Marthe et Nan étaient son pain quotidien, alors que tante Phoebe était de la brioche – une gâterie toute spéciale pour les jours de fête. Callie avait un millier de choses à lui raconter : le nid de hibou dans la forêt, les nouvelles fleurs pressées dans son herbier, les chansons belges que Marthe lui avait apprises, les points de couture qu'on lui enseignait en classe. Elle se réjouissait aussi de montrer à sa tante comme elle écrivait bien son nom.

Elle avait collé dans un album toutes les cartes postales que sa tante Phee lui avait envoyées de ses voyages avant la fin de la guerre : Biarritz, Paris, Malte, la tour de Londres et le port du Havre. À l'armistice, les cloches avaient sonné dans le village de Dalradnor et tante Phee était revenue, la peau brunie par le soleil, rapportant des poupées folkloriques à exposer dans la vitrine. Callie n'avait pas le droit de les prendre pour jouer, mais cela ne la dérangeait pas parce qu'elle n'aimait pas beaucoup les poupées. Elle préférait son âne en peluche harnaché d'une vraie selle, sa paire de sabots danois et son collier de perles bleues vernissées.

Dans la petite école de Mlle Lewis, Callie était la seule à pouvoir se vanter d'avoir pour tante une célèbre comédienne qui portait de belles robes, de beaux manteaux de fourrure et de beaux chapeaux. Callie savait qu'elle était orpheline et qu'elle avait beaucoup de chance d'avoir été recueillie par sa tante. Elle trouvait triste que ses deux parents soient morts peu de temps après sa naissance, mais elle aimait vivre à Dalradnor et elle était fière de sa tante. Marthe lui racontait souvent que Mlle Phoebe avait servi sa patrie en allant chanter des chansons aux troupes pendant la guerre pour soutenir leur moral. Quand les combats avaient pris fin, on avait érigé sur la place du village une grande croix avec les noms des morts pour la patrie gravés à l'or. Callie arrivait à les lire presque tous. Si l'apprentissage de la lecture n'allait pas sans mal, elle connaissait en revanche le nom de toutes les fleurs, de tous les oiseaux et de tous les arbres du jardin et des bois alentour. Tam lui avait appris à reconnaître les oiseaux à leur chant. Elle savait où trouver les œufs de grenouille et les têtards au printemps, ainsi que les nids de merle. Marthe l'emmenait parfois en pique-nique sur les bords du loch. Au menu, il y avait du pâté en croûte, des sandwichs, du cake et des Thermos de thé bien chaud.

Callie avait en horreur les jours de pluie qui l'obligeaient à rester cloîtrée dans la maison. La neige au contraire annonçait les parties de luge, les bonshommes de neige. Elle allait aussi souvent à la cuisine pour voir Nan, et écouter Effie Drummond – une fille du pays qui la secondait – raconter des contes de fées et des histoires de fantômes. Callie avait alors le droit de lécher le fond des bols et de découper la pâte à tarte.

Au lieu de faire la sieste, elle serait bien allée à la cuisine avec ses coloriages, mais cet après-midi il fallait rester couchée. C'était fort ennuyeux, cependant elle eut l'idée de fermer les yeux pour que Marthe quitte la chambre en la croyant endormie : alors elle partirait sur la pointe des pieds, confiant la garde de la porte à M. Dapple, son âne en peluche.

Callie adorait sa chambre, avec son lit de cuivre et sa courtepointe en patchwork. Elle avait une commode pour elle toute seule, aux tiroirs parfumés par des brins de lavande, où ses vêtements étaient rangés entre des feuilles de papier de soie. La plupart du temps, elle était vêtue de son uniforme scolaire : une veste et une jupe vert bouteille, portés sur des culottes bouffantes comportant une petite poche tout exprès pour son mouchoir, un chemisier blanc et un cardigan vert tissé de filets d'or. Pour compléter le tout, il fallait mettre des chaussettes hautes et épaisses en laine qui grattaient et un grand chapeau de feutre vert ceint du ruban de la petite école. Callie n'avait qu'une hâte, en rentrant chez elle : se changer pour retrouver son gros pull et son kilt du clan Ross. Rosslyn étant l'un de ses prénoms, sa tante Phee lui avait expliqué qu'elle pouvait porter les couleurs du clan. Le kilt venait de chez Lawrie, le tailleur spécialisé de Glasgow, et il était rouge à motif écossais vert et bleu.

Elle aurait été au comble du bonheur si elle avait pu courir la lande toute la journée comme un garçon avec les jumeaux. Elle détestait la robe à smocks, les socquettes blanches et les sandales du dimanche. Ses cheveux ne lui plaisaient pas non plus : elle suppliait depuis des mois qu'on les lui coupe court, comme tante Phee. Mais Marthe ne voulait rien entendre, affirmant que cela portait malheur de couper les cheveux aux petites fille avant l'âge de douze ans. Alors il fallait se résigner aux longs démêlages et aux nattes pour aller à l'école.

Callie se tournait d'un côté puis de l'autre sous la couverture, incapable de trouver le sommeil. La dernière fois qu'elle avait vu sa tante, c'était à Pâques, pour la chasse aux œufs. Tante Phee était venue avec son amie, tante Kitty. Tante Kitty était infirmière dans un grand hôpital. C'était une dame sévère qui faisait un peu peur. Cependant, Marthe se réjouissait toujours de la voir, car le père de tante Kitty, le révérend Farrell, avait sauvé les parents de Marthe et ses frères et sœurs en les hébergeant chez lui pendant la guerre. La famille de Marthe était de retour à Bruges, en Belgique, où son père était professeur, mais un de ses frères était parti au Canada. Callie avait très peur qu'un jour Marthe ne rentre chez elle. « Ce serait terrible, surtout si près de mon anniversaire », pensa-t-elle. Et ce vieux monsieur qu'elle avait croisé dans l'entrée ? Pouvait-elle compter sur un cadeau de sa part ? Elle serra dans ses bras son chaton en peluche, Smoky, et ferma bien fort les yeux en se chantant sa berceuse flamande favorite pour s'endormir : « *Slaap, kindje, slaap. Daar buiten loopt een schaap...* »

2

Phoebe Faye regardait défiler le paysage par la fenêtre de son compartiment. En sortant des quais enfumés et des tunnels de la gare de Buchanan, le train passait devant des immeubles, puis les grandes grues des docks de la Clyde. Ensuite, on continuait vers le nord en longeant les jardins verdoyants de la banlieue de Bearsden et Milngavie, puis on traversait la lande en s'élevant vers les monts Campsie. Phoebe ne se lassait pas de cette dernière partie du voyage et attendait avec impatience l'accueil chaleureux que lui réservaient toujours Nan, Effie et Marthe. Tam l'attendrait à la gare, et elle se faisait une joie de l'informer qu'elle avait acheté au garage de Glasgow une automobile qui devait être livrée le lendemain. Il apprendrait vite à la conduire, et on la remiserait tout simplement dans l'écurie.

Phoebe ne quittait pas de gaieté de cœur l'animation londonienne, mais, ayant fait installer depuis peu un téléphone à Dalradnor Lodge, elle allait pouvoir rester en contact avec la capitale et être rappelée rapidement en cas d'audition. La saison de la chasse était toujours une période tranquille en ville, et comme, en Écosse, les enfants restaient en vacances en septembre, elle jouirait pleinement de sa visite. Elle s'occuperait de Caroline pour alléger le travail de Nan et de Marthe et profiterait de ces quelques jours pour la gâter, l'emmener se promener, pique-niquer et faire quelques sorties culturelles. C'était son anniversaire, après tout. Trop de temps s'était écoulé depuis Pâques, et Phoebe s'attendait à voir Callie grandie et changée. Il n'était même pas sûr que les vêtements qu'elle lui apportait seraient à sa taille. Elle aurait voulu venir plus tôt, mais elle n'avait pas réussi à se libérer, la pièce dans laquelle elle jouait ayant eu pour une fois un peu de succès. Ensuite il avait fallu rester afin de passer une audition pour le cinéma, qui n'avait malheureusement rien donné.

Mais plus le paysage devenait sauvage et montagneux, plus sa joie se mêlait d'angoisse et de culpabilité. Elle redoutait les retours à Dalradnor. Le souvenir de sa toute première visite en Écosse restait trop vif. Encore sous le choc de la mort d'Arthur et de la lecture du testament qui lui laissait Dalradnor Lodge, elle avait trouvé très long le trajet vers le nord avec Marthe et le bébé. Il lui avait semblé partir en exil. Et pourtant, quand elle avait ouvert la grille dans la nuit constellée d'étoiles et vu la maison, elle avait compris la valeur de ce refuge.

Lorsqu'elle avait frappé, on avait allumé une lampe et la gouvernante, qui avait été prévenue de leur arrivée, avait ouvert.

— Quel malheur, la mort de Monsieur. Mais qu'est-ce que vous nous apportez là ? Voyons voir ça...

La gouvernante avait examiné le bébé emmailloté, son petit visage tout juste visible entre les plis de sa couverture.

— On ne m'avait pas dit qu'il y avait un mioche !

— Je vous présente ma nièce, Caroline. Ses parents ont trouvé la mort dans un accident. Je suis la seule famille qui lui reste… Et voilà sa nounou, Marthe, avait ajouté Phoebe en désignant la jeune Belge.

Le mensonge était là, tout prêt, et n'attendait que d'être prononcé. Depuis sept ans, elle l'entretenait pour protéger sa fille. Dans ce monde, mieux valait être orpheline qu'enfant illégitime. Et puis cet arrangement avec la vérité lui avait permis au début de continuer à participer à l'effort de guerre. La situation ne lui plaisait pas, mais elle avait essayé de faire pour le mieux.

Sa décision de laisser Caroline en Écosse les séparait pendant de longues périodes, mais en contrepartie cela comportait de nombreux avantages. La maison était située dans un beau parc, un terrain de jeu idéal pour un enfant, au grand air, à un kilomètre seulement du village.

La première année après la mort d'Arthur, Phoebe avait vécu elle aussi à Dalradnor Lodge. Elle avait beaucoup pleuré, beaucoup souffert, mais elle avait peu à peu repris le dessus. Protégée par son secret, elle s'était gagné l'affection de son personnel et des habitants du village, qui avaient du respect pour la famille Seton-Ross et l'avaient adoptée en apprenant qu'elle avait été la fiancée d'Arthur. Quoi de plus triste que cette disparition à quelques jours seulement du mariage ?

Et puis, le temps passant, les feux de la rampe lui avaient manqué. Elle avait accepté peu à peu de remonter sur les planches, en commençant par quelques représentations semi-privées pour distraire les patients d'un hôpital militaire. Erskine House, un magnifique château au bord de la rivière Clyde, non loin de Dalradnor, était spécialisé dans la rééducation des mutilés de guerre. Elle avait chanté dans la salle commune, choisissant le répertoire de ses spectacles d'avant-guerre, et pris le thé avec les malades sur la terrasse dominant l'estuaire et ses énormes navires. Il lui était arrivé d'emmener Caroline, mais la petite ayant eu peur des gueules cassées, elle l'avait ensuite laissée à Dalradnor. Plus tard, on lui avait proposé de se joindre à la tournée des concerts de la YMCA, et Phoebe avait préféré participer à l'animation des armées plutôt que de rester chez elle à ne rien faire. Elle avait eu du mal à se séparer de Caroline, mais en voyant que sa fille ne souffrait pas de ses absences grâce aux bons soins de Marthe, elle avait repris ses activités.

Seule Kitty l'avait fait douter. Son amie, après avoir contracté la dysenterie à Salonique dans un hôpital militaire où elle était infirmière, était venue à Dalradnor passer sa convalescence au grand air. En comprenant la situation, elle ne lui avait pas épargné les reproches.

— Tu es folle d'abandonner cette pauvre gosse ici, au fin fond de nulle part. Et en te faisant passer pour sa tante !

— C'est mieux comme ça, je t'assure.

— Mieux pour qui ? Un mensonge, c'est toujours dangereux, même inspiré par les meilleures intentions.

Ah ! Phoebe, quand cesseras-tu de vouloir gagner sur tous les tableaux ? Callie est ta fille. Comment peux-tu supporter de lui cacher la vérité ?

— Elle est trop jeune pour comprendre. Je lui expliquerai plus tard. Tu vois comme elle est heureuse. C'est un très bel endroit pour élever un enfant.

— Tu le regretteras un jour, je t'assure ! Je comprends les avantages, évidemment. De cette façon, les gens ne sont pas choqués et Callie est heureuse, mais on paie toujours un jour ou l'autre le prix de ses mensonges. Fais attention. Je te conseille de lui apprendre la vérité le plus tôt possible.

Phoebe avait beau respecter l'opinion de son amie, elle n'était pas prête à l'écouter. Pourtant, Kitty n'était pas la seule à réprouver son choix. À Londres, aucun de ses amis ne le comprenait, sans doute parce que la vie dans la capitale était beaucoup plus libre. Après l'existence aventureuse qu'elle avait menée au sein du corps médical des infirmières écossaises, la pauvre Kitty avait retrouvé avec difficulté les rigueurs d'un hôpital londonien et ses vieux parents dont elle devait s'occuper. La troisième de leur petit groupe d'anciennes colocataires, Maisie Gibbons, les avait étonnées en quittant la scène pour monter une école de danse et de comédie à Kensington avec Billy Demaine, son partenaire sur les planches. Tous présents à la naissance de Caroline, ils lui avaient promis le secret mais sans approuver sa décision.

Phoebe n'avait jamais dit à Kitty que Billy, en apprenant la mort d'Arthur, lui avait proposé de l'épouser et de donner son nom à l'enfant. C'était une solution, certes, mais plus douloureuse que le subterfuge qu'elle avait trouvé. Billy était un ami très cher, cependant, si elle l'avait épousé, elle aurait vécu un mensonge bien plus grave que celui qu'elle avait choisi. La proposition était généreuse, mais intéressée. Un mariage aurait permis à Billy de défendre sa propre réputation en écartant tout soupçon sur ses préférences… même si dans la profession personne n'ignorait ses penchants homosexuels. Dans ces conditions, quelle valeur aurait eue leur mariage ?

Maisie avait beaucoup envié ce beau bébé à son amie.

— Attention, l'avait-elle avertie, tu vas te priver de la voir grandir. Si j'avais une fille, je ne laisserais pas une autre femme l'élever. Tu ne connais pas ta chance d'avoir un enfant.

Phoebe n'en était en effet pas convaincue : ses responsabilités lui pesaient. Elle devait jouer le double rôle de père et de mère, gérer leur budget, régler la vie à Dalradnor depuis Londres, s'assurer que les factures étaient payées et que personne ne manquait de rien, tout en poursuivant sa carrière. Dans son rôle de tante, elle était au moins libre de ses mouvements, et pouvait partir travailler sans être jugée mauvaise mère.

Elle adorait Caroline, pourtant, et elle avait toujours hâte de la retrouver. Quelle joie c'était de la voir accourir à son arrivée et se jeter dans ses bras en criant :

— Tante Phee, tante Phee, te voilà enfin !

Phoebe la faisait tourner avec elle jusqu'à ce que, étourdies, elles tombent ensemble sur la pelouse. Mais son mensonge lui pesait, et elle redoutait le jour où la vérité éclaterait. C'était un grand malheur qu'Arthur n'ait jamais vu sa fille et n'ait pas pu lui donner son nom. Si elle révélait la vérité, Caroline ne serait plus qu'une enfant illégitime, et Phoebe serait marquée par l'appellation infâmante de « fille mère ». Le sort des femmes qui s'écartaient du droit chemin n'était pas enviable.

Elle n'avait jamais confié son secret à son père, mort brutalement pendant l'épidémie de grippe espagnole, et, ayant honte de ses origines, elle s'était coupée du reste de sa famille. Jamais elle ne parlait de son enfance pauvre dans un quartier ouvrier de Leeds. L'accident fatal de son frère Joe lui avait fourni l'occasion de doter Caroline de parents fictifs, mais son autre frère, Ted, n'était au courant de rien. Il était bien dommage de devoir recourir à de tels mensonges, seulement, comment survivre autrement dans cette société cruelle ? se disait-elle.

La malle qu'elle apportait en Écosse était bien remplie. Un bel ensemble, jupe et jaquette, irait à Marthe ; un plateau de fruits exotiques régalerait la cuisinière et son aide ; quant à Caroline, elle avait trouvé le cadeau idéal pour ses sept ans.

Tam l'attendait à la gare comme prévu. Il la conduisit jusqu'à Dalradnor, entra dans l'allée de tilleuls et fit avancer la voiture à cheval jusqu'à la porte principale. La maison était vraiment très jolie avec son toit en escalier, la pierre rouge de ses chiens-assis, les portes-fenêtres qui s'ouvraient sur une terrasse dallée dont les larges degrés descendaient vers le gazon du court de tennis. Impossible pour Phoebe de nc pas imaginer Arthur rentrant pour les vacances, pressé de descendre de voiture pour aller voir son cheval, partir pêcher et pique-niquer au bord du loch. « J'ai emmené ta fille ici, où tu as été si heureux, lui dit

Phoebe en pensée. Je veux que ses racines soient profondément ancrées à Dalradnor, et j'espère que tu es fier de nous. » Mais rien n'était moins sûr. Arthur aurait-il voulu de cette enfance de sauvageonne pour Callie ? Elle ne le saurait jamais mais espérait qu'il aurait approuvé : ne l'avait-il pas assez indiqué en lui léguant cette maison contre la volonté de sa famille ?

— Nous avons autorisé la petite à veiller pour vous attendre, annonça Nan avec un sourire. Et vous avez eu de la visite, aujourd'hui. Sir Lionel Seton-Ross en personne est venu vous voir. Il passait inspecter le monument aux morts de la place pour s'assurer que le nom de son fils y avait bien été gravé.

Une inquiétude saisit Phoebe en entendant la nouvelle. Était-il aussi venu pour inspecter sa petite-fille ?

— Callie était-elle dans la maison ? demanda-t-elle aussi calmement que possible.

— Ah oui, pour sûr, elle a déboulé comme un bolide et elle a d'ailleurs presque fait tomber le vieux monsieur. Il l'a trouvée très mignonne, et il a promis de lui faire envoyer un cadeau d'anniversaire.

— Ce n'est pas nécessaire, protesta Phoebe. J'espère qu'elle a été polie.

Phoebe redoutait les contacts avec la famille d'Arthur. Sir Lionel l'intimidait, et sa fille, Verity, la traitait avec le plus grand mépris, visiblement très contrariée par le don de Dalradnor et l'existence de Callie. La famille avait mal pris la naissance de cette enfant avant le mariage, et Verity n'avait pas su le cacher chez le notaire. Seul sir Lionel avait eu un peu de compassion pour Phoebe, ce qui expliquait sans doute sa visite.

— Est-ce que tout est arrangé pour demain ? demanda Phoebe à Nan. J'aurais préféré sortir seule avec Callie, mais puisque c'est son anniversaire, j'emmènerai comme promis les jumeaux et cette petite Flora, de l'école, qu'elle semble tellement adorer.

— Il n'y aura que les garçons. Callie s'est disputée avec sa camarade… J'ai rappelé à Marthe de repasser sa robe. Notre petit démon serait capable d'aller en ville en kilt et en pull.

Phoebe monta au second dans la chambre d'enfant, prolongée par un petit salon où sa fille patientait au coin du feu.

— Il est tard ! s'écria Callie. Je t'attends depuis des heures !

— Pardon, ma jolie. Viens vite me donner un gros baiser et me montrer comme tu as grandi.

Caroline courut vers la porte et se colla dos au chambranle. Marthe prit une règle qu'elle plaça au-dessus de sa tête pour tracer un trait.

— Deux centimètres et demi depuis votre dernière visite, Mademoiselle Phoebe. Je pense qu'elle va devenir grande comme vous. Sa mère aussi était grande, peut-être ?

Phoebe sursauta. Il était pourtant entendu qu'on parlerait le moins possible de Beryl et Joe devant Caroline. Elle avait trouvé plus facile de les choisir comme parents fictifs puisqu'ils étaient de sa famille, mais elle n'avait pas été jusqu'à falsifier des photographies, et détestait que Marthe les mentionne. Celle-ci le faisait pourtant parfois, étant d'avis que les enfants avaient besoin de parler de leurs origines. Ce soir, Phoebe était trop lasse pour se prêter au jeu.

— Je pense qu'elle tient sa taille de mon côté de la famille, trancha-t-elle avant de se tourner vers Callie. Viens, je vais te lire une histoire.

— Tu veux bien me raconter celle de Carrie la brune et Carrie la blonde ? Je sais presque la dire en entier dans la langue de Marthe.

— Je ne la connais pas. On va bien dénicher autre chose.

Phoebe alla examiner l'étagère où s'alignaient les livres d'enfants. Elle trouvait étrangement pesant, même désagréable, que Marthe et Caroline parlent entre elles une langue qu'elle ne comprenait pas. Mais après tout, c'était à prévoir, puisqu'elle avait engagé une nounou belge.

— Non, je veux l'histoire des deux Carrie !

— Eh bien, donne-moi le livre, dans ce cas, soupira Phoebe.

— Désolée, intervint Marthe, mais je lui raconte l'histoire de mémoire. Je la tiens de ma mère. C'est un conte très connu chez moi. Je peux le lui raconter, si vous voulez.

Déçue, Phoebe acquiesça. Rien ne se passait comme elle l'aurait voulu. Elle attisa le feu, fatiguée. La nouvelle de la visite de sir Lionel l'avait inquiétée. Elle redoutait surtout que la sœur d'Arthur n'accompagne son père quand il reviendrait comme promis le lendemain.

Marthe, pendant ce temps, s'était lancée dans son histoire et monopolisait l'attention de Caroline. Il s'agissait de deux petites filles, donc, des sœurs qui portaient le même prénom. La blonde était jolie, la brune laide à faire peur mais aimée par leur belle-mère. La marâtre l'adorait au point qu'elle décidait de défigurer la plus jolie pour la faire ressembler à sa préférée. Alors les deux sœurs prenaient la fuite sur le dos d'un cygne, mais, arrivé à un lac, l'oiseau fatigué ordonnait que l'une des deux saute à l'eau pour l'alléger. La laide se sacrifiait. La jolie Carie, déposée sur le rivage, pleurait sa sœur jusqu'à la nuit. Cependant, le soir venu, la laide remontait des eaux, devenue magnifiquement belle. Quand leur belle-mère les retrouvait, elle leur demandait pardon, et « tout est bien qui finit bien »…

— Elle s'est sacrifiée pour sa sœur, et comme récompense elle est devenue aussi belle à l'extérieur que son âme l'était à l'intérieur, acheva Marthe dans un murmure en voyant que Caroline s'était endormie. C'est ce que nous avons dans nos cœurs qui compte, n'est-ce pas ?

— Bien sûr, dit Phoebe, touchée par ce qu'elle venait d'entendre.

Et elle ? se demanda-t-elle. Était-elle belle ou laide à l'intérieur ?

Elle resta dans la chambre pendant que Marthe bordait la petite.

— Elle me demande de laisser les rideaux ouverts parce qu'elle aime voir dehors en se réveillant, expliqua la nounou.

Phoebe la laissa ranger les jouets et les vêtements qui traînaient, contrariée de savoir si peu de choses sur les goûts de sa propre fille. Des larmes lui montèrent aux yeux. Trop de sentiments bouillonnaient en elle : la honte, la culpabilité, l'amour, l'incertitude. Unc telle confusion, sûrement, devait lui noircir le cœur.

L'expédition du lendemain à Glasgow fut une grande réussite. Phoebe emmena les enfants en première classe et les fit déjeuner de soupe et de gâteaux au salon de thé de miss Cranston, dans Sauchiehall Street. Elle adorait cet endroit, qui évoquait un décor de théâtre avec ses chaises à hauts dossiers, ses fresques magnifiques, ses couverts ouvragés. Les serveuses portaient des uniformes qui les faisaient ressembler à des ouvreuses. Nairn et Niven Laird, des enfants agités, parvinrent à se tenir à peu près tranquilles. Marthe accompagnait Phoebe pour surveiller tout ce petit monde, et elle fit monter la troupe dans un tramway vert et jaune pour aller visiter la forêt fossile. Ils s'étonnèrent des troncs pétrifiés, puis revinrent en ville chez un joaillier des arcades. Phoebe allait offrir à Caroline une montre de chez Henderson pour ses sept ans. Elle lui en choisit une très jolie en or à bracelet blanc.

— Mais je ne sais pas lire l'heure, tante Phee… Je ne pourrais pas avoir autre chose à la place ?

— Non, justement, c'est l'occasion d'apprendre.

Ce fut une déception pour Phoebe : son cadeau coûteux aurait dû être plus apprécié. Ensuite, ce fut l'heure du cinéma. La coutume était de prendre place à une table pour regarder le dernier film en prenant le thé et en mangeant des glaces. C'était un Charlie Chaplin. Charlot avait un visage si triste et jouait si bien la détresse que Caroline se réfugia dans les bras de Marthe pour se faire consoler. Le cœur de Phoebe se remplit une nouvelle fois de jalousie.

À leur retour à Dalradnor, Phoebe vit une grosse voiture devant la porte. Ce n'était pas celle qu'elle avait commandée au garage, et elle la reconnaissait malheureusement. Les jumeaux coururent examiner le mastodonte noir étincelant, et le chauffeur leur proposa de les emmener faire un tour jusqu'au bas de l'allée quand ils auraient fini leur inspection. Caroline aurait voulu les accompagner, mais Marthe l'entraîna dans l'entrée.

— Venez, nous avons de la visite.

Nan Ibell sortit de sa cuisine pour leur dire de se presser :

— Le thé est servi dans la salle à manger. Lavez-vous les mains, ma petite, et allez dire bonjour à votre visiteur.

Phoebe pénétra dans le salon, se demandant avec angoisse si Verity serait là. Elle vit avec soulagement que sir Lionel était seul. Il avait toujours été aimable avec elle, et l'anniversaire imminent de la mort d'Arthur expliquait sans doute sa visite. Peut-être cherchait-il à se consoler en venant voir cette enfant qui ressemblait de plus en plus à son fils, pensa-t-elle.

— Sir Lionel, c'est très aimable d'être passé nous voir. J'étais désolée de vous avoir manqué hier. Comme vous le constatez, nous rentrons tout juste de Glasgow. Voulez-vous rester pour voir la petite souffler ses bougies ? Caroline, continua-t-elle en se tournant vers sa fille, qui arrivait en courant, tu vois, sir Lionel est revenu. C'est gentil, n'est-ce pas ?

Caroline le salua timidement mais oublia vite la politesse.

— Vous avez apporté mon cadeau ?

Il feignit la surprise.

— Quel cadeau ?

— C'est mon anniversaire ! J'ai sept ans ! Regardez, tante Phoebe m'a offert une montre, ajouta-t-elle en exhibant son poignet. Je l'ai choisie dans la boutique.

— Magnifique, très jolie ! Voyons voir ce que j'ai fait de ce petit paquet…

Il fit semblant de fouiller dans ses poches pour attiser la curiosité de Callie et faire monter son impatience.

— Ah, en réalité, c'est là-bas, je crois…

Il désignait un fauteuil derrière lequel était caché un panier en osier.

— Tu veux regarder là-dedans si mon petit cadeau s'y trouve ?

Caroline se précipita et poussa un cri en soulevant le couvercle.

— Marthe ! Tante Phee ! Venez voir !

Elle sortit du panier une petite boule de fourrure, un chiot endormi qui ne devait pas avoir plus de deux ou trois mois.

— Il est pour moi ? Rien que pour moi ?

Enchanté par cette réaction, sir Lionel acquiesça.

— Il va falloir bien t'occuper de lui, l'emmener en promenade et lui apprendre les bonnes manières. Il s'appelle Cullein, comme le héros des clans. C'est un cairn terrier, donc un petit chien qui ne grandit pas trop, mais qui est très rapide. Je pense qu'à sept ans on est assez grand pour savoir qu'un animal n'est pas un jouet mais un être vivant… Vous êtes d'accord avec moi, Mademoiselle ?

— Appelez-moi Phoebe, je vous en prie, murmura Phee, mécontente qu'on ne lui demande son avis qu'après coup.

Sir Lionel venait de se gagner l'affection de Callie en trouvant le cadeau idéal pour un enfant unique. Callie n'avait pas beaucoup apprécié sa montre, et elle était comblée par ce chiot qui lui tiendrait compagnie. Phoebe se reprocha amèrement de ne pas avoir eu cette idée elle-même…

« Tu ne connais pas ta propre fille, tu ne fais presque plus partie de sa vie. Tu n'es qu'une tante qui se montre de temps en temps, et puis qui disparaît pendant des mois. Tu n'as aucune raison de te plaindre. C'est toi qui l'as voulu, après tout. Maintenant, aie le courage de tes choix. Sois forte et fais bonne figure. C'est l'anniversaire de Caroline, tu dois penser à elle. »

Ils passèrent dans la salle à manger où un magnifique gâteau les attendait, éclairé par sept bougies. Caroline le regarda avec émerveillement, tout en serrant le chiot sur son cœur.

Pour Phoebe, cette journée était une totale déroute. Elle se sentait étrangère dans sa propre maison, et ce ne fut qu'au prix d'un énorme effort qu'elle parvint à jouer la comédie et à sourire.

— Comme je suis contente que nous soyons tous réunis, dit-elle. Joyeux anniversaire !

3

Callie avait hâte de voir arriver les grandes vacances tout en redoutant les changements qui allaient survenir avec l'été. Tout d'abord, il lui faudrait dire adieu aux jumeaux, car la famille Laird avait trouvé une plus grande ferme dans la région des Borders ; ensuite, Marthe allait partir voir sa famille en Belgique. Pendant ce temps, Callie passerait presque deux mois avec sa tante, qui l'emmenait dans le midi de la France chez des amis. Elles traverseraient la Manche jusqu'à Boulogne, visiteraient Paris, puis prendraient le train pour Nice. Mme Ibell préparait activement le voyage : elle confectionnait robes en coton et chapeaux de soleil, et elle achetait d'énormes quantités de sel d'Epsom, qu'elle jugeait indispensable pour digérer, au cas où la nourriture française serait trop lourde. Marthe devait accompagner Callie en train jusqu'à Londres, où celle-ci retrouverait sa tante ; puis elle traverserait la mer avec le vapeur jusqu'à Ostende. Elles s'étaient préparées en étudiant leurs trajets sur une carte épinglée au mur de la chambre de Callie. Grâce à son excellente connaissance du français, Marthe aidait également Callie à apprendre des phrases dans son manuel de langue.

Marthe aussi préparait ses bagages, mais sans sembler se réjouir autant qu'elle l'aurait dû de ce retour dans sa famille, avait remarqué Callie. Une lettre qu'elle avait reçue de tante Phee pour lui donner ses instructions l'avait rendue curieusement silencieuse. Elle avait même pleuré, froissant entre ses mains la jupe à la dernière mode qu'elle s'était confectionnée et qui découvrait le bas de ses jolies jambes fines. Ce nouveau style allait de pair avec une coupe à la garçonne que Callie trouvait du dernier chic.

— Qu'est-ce qu'il y a ? demanda la fillette, voulant la réconforter.

— Rien. Je suis un peu triste, voilà tout.

— Pourquoi ?

— Ne faites pas attention. Parfois je m'inquiète pour l'avenir, mais je me fais du souci pour rien. Allez, venez, choisissons les livres que vous allez emporter.

Callie eut soudain peur que Marthe n'ait trouvé un fiancé qui veuille l'emmener loin de Dalradnor, mais elle n'osa plus poser de questions.

Pendant le voyage en France, il faudrait laisser Cullein à Tam et Nan parce que les chiens ne pouvaient pas voyager à l'étranger. Il allait beaucoup lui manquer. Sir Lionel avait promis de passer une ou deux fois pour s'assurer qu'il se portait bien. Le vieux monsieur venait parfois, mais sa femme et sa fille ne l'accompagnaient jamais, à la grande contrariété de Mme Ibell.

— Elles sont bien fières maintenant ! Ils n'habitent pas à dix kilomètres d'ici, et elles ne trouvent pas le temps de venir dire bonjour à la brave Nan qui a pratiquement élevé M. Arthur et Mlle Verity !

Callie aimait bien sir Lionel. Il avait toujours une petite surprise pour elle – un livre d'images, une pièce d'une demi-couronne qu'elle pouvait mettre dans sa tirelire ou dépenser à sa guise. Il semblait invariablement triste en repartant. Lorsque les jumeaux auraient déménagé, elle se sentirait bien seule car elle avait peu d'amies à l'école. Les autres filles se moquaient d'elle parce qu'elle était orpheline. Ce n'était pourtant pas sa faute si elle n'avait ni parents ni frères et sœurs. Beaucoup de ses camarades de classe avaient d'ailleurs aussi perdu leur père à la guerre. Tante Phee, elle, avait perdu son fiancé. Elle gardait une photo de lui en uniforme dans un cadre en argent près de son lit. C'était le fils de sir Lionel, et son nom était gravé sur le monument aux morts de la place. Une histoire bien triste.

Le jour du grand départ arriva enfin. Il fallait d'abord aller à la gare centrale de Glasgow par le petit train, mais Callie ne s'inquiétait pas de la longueur du trajet. Elle s'amusa de la bousculade des porteurs, des piles de bagages, des kiosques à journaux où elles se fournirent en magazines, des adieux des voyageurs qui agitaient leurs mouchoirs sur les quais. Elle ne s'ennuya pas non plus dans le train de Londres. Il y avait de beaux paysages à regarder par la fenêtre, et Marthe, aux environs de Carlisle, sortit les sandwichs et la Thermos. Elles jouèrent aussi au pendu et au morpion pour passer le temps. À Lancaster, Marthe prit son tricot et proposa à Callie de faire la sieste, ou, à défaut, de lire un livre. À chaque arrêt, Callie demandait si elles étaient arrivées, et Marthe riait.

— Un peu de patience !

Elles parlèrent en flamand pour se distraire, et Marthe eut une bonne idée.

— Il faudra vous souvenir de tout ce que vous avez appris. Le flamand sera notre langue secrète. En Angleterre, personne d'autre ne peut nous comprendre. C'est drôle, non ?

Callie approuva, enchantée de partager un secret avec elle.

Les étendues vertes laissèrent place à des usines et à des maisons de briques, à des tunnels, et le train entra enfin en gare d'Euston. Tante Phee les attendait au bout du quai. Elle agita le bras en les apercevant. Elle avait beaucoup changé depuis sa dernière visite. Ses cheveux permanentés formaient un joli nid pour un petit béret charmant posé de guingois sur ses ondulations. C'était une gravure de mode, avec sa robe d'après-midi droite coupée juste en dessous du genou, ses bas de soie et ses chaussures à brides et à talons.

— Ma pauvre petite chérie, tu dois mourir de chaud dans ton kilt en laine… Vous auriez pu l'habiller plus légèrement ! ajouta-t-elle peu aimablement à l'intention de Marthe.

— Il faisait frais en Écosse, et puis j'ai préféré garder ses affaires propres pour les vacances.

— C'est très bien, mais elle est mal fagotée. Bon, viens, Callie, nous allons prendre un taxi. À quelle heure est votre train pour le ferry ? s'enquit-elle en se tournant vers Marthe. Il vaut mieux se dire au revoir tout de suite. Vous aurez un peu de temps pour vous, et je me débrouillerai très bien toute seule.

Callie eut l'étrange impression d'être une valise passée de main en main.

— Marthe ne pourrait pas venir en vacances avec nous ? demanda-t-elle.

Phee ignora la question.

— Allez, dites-vous au revoir. J'ai des quantités de choses à faire avant notre départ demain… Voilà, Marthe, il ne nous reste plus qu'à vous souhaiter d'excellentes vacances et un bon voyage. Ah oui ! Kitty vous demande de communiquer son affection à toute votre famille, et elle espère que tout le monde va bien.

Marthe se baissa pour embrasser Callie.

— Soyez sage, et amusez-vous bien… Vous allez me manquer, ajouta-t-elle, la voix tremblante.

— Ne soyez pas triste, on ira vous chercher chez vous en rentrant de vacances. Hein, tante Phee ? dit Callie en quêtant une approbation qui mit un peu de temps à venir.

— Mais… certainement… certainement…

— J'aurais bien voulu que vous veniez avec nous, soupira Callie en s'accrochant au cou de sa nourrice qu'elle aimait tant. Je ne veux pas que vous partiez, ajouta-t-elle en flamand.

Marthe lui glissa alors à l'oreille :

— Ne vous inquiétez pas… Je serai toujours là pour vous.

— Pas de scène en public, je te prie, jeune fille, interrompit Phee. Marthe doit pouvoir vivre sa vie, elle aussi. Tu la reverras…

Entraînée par Phoebe, Callie fit de grands signes à Marthe, qui disparut bientôt dans la foule. Elles se retrouvèrent dans la rue, sous le chaud soleil. Le vacarme était infernal : bruit des voitures, des camions de livraison et des bus, et concert d'avertisseurs. C'était bien pire que Glasgow. Les trottoirs étaient noirs de monde. D'où sortaient tous ces gens ? se demanda Callie. À l'abri dans le taxi comme dans une bulle, elle regardait les hauts immeubles tout autour, les passagers dans les autobus. Elle se sentait minuscule et était intimidée par cette humanité fourmillante.

Tante Phee, elle, semblait parfaitement indifférente à l'agitation de la rue.

— Tu es contente, ma chérie ?

— Oui… Où on va ?

— Chez moi, dans mon appartement de Marylebone High Street. Tu vas t'y plaire. Je t'ai préparé une jolie chambre. Demain, nous partirons tôt pour Douvres, où nous prendrons le bateau, et vogue vers la France ! Je te montrerai les endroits où je suis allée pendant la guerre, dans la tournée de concerts.

— Je ne parle pas très bien français…

— Sûrement mieux que moi. Nous nous débrouillerons, tu verras. Nous allons bien nous amuser. Ce seront des vacances inoubliables.

Callie ne trouva rien à répondre ; le cœur lourd, elle regrettait déjà son loch et Cullein. Elle aurait dû se réjouir de découvrir le monde, mais une sourde angoisse gâchait son plaisir. Elle se doutait confusément que ce voyage annonçait des changements dont elle ne voulait pas.

4

Phoebe ne dormait pas. La chaleur étouffante la tenait éveillée, ainsi que les bruits de la rue. Elle s'était fixé pour objectif d'offrir à Caroline des vacances merveilleuses, et elle avait peur de la décevoir. Sans doute n'aurait-elle pas dû dire à la gare qu'elle la trouvait mal fagotée, mais son kilt lui donnait une telle allure de petite provinciale qu'elle en avait été mortifiée. Au moins, elle n'aurait plus à craindre de commettre ce genre d'impair, maintenant qu'elle s'était débarrassée de Marthe. Elle avait plusieurs semaines pour tisser enfin de vrais liens avec sa fille.

Tout était prêt : les vêtements pour la plage et la promenade, les costumes de bain pour les baignades avec Maisie et ses amies. Billy devait passer quelques jours avec elles en compagnie de son dernier protégé, ce qui était une très bonne chose parce qu'il aimait jouer avec les enfants. Le soleil ferait du bien à Caroline. Elle prendrait des couleurs et des forces pour la rentrée scolaire, qui serait peut-être difficile au début.

La petite école de Mlle Lewis avait suffi à l'éducation de Caroline jusqu'à ses dix ans, estimait Phoebe, mais maintenant sa fille avait besoin d'une véritable éducation, d'une pension cotée où elle rencontrerait des jeunes filles de bonne famille afin de se faire des relations. Elle y acquerrait les connaissances essentielles avant de terminer son éducation dans une *finishing school* à l'étranger pour se perfectionner dans l'art des bonnes manières. Phoebe ne voulait à aucun prix que son enfant pâtisse du handicap de sa naissance scandaleuse et elle tenait à lui donner toutes les chances de rencontrer un jeune homme comme il faut. Le secret de ses origines resterait jalousement gardé.

Lionel Seton-Ross, fidèle à sa promesse, continuait à assurer la sécurité financière de sa petite-fille. Phoebe elle-même mettait un point d'honneur à ne pas toucher à un centime de l'héritage d'Arthur, qui devait aller à Caroline. La maison en Écosse était l'unique chose qu'elle avait acceptée, et elle subvenait seule à ses besoins personnels grâce aux cachets qu'elle gagnait au théâtre.

Cependant, les temps changeaient et sa carrière aussi. Elle était encore jeune, mais les comédiennes ne manquaient pas, et beaucoup correspondaient mieux qu'elle aux silhouettes longilignes devenues à la mode. Les formes de Phoebe, trop généreuses, ne pouvaient lui assurer une carrière de mannequin. Son atout était d'avoir un don pour la comédie et le burlesque. Elle trouvait des rôles de composition pour des personnages secondaires comiques ou dotés d'accents campagnards marqués : bonnes à tout faire, fermières. L'accent provincial du Yorkshire qu'elle avait tout fait pour perdre lui permettait à présent de trouver des engagements. Le cinéma l'avait adoptée. Elle avait confié sa destinée à un agent artistique, le grand imprésario George Edwardes, qui faisait merveille. Si elle ne jouait pas les jeunes premières, comme elle en avait rêvé, les rôles qu'il lui procurait lui permettaient de payer son loyer et ses factures tout en restant élégante, quand tant d'autres manquaient de travail. Que de progrès depuis son enfance misérable à Leeds !

Dans les périodes de creux entre deux rôles, elle aidait Maisie Gibbons à animer son école de danse et d'expression scénique. Elle se félicitait que Caroline ne semble pas s'intéresser le moins du monde à la scène. Pour cette enfant élevée à la campagne, seuls comptaient les chiens, les chevaux, les activités de plein air. Phoebe espérait un bel avenir pour elle, et estimait indispensable de lui donner le goût de la gastronomie française et une connaissance du monde.

Quelle différence entre cette éducation et celle qu'elle avait reçue dans les quartiers pauvres ! À onze ans, Phoebe vivait à Hunslet, aux environs de Leeds, dans un misérable logement ouvrier, et courait déjà les auditions, touchant de maigres cachets. Elle n'aurait jamais imaginé que sa fille grandirait dans le luxe.

Arthur leur avait ouvert les portes d'un monde de privilèges. Callie ne souffrirait jamais de la faim. La guerre pourtant n'avait épargné personne, tuant sans distinction les riches comme les pauvres. Si peu de jeunes gens avaient survécu au massacre… Ni Kitty, ni Maisie, ni aucune de leurs amies n'avaient plus d'espoir de se marier. « C'est si dur, songea Phoebe, écrasée par la chaleur de la nuit. Oh, Arthur, pourquoi m'as-tu abandonnée ? » Et, dans son insomnie, alors qu'elle s'autorisait rarement cette faiblesse, elle se laissa aller à évoquer les quelques heures magiques qu'ils avaient passées ensemble, en 1916, lors de la dernière permission d'Arthur.

1916

Sachant qu'Arthur était dans la salle, Phoebe avait souffert d'un terrible trac dans les coulisses en attendant le moment d'entrer en scène. La représentation se passa bien. Dès qu'elle le put après les rappels et les applaudissements, elle courut dans sa loge pour enfiler sa plus jolie robe et poser sur ses épaules sa cape de velours rose ourlée de duvet de cygne. Elle voulait être belle sans paraître trop théâtrale, faire oublier la chanteuse de music-hall pour donner l'image d'une jeune fille ordinaire dînant en ville avec un jeune soldat.

Arthur l'attendait à la sortie des artistes, en uniforme.

— Marchons un peu pour prendre l'air, suggéra-t-elle.

Par cette nuit froide et étoilée, son souffle se transformait en buée devant sa bouche, se répandant comme de la fumée dans l'atmosphère. Ils se promenèrent vers Trafalgar Square, descendirent Piccadilly vers St James's Square puis Jermyn Street, où il avait réservé une table à l'hôtel Cavendish pour le souper.

Phoebe connaissait les lieux, ayant déjà été invitée à de joyeuses soirées par la propriétaire, Rosa Lewis, ancienne intime du roi Édouard VII et célèbre pour ses talents de cuisinière. Le directeur du théâtre emmenait volontiers chez elle ses danseuses et comédiennes pour tenir compagnie aux nombreux officiers en permission de sa clientèle. En tout bien tout honneur, bien entendu, mais c'était un atout pour un restaurant d'être fréquenté par de jolies filles.

— C'est au Cavendish que je loge, lui expliqua Arthur. Mon père est un ami de Mlle Lewis, qui nous donne une suite lors de nos visites en ville. Nous y serons tranquilles. L'atmosphère y est animée, mais rien ne nous obligera à nous mêler aux fêtards.

On les conduisit à une table à l'écart, derrière un écran de jardinières. La longue salle de restaurant lambrissée de beau bois était comble, mais Phoebe fut soulagée de n'y apercevoir aucune connaissance.

— La cuisine est excellente, remarqua Arthur. Rosa mène ses cuisiniers de main de maître, et les chambres sont tout à fait confortables. Savais-tu qu'il y en a une centaine dans les étages, certaines occupées à l'année ? Il est vrai que la patronne est très généreuse. J'ai entendu dire qu'elle faisait payer davantage les messieurs riches trop âgés pour aller au combat à seule fin de pratiquer des prix plus bas pour les soldats en permission désargentés. Parfois, elle ne leur demande même rien du tout. Je me sens bien ici. Mais assez parlé de moi, ajouta-t-il en saisissant la main de Phoebe. Je t'ai trouvée magnifique, ce soir. La revue est excellente, et Leslie Henson possède un vrai talent comique. Tu sembles te porter beaucoup mieux que la dernière fois que je t'ai vue, en France. Tu m'avais paru fatiguée.

— Les tournées sont exténuantes. On passe d'hôpital en camp militaire, sans relâche. Parfois, on se sent tellement vidé qu'on ne peut rien avaler. Quand nous nous sommes vus à Calais, tu étais toi-même dans un triste état.

S'étant promis d'éviter de parler de la guerre, Phoebe regretta aussitôt sa phrase, mais la réponse d'Arthur la surprit.

— C'est que je revenais de passer une semaine avec mes parents, ce qui n'est jamais très reposant. Maman m'interdit de m'éloigner d'elle de plus d'un pas et invite pour moi une fille différente tous les soirs afin d'essayer de me marier.

— Cela part d'un bon sentiment, dit Phoebe, malgré la jalousie qui s'emparait d'elle. Ta sœur était là ?

— Oui, Verity est venue, mais un seul jour. Elle me tarabuste pour avoir des nouvelles de tous ces pauvres garçons d'Eton qu'elle connaissait avant la guerre et dont malheureusement elle n'entendra plus jamais parler. Pauvre Verity, elle va avoir du mal à se marier si la guerre continue encore longtemps. C'est une boucherie, et maintenant ils utilisent des gaz toxiques sur le front… Mais ne parlons plus de tout ça : laisse-moi te regarder. Quel miracle que nous nous soyons retrouvés par hasard ! Je ne comprends toujours pas pourquoi tu ne donnais plus signe de vie.

Phoebe prit le temps d'avaler une gorgée de vin avant de répondre.

— Eh bien… ta mère n'avait pas l'air de…

— Ma mère t'a parlé de moi ? Mais quand ? s'exclama-t-il en lui serrant la main plus fort.

— Le jour du derby, quand tu m'as présentée à tes parents, aux courses. Après le déjeuner, elle a dit que si je continuais à te voir, il faudrait que tu démissionnes du régiment des Life Guards.

— De quel droit se mêle-t-elle de ma vie ? protesta Arthur. Il fallait me le dire !

— Je n'en ai pas eu l'occasion tout de suite, et puis Emily Davison s'est jetée devant le cheval du roi, et le choc m'a fait oublier cette conversation un moment.

— Il ne fallait pas l'écouter ! Que de temps perdu ! J'aurais eu tellement besoin de tes lettres… S'il avait fallu changer de régiment, je l'aurais fait volontiers pour continuer à te voir. D'ailleurs, les officiers de la garde ont pratiquement tous disparu après Mons et la bataille de la Marne. Ma mère n'a pas évolué. Elle n'a pas su s'adapter aux temps qui changent. Cette sale guerre a au moins aboli la hiérarchie entre les classes, qu'elle le veuille ou non. L'élite a été décimée – les aristocrates, les héritiers, nos amis de collège. Tu as vu comment ils perdent la vie : déchiquetés sur le champ de bataille ou agonisant sous la tente d'un hôpital de campagne en suppliant qu'on abrège leurs souffrances. Phoebe, tu m'as tellement manqué ! J'ai bien essayé de rencontrer d'autres femmes, mais c'était à toi que je pensais toujours…

Phoebe ne put retenir ses larmes. Elle détestait se donner en spectacle, mais c'était plus fort qu'elle.

— Je ne me sens pas bien, murmura-t-elle. Il fait tellement chaud…

— Nous pouvons dîner dans ma suite, si tu préfères.

Il la fit monter au deuxième et prendre un long couloir. Au moment d'entrer, elle hésita un instant, sachant qu'il serait plus sage de demander un taxi et de partir. Mais elle n'avait pas envie de retourner chez elle. Ils avaient tellement besoin d'être ensemble.

Arthur ouvrit et fit entrer Phoebe dans un joli salon décoré de gravures de chasse et tendu de tentures fleuries. Il y avait une table dans une alcôve pour les repas, et une chambre où Phoebe déposa sa cape. La chambre sentait bon le tabac à pipe d'Arthur, et il y flottait une vague odeur de *Hammam Bouquet*, un parfum élégant. Arthur s'était préparé avec soin lui aussi avant de la rejoindre, pensa-t-elle.

Ils prirent place à table, et on leur monta leur dîner. Phoebe buvait du champagne pour tenter de se calmer, mais elle ne parvenait pas à refouler ses émotions. Dès que le garçon d'étage eut servi et que la porte se fut refermée sur lui, elle tomba dans les bras d'Arthur, en larmes.

— Pardon ! J'ai cru bien faire en te rendant ta liberté.

Il lui toucha les lèvres du bout du doigt, et elle sentit l'or de sa chevalière frôler sa joue.

— Tu es là maintenant, Phoebe, et rien d'autre ne compte. Cette permission sera ma plus belle. Tu n'as pas idée comme j'ai rêvé de ce moment. Je ne sais combien de fois je suis passé devant le théâtre dans l'espoir de te voir. Je t'écrivais, mais toi, tu ne répondais pas. Enfin, ne perdons pas de temps avec tous ces regrets. Il n'y a que le présent qui compte.

Leur premier baiser fut lent, timide d'abord, mais la passion les emporta bien vite tous deux. Les portes du désir s'ouvrirent toutes grandes. Ils avaient besoin l'un de l'autre, de se toucher, de se connaître, et d'effacer par leur sincérité toutes les étreintes de théâtre que Phoebe jouait sur scène. Leur repas refroidissait dans leurs assiettes, mais ils n'y songeaient plus : ils étaient affamés l'un de l'autre. Arthur aida Phoebe à se dévêtir, à desserrer son corset, et ils s'allongèrent presque nus sur le lit pour se découvrir, souriant de voir leur reflet dans l'énorme miroir doré accroché au mur face au lit qui leur renvoyait chacun de leurs gestes. Il y eut beaucoup de tendresse dans leur première étreinte, puis une fougue et une passion que rien n'aurait su arrêter. Elle s'accrocha à lui en le sentant venir en elle ; après quoi, surmontant la douleur, elle suivit les puissants mouvements de son amant, se laissant guider par ses sensations jusqu'à l'explosion du plaisir.

Ensuite, comblés d'amour, fatigués mais apaisés, ils se reposèrent dans les bras l'un de l'autre. Phoebe contemplait son amant à la lumière de la lampe. Ainsi c'était cela, cette communion, cet amour qui lui avait fait si peur. Il n'y avait rien de plus naturel au monde, quand on s'aimait. Pourquoi s'était-elle refusé ce plaisir si longtemps alors qu'elle aimait Arthur depuis des années, depuis leur toute première rencontre au mariage de Lily Elsi ? Malgré tout le temps perdu, l'amour avait triomphé. Ils étaient désormais comme mari et femme, ils s'appartenaient. Elle aurait voulu ne plus jamais le quitter. Voyant qu'il s'était endormi, elle se blottit dans la chaleur de son corps et tira sur eux les couvertures. Ils étaient liés pour la vie.

À leur réveil, ils prirent un bain ensemble, se savonnant mutuellement, riant, traînant comme s'ils avaient la vie devant eux pour se connaître pleinement. Quand on leur apporta le petit déjeuner, Phoebe vit qu'il était assez copieux pour deux. Enveloppée dans le peignoir d'Arthur, elle prit place à table fièrement, sans se cacher, et laissa le garçon d'étage servir les œufs, le bacon et les toasts, les fruits et les petits pains tièdes, verser le liquide brûlant d'une haute cafetière en argent : un banquet pour amoureux affamés.

— Que veux-tu faire aujourd'hui ? demanda Arthur avec un sourire. Il faudra commencer par acheter ta bague de fiançailles.

— Je dois d'abord aller à la répétition et rentrer me changer. Je ne peux pas me promener l'après-midi en robe du soir.

— Mais ça ne te prendra pas trop de temps ? Tu me le promets ? C'est ma dernière journée.

— Je me dépêcherai, je te le jure !

Elle réfléchissait furieusement, tâchant de trouver une idée pour abréger leur séparation. Si elle rentrait chez elle, à Little Portland Street, on lui poserait des questions embarrassantes – elle y renoncerait donc volontiers… Mais elle avait une course impossible à éviter : il lui fallait aller dans une pharmacie dont elle avait entendu parler, qui vendait des produits pour éviter les enfants.

Elle quitta le Cavendish transformée. L'amour l'avait révélée. Personne ne pourrait lui retirer ce qu'elle avait vécu avec Arthur, ni défaire le lien qui les unissait desormais. Ne voulant pas perdre une minute de la précieuse permission du jeune homme, elle résolut de se faire porter pâle : elle n'irait ni à la répétition ni à la représentation. Ce n'était pas dans ses habitudes : rien, d'ordinaire, ne pouvait lui faire manquer un spectacle, mais la situation était exceptionnelle.

Tout en marchant au bras d'Arthur, elle réalisa qu'il passerait dorénavant avant sa carrière. S'ils se mariaient, il n'y aurait plus que lui. Il serait au centre de la scène, et plus seulement un élément de décor. C'était pour elle une véritable révolution de l'esprit.

Il lui était infiniment précieux, peut-être encore plus depuis qu'elle avait vu sur son épaule la trace d'une balle qui avait failli le tuer. Il avait été sauvé par miracle grâce à son gilet de cuir, mais il aurait pu se retrouver à l'hôpital, mourir d'une infection. Il avait eu de la chance : le soldat qui le suivait avait reçu dans l'œil une balle qui lui avait transpercé le crâne.

Phoebe appela le théâtre depuis un téléphone public pour avertir de son absence : elle parla d'une intoxication alimentaire qui risquait de perturber la représentation si elle y participait. Elle fit ensuite porter à son appartement un message griffonné sur une de ses photographies de scène pour annoncer à ses colocataires qu'elle avait enfin été invitée à accompagner Arthur dans sa famille. Une fois libres, ils se promenèrent dans St James's Park devant les pelouses transformées en jardins ouvriers, évitant le terrain d'entraînement qui occupait une grande partie de ce qui restait. Le froid était si vif qu'Arthur l'emmena dans Bond Street pour lui acheter un manteau de fourrure, une toque et un manchon. Ils flânèrent encore dans les magasins, puis se dirigèrent vers les arcades de Burlington, où ils admirèrent les vitrines des bijoutiers. Arthur avait des idées très précises. Il attendit d'avoir trouvé l'étalage qui lui plaisait le plus, puis entra avec Phoebe dans la boutique et annonça au vendeur :

— Nous voulons une bague de fiançailles.

— Arthur ! s'exclama Phoebe en rougissant. Je pensais que tu plaisantais.

— Mais tu es d'accord, j'espère…

Derrière le comptoir, surpris, le vendeur attendait sa réponse.

— Mais… tes parents, ma famille… Je ne veux pas que tu puisses le regretter plus tard. Ne nous précipitons pas, c'est préférable.

— Je n'ai pas le temps d'attendre. Viens, choisis celle qui te plaît.

Très embarrassée, Phoebe voulut l'entraîner vers la porte.

— Je préfère discuter de ça en privé, si tu veux bien.

— Tu ne veux pas m'épouser ?

— Si, bien sûr, dit-elle avec un sourire heureux, mais tu ne préfères pas me faire la surprise ? C'est toi qui dois la choisir.

— Très bien, dans ce cas, attends-moi gentiment dehors. Je vais te trouver quelque chose qui te plaira. J'aurais préféré t'offrir un bijou de famille, mais à défaut, ça ira très bien.

Phoebe ressortit de la bijouterie en se demandant comment elle avait pu être assez faible pour accepter. Elle n'eut pas le loisir de se faire longtemps des reproches : Arthur la rejoignit quelques minutes plus tard.

— Si la taille ne va pas, tu ne pourras t'en prendre qu'à toi. Allons fêter nos fiançailles au Ritz, c'est l'occasion ou jamais.

Ainsi, l'heure du déjeuner venue, Phoebe se retrouva sous le haut plafond somptueux du restaurant du grand hôtel. Arthur sortit de sa poche un écrin de cuir bleu.

— Voilà ta surprise.

Elle souleva le couvercle et vit, couché sur une soie bleu clair, un magnifique anneau d'or orné de gros diamants et de saphirs.

— Bleu, comme tes yeux, et avec des diamants pour que notre amour dure toujours. Elle te plaît ?

— Je l'adore. Merci…

Mais elle eut beau faire, elle ne parvint pas à glisser la bague sur son doigt. Des larmes de déception embuèrent ses yeux.

— Elle est tellement jolie… Quelle tristesse ! J'ai les doigts gonflés.

— Nous la ferons élargir. Alors, Phoebe Faye, veux-tu être ma femme ?

— Bien sûr, mais je suis Phoebe Boardman de mon vrai nom. Phoebe Annie Boardman. Faye est mon nom de scène, rien n'est vrai au théâtre.

— Je me fiche de ton nom. Ce qui compte, c'est toi. Je peux retourner me battre en paix, maintenant, parce que je sais que tu m'attendras.

— Je n'avais pas besoin d'une bague pareille pour t'attendre. Mais je vais devoir garder le secret tant que je participerai aux concerts aux armées. On ne voudra plus de moi dans la tournée si je suis fiancée à un soldat, c'est la règle, et moi je veux continuer à me rendre utile, c'est important.

Elle ne se lassait pas de contempler Arthur, le trouvant vraiment très beau malgré son air de fatigue et ses joues creuses.

— Tu dois continuer, bien sûr. Nous ne dirons rien à personne, et à ma prochaine permission nous nous marierons. Mais tu te souviens que mon train part de Waterloo à 18 heures ? Nous avons mieux à faire que de nous promener dans la rue.

Ils retournèrent au Cavendish et s'enfermèrent dans la chambre. Comme ces quelques heures passèrent vite ! Trop tôt, il fut temps de l'accompagner au train.

La gare était pleine de soldats et de femmes en pleurs qui regardaient partir leurs hommes dans la bousculade et la vapeur des locomotives.

Phoebe s'accrochait au bras d'Arthur, regrettant de ne pouvoir porter à son annulaire la bague, qui ne lui allait qu'au petit doigt. Elle aurait dû penser à faire prendre sa mesure avant de sortir de chez le bijoutier, mais rien de tout cela n'avait vraiment d'importance.

— Ne reste pas sur le quai quand le train sera parti, et ne pleure pas, ma petite femme, recommanda Arthur. Je veux me souvenir de toi avec un sourire sur les lèvres. Écris-moi vite, écris-moi souvent. Je ne sais pas dans combien de temps je pourrai obtenir une nouvelle permission… Tu m'as rendu heureux, ajouta-t-il en la couvant du regard. Tu as réalisé mon rêve le plus cher. Ne nous disputons plus jamais, ma chérie.

— Fais attention à toi, je t'en prie… Ne prends pas trop de risques. Je ne pourrais pas supporter de te perdre.

Elle pleura dans ses bras, et ils ne s'arrachèrent l'un à l'autre qu'au coup de sifflet. Arthur sauta sur le marchepied d'une voiture au hasard au moment où le train s'ébranlait, et Phoebe le suivit en agitant la main jusqu'au bout du quai. Malgré sa promesse, elle attendit que le dernier panache de fumée ait disparu au loin. Il faisait déjà nuit noire, et la lune brillait dans le ciel étoilé. Elle n'arrivait pas à quitter ce quai, comme si les rails la reliaient encore à lui.

— Allez, ma petite demoiselle, il faut rentrer chez vous, lui dit un porteur. Il reviendra, votre homme.

Phoebe frissonna et fit quelques pas hésitants. À l'extérieur de la gare, elle dut se mêler aux femmes éplorées qui repartaient comme elle, et fut saisie par la solitude suprême qu'on peut ressentir dans une foule. « Il faut que je me change les idées, songea-t-elle en se tournant pour regarder l'heure à l'horloge de Waterloo. Si je prends un taxi, je pourrai peut-être arriver à temps pour participer quand même au spectacle. »

Phoebe sortit de sa rêverie les joues mouillées de larmes. Elle n'avait plus jamais revu Arthur, et après sa mort elle n'avait plus jamais regardé un autre homme. Elle avait le sentiment d'avoir été trahie par le destin et d'avoir perdu sa seule chance de bonheur. Elle ne voulait pas risquer d'endurer une telle douleur une seconde fois. Leur amour avait été généreux, passionné, et assez intense pour la nourrir une vie entière. Et puis il lui restait Caroline pour satisfaire ses ambitions.

Elle s'était sentie gênée face à Marthe, à la gare, et elle avait redouté jusqu'au dernier moment que la jeune femme ne révèle la vérité à sa fille. Mais sa décision était prise, comme elle le lui avait annoncé dans sa lettre : Caroline n'avait plus l'âge d'avoir une nourrice, et il était temps aussi pour Marthe de rentrer dans son pays et de penser à sa propre vie. Elle s'était beaucoup trop attachée à la petite, ce n'était pas sain. Marthe avait reçu une belle somme en dédommagement, et d'excellentes références qui lui permettraient de trouver facilement un autre emploi. Dieu merci, Marthe avait gardé le secret, et demandé seulement que Phoebe passe par la Belgique au retour pour avoir l'occasion de faire ses adieux à la petite. Il était décidément temps de penser à l'éducation de

Caroline, songea Phoebe. À la rentrée, elle irait dans une des meilleures pensions d'Écosse.

Caroline pourrait retourner à Dalradnor pendant les vacances, même si Phoebe comptait aussi la faire venir à Londres le plus souvent possible pour améliorer sa culture générale. Il faudrait peut-être un peu de temps pour que ces changements soient acceptés, mais ils étaient nécessaires.

Chers Madame Ibell, Tam et Cullein,

Je n'ai pas eu le mal de mer dans le bateau pour aller en France. À Paris, j'ai vu beaucoup de tableaux et je suis montée sur la tour Eiffel. Pour le petit déjeuner, il y a du chocolat chaud et des croissants avec de la confiture, et pas de porridge. Nous avons visité des beaux châteaux, et maintenant nous sommes près de Nice. Il fait très chaud. Je mange des glaces et je me baigne dans la mer. J'espère que Cullein s'ennuie de moi.

Je vous embrasse,

Callie

5

La mer étincelait derrière les éventails des palmiers. Sur les coteaux en bordure de la baie s'étageaient des maisons joyeusement colorées comme des bonbons, aux toits ocre rouge. La villa où elles étaient reçues avait un jardin avec piscine et une balançoire. Callie aimait se promener avec tante Maisie et ses amis, qui l'emmenaient manger des glaces sur la plage. Il y eut une excursion en voiture dans les champs de lavande au-dessus de Grasse, dont l'intense parfum donna à Callie une crise d'éternuements explosive. Phoebe et elle flânaient dans les marchés de Cannes, découvrant des fruits, des légumes et des herbes aromatiques qu'elles ne connaissaient pas. Callie acheta un mouchoir en dentelle pour Marthe et un sachet de noix enrobées de chocolat pour Mme Ibell.

Elle avait souvent le mal du pays et rêvait de rentrer à Dalradnor, mais elle prenait courage en songeant à ce qu'elle aurait d'étonnant à raconter à ses amis. Tout était différent en France : les odeurs, les maisons, la nourriture, les voix. Les jeunes filles se promenaient avec des ombrelles pour protéger leur visage du soleil, et les plus petites portaient des chapeaux assortis à leur robe. Elle aimait beaucoup le nouveau costume de bain à pois que sa tante lui avait acheté pour remplacer celui qu'elle avait apporté, en tricot bleu marine, car il ne supportait pas l'eau de mer et se déformait dès qu'il était mouillé. Phee lui avait aussi offert un éventail agrémenté de dentelle et un chapeau de paille, mais l'après-midi elle l'obligeait à faire la sieste à l'intérieur. Callie avait également une très jolie robe neuve à taille basse qui était réservée pour les sorties au restaurant. Les serveurs la traitaient comme une adulte et lui servaient son eau dans un vrai verre à vin.

Son oncle Billy était venu les voir avec Lyall, un acteur de cinéma auquel Callie avait demandé un autographe. Elle partait en promenade le long de la Corniche à dos d'âne, ou dans des voitures tirées par des poneys. Elle s'amusait de plus en plus, mais attendait tout de même avec impatience le moment de retourner en Écosse. Elle envoya des cartes postales aux jumeaux, ainsi qu'à Marthe à Bruges. Elle espérait que sa nourrice passait de bonnes vacances et comptait les jours qui la séparaient de leurs retrouvailles en Belgique.

Le trajet en train jusqu'à Paris lui parut bien long. Là, elles changèrent de gare pour prendre un autre train jusqu'à la ville d'Albert, dans la Somme. Rien n'aurait pu être plus différent de Nice et de Paris. En arrivant, Callie fut surprise de voir partout des ruines, des arbres déchiquetés, de profonds fossés le long des rues. Les champs étaient entourés de clôtures et plantés de milliers de petites croix blanches alignées. C'étaient les tombes des soldats morts pendant la Grande Guerre, lui expliqua tante Phee, et le cœur de Callie se serra à la pensée de tous ces malheureux enterrés aussi loin de chez eux. Au moins, lui expliqua sa tante, ils avaient une sépulture et n'étaient pas seuls.

Elles prirent un taxi pour aller dans un village où tante Phee fit arrêter le chauffeur afin d'interroger quelques vieux messieurs sur la place. Elle leur montra la photographie d'un monument et, se débrouillant tant bien que mal avec ce qu'elle savait de français, leur demanda où le trouver. Mais les anciens tiraient sur leur pipe en secouant la tête sans sembler comprendre, et il fallut que Callie intervienne pour qu'enfin elles obtiennent un renseignement. On leur indiqua la demeure du curé, qui par chance savait suffisamment l'anglais pour les diriger vers le cénotaphe « du côté de Ginchy ». Elles remontèrent donc dans leur taxi et partirent sur les routes de campagne.

— Stop ! s'écria Phee peu après. Arrêtez !

Elle avait aperçu le sommet du monument, mais quand elles furent descendues de voiture, elles ne trouvèrent pas de chemin pour y accéder. Sans se préoccuper des ronces, ne se laissant décourager par rien, tante Phee réussit à atteindre un champ hérissé de chaume qu'elle traversa jusqu'à une colonne entourée d'une chaîne. Elle se recueillit en silence plusieurs minutes, semblant très triste, puis elle fit le tour du monument.

— C'est ici qu'Arthur est tombé sur le champ de bataille, raconta-t-elle à Callie. Sir Lionel a acheté la parcelle de terre pour lui donner une tombe.

— Il est enterré là, alors ? demanda Callie.

— Non, soupira Phoebe. Il est bien mort ici mais… un obus a explosé, et on ne l'a pas retrouvé. Ses compagnons ont indiqué l'emplacement à la famille. Je tenais à ce que tu viennes ici avec moi.

Callie inclina la tête, ne sachant comment réagir. Fallait-il dire une prière ? Mais à quoi bon, s'il n'était pas vraiment là ? Elle lut l'inscription gravée sur le pilier de pierre : « Major Arthur B. Seton-Ross, MC 14, septembre 1916 ».

— Il est mort quelques jours seulement avant notre mariage, dit Phoebe d'un ton douloureux. Ah ! si seulement il pouvait voir…

— Voir quoi ?

— Rien, rien… Tu ne comprendrais pas.

Il arrivait souvent à Phoebe de s'enfermer dans le silence, laissant Caroline désemparée. Au cours de ces vacances, l'enfant avait compris qu'il ne servait à rien de parler à sa tante, et qu'il valait mieux s'occuper de son côté en attendant qu'elle sorte de son humeur maussade.

Phoebe contemplait le monument, presque en colère. Elle avait eu envie de voir cet hommage dressé par des parents en deuil, mais elle se sentait blessée : une telle débauche de moyens semblait signifier que rien ne restait plus de lui au monde. Or il avait eu un enfant, qui lui ressemblait énormément. Si les Seton-Ross avaient accepté Caroline, il aurait été infiniment plus facile pour Phoebe de dire à sa fille : « Ton père était un brave qui a reçu une médaille pour son courage. » Le mensonge dans lequel elle vivait depuis des années lui était imposé par des esprits étroits. Finalement, cette pierre dans ce champ brun et morne marquait aussi sa propre déroute, sa lâcheté.

Pendant les années de guerre, étonnamment, elle avait eu beaucoup moins peur. Le courage venait plus naturellement quand le danger était partout. N'avait-elle pas chanté pour les soldats sous les bombes ? Elle se souvenait des retours dans la nuit, après les spectacles, de la beauté des chemins lumineux vacillants formés par les petites flammes des allumettes que craquaient les soldats pour guider les artistes dans le noir. Elle avait passé certaines des heures les plus heureuses de sa vie dans ces tournées. Elle avait bravé le danger, et elle avait aimé un héros. Mais cette pierre tombale était laide, froide, et vide de sens. Elle ne servait qu'à lui rappeler que les morts ne revenaient jamais. Il ne lui restait d'Arthur que la nostalgie du peu de temps qu'ils avaient passé ensemble. Il était mort, lui laissant une enfant, cette fille qui vivait après lui.

Phoebe songea soudain qu'elle aurait tout donné pour qu'il lui soit rendu à la place de Caroline. Avec un frisson, elle tâcha d'étouffer cette mauvaise pensée qui brûlait en elle. « C'est monstrueux d'avoir des idées pareilles. Comment peux-tu ? Mais c'est un fait… »

— Viens, chérie, partons. Nous avons vu assez de tombes pour aujourd'hui.

Callie suivit sagement Phoebe à travers champs pour retourner au taxi qui attendait. Elle comprenait pourquoi sa tante avait voulu venir voir l'endroit où son fiancé avait disparu, puisqu'elle l'avait aimé. Mais c'était un endroit bizarre où mettre une tombe – au milieu d'un champ plat sous un ciel triste. On imaginait mal qu'une bataille ait pu se dérouler dans un lieu aussi désert.

Malgré sa compassion, Callie avait hâte de reprendre leur périple après ce détour. Il était temps de passer chercher Marthe ! Elle allait enfin rencontrer ses frères Jan et Piet et sa sœur Marie, dont Marthe lui avait si souvent parlé.

Tante Phee demeura très silencieuse pendant le reste du trajet. Le taxi emprunta de petites routes droites et ennuyeuses, autour desquelles on voyait encore des ruines. Des enfants les regardaient passer, l'air hébété, comme s'ils n'avaient jamais vu d'automobile de leur vie. Elles descendirent dans un hôtel à Lille, puis repartirent le lendemain en train pour la Belgique et Bruges. La ville ressemblait tout à fait aux cartes postales que lui avait envoyées Marthe, avec ses hautes maisons en briques et leurs toits en escalier, comme Dalradnor Lodge. Elles prirent un chocolat chaud à la terrasse d'un café sur la place du marché, surveillant l'heure à l'horloge du beffroi qu'elles voulaient entendre sonner.

— Nous allons rapporter des dentelles et des chocolats, décréta tante Phee avec un sourire en observant les passants chargés de paquets. Nous aurons aussi le temps de faire un tour de calèche pour visiter la ville.

— On devrait aller chercher Marthe d'abord. Elle pourrait nous guider.

— Elle travaille, à cette heure-ci.

Callie n'y comprit rien. Pourquoi sa nourrice travaillait-elle pendant ses vacances ? Mieux valait pourtant ne pas poser de questions, car sa tante était de mauvaise humeur depuis la visite à la tombe du fils de sir Lionel.

Après leur promenade, elles trouvèrent la longue rue commerçante où vivait la famille de Marthe,

Predikherenstraat, et se firent indiquer la résidence des van Hooge par une fleuriste. Elles frappèrent mais, à la grande déception de Callie, n'obtinrent pas de réponse. Alors elles retournèrent en ville pour visiter la cathédrale et la Grand-Place, flânèrent dans les petites boutiques de nappes et de cols en dentelle, puis s'arrêtèrent sur les ponts pour regarder les péniches passer sur les canaux.

Quand elles rentrèrent à leur hôtel chargées de paquets, à l'heure du dîner, Callie était épuisée.

— On va aller la chercher quand, Marthe ?

— Il est trop tard ce soir. Nous irons demain matin avant de partir.

Pourquoi tante Phee n'avait-elle pas donné un rendez-vous fixe à Marthe avant le départ ? Maintenant, elles n'auraient plus le temps de rencontrer sa famille.

Le lendemain matin, après le petit déjeuner, elles retournèrent à l'adresse des van Hooge. Cette fois on leur ouvrit, mais Mme van Hooge était seule chez elle, et elle les accueillit sans un sourire.

— Ah, vous voilà ! On m'avait bien dit que j'avais eu de la visite. Marthe n'est pas là, elle est logée chez le médecin pour qui elle travaille. La lettre de recommandation que vous lui avez donnée était excellente, elle n'a eu aucun mal à se placer.

Malgré sa visible hostilité à l'égard de tante Phee, Mme van Hooge s'attendrit en voyant combien Callie était perturbée.

— Entrez, nous serons mieux à l'intérieur pour parler.

L'angoisse étreignait le cœur de la fillette. On ne donnait de références qu'aux employées de maison qui quittaient leur service. Pourquoi tante Phee aurait-elle fourni une recommandation à Marthe ? Pas pour la renvoyer, tout de même !

La mère de Marthe parlait bien anglais, mais Callie choisit de s'adresser à elle en flamand.

— Je peux aller la voir ?

— Non, ma petite chérie, lui répondit très gentiment Mme van Hooge, touchée de l'entendre parler sa langue. Elle est à son travail, et son patron ne serait pas content qu'on la dérange, mais elle m'a donné une lettre pour toi, au cas où vous viendriez. Tu parles très bien le flamand, Callie.

Elle revint bientôt avec une enveloppe qu'elle lui tendit en souriant.

— Mais qu'est-ce qui se passe ? demanda Callie en dévisageant sa tante. Marthe ne va pas rentrer avec nous, alors ?

Il y eut un long silence. Les deux femmes échangèrent un regard, puis Mme van Hooge croisa les bras sur sa poitrine, l'air réprobateur.

— Alors, la petite n'est toujours pas au courant ?

— Je ne voulais pas gâcher ses vacances, répondit Phoebe. Je lui expliquerai plus tard. Elles s'étaient beaucoup trop attachées l'une à l'autre.

Mme van Hooge se tourna vers Callie avec pitié et lui parla en flamand, sans doute parce qu'elle savait que tante Phee ne la comprendrait pas.

— Tu seras toujours la bienvenue ici, ma petite. Viens nous voir quand tu voudras. Marthe est désolée de ne pas avoir pu te dire au revoir. Tu lui manques beaucoup.

Tante Phee n'apprécia pas cet aparté.

— Nous vous remercions, nous allons vous laisser.

— Vous resterez bien boire une tasse de thé ? proposa Mme van Hooge, se rappelant soudain les bonnes manières mais toujours visiblement en colère.

— Nous n'avons pas le temps. Merci de nous avoir reçues… Vous devez penser comme moi qu'il était temps pour Marthe de rentrer à Bruges auprès de sa famille.

— Elle aurait certainement préféré prendre la décision elle-même. Quand on est proche d'un enfant, on sent quand il est prêt à une séparation. Il est parfois nécessaire d'attendre le bon moment.

Ce reproche attisa la colère de tante Phee. Elle franchit la porte en entraînant Callie dehors, les joues écarlates, et s'emporta en la voyant pleurer.

— Ne fais pas de scène dans la rue, je te prie !

Callie était en état de choc. Elle avançait comme un automate, tâchant tant bien que mal de ravaler ses larmes. Marthe l'avait abandonnée. Elle avait accepté un autre emploi sans l'en avertir ni lui dire adieu. Une peur panique la saisit. Qui allait s'occuper d'elle si Marthe n'était plus là ?

— Ne fais pas cette tête, ça n'est pas si grave ! lui lança Phoebe. Allez, viens, je t'offre une glace.

— Je n'en veux pas ! J'ai mal au cœur !

Callie avait beau savoir qu'il était impoli de se donner en spectacle, elle fut incapable de retenir ses sanglots plus longtemps.

Elles reprirent le train dans la journée, longeant la mer du Nord vers la France. Callie contemplait les vastes étendues des polders sous un ciel tout bleu, perdue et malheureuse. Pourquoi tante Phee l'avait-elle amenée à Bruges si elle savait que Marthe ne reviendrait pas avec elles ? Les adultes étaient décidément incompréhensibles. On lui avait caché la vérité comme si elle n'était pas capable de comprendre, et on l'avait fait se sentir très bête. Sa rancœur lui rendait la présence de sa tante insupportable. Pour se racheter, celle-ci multipliait les sourires et les offres de gâteries.

— Allons, console-toi. Tu dois bien te rendre compte que tu es depuis longtemps trop grande pour avoir une nounou. Tu ne voulais quand même pas que Marthe reste séparée de sa famille toute sa vie…

— Elle ne m'a rien dit.

— Les adultes n'ont pas l'obligation de tenir les enfants au courant de tout. Tu verras, tout ira bien. Tu vas aller vivre dans une superbe pension où tu rencontreras beaucoup de nouvelles camarades.

C'était la première fois que Callie entendait parler de ce projet, que sa tante Phoebe lui expliqua. L'école s'appelait St Margaret, et était située sur la côte est de l'Écosse. Elle ne vivrait plus à Dalradnor, où elle ne retournerait que pour les vacances. Ce second choc la laissa sans voix. Il s'écoula plusieurs minutes avant qu'elle trouve la force de hasarder une question d'une voix tremblante.

— Mais qui va s'occuper de Cullein et de mon poney ?

— Mme Ibell soignera Hector, et Tam promènera Cullein.

Ainsi, tout avait été organisé derrière son dos. Tout le monde était au courant sauf elle.

— Je ne sais pas comment je vais faire comprendre à Cullein que je ne l'abandonne pas. Comme il va être triste ! ajouta-t-elle en pleurant à chaudes larmes.

— Tu es une grande fille maintenant. Tu aimeras beaucoup ta nouvelle école. C'est la meilleure d'Écosse. Tu pourras y pratiquer des sports de plein air, tu adores ça.

Tante Phee lui fit valoir tous les avantages de la pension, et Callie vit bien qu'elle ne la ferait pas fléchir. Installée avec elle dans le salon du ferry en route vers l'Angleterre, tante Phee argumenta jusqu'à ce que le mal de mer la fasse taire et fuir vers les toilettes. Callie fut ravie de cette occasion d'être seule pour lire la lettre de Marthe. Elle ne voulait la partager avec personne, ce qui était d'ailleurs facile car elle était écrite en flamand.

Ma très chère petite Callie,

Je suis désolée de ne pas avoir pu vous dire au revoir comme je l'aurais souhaité. J'ai été très heureuse de pouvoir m'occuper de vous jusqu'à présent, mais maintenant vous avez l'âge de vivre de grandes aventures, et Mlle Faye pense que votre éducation sera mieux faite en pension. Elle m'a demandé de ne pas vous révéler avant les vacances que nous allions être séparées. Ce secret m'a rendue un peu triste, et vous me manquerez beaucoup, mais nous nous écrirons souvent, si vous en avez envie. Il était temps de nous séparer, paraît-il, alors il faut l'accepter.

Avec toute ma tendre affection,

Marthe van Hooge

Ainsi, Marthe n'avait pas voulu l'abandonner. C'était sa tante qui lui avait demandé de partir. Callie fut rassurée, mais perdit toute confiance en Phoebe. Rencognée dans son siège, elle se jura d'abord de ne plus jamais lui adresser la parole de toute sa vie, puis elle comprit son impuissance. Elle ne se révolterait pas. Elle n'avait personne d'autre au monde que sa tante et devrait bien lui obéir, même si elle était terrorisée à l'idée de partir vivre dans un endroit où elle ne connaissait personne, loin de son chien chéri.

Le mal de mer retint Phoebe un long moment dans les toilettes, et elle prolongea son absence pour laisser à sa fille le temps de se calmer. « Elle me remerciera un jour », se répétait-elle. Sans doute aurait-il mieux valu ne pas aller à Bruges et préparer la petite plus tôt à la séparation, mais à quoi bon le regretter maintenant ? Elle n'avait pas l'habitude des enfants et avait mal évalué la situation. Tant pis, c'était un bon apprentissage pour Caroline : dans la vie, il fallait savoir accepter les imprévus. Ce n'était guère plus qu'une mauvaise surprise. Elle ne l'envoyait pas en prison, après tout. St Margaret était une pension prestigieuse et très coûteuse, aux méthodes modernes. Elle y recevrait une éducation de tout premier ordre, et vivrait au grand air dans un décor magnifique.

L'école comptait des pionnières du monde médical et de l'éducation parmi ses anciennes élèves. Caroline avait beaucoup de chance d'avoir été acceptée, grâce en partie à la recommandation de Kitty et de son amie Chrystal Macmillan. Phee avait aussi reçu la bénédiction de sir Lionel, qui lui avait envoyé par lettre sa totale approbation, écrivant qu'il n'aurait pu choisir meilleure école pour une fillette aussi prometteuse. Ballottée par le roulis de la haute mer, Phoebe regrettait pourtant que les vacances s'achèvent dans les larmes. Mme van Hooge avait raison : il fallait savoir évaluer le bon moment pour révéler certaines choses.

Elles arrivèrent à Dalradnor fatiguées et tendues. Caroline courut retrouver ses protégés sans jeter un regard à Phoebe. Malgré ses quelques regrets, celle-ci ne fit pas amende honorable et se lança activement dans la préparation des bagages de sa fille. L'école avait fourni une longue liste de vêtements et d'équipement essentiels. Il lui fallait un manteau d'hiver, un ensemble en tweed pour aller à l'église le dimanche, des sous-vêtements, des tenues de sport. Quand tout fut réuni, il resta encore à étiqueter les vêtements au nom de Callie. Mme Ibell cousait à vive allure, lèvres pincées pour montrer sa désapprobation. Enfin, la malle fut prête, et expédiée à la pension par chemin de fer.

Phoebe voyait à peine Caroline, qui restait dehors de l'aube au coucher du soleil, les derniers jours de l'été étant magnifiques. Au jardin, les abeilles bourdonnaient dans les fleurs, et une bonne odeur de pommes et de mûres flottait dans l'air. Une belle lueur blonde baignait la maison, et la surface du loch jetait des éclats de diamant. C'était aussi en automne que Phee était arrivée avec son bébé dans les bras, pleurant Arthur qui ne viendrait plus goûter la paix de son jardin et qui ne verrait jamais sa fille. Le nouveau-né était devenu une jolie fillette de onze ans, aux jambes graciles de faon et à l'énergie inépuisable. Elle avait toujours vécu à Dalradnor : il était normal qu'elle regrette de quitter ce paradis, pensait Phoebe, mais elle s'habituerait vite.

Le jour du départ, Caroline, pâle et raide comme un piquet dans son uniforme bleu marine, ressemblait à une condamnée envoyée au bûcher.

— Les vacances de mi-trimestre arriveront vite, lui dit Mme Ibell pour la consoler. Vous reviendrez nous voir, avec une amie peut-être.

— Elle ne voudra même pas ! gémit Callie en jetant un regard noir à Phoebe. Elle va m'obliger à aller à Londres toutes les vacances !

— Voyons voyons, ça n'est pas une façon de parler de sa tante, ma petite. Il ne faut pas se quitter fâchées. Vous allez bien vous amuser dans votre nouvelle école, et vous nous reviendrez grandie de dix centimètres.

Callie se jeta dans les bras de la gouvernante en pleurant et promit :

— Je vous écrirai !

Phoebe l'accompagna à Arbroath en voiture. Pendant le trajet, Callie se montra polie mais distante. Elles laissèrent Tam dans la voiture au portail et remontèrent l'allée à pied. Callie fut impressionnée par l'immense bâtisse à l'allure de château et par le parc magnifique. Des parents se saluaient sur le gravier, des voitures arrivaient, des chauffeurs en descendaient. Les élèves se retrouvaient en poussant des cris de joie. Le nom des nouvelles arrivées était coché sur une liste par de grandes élèves en toge noire qui faisaient preuve d'excellentes manières.

— Parfait, mesdemoiselles, vous allez dire au revoir à vos parents, dit une enseignante portant la toge et la toque de professeur.

Phoebe attendit, espérant que Callie l'embrasserait pour faire la paix, montrer qu'elle lui pardonnait d'avoir agi un peu durement mais pour son bien.

Caroline n'en fit rien : elle n'était pas prête à la clémence. Elle se tourna brutalement vers Phoebe.

— Tu peux partir, maintenant. Je n'ai pas besoin de toi. Au revoir, et merci de m'avoir accompagnée.

Pour une fois, ses doux yeux bleus si semblables à ceux d'Arthur étaient froids comme la glace, et son visage fermé.

Phoebe soupira, voyant qu'il faudrait attendre pour se réconcilier. Elle repartit vers le portail du parc, le cœur lourd. Elle entendait les reproches de Kitty résonner à son oreille : *Quoi ? Tu l'arraches à tout ce qu'elle aime, même son petit chien, et tu t'attends à t'attirer sa reconnaissance ? Il faut lui laisser le temps de digérer tout ça.*.

« Je me demande si un jour elle comprendra », songea Phoebe avec tristesse. Elle hésita, à la grille, prise du soudain désir de revenir sur ses pas pour arracher sa fille à la pension et la ramener avec elle. Elle fit quelques pas vers le château, mais les élèves étaient déjà rentrées. Elle resta là, désemparée, l'angoisse au cœur. Elle avait l'impression d'avoir perdu une chose infiniment précieuse qu'elle risquait de ne jamais retrouver.

6

1928

Le trajet de Londres à la pension était fort long. Phoebe, qui avait prévu une étape, s'arrêta pour la nuit dans un hôtel. Elle allait chercher sa fille à St Margaret pour les grandes vacances et la ramènerait à Dalradnor. Caroline retrouverait son chien et son poney Hector, et sans doute sir Lionel s'arrangerait-il pour venir leur rendre visite en secret, car il s'intéressait toujours autant à sa petite-fille.

Phoebe venait de terminer le tournage d'un film muet à suspense d'Alfred Hitchcock, avec Ivor Novello dans le rôle principal, et dans la lignée des *Cheveux d'or* qui avait rencontré un grand succès l'année précédente. Elle n'y tenait qu'un rôle secondaire, mais elle partageait l'affiche avec de grands noms. Les progrès du cinéma parlant, inquiétants pour certains comédiens, lui donnaient au contraire l'espoir de percer enfin sérieusement dans le métier. Les actrices du muet n'avaient souvent pas de belles voix, alors que le chant avait toujours été son atout. Elle avait prévu d'emmener Callie visiter les studios de cinéma pendant les vacances et les McAllister, les parents de Primrose, sa grande amie de pension, l'inviteraient très certainement à passer quelques jours chez eux. Elles formaient une drôle de paire d'amies, toutes les deux, très différentes l'une de l'autre mais inséparables, et Caroline adorait aller chez Primrose.

Quand Phoebe envoyait Caroline à Harrogate, dans le Yorkshire, elle s'amusait des bons tours que pouvait jouer le destin : quoique située à moins de trente kilomètres de Leeds, cette ville présentait un étonnant contraste avec la banlieue industrielle où elle-même avait grandi. C'était une bourgade de privilégiés qui vivaient entourés de boutiques de luxe dans une campagne charmante. Phoebe ne mentionnait jamais son enfance – et pas non plus Joe et Beryl, les parents qu'elle avait inventés à Caroline, car la petite ne posait plus de questions sur ses origines depuis des années. Pourtant Phoebe se demandait parfois ce que devenait Ted, le seul frère qui lui restait. Il était plus que probable qu'ils ne se reconnaîtraient même pas s'ils se croisaient par hasard dans la rue.

L'arrivée à St Margaret l'impressionnait toujours beaucoup. Cet immense et beau manoir se dressait, splendide, dans son parc aux plates-bandes bien entretenues, au bord de la mer qui venait se jeter sur les galets au bout de la propriété. On ne pouvait rêver plus magnifique décor pour suivre sa scolarité. Arthur aurait été fier que sa fille fréquente cet endroit. En remontant l'allée en voiture, Phoebe vit la gloriette préparée pour le concert des élèves, le terrain de sport protégé par des barrières. Tandis qu'elle cherchait Caroline, elle fut vite entourée par un groupe d'élèves qui lui posèrent des questions sur les coulisses du cinéma. C'était un plaisir de parler à ces jeunes filles : elles donnaient une agréable impression d'enthousiasme et d'intelligence. Phoebe leur répondit avec une honnêteté qui les fit rire, puis elle se laissa entraîner vers la marquise où on servait à déjeuner aux parents et aux invités. Elle ne vit pas Caroline parmi la volée de jeunes pensionnaires qui participaient au service, mais sans doute se préparait-elle pour le spectacle.

Lors des fêtes de fin d'année, les élèves donnaient une représentation théâtrale sur la pelouse. Cette fois, ce fut un défilé évoquant l'histoire des suffragettes, depuis les crinolines de l'époque victorienne jusqu'aux militantes d'Emmeline Pankhurst qui s'enchaînaient aux grilles des bâtiments officiels pour protester. L'enthousiasme des actrices les incitait au mélodrame, et elles s'en donnaient à cœur joie. Certaines, vêtues en prisonnières, portaient un bonnet et un tablier de grosse toile ; d'autres, dans le rôle des manifestantes, brandissaient des banderoles et des pics terminés par une flèche argentée, emblème de celles qui avaient enduré d'injustes peines de prison. L'hymne des suffragettes fut entonné avec une conviction émouvante.

Phoebe scrutait cette foule dense et joyeuse, espérant toujours repérer Caroline, mais c'étaient surtout les grandes classes qui participaient au défilé. Quoi qu'il en soit, elles se retrouveraient à l'heure du thé, pensa-t-elle.

Arrivée à son apothéose, la représentation prit fin sous les acclamations. Les applaudissements commençaient à faiblir quand un carillon de cloches éclata en haut de la vieille tour. Toutes les têtes se levèrent, et l'on vit deux élèves escalader la balustrade et grimper sur le toit. Devant les spectateurs effarés, elles entamèrent une lente progression vers la girouette. Le soleil révélait les cheveux roux éclatants de l'une, plus timorée que l'autre qui marchait en avant. Il y eut des cris dans l'assistance. Phoebe se figea de terreur. « Mon Dieu ! gémit-elle en son for intérieur. Faites que ça ne soit pas ma fille… »

— Ça va ? cria Callie à Primrose. Tu n'es pas obligée de continuer si tu as le vertige !

— J'ai promis de venir, je ne vais pas te lâcher ! Tu ne peux pas dérouler la banderole toute seule.

Mais Primmy avait beau être courageuse, Callie percevait sa peur. Les ardoises oscillaient sous leurs pieds, et le vent les faisait vaciller. Elle avait eu l'idée de cette équipée et elle tenait à réaliser son exploit, mais sans mettre en danger sa complice.

— Retourne à la balustrade… Je me charge du reste. Il n'y a pas besoin d'être deux.

Primmy s'entêta. Elle défit le tissu enroulé autour de sa taille en tenant fermement une de ses extrémités.

— Tu n'y arriveras jamais toute seule !

— Si, bien sûr que j'y arriverai !

Callie vit en bas la mer de visages levés vers elles. Soudain, son projet de déployer une banderole sur le toit ne lui sembla plus aussi brillant que lorsqu'elle l'avait imaginé. Elles avaient réussi facilement à pénétrer dans le vieux clocher, mais l'aventure avait pris une tournure plus inquiétante quand, après avoir enjambé la balustrade, elles avaient senti que les grosses ardoises du toit n'étaient pas stables.

— Redescends, Primmy, je t'en prie ! Retourne à la balustrade, c'est un ordre !

Callie s'accrochait comme elle pouvait, et elle attendit avant de continuer que Primrose recule en lui laissant la banderole et reprenne pied sur la plate-forme. Alors, rassurée pour son amie, elle se recentra sur son objectif. Elle y était presque : en levant bien le bras, elle pourrait passer sa corde autour de la girouette. Ce ne fut pas facile : la distance était plus grande qu'elles ne l'avaient supposé. Cependant, en s'étirant autant qu'elle le pouvait sans perdre l'équilibre et en forçant sur tous ses muscles, Callie parvint à passer le nœud coulant autour de la flèche. Elle put ainsi tendre le tissu pour que la phrase qu'elles avaient peinte dessus puisse être lue en entier : « TOUJOURS PLUS HAUT, VIVE ST MARGARET ! » Et par défi, comme elles l'avaient prévu en riant lors de la préparation de leur plaisanterie acrobatique, elle percha sa veste d'uniforme bleu marine à rayures rouge et or sur la girouette, pour bien marquer son passage et honorer les couleurs de l'école.

Mais à présent plus personne n'avait envie de rire, ni sur le toit, ni dans l'assistance, qui retenait son souffle en suivant chacun de ses gestes. Sentant osciller les ardoises, Callie s'immobilisa, paralysée par la peur, mais une joie sauvage remplaça vite le sentiment du danger. « Tu y es ! Tu as gagné ! » Si elle avait réussi à monter jusque-là, elle devait logiquement pouvoir redescendre. Elle recula, assurant ses pas l'un après l'autre, lentement, sur la toiture instable. En bas, les jardiniers arrivaient en courant avec leur grande échelle ; des hommes tendaient d'épaisses couvertures, comme des pompiers, pour amortir sa chute au cas où elle tomberait. Ce fut en les voyant qu'elle perdit ses moyens. Ses membres se tétanisèrent et elle songea que tante Phee devait s'inquiéter. Quel fiasco ce serait si cette belle journée, au lieu de se terminer en triomphe, se soldait par un accident… « Flûte, je suis cuite ! » songea-t-elle. Mais elle tâcha de dompter son affolement. « Reste calme et déplace un pied après l'autre, centimètre par centimètre s'il le faut, mais sans regarder en bas. » Elle avait le cœur battant, le front baigné de sueur, et ses mains moites assuraient mal ses prises, mais lentement, péniblement, elle parvint à regagner la balustrade. Dès qu'elle prit appui sur les pierres, elle s'autorisa à respirer. Elle ne risquait plus de tomber, mais la joie d'être sauvée ne dura pas : ses ennuis ne faisaient que commencer.

— Caroline, pouvez-vous justifier cette conduite inqualifiable ? Qu'avez-vous cherché à démontrer par cet acte d'une monumentale inconscience ?

Mlle Corcoran avait convoqué les deux élèves dans son bureau avec leur famille.

— Vous vous êtes données honteusement en spectacle, et vous avez mis votre vie en danger. Vous rendez-vous compte de la peur que vous avez causée à vos parents et à vos proches ?

Phoebe, encore terrorisée, vit que Callie n'en menait pas large et baissait la tête, penaude.

— Avez-vous quelque chose à dire pour votre défense, Primrose ?

— C'était pour faire honneur au collège, Mademoiselle.

— « Honneur » ? Je dois avoir mal entendu !

— Vous nous dites toujours que toutes les voies doivent s'ouvrir aux femmes, qu'il faut viser toujours plus haut ; alors nous avons ouvert la voie vers…

heu… ce qu'il y a de plus haut ici, la girouette, acheva Primrose d'une voix à peine audible.

— Je vois. C'était pour vous moquer des principes de cette école, alors ?

— Non, Mademoiselle, pas du tout. Callie et moi, nous avons fondé un club de pionnières. Nous voulions accomplir un acte marquant, comme les suffragettes, pour affirmer notre volonté de réussir.

— Vous auriez pu vous tuer en montant sur le toit ! Le clocher est très ancien, et il est strictement interdit aux élèves, comme vous le savez parfaitement. Comment y avez-vous eu accès ?

— En faisant preuve d'initiative, c'est ce que vous nous avez appris, répondit Primrose en jetant un coup d'œil à ses parents qui esquissèrent un sourire, fiers de sa présence d'esprit.

Mlle Corcoran, elle, n'apprécia pas du tout.

— Vous nous avez joué un tour pendable et avez pris des risques inacceptables. Votre petite escapade aurait pu se terminer tragiquement et jeter le discrédit sur cette école. L'un de nos principaux objectifs est d'inculquer la discipline et le sens de la mesure aux jeunes filles qui nous sont confiées.

La mère de Primrose jugea que le moment d'intervenir était venu.

— Nous vous avons aussi confié Primrose parce que vous enseignez à vos élèves l'indépendance et le goût du risque. Ces deux enfants, parce qu'elles sont encore jeunes, ont cru démontrer leur courage et leur originalité, alors que nous, les adultes, nous voyons seulement les risques qu'elles ont courus. Je pense que cette expérience leur aura appris la différence entre un acte utile et un acte gratuit, ce sera une bonne leçon. Qu'en pensez-vous ? demanda-t-elle en se tournant vers Phoebe. C'est votre nièce qui était la meneuse, après tout.

— Non, maman, intervint sa fille, les larmes aux yeux. Je suis aussi responsable que Callie. Et quand nous étions en haut, elle m'a obligée à redescendre dès qu'elle a vu que c'était dangereux. Elle m'a protégée.

— Eh bien, je pense que tout a été dit, mademoiselle Corcoran, déclara Phoebe en retrouvant un peu d'audace. Nous avons là deux petites écervelées, qui, en voulant faire acte de courage, ont découvert la peur et l'ont dominée. Mais je ne sais pas quoi dire en leur faveur, je dois l'admettre.

— Je ne peux pas passer sur cet incident sans les punir, ne serait-ce que pour l'exemple, déclara la directrice, même si leurs intentions étaient excellentes et qu'elles ont seulement été victimes de leur immaturité. Je vais réfléchir à une sanction adéquate… Je vous remercie, ce sera tout. Mesdemoiselles, vous aurez toutes les vacances pour méditer sur ce que vous avez fait et penser à votre punition.

En sortant du bureau, Phoebe éprouva un grand soulagement à la pensée que Caroline n'allait pas être renvoyée.

— Tu te rends compte de ce que tu as fait ? lui murmura-t-elle.

Primrose et Caroline s'arrêtèrent au pied du clocher, piteuses, et levèrent la tête vers leur banderole qui pendait encore à la girouette.

— Tu as vu ? On y est arrivées, souffla Caroline. Je me demande qui va aller la retirer.

— Plus un mot, petites folles, intervint Betty McAllister en souriant. Je ne voudrais pas être à votre place le trimestre prochain.

— Si on les accepte le trimestre prochain, lança Phoebe d'une voix grave.

— Ne vous inquiétez pas trop, répondit Betty McAllister. Je connais Dorothy. Elle a dû être impressionnée par leur hardiesse, même si elle ne le montre pas. En voilà au moins deux qui n'ont pas froid aux yeux. « Toujours plus haut » : j'imagine qu'elle ne va plus se servir très souvent de cette devise. Venez, allons voir s'il reste des biscuits et du thé.

Phoebe suivit les parents de Primrose, qui se dirigeaient bras dessus bras dessous vers la marquise. C'était très bien pour eux, qui étaient deux pour partager la responsabilité de l'éducation de leur fille. Elle était seule pour s'occuper de la sienne, songea-t-elle. Elle n'oublierait jamais la terreur qu'elle venait d'éprouver. La veste d'uniforme perdue ne la préoccupait même pas : ce n'était qu'un vêtement facile à remplacer et une bagatelle, comparé à la précieuse vie de son enfant.

Alors que leur petit groupe approchait en silence de la marquise, elle passa un bras autour de la taille de Caroline.

— Ne me fais plus jamais une peur pareille, jeune fille, ou gare à toi !

Juillet 1933

Ma très chère Marthe,

J'ai bien reçu l'invitation à votre mariage, merci beaucoup. Je ne pourrai pas venir parce que je serai en camp avec les guides dans les Cairngorms. Primmy et moi, nous sommes maintenant cheftaines, et nous allons passer aînées. Je vous souhaite tout le bonheur du monde, à vous et à André. Tante Phee doit vous envoyer un cadeau de notre part à toutes les deux. J'ai une très mauvaise nouvelle : Cullein est tombé malade et il a fallu le faire piquer. Il est enterré au fond du jardin. Il va beaucoup me manquer. Je terminerai les vacances à Londres, toujours avec Primmy.

Avec toute mon affection,

Callie

7

Août

— S'il y avait la guerre, je voudrais me rendre utile, pas toi ? dit Callie en contemplant une photo de sa tante en uniforme. Ça ne me plairait pas de me prélasser pendant que les hommes se battent.

Caroline passait encore une fois les vacances d'été avec sa grande amie Primrose. Depuis leur première journée à St Margaret, elles étaient inséparables. Elles s'étaient rencontrées dans le rang des nouvelles, aussi terrorisées l'une que l'autre, écoutant de toutes leurs oreilles sans prononcer un mot, et s'étaient retrouvées dans le même dortoir.

Callie n'avait jamais vu de cheveux aussi roux ni aussi frisés que ceux de son amie. L'air maritime les rendait si indisciplinés qu'il était impossible de les natter et que Primmy avait été autorisée à les porter courts, bouclés en boule autour de la tête. Elle avait les yeux verts et les taches de rousseur qui allaient avec son teint, était très peu sportive mais très douée en sciences, et pourvue d'une mémoire phénoménale. Callie lui enviait la facilité avec laquelle elle absorbait les connaissances. Ce n'était pas son cas : pour rester au niveau, elle devait beaucoup s'appliquer, et ses seuls points forts étaient le français et l'allemand.

Primmy, qui regardait avec elle le gros album de tante Phee, semblait fascinée par les vieux documents qu'elles découvraient. Dans ce volume relié de cuir rouge, la tante de Callie avait collé autrefois les programmes des spectacles dans lesquels elle jouait, des photographies de plateau, des cartes postales qui remontaient à l'époque où elle était chanteuse de music-hall.

— Elle était jolie, tu ne trouves pas ? soupira Primmy, admirative. Je ne veux pas dire qu'elle a l'air vieille maintenant, mais regarde ces cartes : une vraie star, surtout avec ses beaux chapeaux…

— Je les trouve horribles, avec ces énormes bords. Tu imagines sortir dans la rue avec ces capelines surchargées de nos jours ? Ils sont trop voyants.

À Londres, Callie préférait la mode des jupes droites et des chapeaux cloches, mais à la campagne, dès qu'elle le pouvait, elle passait ses journées en pull et en kilt.

— L'uniforme lui va bien aussi, et elle a été vraiment courageuse, insista Primmy.

Elle avait tourné une page et découvert une photo prise dans une salle d'hôpital, sans doute en France pendant la guerre.

— Ce n'était pas vraiment du courage, protesta Callie. Elle a seulement fait la tournée des concerts aux armées. Elle n'a pas servi dans un hôpital de campagne comme ta mère.

Callie admirait beaucoup Betty McAllister, qui avait même traversé les montagnes grecques pour apporter son aide à l'armée serbe.

— Maman dit que le moral des troupes est d'une importance capitale, répliqua Primmy, qui voulait toujours tout présenter sous un jour favorable.

Elle continua à tourner tranquillement les pages en prenant son temps. Elle était assez déterminée dans son besoin d'équité pour ne pas laisser Callie lui imposer ses points de vue. À la fin de l'album, elle trouva une collection de photos en vrac, des lettres et des cartes postales qui n'avaient pas été collées. Elle en examina une.

— Tu sais qui est Harry Boardman ? Ta tante n'a pas posté sa carte. Il y a un timbre, mais pas de tampon.

— Je crois que c'était son père… mon grand-père.

Callie prit la carte pour la lire, curieuse parce qu'elle l'avait sans doute déjà vue plusieurs fois mais n'avait pas été assez grande pour comprendre.

— Je ne savais pas que ton grand-père vivait à Leeds, dit Primmy. Il y est encore ?

— Non, il est mort, comme mes parents. Je ne l'ai pas connu.

La famille Boardman n'avait jamais donné signe de vie. Il n'y avait pas eu de cartes de Noël, de cadeaux, de lettres. Callie avait oublié jusqu'à son existence.

— Hunslet, c'est près de Leeds, non ? remarqua-t-elle.

— C'est dans la banlieue sud, je crois. Le train passe par là quand on arrive. Il reste d'autres gens dans ta famille ?

— J'ai encore un oncle, je crois.

— Et si on allait le voir quand on sera à Harrogate ? C'est tout près de chez moi.

— Tu crois ? Je me demande si c'est une bonne idée. Je sais que ma tante est plus ou moins brouillée avec sa famille. Elle ne m'a jamais parlé de lui.

— Mais si c'est ton oncle, tu as peut-être des cousins !

— Peut-être… Oui, pourquoi pas aller y faire un tour ?

Primrose posa la carte postale à part.

— Ça pourrait être drôle d'aller découvrir ta famille. Ne dis rien à ta tante, fais-lui la surprise. Tu pourrais même les réconcilier.

— On verra, répondit prudemment Callie.

Mais elle avait beau ne pas être très enthousiaste, elle mit de côté d'autres vieilles cartes postales de sa tante pour les examiner tranquillement.

Deux jours plus tard, elles partaient de Dalradnor et prenaient le train munies de leurs valises et de leurs sacs à dos pour continuer leurs vacances chez les McAllister. Callie aimait beaucoup aller chez eux : c'était une maison animée, pleine d'allées et venues, de chiens. Le téléphone du hall d'entrée ne cessait de sonner. Le frère de Prim, Hamish, adorait le scoutisme, mais il allait devoir abandonner cette activité pour étudier à la faculté de médecine. Il était un peu plus âgé qu'elles, presque un adulte, ce qui ne les empêchait pas de s'entendre très bien avec lui. Betty, la mère de Primrose et Hamish, était pédiatre dans un dispensaire ; leur père, Jim, médecin généraliste. Il recevait ses patients chez lui, dans son cabinet situé dans une aile indépendante de la maison. Les filles s'occupaient seules pendant la journée, mais le soir, la famille se retrouvait au dîner autour d'une grande table qui semblait très bruyante à Callie, habituée au silence de l'appartement de Phoebe.

Prim n'avait pas abandonné l'idée de retrouver l'oncle de Callie, et elle avait insisté jusqu'à ce qu'elle arrive à ses fins.

— Tu as bien pensé à emporter la carte postale avec l'adresse ? demanda-t-elle soudain dans le train qui les emmenait à Leeds.

— Non ! Je l'ai oubliée ! s'exclama Callie. Je me souviens que c'était dans Peel Street...

— Mais le numéro ?

— Je ne sais plus.

— Tu n'as décidément pas l'étoffe d'une détective !

Prim aimait beaucoup les romans policiers de Dorothy L. Sayers, et s'identifiait à son héroïne, Harriet Vane.

Elles furent vite à Leeds, et prirent un bus jusqu'à Hunslet. C'était un quartier sombre et misérable, aux maisons serrées les unes contre les autres, sans jardins. Callie éprouva un choc. Primmy, contrairement à elle, ne paraissait pas perturbée par toute cette pauvreté : elle avait davantage conscience des réalités. Callie n'avait jamais rien connu d'autre que les quartiers riches de Londres, St Margaret et Dalradnor. Elle refusait encore de croire que sa tante avait grandi dans cette misère.

— On ne s'est pas trompées d'endroit ? demanda-t-elle à Prim, qui marchait devant pour l'entraîner.

— C'est de cette façon que les gens vivent, souvent. Ils se regroupent près des usines, des mines, des endroits où il y a du travail. Nous avons la chance d'habiter dans la verdure, mais tout le monde n'est pas aussi privilégié. Ne me dis pas que tu n'as jamais vu les banlieues de Glasgow en arrivant par le train.

— Je crois qu'on devrait partir.

— Ce que tu peux être snob ! Il faut que tu saches d'où venaient tes parents, c'est important. Nous pourrions même trouver le cimetière où ils sont enterrés.

— Non, je ne veux pas !

Callie était horrifiée. Elle les avait imaginés reposant dans un joli cimetière de campagne, et non dans une ville noire de suie.

— Voyons, Callie, tu n'es pas lâche, d'habitude. Viens, on va frapper à une porte pour se renseigner.

Elles étaient à un bout de Peel Street. À la première porte, une dame, la tête couverte par un châle, leur ouvrit. Primmy sourit.

— Excusez-nous, nous cherchons M. Boardman, Ted Boardman.

— Ah bon ? Je me demande bien pourquoi ! dit la dame d'un air méfiant. Les Boardman, ils sont partis il y a belle lurette. Il y en a encore un qui vit du côté de Gladstone Street, je crois. Le maigrichon, je ne sais plus comment il s'appelle.

Et sans un mot de plus, elle leur claqua la porte au nez.

— Ah, tu vois ! s'enthousiasma Primmy. Nous avons déjà une piste. Gladstone Street.

— Je préfère laisser tomber. Rentrons. Il doit être à son travail, à cette heure-ci.

— Pas sûr, s'il fait les trois huit. On continue !

Prim adorait les aventures et ne semblait avoir peur de rien. Elle alla à l'épicerie du coin de la rue acheter un cornet de bonbons et ressortit enchantée.

— On m'a indiqué Gladstone Street, c'est à deux pas.

Callie se sentait très mal à l'aise, et regrettait de porter son kilt, qui la distinguait nettement des passants du quartier.

Les rues étaient toutes identiques – des rangées de maisons noires, avec deux fenêtres en haut et une seule en bas, ainsi que quelques marches raides menant à un sous-sol. Les pas de porte étaient crayeux, et les voilages en filet qui masquaient les vitres s'écartaient à leur passage.

— Allez, cette fois, c'est toi qui demandes où vit M. Boardman, déclara Prim en frappant à la première porte avec le heurtoir.

Une vieille dame au sourire édenté leur indiqua le haut de la rue. L'enquête avançait si bien qu'il devenait difficile de renoncer. Callie suivit son amie vers le numéro qu'on leur avait donné, priant pour qu'il n'y ait personne. Mais on leur ouvrit tout de suite. Une dame portant un vieux tablier de ménage, avec une maigre frange de cheveux noirs, entreprit de les chasser.

— Je n'achète pas au porte-à-porte.

— Nous cherchons M. Boardman. M. Ted Boardman.

— Qui c'est qui le demande ?

— Je m'appelle Caroline, je suis la fille de Joe.

— Ah… C'est pour Ted… Bon, entrez. Ted ! cria la femme en se retournant, t'as de la visite !

Elles pénétrèrent directement dans la pièce principale, où un lit d'appoint avait été tiré près du poêle. La pièce sentait le sirop pour la toux et l'eucalyptus, mais elle était ordonnée et d'une propreté parfaite. L'homme leva la tête avec surprise.

— C'est qui que tu m'amènes, Hilda ?

— Elle dit qu'elle s'appelle Caroline et que c'est la fille à Joe. Asseyez-vous, dit-elle aux deux filles, et faut parler fort parce qu'il est sourd comme un pot.

— La fille à Joe ! En voilà une histoire !

L'homme dévisagea Callie, ses yeux enfoncés brillants de fièvre, les joues creuses. Il semblait très mal en point.

— Je suis Caroline Boardman. Mon amie s'appelle Primrose. Nous sommes venues pour faire votre connaissance parce que je suis la fille de Joe et de Beryl, et que je ne sais pratiquement rien sur ma famille.

Callie s'interrompit, se demandant s'il l'avait entendue.

— Je voudrais bien savoir qui t'a raconté ces sornettes, maugréa-t-il enfin.

— Ted ! Sois gentil avec cette petite…

— C'est ma tante qui me l'a dit, votre sœur.

Déconcertée, Callie lui tendit la photo de scène de Phoebe du temps où elle chantait au music-hall.

Un seul coup d'œil suffit à Ted pour comprendre, et il éclata de rire.

— Alors c'est ça ? Notre Phee a toujours aimé raconter des histoires. Elle avait de l'imagination, mais alors là, ça dépasse tout !

Il s'interrompit pour scruter intensément Callie et eut un petit sourire.

— Faut dire ce qui est, tu lui ressembles bougrement.

— À Beryl, ma mère ?

— Jamais de la vie. Beryl a épousé Ernie Mathers. Ils ont pas eu de gosses, et notre Joe a pas fait de vieux os vu qu'une voiture l'a renversé de son vélo dans Wakefield Road pendant le couvre-feu. Il a jamais été marié. C'est bien le genre de notre Phoebe, de raconter ces balivernes. Elle est partie à Londres et depuis, plus jamais de nouvelles. Bah, je ne lui en veux pas : elle envoyait des sous à notre vieux. Quand même, elle n'est pas venue à son enterrement, elle aurait dû. Et elle n'aurait pas dû te raconter toutes ces histoires… Pardon, jeune fille, mais si t'es de ma famille, j'ai jamais entendu parler de toi, et ça ne m'étonne pas trop. En tout cas, je me dis comme ça que tes questions, tu devrais les poser directement à Phoebe. Moi, j'ai rien à dire là-dessus. Content d'avoir fait ta connaissance. T'as pas froid aux yeux. Je pense que t'as de qui tenir.

— La ferme, Ted, l'interrompit Hilda, tu vois bien que la gamine est pas dans son assiette.

Elle se tourna gentiment vers Callie et ajouta :

— On s'excuse de pas pouvoir t'aider beaucoup.

Callie restait muette, ne sachant comment interpréter les révélations de Ted. Heureusement, Primmy n'avait pas perdu sa langue.

— Merci de nous avoir reçues. Il y a sans doute eu un malentendu. Nous sommes désolées de vous avoir dérangés pendant votre jour de repos.

— Les jours de repos, c'est pas ça qui manque depuis qu'ils ont fermé l'usine ! répliqua Ted en ricanant. Rien que dans notre rue, plus personne n'a de travail. Tu ne les a pas vus qui traînent dehors à pas savoir quoi faire de leur peau ? Heureusement qu'Hilda trouve des ménages pour faire bouillir la marmite. Et Phoebe, elle en a, du travail ? lança-t-il à Callie.

— Elle joue dans des films et elle donne des cours de chant.

— Ah oui, elle a toujours eu du coffre, et puis des rêves plein la tête. Elle ne s'est pas mariée, alors ?

Cette fois, c'était Ted qui partait à la pêche aux informations.

— Son fiancé a été tué dans la Somme. Une fois, nous sommes allées voir sa tombe, en France.

— Ça, c'est sûr qu'il y a beaucoup de gars qui ne sont pas rentrés. Tu m'excuseras de t'avoir ouvert les yeux sur certains petits mensonges, mais j'aime pas qu'on raconte des blagues sur les morts. Joe n'a pas laissé de bâtards à droite à gauche. Il avait sa Beryl, et puis c'est tout. Va voir ma sœur, et dis-lui qu'elle ferait mieux de réfléchir à ce qu'elle raconte au lieu de m'envoyer une mioche qui s'imagine des bêtises.

— Je ne voulais pas vous mettre en colère, bégaya Callie, au bord des larmes.

— Eh, je ne te fais pas de reproches, ma grande ! C'est pas ta faute, mais il va falloir que quelqu'un te dise la vérité un jour.

— Merci, monsieur Boardman, déclara Primrose en se dirigeant vers la porte. Allez, viens, Callie, il faut qu'on rentre.

— Restez prendre le thé, proposa Hilda, j'ai mis la bouilloire sur le poêle. Ça fait plaisir d'avoir de la visite.

— Merci, mais nous n'avons pas le temps, et puis je crois que Callie a besoin de réfléchir à tout ça.

— C'est pas la seule ! lança Ted. Je vais vous dire, bon chien chasse de race. Reviens nous voir quand t'auras compris, ajouta-t-il plus aimablement. Tu seras toujours la bienvenue chez nous. C'est agréable de voir des jolies filles, pour changer.

Une fois dans la rue, Primrose et Callie se regardèrent.

— Je suis désolée, dit Primrose. C'est ma faute. C'est moi qui t'ai forcée à venir.

Elle voulut prendre la main de son amie, mais Callie la repoussa.

— Laisse-moi tranquille.

Après cela, Callie sombra dans un profond silence, puis, voyant l'air préoccupé et compatissant de son amie, elle finit par s'adresser à elle avec désespoir.

— Oh, Primmy, je ne sais plus qui je suis ! Qu'a-t-il voulu dire par « bon chien chasse de race » ?

— Je ne sais pas, mais je pense qu'il va falloir que tu parles de tout ça à ta tante Phee. Si elle t'a menti, elle doit s'expliquer.

À partir de là, les vacances furent totalement gâchées. Callie était obsédée par ces demi-révélations. Au camp, n'arrivant pas à s'intégrer au groupe, elle préféra s'isoler. Obnubilée par ce que lui avait dit Ted, elle revoyait son étonnement quand elle s'était présentée, puis revivait chaque étape de la discussion, rouvrant les blessures provoquées par son ironie. Pourquoi lui avait-on raconté des mensonges ? Elle avait beau faire, elle ne voyait qu'une seule explication.

Elle était orpheline et sa tante l'avait recueillie. Elle avait l'impression d'être comme ces pauvres enfants des feuilletons, abandonnés sur les marches d'une église. On l'avait préservée de ses origines honteuses. Cela expliquait l'absence de toute photographie ou de tout objet de son passé, et le silence que sa tante faisait régner sur sa propre enfance. Phee devait être gênée d'avoir reçu une éducation aussi différente de celle qu'elle offrait à Callie.

Primmy se désolait d'avoir obligé son amie à se lancer dans cette enquête qui l'avait tant perturbée. Elle s'évertuait à la consoler, mais sans succès. Callie se sentait encore plus orpheline qu'auparavant.

Ce fut un dur combat, mais la vie au grand air et en collectivité finit néanmoins par lui faire du bien. Les montagnes magnifiques et les promenades en bord de rivière la régénérèrent. Elle reprit goût à la vie et se remit à apprécier les nuits passées à la belle étoile et les joyeuses veillées autour du feu de camp.

— Alors ? lui demanda Prim le jour du départ alors qu'elles repliaient les tentes. Est-ce que tu as écrit à ta tante ?

— Je préfère ne pas en parler tout de suite. Ça n'a pas tant d'importance.

— Tu es sûre ?

— Oui ! Fiche-moi la paix !

Callie regretta aussitôt sa sécheresse. Elle préférait jouer la comédie, même s'il lui en coûtait de mentir à son amie.

— Pardon… Tout va bien, je t'assure. Je veux juste qu'on n'en parle plus.

Il lui était venu l'idée d'écrire à Marthe pour lui demander ce qu'elle savait. Elle s'était promis de lui envoyer une lettre avant de quitter le camp, mais au moment de le faire elle s'était rappelé que Marthe venait de se marier et qu'elle avait sûrement d'autres choses à penser. Dans cette nouvelle vie qui commençait, elle n'avait certainement ni l'envie ni le temps de se préoccuper de son ancienne protégée. C'était une pensée si triste que tout son courage l'abandonna de nouveau.

Elle aurait voulu pouvoir effacer ses idées noires avec une gomme, comme les fautes dans ses cahiers.

Rien ne pourrait la réconforter davantage que le décor familier de Dalradnor. Elle n'aspirait plus qu'à s'y retrouver. Dans cette chère maison où elle avait ses repères, tous ses soucis s'envoleraient sans doute, car Dalradnor lui tenait lieu de famille et de racines.

8

Dès l'arrivée de Caroline à Dalradnor, Phoebe remarqua en elle un profond changement. Sa fille se renfermait sur elle-même, refusait toute communication. Elle partait en promenade seule, à pied ou sur son poney, touchait à peine aux repas que Nan Ibell lui préparait avec amour, et passait le reste du temps blottie dans un fauteuil, le nez dans un livre.

— J'espérais que ces deux semaines de camping lui donneraient des couleurs et de l'énergie, confia Phoebe à la gouvernante dans la cuisine.

— C'est qu'elle grandit, la petiote, ça devient une vraie jeune fille. Et une jeune fille, ça se pose des tas de questions, mais avec encore un cœur de gamine. Et puis son chien lui manque. Je vais lui préparer son gâteau au chocolat préféré, pour voir si ça la réjouit pas un peu.

— Elle ne s'est pas fâchée avec son amie Primrose, au moins ?

— Non, je ne crois pas. Elle est juste un peu perdue. Peut-être qu'elle se demande ce qu'elle va faire après la pension.

— Je n'ai encore rien décidé. Je pense que ça serait une bonne chose de l'envoyer dans un institut pour jeunes filles en Suisse. Il serait bon de continuer à lui inculquer les bonnes manières avant de la laisser sortir dans le monde, mais nous verrons.

— Ça va encore vous coûter les yeux de la tête ! Pourquoi à l'étranger ? Il y a bien des écoles pour les demoiselles à Londres, non ?

— Elle a un don pour les langues, et je voudrais qu'elle exerce son français tout en rencontrant des jeunes filles de bonne famille. Et puis, en Suisse, elle pourrait faire du ski.

— C'est sûr que ça lui ferait du bien de se changer les idées. Elle n'a vraiment pas l'air dans son assiette. Qu'est-ce qui peut l'embêter comme ça ? Pas une histoire de cœur, j'espère. À cet âge, les filles, c'est sensible.

— En voilà une idée ! C'est beaucoup trop tôt ! Elle n'a que seize ans ! Elle a bien le temps.

Phoebe avait pour ambition d'introduire Caroline dans le monde, mais l'accès aux bals de débutantes était difficile quand on n'avait pas de relations dans l'aristocratie. La femme de sir Lionel, qui aurait pu les aider, refusait toujours de les voir. Mlle Corcoran avait suggéré une école de langues pour la suite, ou un cours de secrétariat.

« Elle n'est pas destinée à une carrière universitaire, avait-elle déclaré. Ses résultats sont corrects, mais moyens dans toutes les matières. Elle n'est brillante dans aucun domaine qui pourrait la conduire à la faculté. »

Phoebe se désolait : elle avait eu la chance que son emploi du temps lui permette de passer la fin des vacances avec Caroline, et sa fille l'évitait. Elle entreprit d'organiser des visites qui les réuniraient : le château de Stirling, à Édimbourg, le musée de Glasgow, et peut-être un spectacle au théâtre de l'Alhambra.

La situation économique était difficile dans le nord de l'Angleterre. Les chantiers navals manquaient de travail, et les ouvriers au chômage erraient dans les rues en portant le malheur sur leur visage. Heureusement pour l'industrie du cinéma, les gens avaient besoin de se distraire, et le dernier film dans lequel avait joué Phoebe faisait salle comble. Elle avait eu deux rôles coup sur coup dans des comédies musicales, l'une de Jessie Matthews, l'autre de Jack Buchanan. Le cinéma parlant avait rempli ses promesses, et il faisait découvrir sa belle voix au public. Elle ne manquait plus jamais de travail. C'était un plaisir de redonner la joie de vivre par son art comme elle l'avait fait pour les troupes pendant la guerre.

L'humeur maussade de Caroline préoccupait Phee. Sa fille n'avait jamais été coquette, mais son apparence à présent très négligée – vieux kilt ou pantalon de cheval – était exagérée et traduisait son mal-être. Elle aurait été si mignonne avec des robes, si elle l'avait voulu !

Phoebe laissa Nan dans la cuisine, et poussa un soupir quand elle s'aperçut dans le miroir en regagnant le salon. Des rides commençaient à se former au coin de ses yeux, quelques cheveux gris parsemaient sa chevelure, et elle devait surveiller strictement ses repas car la caméra soulignait toute tendance à l'embonpoint. Elle atteignait la quarantaine, ce qui voulait dire que sa beauté commençait à se flétrir alors que celle de sa fille s'épanouissait. C'était le rythme naturel de la vie, bien entendu : on ne pouvait retenir la course du temps. Dieu merci, elle ne convoitait pas des rôles de jeune première ! Ils étaient loin, les jours du music-hall où on imprimait sa photo sur des cartes postales. Enfin, avec ce qu'il fallait de maquillage, un bon éclairage et une coloration pour les cheveux, elle pourrait jouer encore longtemps les rôles de composition dans lesquels elle faisait merveille.

Elle partit à la recherche de Caroline, ne la trouva pas dans la maison, mais finit par la découvrir en train de lire sur un banc près de la tombe de Cullein, au fond du jardin.

— Qu'est-ce que tu lis ? demanda-t-elle.

Caroline ferma aussitôt son livre et se détourna d'elle en maugréant.

— Rien.

— Allez, dis-moi ce qui se passe. Tu as l'air d'avoir appris la mort de la famille royale au grand complet.

— Je vais très bien, répondit Caroline, sans l'ombre d'un sourire.

Il fallut du courage à Phoebe pour passer outre et s'asseoir à côté d'elle.

— Tu ne manges pratiquement rien. Nan s'inquiète. Tu sais combien elle déteste le gâchis. Alors que tant de gens ne mangent pas à leur faim et qu'elle a du chômage dans sa propre famille, ça n'est pas très poli de ne pas vider son assiette.

— Je n'ai pas faim, et elle me sert trop.

— Je ne comprends pas. Avant, tu dévorais tout ce qu'on mettait devant toi. Es-tu malade ? Quand on devient une jeune fille, il est normal de se sentir fatiguée.

— Je te dis que je vais bien !

Son ton signifiait : « Va-t'en, laisse-moi tranquille. » Mais Phoebe insista.

— Moi aussi je suis inquiète. Tu as l'air triste. Dis ce qui ne va pas à ta petite tante Phee…

Elle approcha, mais Caroline s'écarta et répliqua :

— Ma tante, c'est vite dit ! Est-ce que je suis vraiment ta nièce ? Tu n'es pas à un mensonge près !

Le choc paralysa Phoebe, qui mit quelques secondes à répondre.

— Je ne comprends pas ce que tu racontes ! Tu sais bien que je me suis toujours occupée de toi.

— Oui, mais je veux savoir si tu es vraiment de ma famille.

— Bien sûr ! Je m'appelle Boardman, comme toi.

— En tout cas, ne me raconte plus que mes parents s'appelaient Joe et Beryl Boardman, ça n'est pas vrai ! Je suis allée voir oncle Ted, et il m'a dit que je me trompais.

La peur fit battre le cœur de Phoebe à se rompre.

— Quand es-tu allée le voir ? demanda-t-elle, tâchant de ne pas montrer son affolement.

— Primmy a découvert dans ton album une lettre que tu n'avais pas envoyée, et nous sommes allées à l'adresse indiquée pour rencontrer le reste de ma famille. Il n'y avait plus personne à Peel Street, mais on a trouvé Ted et Hilda Boardman à Gladstone Street.

— Je vois. Et qu'est-ce qu'il t'a raconté ?

— Je lui ai montré tes cartes postales de music-hall, et ça l'a fait rire. Il m'a conseillé de te demander à quoi tu jouais, parce que son frère Joe est mort sans se marier, et que Beryl s'est trouvé un mari et n'a jamais eu d'enfants. Pourquoi est-ce que tu m'as menti ?

— C'était pour ton bien, chérie. La vérité n'est pas toujours bonne à dire. C'était plus simple comme ça.

— Mais de quoi voulais-tu me protéger ? Je ne vois pas ce qu'il y a de mal à avoir été adoptée. Même si tu as donné de l'argent à l'orphelinat pour m'avoir, même si tu devais faire semblant d'être ma tante pour que les gens ne se posent pas de questions, tu aurais dû tout me dire, à moi !

Phoebe était complètement désemparée. Caroline avait tout compris de travers. Comment la détromper sans lui faire encore plus de mal ? Kitty avait eu bien raison de critiquer sa façon d'agir. Elle aurait voulu que son amie soit là pour la conseiller, mais elle était seule.

— Caroline, tu n'as pas été adoptée, finit-elle par avouer. Tu es née de l'amour de deux personnes très jeunes pendant la guerre. Tu n'as pas connu ton père parce qu'il est mort au combat en servant son pays. Ta mère a voulu te protéger parce que leur mariage n'a pas pu avoir lieu avant ta naissance. Tu comprends, maintenant ? ajouta-t-elle en tremblant.

— Oui, je comprends que je suis née illégitimement d'une fille mère !

La voix de Caroline était glaciale, et ses yeux lançaient des éclairs. Phoebe la regarda doucement.

— Quelle façon de présenter les choses… Au regard de la société et de la loi, tu es illégitime, c'est vrai, mais tu es une enfant de l'amour. C'est un grand malheur qui t'a pris ton père et qui t'a empêchée d'avoir une enfance normale.

— Et cette mère qui m'a eue par amour ? interrogea Callie d'un ton furieux. Où est-elle, cette héroïne ? Est-ce qu'elle est morte ou est-ce qu'elle m'a abandonnée pour ne pas garder un trop mauvais souvenir du passé ?

— Caroline, Caroline… Tu ne devines vraiment pas ? dit Phoebe en avançant le bras pour lui prendre la main.

Caroline bondit en arrière, horrifiée.

— Quoi ? Ça n'est pas toi, tout de même ? Tu n'es pas ma mère ? Comment as-tu pu me faire une chose pareille ? Tu m'a laissée croire que tu étais ma tante alors que tu étais ma mère ? C'est impossible ! Ted a dit que tu aimais raconter des histoires, mais c'est de la cruauté de mentir à son enfant, de rejeter son bébé !

— Non, écoute, comprends-moi… Quand Arthur a su que je t'attendais, il a tout de suite pris ses dispositions pour que nous ayons un endroit où vivre, au cas où il lui arriverait malheur. Mais sa famille ne voulait pas que…

— Alors sir Lionel était au courant ? Je suis sa petite-fille, et vous m'avez tous menti depuis le début ? Tu devrais avoir honte. Laisse-moi tranquille !

Et sur ce dernier cri de révolte, elle s'enfuit en courant.

Phoebe sentit ses jambes se dérober sous elle. Elle tomba à genoux sur le gravier du sentier.

— Mais je t'aime ! cria-t-elle.

Malgré sa réelle détresse, elle se reprocha ce mauvais mélodrame. « Relève-toi, sois digne ! Tout a un prix. Ce n'est pas si grave. Laisse-lui le temps d'assimiler la vérité, et elle comprendra. » Ce raisonnement lui permit de retrouver un peu de calme. Elle s'assit sur le banc et contempla une abeille qui bourdonnait au-dessus de la tombe de Cullein. « Tu lui as ôté ses certitudes, songea-t-elle, il est naturel qu'elle t'en veuille. Elle va t'en vouloir peut-être un moment, mais tu es sa mère. C'est un lien trop fort pour être rompu. Elle te pardonnera et elle t'aimera de nouveau. Tout va s'arranger, c'est certain. »

9

En quittant le jardin, Callie courut jusqu'à l'écurie, où Hector passa la tête en haut de la porte de sa stalle pour l'accueillir.

— Viens, Hector, on part en promenade.

Elle sella le poney et le fit sortir de la cour en le tenant par la bride, puis traverser le champ pour arriver au sentier équestre qu'elle aimait tant. Elle voulait partir le plus loin possible. La révélation l'avait bouleversée : Phee était sa mère, sa vraie mère ! Comment avait-elle pu avoir la cruauté de se conduire comme une lointaine parente toute sa vie ? C'était horrible, méchant, honteux !

Le pas du poney et l'air de la campagne firent un peu de bien à Callie. Malgré son envie de galoper, elle se réfréna pour ne pas fatiguer Hector. Ce pauvre vieux poney était tout ce qui lui restait de sincère au monde. Elle le fit arrêter sous un arbre et descendit pour continuer à pied et lui épargner son poids. Elle avait trouvé un but à sa promenade : en continuant par le sentier, après le petit pont sur la rivière, elle arriverait à la propriété des Seton-Ross, un manoir de pierres grises à créneaux et tourelles.

Tout s'expliquait maintenant. Il n'y avait plus lieu de s'étonner que sir Lionel connaisse la date de son anniversaire, ni qu'il lui apporte des cadeaux. Voilà pourquoi on l'avait emmenée visiter la tombe de son fils quand elle avait onze ans : Arthur Seton-Ross était son père.

Elle attacha Hector à un arbre près du ruisseau sur un beau coin d'herbe et traversa la vaste pelouse jusqu'au perron. Elle frappa d'une main ferme, jusqu'à ce qu'un domestique en livrée noire vienne lui ouvrir. Elle se présenta.

— Mlle Boardman. Je voudrais parler à sir Lionel Seton-Ross.

— Il est à la chasse, Mademoiselle.

— Qui est-ce, Fraser ? l'interrompit une femme au visage étroit, vêtue d'un tailleur de tweed, en la rejoignant à la porte ; à la vue de Callie, elle ajouta : Ah, c'est toi… Eh bien, entre, puisque tu es là.

Callie s'étonna que cette femme qu'elle ne connaissait pas s'adresse si familièrement à elle.

— Je ne voulais pas vous déranger. Je suis Caroline Boardman, de Dalradnor Lodge.

— Je sais parfaitement qui tu es. Je m'attendais un peu à ce que tu débarques un jour, dit la dame avec une ironie désagréable.

Elle mena la marche à travers un hall d'entrée dallé de marbre et conduisit la jeune fille dans un grand salon.

Intimidée, Callie n'osait pas trop demander à qui elle avait affaire, mais elle se lança.

— Excusez-moi, madame, mais je ne sais pas qui vous êtes.

— Verity Seton-Ross.

La dame s'assit sur un sofa et fit signe à Callie de prendre place face à elle, puis elle sortit un étui à cigarettes de la poche de son cardigan.

— Alors, qu'est-ce que tu veux ?

— Je suis venue voir sir Lionel, répondit Callie, trop mal à l'aise pour s'asseoir. J'ai des choses à lui demander, mais je peux revenir plus tard.

— Attends un peu que je te regarde… Alors comme ça, tu es sa fille…

— La fille du fils de sir Lionel, oui. Je viens de l'apprendre.

— Arthur était mon frère, mais si tu crois que cela t'autorise à me considérer comme ta tante, tu te trompes. Ta mère n'est qu'une intrigante qui n'a jamais fait partie de la famille. Je ne sais pas ce qu'elle t'a raconté, mais elle s'est arrangée pour séduire mon frère par intérêt. Tu n'as aucun droit sur l'héritage. Arthur lui a légué une somme, mais tu n'obtiendras pas un centime de plus de notre part. C'est bien pour ça que tu es là, j'imagine.

Callie se redressa de toute sa taille.

— Je suis là pour demander si ce que je viens d'apprendre est vrai. Si mon père, c'était lui. Je ne veux rien d'autre. Je ne veux pas d'argent. Je ne veux rien de personne, surtout pas d'elle. Et je ne veux pas d'une autre tante, merci. Personne n'a cru bon de me dire la vérité jusqu'à aujourd'hui. Vous imaginez comme c'est agréable de découvrir qu'on est une bâtarde. De se faire rejeter et accuser de vouloir de l'argent ! J'espérais un peu de sympathie, je vois que je n'ai rien à attendre. Je m'en vais ! Au revoir !

Elle s'enfuit en courant dans le hall. Verity Seton-Ross se lança à sa poursuite.

— Reviens ici tout de suite !

— Non, allez tous au diable !

Callie passa devant le majordome interloqué, ouvrit seule la porte d'entrée, puis dévala le perron pour aller reprendre Hector.

Elle fuyait tout en rêvant de trouver quelqu'un d'affectueux pour la consoler.

« Marthe, Marthe, où es-tu ? » pensait-elle.

Mais elle dut se contenter de son vieux poney, qui l'emmena d'un pas lourd alors que, penchée sur son col, elle pleurait dans sa crinière laineuse.

« Qu'est-ce que je vais faire, maintenant ? Où pouvons-nous aller, tous les deux… ? »

La nuit tombait et il pleuvait des cordes. L'absence de Caroline devenait inquiétante. Elle était partie depuis des heures, seulement vêtue d'un fin chemisier et de son pantalon d'équitation. Phoebe arpentait le salon, jetant des coups d'œil par la fenêtre pour guetter son retour.

Mme Ibell, qui savait seulement que Callie s'était sauvée après une dispute, s'efforçait de réconforter Phoebe.

— Elle cherche à vous inquiéter, la coquine ; elle connaît le moyen de vous faire marcher. On peut appeler la police, si vous préférez, mais je suis sûre qu'elle va rentrer.

— Donnons-lui encore quelques minutes. Elle s'est sans doute abritée quelque part. Elle reviendra pour qu'Hector ne prenne pas froid.

Un bruit de moteur et celui d'une automobile qui roulait sur le gravier la firent courir à la porte.

Sir Lionel, en tenue de chasse, descendit de voiture, suivi de sa fille.

— Est-elle rentrée ? demanda-t-il dès qu'ils furent à l'abri dans le hall.

— Non ! s'écria Phoebe. Mais comment savez-vous qu'elle s'est sauvée ? Ah ! Je comprends... elle est allée vous voir, sans doute.

Verity l'éclaira.

— Papa était sorti, c'est moi qui l'ai reçue. Je lui ai dit très franchement ce que je pensais de la situation, et j'ai peut-être été un peu... vive. Compte tenu de l'état dans lequel elle s'est mise, il aurait sans doute mieux valu que je me taise.

Ce n'était pas dans le caractère de Verity de faire amende honorable. Phoebe en avait fait l'amère expérience, et elle lui sut gré de reconnaître ses torts.

— S'il lui est arrivé la moindre chose, je vous tiendrai pour responsable ! lança sir Lionel à sa fille. Ainsi, vous lui avez appris la vérité, ajouta-t-il en se tournant vers Phoebe.

— Je n'ai pas pu faire autrement : elle a rendu visite à mon frère. Mal informée, elle a cru qu'elle avait été adoptée et que ses parents étaient des inconnus. Mais entrez vous asseoir au salon...

Quand ils furent installés, elle se justifia encore.

— J'ai fait ce que je pouvais, mais la situation était difficile à gérer. Vous ne vouliez pas que sa naissance salisse votre nom, et j'admets que ce secret protégeait aussi ma réputation, mais nous aurions dû nous douter qu'elle finirait par apprendre la vérité un jour ou l'autre. Je ne sais plus à quel saint me vouer ! Elle m'en veut énormément, et maintenant elle ne me fera plus du tout confiance. Peut-être vous écoutera-t-elle, vous ?

— L'adolescence est un âge difficile, intervint Verity. Elle va avoir besoin de se changer les idées. Elle doit rester encore un ou deux ans à St Margaret, je suppose ?

Phoebe se hérissa à l'idée de parler de l'avenir de Caroline avec cette femme qui l'avait rejetée, mais il fallait faire la paix, coûte que coûte.

— Justement, je me disais qu'elle pourrait quitter St Margaret. La directrice ne me conseille pas de lui faire poursuivre ses études, alors peut-être apprendra-t-elle des choses plus utiles dans une *finishing school*.

— Si vous voulez mon opinion, ma chère, intervint sir Lionel, cette pauvre petite n'a jamais eu son mot à dire. Je pense qu'elle est suffisamment grande pour qu'on prenne son avis en considération. On obtient parfois de meilleurs résultats en faisant participer les jeunes aux grandes décisions qui engagent leur vie.

— Je la connais, elle va refuser de m'écouter, soupira Phoebe, les larmes aux yeux.

— Mais peut-être pas… Qu'en pensez-vous, Verity ?

— Elle m'a paru avoir un caractère bien trempé, cette petite. Elle n'a pas peur de dire ce qu'elle pense et de se défendre. Je lui ai parlé durement, mais elle est restée très fière. Je pense qu'elle a du cran – et en cela, comme par le physique d'ailleurs, elle ressemble beaucoup à Arthur. J'ai éprouvé un véritable choc quand je l'ai vue à la porte, avoua Verity. Si Mlle Faye pense que Caroline profitera mieux de son temps en terminant son éducation à l'étranger, je crois que cela vaut la peine d'essayer. Elle s'en sortira très bien, vous verrez.

— Prions seulement pour qu'elle revienne saine et sauve…

À cet instant, la porte du salon s'ouvrit et Nan Ibell parut, un grand sourire aux lèvres.

— Je voulais seulement avertir ces messieurs-dames qu'une petite souris toute trempée est arrivée à la porte de ma cuisine. Elle est assise devant une soupe bien reconstituante, et dès qu'elle aura fini, je la mettrai au lit avec une bouillotte. À mon avis, elle s'est assez fait secouer pour aujourd'hui. Après une bonne nuit de sommeil, elle se sentira mieux. Je vous apporte un petit whisky, sir Lionel ?

— Personne ne dira non à un remontant ! intervint Phoebe. Trois verres de whisky, madame Ibell… Et merci !

Son soulagement était tel qu'elle prit de grandes résolutions. Dorénavant, elle écouterait Callie, elle la consulterait, comme le lui conseillait sir Lionel. Elle rachèterait ses erreurs passées et parviendrait à rétablir leurs relations sur des bases solides en se débarrassant une fois pour toutes des mensonges. Ce serait sans doute beaucoup plus facile pour elle que pour Caroline, qui devrait apprendre à la considérer comme sa mère. Il ne faudrait pas oublier cela et elle devrait l'aider, en tâchant de la comprendre.

10

1933-1934

Après le grand drame de la fin de l'été, Caroline ne retourna pas à St Margaret. Sa mère lui présenta cette décision comme une récompense parce qu'elle resterait à Dalradnor jusqu'à Pâques, avec quelques séjours à Londres. Après ces vacances prolongées, elle irait dans une *finishing schoo*l près de chez Marthe et André, dans un château des Flandres. Elle écrivit une longue lettre à son ancienne nourrice pour se confier. Marthe lui répondit très gentiment.

Il vaut mieux savoir la vérité plutôt que de vivre dans le mensonge. Vous devez vous efforcer de comprendre votre mère, qui a cru bien faire pour vous protéger toutes les deux du regard cruel de la société. Il y a beaucoup de points positifs dans ce que vous me racontez. Vous allez pouvoir apprendre à mieux connaître votre grand-père, et Mlle Verity semble vous avoir acceptée. Ayez un peu de compassion pour elle : souvenez-vous qu'elle a perdu son frère à la guerre. Maintenant, sir Lionel pourra se conduire ouvertement en grand-père avec vous. Il pourra mieux vous conseiller et vous épauler pour avancer dans la vie. Je suis heureuse pour vous que vous ayez l'occasion de perfectionner votre connaissance des langues. C'est très utile. Si mes parents n'avaient pas fui en Angleterre en 1914, je n'aurais jamais appris l'anglais, et je n'aurais pas eu la chance de vous connaître et de devenir votre amie. Il ne faut pas avoir peur de prendre des risques…

Marthe avait le don de tout présenter sous un jour favorable, comme Primmy, songea Callie.

Sa mère, qu'elle appelait encore souvent « tante Phee », faisait de gros efforts pour améliorer leurs relations, il fallait l'admettre. Au début, elle s'était même donné tant de mal que Caroline s'était sentie étouffer. Heureusement, le tournage d'un film l'avait obligée à partir, et elle devait rester ensuite à Londres pour travailler à l'école de tante Maisie. Callie la rejoindrait de temps en temps.

La *finishing school* se trouvait à Grooten, au nord-ouest de Bruxelles, non loin de Bruges. Le château, de style gothique, était entouré d'un grand parc bordé d'un lac. Il semblait sorti tout droit d'un conte de fées, avec ses tourelles et sa toiture percée de chiens-assis. De larges degrés menaient à un portique d'entrée sculpté dont la pierre semblait très blanche au soleil. Marthe, qui avait accompagné Caroline au château en autobus après une courte visite chez elle à Bruxelles, n'était pas aussi impressionnée qu'elle.

— Mais c'est immense ! s'exclama Callie alors qu'elles prenaient l'allée. Et c'est beau, vous ne trouvez pas ?

— Peut-être, mais c'est mal entretenu. Les vitres sont sales, et il y aurait besoin d'un bon coup de peinture sur les volets. Et puis regardez ce gravier : il est plein de mauvaises herbes. Vous êtes sûre que c'est votre école ?

— Oui, si c'est bien le château de Grooten… Il appartient à la comtesse van Grooten.

— N'hésitez pas à m'écrire si vous ne vous plaisez pas ici. Je viendrai vous chercher, et vous resterez chez nous.

Chère Marthe, elle savait si bien la rassurer… Les deux jours passés à Bruxelles avaient enchanté la jeune fille. Elle avait joué avec la petite Mathilde, à laquelle elle avait chanté les berceuses de son enfance, retrouvant un bonheur perdu. Si seulement elle pouvait se sentir aussi à l'aise avec Phee, pensa Callie.

Elles sonnèrent, et une femme fluette d'une cinquantaine d'années élégamment coiffée d'un chignon et portant un rang de perles leur ouvrit.

— Ah, voici la jeune Anglaise… Entrez… Accompagnée de sa femme de chambre, je présume ? ajouta-t-elle en se tournant vers Marthe.

— Je suis une amie de la famille. Mme Kortrik.

— Belge ?

— Oui, belge.

La comtesse perdit alors tout intérêt pour elle et ne lui proposa pas d'entrer. En embrassant Callie avant de partir, Marthe lui murmura en flamand à l'oreille :

— Méfie-toi de cette gorgone.

Sa valise à la main, Callie entra dans un hall monumental, où des épées étaient présentées sur les murs et une armure se dressait sur un piédestal.

— Vos camarades sont déjà toutes arrivées. Vous êtes en retard. C'est une impolitesse de faire attendre la maîtresse de maison. Allez défaire votre valise et rejoignez-nous dans la salle à manger. À 17 heures il y a une réunion pendant laquelle je vous lirai le règlement.

Il ne restait que très peu de temps à Callie. Elle monta seule à l'étage et, passablement désorientée, se dirigea vers une porte grande ouverte d'où émanait un bruit de bavardages. Elle trouva une grande salle qui servait de dortoir, occupée par six lits de fer posés sur un plancher nu. Pour seule décoration, des rideaux de soie surmontés d'élégantes cantonnières sûrement beaux autrefois, mais leurs franges étaient désormais fatiguées et leur couleur passée. C'était une chambre triste et peu chaleureuse. Les cinq autres pensionnaires avaient déjà choisi leur lit, laissant évidemment à Callie le plus mal placé, près des hautes fenêtres d'où soufflait un courant d'air glacial. Le petit groupe se tourna vers elle et la dévisagea.

— J'espère que tu as apporté des vêtements chauds, commenta une jolie brune qui parlait avec l'accent américain. On se croirait dans un frigidaire ! Quand papa va savoir comment on nous loge, il sera furieux.

— Il est beau, pourtant, ce château, répondit Callie. C'est plus confortable que le dortoir de mon ancienne pension, en Écosse, je t'assure. Et puis nous allons vers l'été, il devrait bientôt faire plus chaud.

Son optimisme ne consola nullement une autre jeune Américaine qui était au bord des larmes.

— Je ne m'attendais pas à arriver dans un endroit aussi vieux et aussi sale ! Je m'appelle Vanessa, ajouta-t-elle.

— Et moi Clementine, déclara une autre. Ma petite chérie, à côté de certains manoirs anglais dans lesquels j'ai été reçue, c'est un vrai palais ! Quand on est anglaise, comme moi, on ne s'étonne plus de rien. À ce propos, il faudra que je me rappelle que la comtesse van Grooten tient absolument à m'appeler Clemence.

La longue et fine jeune fille serra les mains alentour. Une quatrième, petite et ronde, prit sa suite.

— À mon avis, elle est ruinée. C'est une veuve de guerre, et il paraît qu'elle a trois fils à élever. Elle ne prend des pensionnaires que pour payer leurs études, mais elle s'occupera bien de nous, je crois. Ma sœur est venue il y a deux ans, et elle a appris beaucoup de choses… Je m'appelle Pamela. Et toi ? lança-t-elle en souriant à Callie, elle ne t'a pas rebaptisée comme Clementine, au moins ?

— Non, je m'appelle Caroline, ça devrait lui convenir. Mais je préfère qu'on m'appelle Callie.

Ces présentations à peine terminées, un gong retentit en bas. Caroline posa sa valise sur son lit, tira sur ses chaussettes et passa vite les doigts dans ses cheveux en espérant que la maîtresse de maison ne remarquerait pas qu'elle ne s'était pas changée.

C'était trop demander : la comtesse la considéra d'un œil réprobateur, puis s'adressa au petit groupe d'un ton sévère :

— Considérez que vous êtes un investissement pour vos parents, mesdemoiselles. Ils se sacrifient pour vous élever et pour vous donner une éducation digne d'une jeune débutante, mais ce que vous apprendrez ici vous sera très utile, même si vous aviez le malheur de devoir travailler pour subvenir à vos besoins. La tâche me revient de vous inculquer les bonnes manières et la bienséance. En sortant d'ici, vous aurez la grâce et l'assurance nécessaires pour rencontrer des princesses, et même épouser un prince. Vous me comprenez ?

Elle posa sur chacune d'elles à tour de rôle son regard perçant.

— J'aurais voulu trouver devant moi de belles jeunes filles sveltes et élégantes, mais hélas je ne vois que de vilains petits canards, des dos voûtés et des rondeurs vulgaires. Je vois des chevaux de labour, et je vise à faire de vous des chevaux de course. Je vous apprendrai à porter quelques simples bijoux avec élégance, et non à vous affubler de babioles bonnes pour un sapin de Noël – n'est-ce pas, Vanessa ? Nous serons toutes françaises en matière d'élégance. Vous voyez que je suis de petite taille, eh bien je n'hésite pas à porter des talons pour élancer ma silhouette, et je relève mes cheveux pour dégager mon cou. Ainsi, je semble plus grande et plus altière. Je n'ai pas peur de me transformer en gazelle.

Callie eut du mal à garder son sérieux et attendit la suite avec un intérêt accru.

— Je vais vous enseigner les trois grands arts féminins : comment marcher, s'habiller, et se conduire avec grâce. Je proscris absolument la cigarette : la fumée abîme la peau. Pas de chocolats belges non plus, pas de pâtisseries, pensez à votre ligne. J'exige que vous vous teniez droites, que vous fassiez de l'exercice au grand air, et par-dessus tout que vous vous intéressiez aux arts. J'ai organisé pour vous de nombreuses visites culturelles qui vous permettront d'agrémenter plus tard votre conversation d'anecdotes intéressantes. Vos parents ne regretteront pas leur placement, acheva-t-elle avec un sourire. C'est bien, j'ai terminé. Vous pouvez parler entre vous.

Un lourd silence suivit. L'apprentissage de l'élégance, elles le sentaient, allait être semé d'embûches.

Elles visitèrent tous les musées de Bruges, ville qui, comme le soulignait la comtesse van Grooten, était la Venise du Nord. Elles allèrent voir les dentellières, admirèrent les tableaux des grands maîtres hollandais et flamands. Mais si les matinées étaient très chargées, la comtesse disparaissait l'après-midi dans sa chambre, laissant quartier libre à ses élèves qui pouvaient, selon leurs désirs, lire dehors sur la pelouse, aller faire du cheval ou nager dans le lac. Les repas étaient délicieux, quoique strictement diététiques. Callie n'avait jamais consommé autant d'œufs et de légumes. Les deux Américaines se plaignirent beaucoup au début de la mesquinerie des portions, jusqu'à ce qu'elles constatent les résultats sur la balance. Elles découvrirent qu'elles pouvaient avoir la taille fine !

Au bout de quelques jours nécessaires à l'acclimatation, les élèves sympathisèrent entre elles et firent plus ample connaissance.

— Papa voulait m'envoyer à l'institut de miss Porter, la meilleure *finishing school* des États-Unis, mais j'ai été refusée, confia Vanessa. Miss Porter n'aimait pas mon nom de famille : pas de Greenberg ou de Cohen chez elle. Alors papa s'est dit qu'une école en Europe serait encore mieux. Il a eu raison, je suis contente d'être ici… enfin, pas forcément dans cette ruine en particulier, mais…

Toutes rirent de bon cœur, ayant pris le parti d'endurer l'inconfort et de se serrer les coudes pour tirer de ce séjour le plus de bons souvenirs possible.

Il fallait considérer ces quelques mois comme un rite de passage.

— Vous pensez qu'elle nous donnera notre diplôme ? demanda Vanessa.

Elles se tournèrent toutes vers Callie qu'elles écoutaient et admiraient, d'abord pour son don pour les langues et ensuite pour sa capacité à les faire rire.

— Je ne sais pas… Il va falloir d'abord apprendre à avoir l'air de gazelles !

La bonne entente entre les pensionnaires permit à Callie de se consoler un peu d'avoir perdu ses amies de St Margaret. Et quelques semaines plus tard, la vie au château prit un nouvel intérêt avec l'arrivée inattendue de l'un des fils de la comtesse. Il parut à la table du dîner en habit de soirée et charma aussitôt les convives. Il avait des cheveux bruns bouclés, de très grands yeux gris et un sourire séducteur qui attira comme un aimant les regards des six jeunes filles.

— Mes enfants, déclara la comtesse, je vous présente Louis-Ferrand, mon fils, que je croyais dans les Ardennes mais qui est passé prendre quelques jours de vacances ici. Il est à l'université.

Elle les lui présenta toutes par leur nom, et chacune eut droit à un regard attentif et à un sourire des plus charmants.

— Vanessa, Adele, Sophie, Clemence, Pamela, Caroline…

— Enchanté, dit-il d'une voix profonde.

Quand elles se retrouvèrent seules au salon, Vanessa, très comédienne, s'alanguit dans un fauteuil, portant une main à son front pour les faire rire.

— Mais quel bel homme !

— Je suis sûre que la comtesse l'a fait venir pour nous rendre plus coquettes, au cas où nous nous serions relâchées, plaisanta Callie. Nous voilà toutes rougissantes. Il ne faut rien exagérer : ce n'est encore qu'un étudiant.

— Moi, ça ne me dérange pas, répliqua Pamela. Je ne vois aucun inconvénient à exercer mon pouvoir de séduction sur lui.

— Je vous parie qu'il est pour moi ! clama Clementine.

— Que la meilleure gagne, conclut Vanessa.

Callie eut une pensée apitoyée pour Ferrand. Il revenait chez lui pour se reposer quelques jours, et il tombait sur une bande de jeunes filles en mal d'amour et prêtes à tout pour se faire remarquer.

— Laissez-le tranquille, ce pauvre garçon. Il a l'air fatigué.

— Ne sois pas si sage, Callie. Mais s'il ne t'intéresse pas, tant mieux, cela fera une adversaire de moins.

Ce malheureux Ferrand avait été jeté en pâture à des louves, mais sa mère le défendrait, pensa Callie. La comtesse avait l'air d'idolâtrer ses fils. Il y avait des photos d'eux partout, et il était évident qu'elle ne laisserait aucun de ses angelots tomber entre les pattes d'une étrangère.

Deux jours après cette arrivée remarquée, Callie profita du beau temps pour aller se promener à cheval dans les bois. Le sentier s'enfonçait jusqu'à l'autre côté du lac, à l'arrière du domaine. Il commençait à faire chaud, et, attirée par l'eau, elle attacha la bride d'Alphonse à un arbre, enleva ses chaussures et ses chaussettes et pataugea pour se rafraîchir les pieds, comme elle le faisait à Dalradnor. Un bruit du côté des arbres la fit sursauter. Elle eut l'impression qu'on l'observait. Prise de peur, elle regarda autour d'elle, mais fut vite soulagée. Ce n'était que Ferrand, qui sortit de l'ombre en lui montrant quelque chose qu'il tenait dans sa main.

— Pardon, mademoiselle, j'ai trouvé un fer à cheval sur le sentier. Je me demande si ça n'est pas un de ceux d'Alphonse.

Il approcha du cheval, se pencha et constata :

— Oui, c'est bien à lui, il en a perdu un.

— Je vais rentrer en le menant à pied, dans ce cas, répondit Caroline, gênée de s'être laissé surprendre à jouer comme une enfant. Merci. J'espère que cela ne le fera pas boiter.

— Pour quelques pas, il ne se portera pas plus mal. Vous vous plaisez, ici ? Maman peut être assez… exigeante, ajouta-t-il avec un sourire.

— Je tiens bon pour l'instant, et en cas de besoin j'ai un endroit où m'enfuir !

Elle lui parla de la famille van Hooge et de Marthe, qui venait de se marier.

— Mon père est mort à la guerre, à Lesbœufs, confia-t-elle.

C'était étrange pour elle de parler d'Arthur Seton-Ross à ce garçon qu'elle ne connaissait pas, mais elle en avait eu envie. Elle ajouta quelques mots en flamand, ce qui produisit une réaction inattendue.

— Surtout, ne parlez pas flamand devant maman, Caroline ! Elle est très fière de faire partie de la communauté francophone de Flandre. Mon père était flamand. Moi, je me considère simplement comme belge.

Parallèlement à ses études universitaires, Ferrand suivait un entraînement d'officier de cavalerie.

— Je sais que plus personne ne se sert de chevaux au combat. C'est pour respecter la tradition familiale. En vérité, la seule chose qui m'intéresse, c'est l'histoire.

— Moi, même si je voulais suivre la tradition familiale, je ne le pourrais pas : ma mère était chanteuse de music-hall, et je n'ai aucune oreille.

Ils reprirent le sentier ensemble, elle à pied, tenant son cheval par la bride, et lui au pas sur sa monture. Il la conduisit chez le forgeron, où ils laissèrent Alphonse pour qu'il soit referré.

— Je vais être en retard, s'inquiéta Caroline. Mme van Groote ne sera pas contente.

— Montez avec moi sur Actéon, ce n'est pas loin, cela ne le fatiguera pas.

C'est ainsi que Callie rentra au château assise en croupe derrière Ferrand, le tenant par la taille. Elle fut accueillie par le groupe des pensionnaires, stupéfaites et envieuses. Elle descendit de cheval en remerciant son sauveur, les joues un peu trop roses.

— Ah ! s'exclama Pamela, alors c'est celle qui ne s'y intéressait pas qui remporte la première manche. Comme dit souvent mon père, les Anglaises sont des hypocrites.

— Alphonse a juste perdu un fer !

— Et le prince charmant a volé à ton secours, s'amusa Clementine. Allez, viens, dépêche-toi, ajouta-t-elle en entraînant Callie vers l'escalier, ou tu vas te faire attraper par la comtesse ! D'ailleurs, il vaut mieux qu'elle ne sache pas ce que tu as fait avec son cher fils.

« Pourquoi monter l'histoire en épingle ? se demanda Callie. Il ne s'est strictement rien passé. » Mais quand Ferrand repartit pour Bruxelles, elle eut l'impression que le soleil brillait un peu moins fort.

Deux semaines plus tard, elle reçut une lettre dont elle ne reconnut pas l'écriture. Elle était de Ferrand, qui tenait à lui rappeler leur promenade et à lui dire combien il l'avait appréciée. Il annonçait son retour pour un prochain week-end et lui demandait si elle voudrait bien partir avec lui en pique-nique.

Callie cacha cette lettre et sa réponse à ses indiscrètes compagnes et se réjouit en secret de le revoir. Elle ne s'était jusqu'alors pas beaucoup intéressée aux garçons. Les frères de ses amies ne lui faisaient ni chaud ni froid, et leur conversation l'ennuyait. Soudain, tout un pan de sa personnalité se révéla à elle. Elle ne se connaissait ni rêveuse ni romantique, et pourtant, dès qu'elle pensait à Ferrand, elle était envahie par les plus étranges sensations, et l'attente lui sembla insupportable. Puis il revint et lui passa discrètement un message pour lui donner rendez-vous. Elle découvrit que l'impatience pouvait être une fièvre délicieuse.

Ils partirent à cheval, mais séparément, et traversèrent le bois jusqu'au mur d'enceinte. Ils avaient choisi d'aller le plus loin possible, mais sans sortir du parc pour éviter à Callie de désobéir au règlement. Personne ne remarquerait son absence car elle partait souvent se promener seule. Ils laissèrent leurs montures à l'ombre d'un grand chêne, et Ferrand sortit de sa sacoche des baguettes, du fromage, des tartelettes aux fruits et une bouteille de vin blanc. Il avait même pensé aux serviettes et aux verres. C'était un bien appétissant déjeuner.

Au début, la timidité les fit manger en silence sans oser se regarder. Callie fit un effort pour engager la conversation.

— Êtes-vous déjà allé en Angleterre ?

— Oui, plusieurs fois, avec maman.

— Elle est très fière de vous, votre mère.

— Elle a de grands projets d'avenir pour moi. Karel, le plus jeune, va entrer au séminaire, et Jean-Luc, l'aîné, s'occupera du domaine. J'ai donc la chance de pouvoir me consacrer à ce qui m'intéresse, c'est-à-dire aux civilisations anciennes. Ma formation militaire ne servirait que s'il y avait la guerre, espérons que cela n'arrivera pas. La dernière est toujours tellement présente… C'est très dur pour ma mère d'avoir perdu notre père. Votre mère doit avoir beaucoup souffert, elle aussi ?

Le sujet étant semé d'embûches, elle éluda la question.

— Il ne peut pas y avoir encore la guerre !

— Eh bien, on a beau dire « plus jamais ça », l'Allemagne construit des routes et renforce son armée en secret. Le ressentiment causé par la défaite doit leur donner des idées de vengeance.

— Les Allemands n'ont pas le droit de s'armer… Cela n'arrivera pas de notre vivant, certainement.

— Ne vous inquiétez pas : en cas d'agression, l'armée belge sera là pour vous protéger !

Il rit, et se pencha soudain vers elle pour poser un baiser sur sa joue. Callie ressentit une émotion si intense qu'elle en resta pétrifiée.

— Vous voulez bien que je vous embrasse ? murmura-t-il, l'haleine parfumée par l'odeur fruitée du vin.

— Oui, je veux bien… Personne ne m'a encore jamais embrassée.

— C'est étonnant. Vous êtes tellement ravissante. À côté de vous, les autres ont l'air de petites poupées, mignonnes, mais jolies comme des enfants. Quel âge avez-vous ?

— Presque dix-huit ans.

— Presque une femme alors… Je vais vous embrasser comme on embrasse une femme.

Ses lèvres se pressèrent sur celles de Callie avec une intensité exquise. Ils s'enlacèrent, et le baiser se prolongea si longtemps que Callie eut peur de la passion qu'il engendrait.

Elle s'écarta de Ferrand.

— Vous voyez ? dit-il. Mais je ne veux pas abuser de votre confiance. Vous êtes notre invitée…

Il commençait déjà à se relever.

— Pourquoi dites-vous que vous abuseriez de ma confiance ? répliqua Callie, qui ne songeait déjà qu'à l'embrasser de nouveau.

— Venez, rentrons avant qu'on ne s'aperçoive de notre absence.

Ils rebroussèrent chemin en silence et se séparèrent avant d'arriver à l'écurie.

— Vous voulez me retrouver demain ? demanda-t-il avant de la quitter.

Bien sûr, elle en mourait d'envie… Elle retourna à l'écurie pour étriller son cheval, flottant sur un petit nuage, se rappelant avec délice leur baiser passionné, son premier baiser, et trouvant déjà le temps long.

— Vous rentrez bien tard, mademoiselle Boardman ! Où êtes-vous allée ?

La comtesse montait la garde dans le hall quand Callie rentra, et elle ne l'aurait sûrement pas laissée passer sans continuer l'interrogatoire si Ferrand n'avait franchi la porte à cet instant et volé à son secours.

— Bonsoir, mère, nous sommes allés faire un tour à cheval ensemble.

— Ah oui ? Je vois. Montez vous changer pour le dîner, Caroline… Et toi, ajouta-t-elle en se tournant vers son fils, j'aurai un mot à te dire.

Callie gravit l'escalier en courant. Elle allait se faire belle, très belle. Elle voulait être élégante sans trop s'apprêter, comme une jeune femme qui venait d'être embrassée par un homme beau comme un dieu. Les autres avaient quitté la salle de bains afin de mettre la dernière touche à leur toilette ; exceptionnellement, elle eut donc la pièce pour elle seule. Elle espéra qu'il restait assez d'eau chaude – enfin, d'eau tiède – pour prendre un bain. Elle emprunterait un peu de l'huile à la rose qu'une pensionnaire avait laissée sur le rebord du lavabo.

Tout en faisant sa toilette, elle ne cessa de penser à Ferrand. Il avait changé ses rêveries d'adolescente en une réalité brûlante. S'il l'embrassait de nouveau, elle aurait le plus grand mal à résister au désir qui s'éveillait en elle.

On frappa un coup à la porte, et la comtesse entra, très en colère.

— Sortez de la baignoire, Caroline, j'ai à vous parler.

Gênée, Callie s'entoura de son drap de bain en émergeant de l'eau pour cacher son corps à la directrice, qui l'observait et ne lui laissa même pas le temps de s'habiller. Elle l'entraîna dans le couloir et la fit entrer dans son bureau telle qu'elle était, nue sous sa serviette.

— Caroline, je vous demande de laisser mon fils tranquille ! C'est un scandale ! Vous êtes tous les deux beaucoup trop jeunes. Vous êtes des enfants. Je vous interdis de vous approcher de lui, de le séduire et de le pousser à vous faire des promesses qu'il ne pourra pas tenir.

Caroline, choquée par l'avalanche de reproches délivrés dans un français rapide, se réfugia derrière l'excuse la plus simple.

— Pardon ? Je ne comprends pas.

— Ah, j'oubliais que vous avez été élevée par une Flamande ! Votre français est trop rudimentaire. Mon fils n'est pas pour vous, je vous dis. Vous êtes anglaise, de religion protestante. Nous, nous sommes catholiques. Nous sommes des aristocrates – et vous, la fille sans père d'une chanteuse de music-hall. C'est incroyable ! Il faut que cette amourette cesse à l'instant. Mon fils est fiancé à la fille de ma cousine, Albertine d'Orlange. Il sait où est son devoir. N'imaginez surtout pas que c'est la première fois qu'il s'écarte du droit chemin. Ce garçon papillonne, et il aime venir voir mes pensionnaires, mais il ne faut pas le prendre au sérieux. Vous avez le privilège d'être invitée chez moi parce que le château me coûte une fortune à entretenir, mais c'est la seule raison de votre présence ici, en ce qui me concerne. Comprenez-vous ce que je vous dis ? hurla-t-elle comme une furie.

Callie hocha la tête, ahurie par cette violence, incapable de se défendre. Ainsi, Ferrand folâtrait avec toutes les nouvelles pensionnaires. Elle n'avait été qu'un jouet entre ses mains. Dire qu'il était fiancé… C'était cruel de ne pas le lui avoir appris. Quelle honte elle éprouvait !

— Allez vous habiller, ordonna la comtesse.

— Il vaudrait peut-être mieux que je ne descende pas dîner.

— Vous descendrez pour nous montrer ce fameux self-control dont vous êtes si fiers, vous, les Anglais. Vous seriez bien avisée de ne raconter à personne ce qui s'est passé et de ne pas faire de scène que vous pourriez regretter plus tard.

Callie retourna dans le dortoir et vit avec soulagement que les autres étaient déjà descendues. Elle s'habilla, les mains tremblantes, renonça à épingler son chignon sans l'aide d'une camarade et laissa ses cheveux blond doré descendre sur ses épaules. Elle ravalait ses larmes, choquée par l'horrible scène que venait de lui faire la directrice. Il allait falloir descendre la tête haute, et ne pas donner à Ferrand la satisfaction de la voir souffrir.

Tous les visages se tournèrent vers elle quand elle entra dans la salle à manger. La comtesse avait pris place comme toujours en bout de table. Elle joua parfaitement la comédie et se montra charmante.

— Ah, vous voilà, chérie. Je crois que vous êtes restée un peu trop longtemps au soleil, vous avez les joues toutes rouges.

Callie vit aussitôt que la place de Ferrand était vide, et la comtesse suivit son regard.

— Hélas, mon fils a dû repartir très vite à cause de ses études. Il vous transmet à toutes ses excuses pour n'avoir pas pu vous dire au revoir. Il est désolé, mais le devoir d'abord, n'est-ce pas ?

Callie avala son dîner comme un automate, profondément mortifiée. Ferrand s'était fait rappeler à l'ordre par sa mère, et il avait fui sans demander son reste et sans chercher à la revoir. Quel être faible et méprisable !

Ainsi, leur idylle n'avait rien signifié pour lui. Elle lui avait, comme tant d'autres, servi à occuper agréablement un après-midi. Sa déception était immense. Et puis elle pensa à Ted Boardman et à sa réflexion : « Bon chien chasse de race. » Elle s'était interrogée alors sur ce qu'il avait voulu dire, mais maintenant elle comprenait : elle ressemblait à sa mère parce qu'elle avait la capacité de cacher ses sentiments et de jouer la comédie. Pourtant, il lui en fallut, du courage, pour sourire et bavarder afin de donner le change, de ne pas montrer le moindre signe des tourments qu'elle endurait ! « Que ce soit une leçon, se dit-elle. À l'avenir, tu te méfieras des garçons faibles qui ne savent pas quitter les jupes de leur mère. Tu mérites mieux. »

11

Phoebe mit un instant à reconnaître Caroline à la descente du train qui la ramenait de Belgique via la liaison maritime. La transformation était sidérante. Elle semblait plus grande, marchait en se tenant très droite, avec assurance, les cheveux blondis par le soleil. La gauche adolescente s'était muée en une jeune femme élégante, portant un joli ensemble de lin et un charmant chapeau.

— Enfin, te voilà ! s'exclama Phoebe en lui tendant les bras. Je commençais à trouver le temps long.

— J'ai eu envie de rester un peu avec Marthe pour l'aider à s'occuper du bébé. La petite est adorable, et je prends mon rôle de marraine très au sérieux.

Comme toujours quand il s'agissait de Marthe, Phoebe éprouva une pointe de jalousie, mais elle se domina et sourit.

— Parfait… Tu me raconteras tout ça à l'appartement.

— Nous restons à Londres avant de repartir pour l'Écosse ?

— Oui, quelques jours. Il y a eu un contretemps, je t'expliquerai. Mais c'est tant mieux : ainsi tu pourras voir tes nouvelles amies.

— Quelles nouvelles amies ?

— Eh bien, je ne sais pas… Celles que tu t'es faites à ton école belge.

— Je n'ai envie de garder de contacts avec personne en particulier… Viens, sortons de cette gare, j'ai besoin de prendre un bain après le voyage.

Caroline avait toujours fait cela au retour de St Margaret, songea Phoebe : elle laissait sa valise sans l'ouvrir, courait se plonger dans l'eau chaude, puis paressait sur son lit avec un livre. Mais maintenant, il ne s'agissait plus de se conduire comme une enfant : elle avait dix-huit ans et son avenir à préparer.

De retour à l'appartement, Phoebe vit combien elle se trompait. Caroline avait changé beaucoup de ses habitudes. Elle ouvrit sa valise, en sortit vêtements et cadeaux qu'elle laissa pêle-mêle sur le lit, et mit la radio. Le salon de Phoebe se remplit de musique et de fumée de cigarette.

— Tu fumes, maintenant ? Je n'apprécie pas beaucoup.

— Tout le monde fume. J'ai acheté un fume-cigarette en ivoire. Quand on a de la classe, c'est la meilleure façon d'en griller une.

— C'est ça qu'on t'a appris chez la comtesse ?

— Je sais aussi faire des cocktails, préparer une omelette dont tu me diras des nouvelles, choisir un rang de perles et jouer au poker.

Voyant l'air catastrophé de sa mère, Callie éclata de rire.

— Non, je blague ! Mais il y avait avec moi deux Américaines qui adoraient jouer aux cartes, et elles nous ont appris plein de jeux. Tu tournes, en ce moment ?

— Non, c'est calme. Ça me laisse du temps pour l'école de Maisie. Nous avons commencé à organiser des cours de danse de salon qui nous occupent beaucoup. Ça te plairait de venir travailler avec nous ? Nous avons besoin de monde.

— Tu sais que je suis incapable de danser, dit légèrement Caroline en prenant un magazine.

— On ne te demandera pas de danser. Ce serait pour t'occuper du secrétariat, répondre au téléphone. Nous ne nous en sortons pas.

— Je ne m'y connais pas non plus en secrétariat.

— Tu t'y mettras vite. Ça ne durera que quelques semaines, pour inscrire les nouveaux élèves. Tout le monde veut apprendre les danses à la mode pour briller dans les bals.

— Mais je dois aller à Dalradnor ! J'ai invité Primmy à me rejoindre.

— Tu viens de passer six mois de vacances à l'étranger, tu trouves que ça ne suffit pas ?

Phoebe se reprocha sa sécheresse, mais il fallait que Caroline apprenne à penser un peu aux autres. Callie, de son côté, n'était pas prête à céder et retrouvait son envie de contredire toujours Phoebe.

— Je ne suis pas rentrée depuis plus de cinq minutes que c'est déjà le bagne ! Tu veux m'inculquer les valeurs du travail et de l'effort, à ce que je vois…

— Va à Dalradnor une semaine si tu y tiens absolument, mais Maisie a vraiment besoin de ton aide. Elle a des ennuis de santé, et Kitty s'inquiète. On ne s'en sort pas.

Caroline, qui s'était levée pour aller à la cuisine, s'arrêta net.

— Maisie est malade ? Mais il fallait me le dire tout de suite ! Qu'est-ce qui ne va pas ?

— Une tumeur, dans le bas-ventre... Elle a été opérée. On lui a tout enlevé, et ça l'a épuisée.

— Et tu ne m'avais pas mise au courant ! Je ne pouvais pas deviner. Je suis désolée. Bien sûr que je vais vous aider... du moment qu'on ne me demande pas de danser.

Phoebe, très soulagée, expliqua à Caroline que personne à l'école ne savait que Maisie avait été opérée d'un cancer. On parlait seulement d'indisposition passagère et d'un grand besoin de repos. Elle n'ajouta pas que Kitty lui avait confié d'autres craintes :

« Elle pourra donner ses cours assise dans un fauteuil pendant un temps, mais j'ai peur que la maladie ne soit pas terminée. Son teint est trop pâle, trop jaune, c'est mauvais signe. Il faut nous tenir prêtes à prendre complètement le relais. »

Phoebe se désespérait à l'idée de perdre Maisie. Billy faisait de son mieux pour les seconder, et Phoebe elle-même était prise pratiquement à plein temps. Si Caroline pouvait assurer le secrétariat, ce serait une grande aide, mais l'objectif à long terme était de lui faire prendre la direction de l'école. La visite à Dalradnor devrait attendre. La propriété était entre de bonnes mains, entretenue par Nan Ibell, toujours fidèle à son poste et maintenant secondée par Mima, sa fille mariée depuis peu. Caroline retrouverait plus tard sa chère maison en bon état.

L'école de danse Maisie-Gibbons, à deux pas de Kensington High Street, était installée dans une grande maison de ville qui avait connu des jours meilleurs mais offrait de beaux espaces. En haut d'un grand escalier, l'ancienne salle de bal, tapissée de miroirs aux cadres dorés et dotée de barres d'exercice sur deux côtés, avait été équipée d'un parquet flottant en chêne pour les cours de danse. Elle fleurait bon le bois et la colophane, et était louée le matin à des danseurs professionnels qui venaient y répéter. Une pièce à côté servait de vestiaire, et l'ancienne bibliothèque avait été aménagée en secrétariat et en salle de repos pour le personnel.

Phee n'avait pas exagéré en disant qu'ils étaient dépassés. Les papiers et les lettres débordaient des tiroirs, des factures à payer étaient épinglées au mur, du courrier en attente s'empilait ; et des pyramides poussiéreuses de *Stage*, le magazine de la scène, voisinaient sur un grand bureau avec des tasses à café sales, une machine à écrire cacochyme et un téléphone. Si on avait faim, on avait pour tout recours que quelques sablés émiettés dans une boîte à biscuits. Callie se sentit investie d'une mission qui frisait l'impossible. L'été paresseux qu'elle venait de passer au château de Grooten lui semblait bien loin. Elle sourit, songeant à Ferrand et aux tourments par lesquels elle était passée. Sa première fureur n'avait pas eu le temps de s'apaiser qu'elle avait reçu une lettre de lui. Elle avait failli la jeter sans la lire, mais elle l'avait tout de même ouverte.

Je suis confus d'être parti sans vous revoir, mais maman m'a poussé à bout. L'absence de combattant était par ailleurs, je vous assure, le seul moyen de vous épargner sa colère. Elle ne peut s'empêcher de vouloir gouverner mes fréquentations, c'est usant. Je ne suis pas fiancé, contrairement à ce qu'elle a dû s'empresser de vous dire, et je n'ai aucune intention de me marier avant longtemps. Mon frère Karel lui a échappé d'une certaine façon en entrant au séminaire, et Jean-Luc, qui vient de décider d'intégrer l'armée, n'est plus sous sa coupe. Quant à moi, je compte poursuivre mes études à l'étranger, loin d'elle.

Je vous présente mes plus humbles excuses pour vous avoir laissée l'affronter seule, mais c'était la meilleure chose à faire vu les circonstances. Elle est incapable de laisser ses enfants en paix. J'ai énormément apprécié notre rencontre et ces deux moments charmants passés en votre compagnie. J'espère sincèrement que nous aurons l'occasion de nous revoir un jour,

Votre ami

Louis-Ferrand van Grooten

Il n'y avait pas d'adresse d'expéditeur, mais Callie ne le regretta pas. Ils n'avaient vécu qu'une amourette de vacances, et il ne fallait rien attendre de plus. Elle avait cependant été soulagée de ne pas être tombée sous le charme d'un don Juan méprisant, comme la comtesse le lui avait donné à entendre. Ses premières impressions étaient justes : Ferrand était un jeune homme sincère qui s'interrogeait tout comme elle sur le monde et la voie qu'il devait prendre. Cette pauvre comtesse s'imaginait dominer ses enfants, alors qu'ils lui échappaient.

En regardant le désordre qui l'entourait, Callie retourna à la dure réalité. En d'autres circonstances, elle aurait été tentée de renoncer, mais elle ne voulait pas abandonner Maisie.

Callie enviait à Phee ses fidèles amis, toujours présents en cas de crise. Ils avaient traversé une guerre ensemble, vécu des deuils et des déceptions, mais ils trouvaient encore le courage de rire. On ne pouvait qu'admirer le cran et le dynamisme de cette génération. En comparaison, sa vie était plutôt solitaire.

Primrose poursuivait ses études à Oxford. Callie alla passer deux jours avec elle dans son université. C'était comme une pension de luxe, avec des amphithéâtres grandioses au lieu de salles de cours. Elle tâcha de ne pas être jalouse, mais elle lui enviait sa vie et ses nouvelles amies, alors qu'elle-même était cloîtrée à l'école de danse. Elles promirent de s'écrire régulièrement, mais leurs chemins s'éloignaient.

Un après-midi, un groupe de nouvelles clientes vint à l'école pour s'inscrire aux cours de danse de salon. Callie remplissait leurs fiches lorsque deux retardataires rejoignirent les premières arrivées et qu'une voix lui fit lever la tête.

— Ça alors, Callie Boardman ! Qu'est-ce que tu fais ici ?

C'était Pamela Carluke et Clementine, du château de Grooten, très élégantes en manteau d'hiver et joli chapeau.

— J'aide mes tantes, répondit Callie, embarrassée. Je suis surprise qu'on laisse des débutantes se promener sans chaperon !

— C'est toléré quand on est en groupe, comme tu dois le savoir, ma chère, et nous avons besoin de nous préparer pour les soirées qui s'annoncent. Seules les vraies gazelles décrocheront de bons partis ! Et toi ? Tu as revu le beau Ferrand ?

— Non, que veux-tu, la gorgone montait la garde.

Pamela se tourna vers ses amies.

— Je ne vous ai pas parlé de la comtesse ? Un personnage incroyable. Il faudra qu'on vous raconte tout ça, Clemmie, Callie et moi.

Mais c'était l'heure du cours. Jem, le maître de danse, appela ses élèves et les fit mettre par deux pour apprendre les pas. Callie regarda un moment ses anciennes camarades, envieuse des progrès qu'elles réalisaient sous sa direction, sévère mais compétente.

À la fin du cours, Pam passa au secrétariat et lança à Callie :

— Nous allons prendre le thé, viens avec nous !

Phee répondit à sa place :

— Va, ma chérie, tu as mérité une pause. Je suis contente que tu aies retrouvé tes amies.

Callie prit son chapeau et son manteau et descendit avec les débutantes, un peu mal à l'aise. Elle ne connaissait pas Clemmie et Pam aussi bien que Phee semblait le croire, et leurs quatre amies lui étaient totalement inconnues. Ce n'était cependant pas une raison pour ne pas profiter de cette belle occasion de prendre l'air et de s'amuser un peu avec des jeunes filles de son âge. Soudain, Londres lui sembla beaucoup plus gai.

Ces thés après les cours devinrent une habitude, et Callie se laissa convaincre de se joindre à leurs leçons de tango. Clemmie était déjà une danseuse hors pair. Sa cambrure était parfaite et sa grâce exceptionnelle, et on avait envie de l'imiter. Les quelques mois passés au château ayant fait perdre à ces jeunes filles leurs kilos superflus et l'heure d'exercice soutenu aiguisant leur faim, elles s'autorisaient à satisfaire leur gourmandise après la leçon. Elles essayaient toutes les délicieuses pâtisseries du salon de thé qu'elles avaient découvert près de chez Harrods.

— Il faut que tu viennes danser avec nous au Club 400, ils ont les meilleurs orchestres de Londres, insistait Pam auprès de Callie. Je t'en prie, viens. Tu rencontreras tous nos amis. Ta tante n'a pas de craintes à avoir. Nos frères et nos cousins nous accompagnent, et ils sont très bien élevés.

— Je n'ai rien à me mettre.

— Tu penses ! s'exclama Clemmie, tu n'as pas besoin de grand-chose, il fait très chaud à l'intérieur. Un rien nous habille, comme dirait la comtesse. Tu vas voir, on va bien s'amuser.

Pour sa première sortie dans un night-club, Callie mit des heures à se préparer. Maisie lui avait donné une de ses robes du soir en crêpe de satin bleu qui, après avoir été reprise avec art par Phee, lui allait comme un gant. Elle s'était fait onduler et coiffer à la dernière mode, et avait emprunté la vieille étole de fourrure de Kitty qui empestait la naphtaline.

— Elle me l'avait prêtée le soir où j'ai rencontré ton père, lui dit Phee en l'aidant à parachever sa toilette.

Callie préféra ne pas répondre. Elle se doutait que Phee lui tendait une perche pour lui parler de cette période, mais leurs relations avaient beau s'être améliorées, il valait mieux ne pas aborder ce sujet sensible.

Phoebe la mit dans un taxi, pourvue d'une somme suffisante pour sa soirée et son retour. Elle emportait un rouge à lèvres et une paire de bas de rechange, un peigne et quelques épingles à cheveux. Plus la voiture approchait de sa destination, plus l'anxiété de Callie montait. « Et si personne ne m'invitait à danser ?

Si aucune de mes amies ne venait ? » se demandait-elle. Elle regrettait d'avoir accepté de sortir.

Quand elle arriva au bar du Ritz où elles avaient rendez-vous, un groupe était déjà rassemblé qui se tourna vers elle, pour son plus grand embarras. Il y avait là de grands jeunes gens en habits de soirée, répondant aux noms de Jock, Biff, Pongo et Paddy, qui escortaient leurs sœurs, Hermione, Cecilia ou Annabelle. Pam était venue avec sa sœur Poppy, et Clemmie avec sa cousine Belinda.

Pam lui jeta un regard admiratif.

— Callie, tu es magnifique. Le bleu nuit te va à merveille.

Aux tables, on buvait des gin-fizz. On lui mit un verre dans la main, et bientôt elle ne fut plus du tout timide. La douce chaleur de l'alcool était souveraine contre l'anxiété. Il était déjà tard quand ils se dirigèrent vers Leicester Square et le club, proche du théâtre de l'Alhambra. Callie découvrit avec bonheur un monde sombre et souterrain baigné de lumières tamisées, enfumé et résonnant d'une musique qui aurait pu vous faire danser toute la nuit.

La décoration étonna Callie : soie rouge et tentures de velours, banquettes rembourrées le long des murs. Des appliques dorées servaient à l'éclairage, ainsi que des bougies sur les tables. Elle s'était attendue à trouver une salle de bal, des lustres, mais cet espace confiné et saturé de monde était beaucoup plus amusant. Un orchestre jouait sur une estrade, devant les couples qui évoluaient, serrés les uns contre les autres sur la piste de danse. Tous semblaient se connaître. Ils avaient partagé les mêmes jeux au parc avec leurs *nannies*, avaient fait leurs études ensemble.

— J'espère que papa n'est pas là avec sa maîtresse, murmura Belinda. Je ne veux pas avoir à mentir à maman. Il prétend toujours qu'il doit travailler tard à la Chambre des députés, quand il sort.

Ils trouvèrent des places pour s'asseoir et formèrent des couples afin de danser sur les airs de swing que jouaient les musiciens noirs.

Nigel présenta sa main à Callie pour l'inviter tout en l'avertissant :

— Je ne suis pas très bon danseur.

Ce n'était pas de la fausse modestie. Il dansait en effet très mal, et Callie retrouva son coin de banquette avec soulagement après s'être fait écraser les pieds. Elle aurait préféré attendre un peu avant de continuer, mais l'air suivant était un tango.

— Viens, Callie, on va leur faire une démonstration ! s'écria Pamela. Tu n'as qu'à mener, tu es la plus grande.

Elle firent de leur mieux, mais ne réussirent qu'à rire beaucoup de leurs efforts infructueux. Callie se sentit un peu honteuse en voyant à côté d'elles un couple magnifique, l'homme en habit de soirée, la femme portant une robe rouge très ajustée, fendue sur la cuisse.

— Ce sont sûrement des danseurs professionnels, remarqua-t-elle.

— Détrompe-toi, répliqua Pam. Tu ne vois là que Toby, qui essaie de se faire remarquer. Un vrai don Juan, à ne pas laisser entre toutes les mains… et qui est d'ailleurs un peu libre avec les siennes…

Callie ne parvenait pas à détacher les yeux du couple qui dominait la piste de danse. Leur présence était électrique, leurs postures parfaites, leurs regards de braise et leurs poses théâtrales.

— Comment se fait-il qu'il danse aussi bien ?

— Toby roule sa bosse. Il voyage beaucoup. Je crois même qu'il vit la plupart du temps à l'étranger. Tu vois comme il a le teint hâlé ? Il aime s'entourer de mystère. Tu veux faire sa connaissance ?

— Non, surtout pas, merci !

Ce jeune homme l'effrayait. Il avait le regard trop intense, une gestuelle trop sensuelle.

Elles rejoignirent leurs amies, mais dès que le tango fut terminé, Pamela se dirigea vers le couple de danseurs pour les introduire dans leur cercle.

— Mon amie aimerait beaucoup vous rencontrer, Toby, dit-elle avec un sourire faussement innocent. Toby Lloyd-Jones… Caroline Boardman.

Callie, encore mortifiée de s'être donnée en spectacle avec Pamela, se mit à bégayer.

— Mais non, non… Nous admirions simplement votre technique. Nous prenons des cours de danse, mais je n'arriverai jamais à un résultat pareil, même après des centaine d'heures d'exercice.

Elle se tourna vers ses amies pour quêter leur approbation, mais elles s'étaient évaporées.

— Je ne vous ai jamais vue dans ce club, il me semble, remarqua Toby en la dévisageant avec intérêt.

— J'ai rencontré Clemmie et Pam en Belgique où nous avons fini notre éducation. J'aime beaucoup ce club, la musique est très bonne.

Callie avait beau jouer la décontraction, elle avait l'impression d'être une ingénue dans ce monde de la nuit. Toby, lui, était parfaitement à son aise. Il était d'autant plus impressionnant qu'il était plus âgé que sa bande d'amis… Il semblait avoir au moins trente ans.

— Je vous présente Pearl, qui est en tournée avec l'orchestre, dit-il en désignant sa partenaire.

La jeune femme à la peau couleur café et aux grands yeux sombres sourit à Callie.

— Je ferais mieux de vous laisser, c'est bientôt mon numéro de chant. Au revoir, Toby chéri, ajouta-t-elle en posant un baiser léger sur les lèvres du jeune homme.

Callie voulut partir aussi, mais Toby l'arrêta.

— Voulez-vous danser avec moi ? Je crois que votre partenaire vous a abandonnée.

Sans attendre de réponse, il l'entraîna dans un quickstep endiablé. Il la menait avec une telle assurance qu'elle put se laisser aller au plaisir de la danse.

— Alors, vous n'êtes pas habituée à la vie nocturne londonienne ?

— Je préfère l'Écosse, où nous avons une maison que j'aime beaucoup. Mais une de mes tantes est malade… Elle dirige une école de danse, alors je mets la main à la pâte en attendant qu'elle se rétablisse.

Elle n'en dit pas plus, ayant fort à faire pour ne pas manquer ses pas. Toby sentait bon la lotion après-rasage et le tabac, sur un fond subtil et mystérieux qui n'appartenait qu'à lui.

— La musique est excellente dans ce club, déclara-t-il. C'est mon préféré à Londres. Malheureusement, je ne peux venir que rarement.

— Pamela m'a dit que vous étiez souvent à l'étranger.

— Oui, je me déplace beaucoup. Je suis conseiller en investissements. Nous suivons plusieurs affaires au Caire, en ce moment, et sur les bords du Nil.

C'est un secteur en développement. Il faut d'ailleurs que j'en touche un mot à ses frères.

— L'Égypte, cela fait rêver. Je me suis beaucoup intéressée à l'histoire de Toutankhamon et à la découverte des tombes des pharaons.

— Il faut aller voir les pyramides à dos de chameau, surtout quand le soleil se lève sur le désert. Là, on prend toute la mesure de leur immensité.

— Comme j'aimerais voir ça ! J'ai vu le mont Blanc et la tour Eiffel, mais rien d'aussi grandiose. Vous avez beaucoup de chance.

Elle prenait un plaisir extrême à danser dans ses bras, et elle fut désolée quand le morceau s'acheva.

— Venez, allons nous asseoir, proposa-t-il. Je vais nous chercher des boissons.

— Je ferais mieux de rejoindre mes amis…

Il insista, et, flattée par l'attention qu'il lui portait, elle ne put résister à la tentation de rester encore un peu avec lui, au risque de paraître impolie auprès de sa bande.

— Juste un verre alors. Merci.

Il trouva une banquette libre dans un coin, et se rendit au bar pour prendre une bouteille de champagne. Clemmy en profita pour venir aux nouvelles.

— Alors, voilà que tu recommences ! Tu nous fauches toujours les plus beaux garçons. Comment t'y es-tu prise ?

— Je n'ai rien fait du tout, chuchota Callie. Nous prenons juste un verre. Il est un peu vieux pour moi.

— Penses-tu ! Ça change des blancs-becs. Je ne l'avais pas vu depuis longtemps. Tu as de la chance. On ne sait jamais où Toby sera d'un jour à l'autre.

Profites-en bien tant que tu peux… et raconte-nous tout la prochaine fois au cours.

Callie était simplement venue pour danser et n'avait pas l'intention de tomber dans les bras du premier homme qui s'intéressait à elle. Mais Clemmie avait raison, se dit-elle : Toby avait le don de rendre les femmes sentimentales, et il n'avait sûrement pas une mère qui montait jalousement la garde. Cependant, il pouvait être marié. Tout cela était un peu trop beau pour être vrai, aussi décida-t-elle de mener sa petite enquête. Quand il revint avec la bouteille de champagne et deux verres, elle commença son interrogatoire avec le sourire.

— Vous avez de la famille à Londres ?

— Au pays de Galles. Mes parents se sont retirés à la campagne pour mener une vie tranquille. Je suis leur unique fils, précisa-t-il en tapotant le bout de sa cigarette sur son étui en or.

— Pas de femme vous-même, pas d'enfants ?

— Mon Dieu, non ! Je ne suis pas marié, pas encore. Je veux trouver l'épouse idéale, ce qui s'avère d'une grande difficulté !

Son rire et son regard pénétrant la firent rougir et détourner les yeux.

— Je ne voulais pas être indiscrète.

— Vous faites bien de poser la question. Qui sait combien de petits secrets sordides se cachent ici ce soir ? Vous pourriez être fiancée vous-même et surveillée par un garçon jaloux.

— Oh non ! répondit-elle un peu trop vite. J'ai bien le temps de me laisser enchaîner. Je n'ai que dix-huit ans.

— Eh bien, quelle coïncidence : tous les deux libres et assoiffés d'aventure.

Cette fois, il piégea son regard et le retint un peu trop longtemps.

— Vous êtes extrêmement séduisante… Vous savez ce que vous voulez et comment l'obtenir, cela se voit.

Il ajouta cela en lui touchant le bras. À ce contact, un long frisson la parcourut.

— Il faut nous revoir, Caroline. Pas ici, pas si tard. Pour dîner. Je connais un charmant petit restaurant où nous pourrons nous retrouver en paix loin des indiscrets.

— Je dois demander l'autorisation à ma tante. Je vis avec elle à Marylebone.

— Permettez-moi de venir faire sa connaissance, alors. Elle pourra vérifier que je suis un garçon respectable, et que j'ai suffisamment d'argent à la banque, si cela l'inquiète.

C'était un peu gênant, pensa Callie.

— Ne vous donnez pas cette peine, répondit-elle, je suis sûre qu'elle acceptera. Je serai ravie de dîner avec vous.

— C'est parfait. Retrouvons-nous un peu plus tôt pour faire quelques courses. J'ai besoin de conseils pour meubler mon nouvel appartement. Il n'est pas encore prêt, ce qui fait que j'ai dû prendre une chambre en ville. Je dois retourner au Caire, mais je ne sais pas exactement quand. Cela dépendra de certains rendez-vous… Venez, dansons. Nous avons la nuit devant nous.

Quand elle voulut rentrer, il lui trouva un taxi et lui fit promettre de le joindre le mercredi suivant à Burlington Arcade.

— Bonne nuit, et soyez sage, dit-il en lui posant un baiser sur la joue. Voilà pour vous faire patienter… Je suis bien heureux de vous avoir rencontrée ce soir.

Callie avait l'impression de rêver : elle n'avait jamais connu personne comme Toby. C'était un homme actif qui réussissait dans la vie tout en restant charmant et discret. Il ne s'était pas imposé et l'avait séduite en lui montrant simplement le pouvoir qu'elle exerçait sur lui. Sa hâte de le revoir était grande.

12

Phoebe vit que Caroline avait changé dès le lendemain de sa première sortie au Club 400. Elle apparut les joues roses, l'air heureux, et elle montra ensuite un tel intérêt pour sa toilette qu'elle ressemblait à une gravure de mode. Quelques jours plus tard, elle sortit faire des courses et revint avec un exquis foulard en soie aux tons pastel sans doute très coûteux et d'excellent goût. Elle alla dîner avec sa bande d'amis et danser à l'Embassy puis au Florida, des night-clubs dans lesquels Phee ne s'était jamais aventurée. Ses camarades étaient des jeunes filles et des jeunes gens de bonne famille sans être trop mondains, et appartenaient précisément au milieu qu'elle avait visé pour sa fille. Elle se félicita donc d'avoir si bien soigné l'éducation de Callie, qui lui donnait une chance de s'intégrer à la bonne société. Mais dans le même temps, l'école de danse était en train de perdre sa directrice : Maisie ne quittait plus son lit et avait besoin de soins constants. Comme son appartement était au-dessus de la salle de danse, il fallait veiller à ce qu'il n'y ait pas trop de bruit pour ne pas la déranger. C'était une période très difficile pour Phee.

Elle constatait que Callie faisait merveille au secrétariat : elle avait réussi à remettre de l'ordre dans les dossiers et gérait leurs activités avec méthode. C'était très bien. Néanmoins, que se passerait-il après la mort de Maisie ? Phee espérait garder le bail pour continuer les cours, car ils affichaient complet, mais elle redoutait la nouvelle ère qui s'annonçait, et était désespérée de perdre son amie.

Caroline ne semblait pas se laisser démoraliser. C'était peut-être pour fuir la triste ambiance qu'elle restait aussi peu à la maison, mais Phoebe la soupçonnait d'être amoureuse.

— Avec qui sors-tu, ce soir ? Je n'ai pas bien saisi le nom de ce jeune homme, dit-elle un jour d'un ton plaisant.

— Je ne crois pas avoir dit que c'était un jeune homme, répondit Caroline en rougissant.

— Ne sois pas si timide. Je ne te reprocherai pas d'avoir un faible pour un garçon. J'ai été jeune, moi aussi. J'avais ton âge quand j'ai rencontré Arthur.

— Eh bien… Il s'appelle Toby, il vient du pays de Galles, et il va bientôt partir en Égypte.

— Il est dans l'armée ?… Un officier ?

— Non, il est dans les affaires. Il est directeur d'une société d'investissement.

— Très impressionnant ! Pourquoi ne l'amènerais-tu pas prendre le thé un jour ?

Malgré son ton léger, Phoebe s'inquiéta soudain. Fréquenter un homme mûr, c'était autre chose que de s'amouracher d'un jeune homme.

— Je ne sais pas… Il est très pris. Mais c'est quelqu'un de bien. Un bel homme, il te plairait.

— Et… quel âge a-t-il, ce bel homme ?

— Quelques années de plus que moi, mais l'âge ne compte pas.

— Cela dépend.

Si Caroline refusait de dire son âge, c'était mauvais signe, pensa Phoebe. Son innocente fille risquait d'être manipulée par un homme plus expérimenté qu'elle.

Une semaine après, tard dans la soirée, Caroline fit irruption dans la chambre de Phoebe, toute joyeuse.

— Toby nous invite à déjeuner au Ritz, puisque tu veux le rencontrer. Il n'est pas snob, mais je t'en prie, ne porte pas ton chapeau avec la voilette : il est horrible et il ne va pas avec ton tailleur.

Phoebe, qui adorait son chapeau à voilette, fut assez vexée, mais promit de ne pas le mettre pour faire plaisir à sa fille.

— Et ne t'avise pas de plaisanter sur mes mauvais résultats scolaires, ajouta Callie.

— Ça n'est pas dans mes habitudes ! Tu n'étais pas mauvaise élève, simplement tu n'étais pas taillée pour suivre un cursus universitaire, comme Primrose. J'imagine que je ne dois pas lui avouer non plus que je suis née dans les quartiers pauvres de Leeds ?

— Surtout pas ! s'exclama Callie sans voir qu'elle plaisantait. Et ne le bombarde pas de questions.

— Mais je pourrai tout de même ouvrir la bouche ? N'aie pas peur. S'il est aussi charmant que tu le dis, il me prendra telle que je suis. Ça n'est pas moi qui l'intéresse. Je ne suis que ta mère.

— Voilà… Justement. Il pense que tu es ma tante. Je préfère rester discrète sur les circonstances de ma naissance, si tu veux bien.

— Pourquoi ne pas lui avoir dit simplement que j'étais veuve de guerre ? Il vaut mieux ne pas trop compliquer les mensonges, chérie.

— Eh bien, tu vois, j'ai suivi ton exemple !

Peinée d'être renvoyée à ses contradictions, Phoebe eut peur. En lui donnant la place de tante, sa fille lui retirait un peu de son autorité et la mettait dans une position fausse.

Toby Lloyd-Jones les attendait au bar du restaurant. C'était un homme bien bâti, remarqua-t-elle, et vêtu d'un costume sur mesure de qualité. Il avait des traits réguliers, un menton décidé, un regard intense, et les boucles noires qui réussissaient si bien aux acteurs gallois. Son visage séduisant était bruni par le soleil.

Il lui tendit la main avec un sourire.

— Mademoiselle Faye, j'ai beaucoup entendu parler de vous. Vous faites partie de ces charmantes chanteuses de music-hall que mon père admirait tant. Je suis enchanté que vous ayez pu vous libérer pour me rencontrer.

L'appréhension de Phoebe ne fut nullement apaisée par cette première approche. Toby était beaucoup plus âgé qu'elle ne l'avait espéré.

Le déjeuner fut délicieux : mousse de saumon fumé et suprême de poulet, arrosés d'un bon vin. Caroline était de toute évidence mal à l'aise, mais ravissante dans son ensemble bleu clair, avec ce chapeau qui encadrait ses traits à la perfection. Sans doute avait-elle été conseillée dans cet achat par l'homme de bon goût qui était assis en face d'elle.

— Quand allez-vous partir pour l'Égypte ? demanda Phoebe. Caroline m'a dit que vous aviez des projets là-bas.

— Je ne sais pas encore. Je suis au comité directeur d'une compagnie d'investissement du delta. Nous investissons dans l'infrastructure, ainsi que dans des propriétés et domaines le long du Nil. C'est une zone en plein développement qui offre un grand potentiel. Mon rôle pour l'instant est d'établir des contacts à Londres. Le Caire réussit très bien aux investisseurs. Le canal de Suez facilite énormément les transports entre l'Europe et l'Extrême-Orient, et nous avons le soutien du gouvernement.

Toby parla encore longuement de ses succès, avec un peu trop de ferveur au goût de Phoebe, comme s'il essayait non seulement de la convaincre, mais aussi de se convaincre lui-même.

— Vous avez l'intention de vous installer en Égypte ?

— Dans un premier temps, il le faudra bien, mais je ne voudrais pas imposer la chaleur du climat à ma femme et à mes enfants le jour où je fonderai une famille.

En disant cela, il jeta un regard à Caroline qui devint écarlate.

Phoebe fut éclairée. Il dévorait sa fille des yeux, et elle le couvait d'un regard amoureux. Il avait dû se passer ces dernières semaines bien des choses qu'elle se reprocha de ne pas avoir devinées.

— Comme vous avez raison ! Ce serait une erreur d'imposer à une jeune épouse un tel bouleversement culturel – sans parler des dangers, dans ces temps incertains que nous vivons. Les événements d'Espagne ne sont, dit-on, que le signe avant-coureur d'un conflit plus important.

Caroline lui lança un regard furieux.

— Quand on s'aime, peu importe où on vit, du moment qu'on est ensemble. Et puis, l'Égypte doit être un pays tellement magnifique !

— Peut-être, mais que font les femmes pendant que leurs maris travaillent ?

— Il y a un très beau country club au Caire, intervint Toby. Il est situé sur une île, avec une piscine, des courts de tennis, plusieurs salles de restaurant, et on y organise de très agréables soirées. Les femmes ne s'ennuient pas, je vous assure.

— Mais c'est loin. Il faut plusieurs semaines de bateau pour rentrer chez soi.

— On parle d'un vol régulier par Imperial Airways. Le monde devient plus accessible, vous savez. C'est pourquoi ces investissements sont tellement avantageux.

— Seriez-vous en train d'essayer d'en placer une part, mon cher ? demanda Phoebe en affectant un rire.

— Jamais de la vie. Je ne mêle jamais les affaires et le plaisir. Je me laisse facilement emporter par l'enthousiasme.

Toby souriait, mais elle vit de l'impatience dans ce sourire, de la déception, et son regard méfiant lui fit penser à celui des faucons apprivoisés exhibés à la foire de Dalradnor. Sa mauvaise impression se confirmait. Caroline semblait folle de cet homme, mais sous son charme et sa politesse on sentait de l'acier.

— Malheureusement, je dois donner un cours à 16 heures, dit-elle. Merci pour cet excellent déjeuner, et j'ai été ravie de faire enfin votre connaissance. Au revoir, monsieur Lloyd-Jones.

— Appelez-moi Toby, je vous en prie, répondit-il en se levant comme elle.

— Nous avons bien le temps. Je suis un peu trop vieux jeu pour brûler si vite les étapes. Nous nous connaissons à peine.

Elle sortit de la salle, aussi droite que si elle quittait la scène, puis bifurqua vers les toilettes. Caroline la rejoignit presque aussitôt.

— Pourquoi as-tu été aussi grossière ?

— Je n'ai pas été grossière, juste distante. Ce garçon a essayé de me fourguer des parts dans une entreprise hasardeuse en plein désert.

— Pas du tout. Il te parlait juste de son métier.

— Je voudrais bien savoir ce que tu fabriques avec lui.

— Je l'aime, et nous allons nous marier !

— Il te l'a proposé ?

— Non, mais je me doute que ça ne va pas tarder.

— Caroline… Tu es trop jeune pour un pareil engagement. Tu ne sais rien de cet homme.

— J'en sais suffisamment pour être sûre que je ne peux pas vivre sans lui.

— Nous reparlerons de ça plus tard. S'il t'aime, il attendra ta majorité. Tu dois rencontrer d'autres hommes avant de faire ton choix.

— Toi, tu n'as pas attendu.

— C'était différent. Il y avait la guerre. On se mariait très vite en ce temps-là. Je ne veux pas gâcher ton premier amour, mais sois prudente.

— Tu es seulement jalouse parce que je vais réaliser ton rêve. Toby et moi, nous nous aimons, et je ne veux personne d'autre !

— Fais attention ! les gens ont souvent plusieurs visages. Il y a quelque chose chez lui qui ne me plaît pas beaucoup…

Phoebe supposait bien que Caroline le prendrait mal, mais sa réaction fut particulièrement violente.

— Ça suffit, tais-toi !

Et, sans lui laisser le temps de se rattraper, Callie sortit en claquant la porte.

Phoebe en fut catastrophée. Pourvu que les dégâts ne soient pas irréparables…

— Tout va bien ? demanda Toby, qui se leva en voyant revenir Callie, avant de se rasseoir avec elle à la table. Ta tante a un sacré caractère ! J'espère que je ne lui ai pas fait trop mauvaise impression…

— Non, pas du tout. Pensais-tu ce que tu disais en parlant d'emmener ta future femme en Égypte ?

— Pourquoi ? Tu te portes volontaire ? demanda-t-il avec un sourire.

— Si la place est libre.

Ils se dévoraient des yeux, et leurs pieds se touchaient sous la table. Elle sentit une main s'égarer sur sa cuisse.

— Il faudrait que je puisse tester la postulante pour voir si elle convient vraiment.

— Mais certainement, monsieur, c'est tout naturel.

Elle s'étonnait elle-même de sa hardiesse, mais avec lui elle se permettait tout. Elle n'avait aucune envie de retourner à l'école de danse et de retrouver Phee et son air réprobateur. Pourquoi perdre le temps précieux qu'elle pouvait passer avec lui ? Elle se sentait tout à fait rassurée, car elle était allée à Harley Street chez un gynécologue pour se procurer un diaphragme. Ils ne prenaient aucun risque : Toby était très prudent. Il la gâtait, aussi. Il lui avait acheté de la lingerie fine, des dessous en soie magnifiques qu'elle laissait dans la chambre tapissée de miroirs de l'hôtel Cavendish où ils se retrouvaient.

Il avait été très délicat quand il avait fait d'elle une femme. Les cours de biologie du pensionnat étaient loin de l'avoir préparée au choc provoqué par la perte de sa virginité. Mais elle avait vite pris goût à son corps, et elle n'avait maintenant de cesse qu'ils ne retrouvent leur chambre d'hôtel pour continuer ses expérimentations. Rien ne la comblait davantage que l'idée de devenir sa femme. Comment Phee osait-elle dire du mal de Toby ? s'indignait-elle. Il l'avait couverte de cadeaux, de vêtements, l'emmenait dîner partout, lui faisait goûter de bons vins et découvrir son corps. Il était plein d'énergie. Parfois, il revenait de ses rendez-vous d'affaires avec une bouteille de champagne.

« J'ai vendu des parts ! » annonçait-il.

Alors c'était la fête, mais il arrivait souvent aussi qu'il rentre bredouille.

— J'ai perdu mon temps, rien à faire, le salaud n'a rien voulu entendre !

Ces fois-là, il la prenait presque brutalement, comme un animal, avec une passion qui la laissait épuisée et endolorie.

Ses amies remarquaient que Callie changeait et la critiquaient. Elle ne sortait plus avec la bande, sauf parfois pour prendre le thé, mais alors les plaisanteries fusaient.

— On ne te voit plus depuis que tu es tombée sous la coupe de ton don Juan, Callie ! Il a l'air de t'épuiser.

Callie ne se laissait pas atteindre par leur jalousie. Elle restait très discrète pour ne pas gâcher sa belle aventure. Bientôt, elle irait vivre en Égypte et les oublierait. Elle s'en faisait une joie. Sans doute faudrait-il dire à Toby la vérité sur ses relations avec Phee quand ils se marieraient. Il savait déjà que sir Lionel était son grand-père et qu'elle toucherait une petite pension jusqu'à ses vingt et un ans.

— Jamais je ne songerais à te demander un sou, avait-il dit en l'apprenant, mais cela m'aiderait bien si tu pouvais me donner les noms d'amis susceptibles de s'intéresser à mes placements.

Callie fit de son mieux mais ne put nommer personne qu'il n'ait déjà rencontré au Club 400, et il n'avait plus jamais abordé le sujet.

Ils quittèrent le Ritz et descendirent Jermyn Street pour rejoindre l'hôtel Cavendish. À la porte de la chambre, Toby hésita.

— Tu sais que je vais partir bientôt. Tu veux vraiment m'accompagner ? Il est vrai que ce sera très amusant de traverser la France pour aller à Marseille, puis de prendre le bateau. Ce sera sûrement plus drôle que de rester avec tes tantes.

— Je voudrais bien, mais un peu plus tard, à cause de la maladie de ma tante Maisie, répondit Callie, car sa colère contre Phee ne l'empêchait pas d'avoir des scrupules.

— Je ne vais pas pouvoir traîner très longtemps, chérie. J'ai des affaires à conclure. Nous pourrions louer une voiture pour traverser agréablement la France. Marions-nous en route pour éviter les retards.

Il nous faut partir la semaine prochaine, ou tous mes plans tomberont à l'eau.

— La semaine prochaine… C'est tentant, seulement…

Elle souriait, mais cette soudaine urgence la mettait mal à l'aise.

— Alors viens dans la chambre, ma belle, que je te tente un peu plus. J'ai plus d'un tour dans mon sac pour te convaincre.

Il la prit par la main pour la faire entrer, et elle le suivit le cœur battant.

Caroline ne rentra ni cette nuit-là ni la suivante. Phoebe était furieuse et inquiète. Sa fille n'avait encore jamais découché, et elle n'avait pas laissé d'adresse où la joindre. Elle fut plusieurs fois sur le point d'appeler la police. Et si cet homme voulait l'enlever, ou pire ? Elle avait compris que Toby Lloyd-Jones était un aventurier. Il profitait de la jeunesse et de la naïveté de sa fille, et il l'abandonnerait dès qu'il se fatiguerait d'elle. Elle avait l'habitude de voir des liaisons se nouer au théâtre entre de riches admirateurs et les filles de la troupe à qui ils promettaient monts et merveilles avant de les lâcher. Elle aurait voulu avoir le temps d'enquêter sur lui pour en apprendre plus long sur sa famille et sa réputation, mais entre l'école et une nouvelle audition pour le cinéma, elle n'avait pas une minute.

Caroline reparut, insolente et boudeuse, et Phoebe, ravagée par l'inquiétude, lui fit de violents reproches. Elles se disputèrent une nouvelle fois, et firent tant et si bien que Phoebe finit par dire exactement ce qu'elle pensait.

— Tu ne vois pas qu'il s'amuse avec toi ? Il ne s'intéresse qu'à une seule chose…

— Il m'a demandé de l'épouser ! répliqua Callie, comme si elle n'avait attendu que ce moment.

— C'est ce qu'il a dit pour te mettre dans son lit ?

— Il n'en a pas eu besoin, c'était déjà fait. Je ne comprends pas ce que tu lui reproches.

— Je ne lui trouve pas l'air franc.

— Tu ne veux pas que je sois heureuse !

— Bien sûr que si, mais il se sert de toi, petite bête. Dans le mariage, il faut davantage de points communs qu'une attirance physique.

— On ne peut pas dire que tu sois spécialiste en la matière ! rétorqua Caroline, sur le point de quitter la pièce. J'en ai assez !

— Je n'ai pas le temps de discuter, soupira Phoebe. Je dois sortir. Si tu ne restes pas, n'oublie pas de fermer à double tour, et surtout va voir Maisie.

Caroline s'enferma dans sa chambre sans répondre.

Quand, un peu plus tard dans la journée, Phoebe alla prendre son tour de garde auprès de Maisie pour relever Kitty, elle la trouva avec Billy, Jem et le médecin.

— Il n'y en a plus pour longtemps, dit ce dernier. Elle est très faible. Sa circulation est mauvaise, elle a froid. Je lui ai encore donné de la morphine. Il est temps de lui faire vos adieux.

Ils se relayèrent au chevet de Maisie, lui parlant comme si elle pouvait les entendre. Billy était en larmes, et Jem avait les yeux rouges. Kitty agissait en infirmière professionnelle, mais elle était très pâle et avait les traits tirés.

Phoebe était plongée dans ses souvenirs. Maisie avait toujours été là pour elle. À la nouvelle de la mort d'Arthur et le lendemain, quand elle avait perdu les eaux dans leur appartement commun. Kitty et Maisie l'avaient aidée à traverser cette période très dure, à s'occuper du bébé tout en protégeant son secret. Elles étaient comme des sœurs pour elle.

— Caroline n'est pas venue travailler aujourd'hui ? demanda-t-elle.

— Je ne pense pas, répondit Kitty. En tout cas, elle n'est pas montée. Espérons qu'elle ne va pas tarder. Elle aime beaucoup Maisie.

Cela ne ressemblait pas à Caroline d'oublier les gens qu'elle aimait. « Elle ne sait plus ce qu'elle fait, songea Phoebe. Pourvu qu'elle vienne. Sinon, elle regrettera sûrement de ne pas lui avoir fait ses adieux. »

Maisie poussa son dernier soupir juste avant l'aube, doucement, sans souffrance. Kitty fit sa toilette en infirmière. Le groupe d'amis descendit dans la salle des professeurs pour se réconforter avec une tasse de thé en évoquant leurs souvenirs. Billy et Jem se chargèrent de reconduire Phoebe chez elle.

Elle ouvrit doucement la porte pour ne pas réveiller son ingrate de fille et, épuisée, se laissa tomber sur son lit tout habillée. Elle dormit toute la matinée. Ce ne fut qu'en ouvrant le store qu'elle vit l'enveloppe qui l'attendait sur sa coiffeuse. À l'intérieur, elle trouva l'unc de ses propres photos publicitaires.

> Toby et moi, nous avons décidé de nous marier pendant le voyage, avec ou sans ton consentement. J'ai pris tout ce dont j'avais besoin, et inutile de venir me chercher. C'est mieux comme ça. Ne t'inquiète pas, je t'enverrai une carte des pyramides.
>
> Callie

Horrifiée, Phoebe se précipita dans la chambre de Caroline. Les draps avaient été retirés du lit, l'armoire ouverte ne contenait plus que des cintres. Sa valise n'était plus là, ses tiroirs étaient vides, et son passeport avait disparu de la boîte en nacre où elle le rangeait. Ainsi, elle s'était sauvée en s'arrangeant pour la blesser le plus possible. Ne pas vouloir de sa mère à son mariage, c'était une façon très dure de la rejeter. Phoebe se fit des reproches : si elle avait eu plus de tact, si elle lui avait consacré plus de temps, cette catastrophe aurait sans doute pu être évitée. Il était trop tard maintenant, pensa-t-elle. Elle n'aurait jamais fini de payer le prix du secret dont il avait fallu entourer la naissance de Callie. Voilà ce qui arrivait quand on devait élever un enfant seule. Elle n'avait pas su se débrouiller sans les conseils et la protection d'Arthur.

Phoebe fondit en larmes et s'effondra sur le lit froid de Caroline en caressant l'édredon comme si c'était sa fille.

— Oh, ma pauvre, pauvre petite, dans quelle situation tu t'es mise ! Tu vas certainement le regretter très vite, et il n'y aura personne à côté de toi pour t'aider.

13

Le *Marie-Solange* jeta l'ancre à Alexandrie. Accoudée au bastingage, Callie contemplait avec curiosité le spectacle du port. Des hommes tiraient sur les amarres ; des marchands, vêtus de robes larges et chargés de paniers, attendaient de se lancer à l'assaut des passagers à la descente du bateau.

— Enfin arrivés ! s'exclama-t-elle alors que Toby l'enlaçait.

— Bienvenue en Orient, madame Lloyd-Jones…

Les dernières semaines avaient été d'un romantisme absolu. La fuite en pleine nuit, le bateau pour Boulogne, et au matin le train pour Paris, puis pour Marseille. Ils n'avaient pas pu, comme prévu, prendre une voiture pour visiter la France en route, car le pauvre Toby, dans sa précipitation, avait perdu son permis de conduire. Callie n'avait pas voulu se plaindre des conditions de voyage sommaires : tout était si nouveau, si amusant. À Marseille, ils étaient restés au port, où ils avaient pris une chambre bon marché jusqu'à ce que Toby trouve un passage et un capitaine qui pourrait les marier. Ils s'étaient contentés de simples alliances en or, mais Toby romis à Callie de lui acheter une belle bague dès qu'ils seraient au Caire.

La cérémonie avait été brève, quelques mots en présence de deux témoins, un certificat à remplir avec leurs noms. Callie s'était amusée de voir que celui de son époux était Tobias Obediah Lloyd-Jones. Toby, lui, n'avait pas envie d'en rire.

— C'est un nom lourd à porter pour un gamin. Je te prie de ne le révéler à personne.

La Méditerranée étant agitée, Callie dut rester sur sa couchette dans leur petite cabine pendant une bonne partie de la traversée. Ce n'était pas la lune de miel la plus agréable du monde, mais quand on était amoureux, rien ne pouvait vous décevoir. Au moins, ils passèrent beaucoup de temps dans les bras l'un de l'autre et se promenèrent sur le pont en parlant de l'avenir.

L'animation du port plut à Caroline et la dépaysa agréablement, ainsi que la chaleur. La matinée ne faisait que commencer, mais on sentait déjà le soleil brûler. Ils avaient peu de bagages, n'ayant pris que leurs vêtements et quelques papiers, si bien que le débarquement fut rapide.

Dès qu'ils mirent pied à terre, ils furent assaillis par la foule des porteurs et des marchands. La bousculade était telle que Callie sentit monter une sorte de panique. Des parfums nouveaux assaillaient ses narines, des mouches vrombissaient autour de son visage, et de la sueur coulait dans son cou. On les dirigea vers le train du Caire, qui était déjà annoncé au départ. La vision familière de la grosse locomotive noire rassura Callie. Elle s'amusa du croisement entre le moderne et l'antique : les tramways côtoyaient les caravanes de chameaux, les automobiles roulaient à côté des charrettes tirées par des ânes. Certaines femmes, cachées sous un voile noir, avançaient à l'ombre tandis que d'autres, vêtues à la mode européenne, robe courte et joli chapeau, s'abritaient sous une ombrelle.

Toby écarta les mendiants.

— Si on donne une pièce, affirma-t-il, on est submergé par la nuée.

Installés dans leur compartiment, ils regardèrent défiler le paysage aride fait de sable et d'une végétation rare, puis soudain ce fut la partie verte du delta et les palmiers. Ils avaient atteint la route qui menait au centre de la capitale.

— Tu vois comme cela devient vert ? dit Toby. Les villas gagnent sur le désert. Ces faubourgs ont un fort potentiel de développement.

— C'est par ici que nous allons vivre ?

— Il va falloir se contenter d'un hôtel pour commencer, mais nous allons nous mettre à chercher tout de suite une maison, et tu pourras t'occuper à ta guise de l'ameublement et de la décoration.

Callie se força à sourire pour masquer sa déception. Elle avait imaginé qu'une maison les attendait. Leur voyage avait pris trois semaines, et elle n'avait plus un vêtement propre. Mais dans un hôtel, il y aurait une salle de bains et un service de pressing, et elle n'aurait pas à cuisiner. Finalement, c'était préférable : ils avaient bien le temps de commencer leur nouvelle vie. Cela lui permettrait de s'habituer à la chaleur et à la ville. Et à Toby, aussi, qui n'était pas exactement tel qu'elle se l'était imaginé. Il était nerveux, toujours en mouvement, marchant de long en large en fumant quand il n'écrivait pas des lettres. Il ne lisait jamais, sauf les pages financières du journal. Il ne parcourait même pas les gros titres. Fièrement, elle se disait qu'il était passionné par son travail.

Ils vivaient depuis le départ de Londres sur les économies de Caroline, qui avait pu vider son compte en banque sans qu'on lui pose la moindre question. Elle avait même dû payer leurs alliances. Ce n'était qu'un prêt, avait-il assuré, qu'il lui rembourserait dès qu'il serait passé à son bureau.

— Je suis impatiente de rencontrer tes collègues, lui dit-elle.

— En fait, je travaille seul, mais j'ai de bons contacts au Caire dans le milieu des affaires et dans les night-clubs.

— Alors en somme, tu vas faire quoi ici ?

— Comme je te l'ai dit : aider les gens à trouver de bons investissements dans l'immobilier.

— Je croyais que tu t'occupais plutôt de placer en Bourse l'argent de tes clients.

— Cela m'arrive aussi, mais en premier lieu je sers d'intermédiaire aux gens riches qui veulent investir dans des terrains à l'étranger avec la perspective d'engranger de bons bénéfices. Les acheteurs préfèrent souvent garder leur identité secrète pour ne pas s'exposer, et moi, je touche une commission. Je mets les gens en contact, tu vois ?

— C'est pour cette raison que tu voulais connaître le nom de mes amis ? demanda-t-elle, un peu inquiète.

— En partie. C'est toujours utile d'avoir des contacts dans les hautes sphères. Ça ne coûte rien de demander. Ta bande est une vraie mine.

— Ça n'est pas vraiment ma bande, tu sais. Pour la plupart, je les connais à peine.

— Mais tu es allée à l'école avec les filles.

— Assez peu. Je n'ai côtoyé Pam et Clemmie que quelques mois à la *finishing school*, en Belgique. Le reste de mes études, je les ai faites dans une pension près d'Arbroath. Ça me semble tellement loin. Je me demande ce que Pam et Clemmie pensent de moi, maintenant que je me suis enfuie avec toi.

— Elles trouvent sûrement notre aventure très romantique. Les jeunes filles sont sentimentales, ajouta-t-il en riant. Et puis, quelle importance ? Qu'elles pensent ce qu'elles veulent. Tu te plairas beaucoup ici, et tu me seras très utile pour mes affaires, avec ta beauté et ta bonne éducation. Tu vas te faire des tas de nouvelles amies et m'obtenir de très bons contacts. Personne ne pourra résister à ton teint de lait, dans ce pays où le soleil brunit tout le monde. Les gens vont t'adorer et faire de moi un homme heureux.

Callie trouva le compliment étrangement présenté. Elle espérait plutôt qu'il serait heureux de vivre avec elle ! Parfois, ses flatteries lui paraissaient un peu fausses. Épuisée par la chaleur et la fatigue du voyage, elle coupa court à la conversation en se tournant vers la fenêtre pour regarder le paysage.

À l'arrivée, Toby loua une belle voiture à cheval pour lui faire visiter Le Caire.

— On dit que c'est le Paris du Nil, indiqua-t-il.

Ils longeaient une avenuc bordée de beaux immeubles, de banques, de théâtres, mais Callie était oppressée par la densité de la circulation. Les charrettes à âne et les voitures bouchaient les rues, et au milieu de cette pagaille des vendeurs à la sauvette harcelaient les conducteurs pour proposer des tapettes à mouches et des gobelets d'eau. Une écœurante odeur d'égout, de crottin et de fruits pourris saturait l'air. Jamais elle n'arriverait à sortir seule dans cette ville effrayante et trop exotique, se dit-elle.

Pour compenser leur voyage en seconde classe, Toby prit une chambre à l'hôtel Continental, un établissement très chic, en expliquant qu'ils y dîneraient pratiquement tous les soirs sur le toit-terrasse, ou iraient autrement à l'hôtel Shepheard. La salle de restaurant y était décorée de carrelages mauresques, et Callie y eut son premier aperçu des Cairotes fortunés, un groupe cosmopolite de Français, d'officiers de l'armée égyptienne et d'Anglais. Ils s'exhibaient dans de riches tenues, parlaient fort et semblaient mépriser le reste du monde.

— Voilà l'univers dans lequel tu vas évoluer, chérie, lui dit Toby. Regarde bien autour de toi. Il n'y a pas ici une seule femme qui t'arrive à la cheville. Aucune n'a ta fraîcheur et ta pureté.

Il leva son verre pour lui porter un toast, et, le vin et le délicieux dîner aidant, elle se sentit beaucoup mieux.

— Je te promets de te montrer des merveilles, ajouta-t-il. Nous irons voir les pyramides à dos de chameau, nous sortirons en felouque sur le Nil, nous danserons tous les soirs au Club Gezira. Je t'emmènerai au souk de Khan el-Khalili. Nous regarderons tourner les derviches soufis. Je te garantis que tu vas t'amuser comme jamais.

Ils avaient la vie devant eux. Elle sourit, soulagée de sentir qu'il l'aimait pour elle-même, et pas seulement pour ses relations. Il voulait la rendre heureuse et comprenait qu'il fallait compenser l'éloignement de ses proches qu'elle avait dû quitter pour le suivre. Que devaient penser de sa fugue Kitty, Marthe et sa chère Maisie ? Phee était certainement furieuse. Prim, Pam et Clemmie seraient jalouses. Elle leur enverrait bientôt des cartes postales, mais il fallait cesser de penser à tout cela et profiter de la magie de la nuit égyptienne.

Ils parvinrent à louer une maison moderne, de style européen, avec une véranda exposée au nord. Il y avait trois chambres à coucher, chacune pourvue d'un crochet au plafond destiné à la moustiquaire dont il fallait couvrir le lit le soir. L'ameublement était en bambou vert, les sièges agrémentés de coussins. Avec le pavillon, ils disposaient aussi de Hassan, homme à tout faire chargé du ménage et de la cuisine, et d'un jardinier assigné à tout le lotissement. Le jardin était ombragé, planté de palmiers et de figuiers, et d'une quantité d'autres plantes que Callie ne connaissait pas. Les cigales faisaient vibrer l'air chaud de leurs crissements, et des fourmis colonisaient certains coins que Callie évitait soigneusement. Hassan les avait mis en garde contre les serpents, mais il y avait un hamac dans lequel elle pouvait s'allonger sans crainte.

Les murs de la maison étaient simplement crépis, d'une jolie couleur de terre pâle en harmonie avec la peinture crème des persiennes en bois. C'était la première habitation qu'elle décorait, et elle choisit avec amour des kilims et des rideaux pour leur chambre chez Cicurel, le célèbre grand magasin, où elle acheta aussi du beau tissu de coton pour faire tailler des chemises fines et des robes de jour. En revanche, Toby fut vite trop occupé pour l'emmener en excursion comme il l'avait promis à leur arrivée. Seule, elle n'osait pas s'aventurer bien loin. Son français lui était fort utile, mais la bousculade dans les rues l'arrêtait souvent. Quand elle voyait des Européennes dans certaines boutiques ou au restaurant, elle regrettait Londres et ses sorties au salon de thé avec ses amies.

Elle allait à la messe le matin à la cathédrale. Elle avait espéré que Toby la présenterait aux autres fidèles, mais il refusait de franchir le portail de l'édifice.

— J'ai horreur des églises, jeta-t-il quand elle lui en fit la demande, avec une telle agressivité qu'elle n'osa pas insister.

Un jour, en revenant de l'une de ses promenades, Callie trouva une lettre qui l'attendait. En reconnaissant l'écriture de Phee, elle fut heureuse mais méfiante, car elle s'attendait à des reproches. Elle n'était pas préparée à ce qu'elle lut, et le soir, en rentrant, Toby la trouva allongée sur leur lit, en larmes.

— Ma tante Maisie est morte la nuit où nous sommes partis, et je ne suis même pas allée lui dire au revoir, sanglota-t-elle. Je suis un monstre.

Toby prit la lettre et l'examina, semblant surpris.

— Je t'avais pourtant demandé de ne donner notre adresse à personne. J'aurais préféré qu'on attende d'être mieux installés. Tu vois, j'avais raison : ces nouvelles de chez toi ne servent qu'à t'attrister.

— Et à m'inquiéter, aussi ! Je voudrais bien que tu m'expliques ce qui est arrivé. Il paraît que tu n'as pas réglé la note à l'hôtel Cavendish !

— Comment peut-elle savoir ça ?

— Elle y est allée pour essayer de me retrouver, et elle a parlé à la propriétaire.

— Cette vieille chouette se mêle de ce qui ne la regarde pas !

— Toby, ne parle pas comme ça de ma…

Elle s'interrompit, et, le voyant très en colère, elle continua plus doucement.

— Dis-moi ce qui est arrivé.

— Rien du tout. Une erreur idiote. J'ai donné un chèque, mais j'imagine qu'il n'a pas été honoré. Je ne voulais pas t'inquiéter avec ce genre de détail.

— C'est à cause de cette facture que nous avons dû partir si vite ? Si tu me l'avais dit, j'aurais pu payer.

— Ça s'est mal synchronisé. Je pensais que certaines commissions allaient être versées, mais il y a eu du retard. Ça n'a plus d'importance, maintenant.

— Mais nous devons payer ! Imagine, si ça se savait. Il y aurait des rumeurs. C'est mauvais pour ta réputation.

— Tout va bien, je te dis. Nous sommes de nouveau à flot, nous avons une maison et sommes donc en mesure de recevoir. Justement, j'ai invité quelques contacts demain soir. Tu pourras m'organiser un dîner ?

Callie s'essuya les yeux.

— Bien sûr. Je vais préparer des recettes que j'ai apprises en Belgique.

— Pas des moules et des frites, j'espère !

— Toby ! Non, un vrai dîner délicieux. Mais il faudra que Hassan reste pour servir à table, et j'ai besoin d'une robe du soir.

— Achète tout ce qu'il te faudra. Si tout se passe bien, la fortune est à nous. Impressionne-les.

Callie tâcha de ne plus penser à la lettre de Phee. Elle préférait attendre que leur situation soit plus sûre avant de répondre, et elle s'arrangerait pour régler la note avec sa pension.

Le lendemain matin, elle envoya Hassan au marché pour acheter des légumes et des épices. Elle prit une voiture à cheval pour aller chez Lappas, une épicerie où elle se procura le reste des ingrédients, et quelques fleurs pour se faire plaisir. Elle fit ensuite le tour des boutiques de mode pour se trouver une robe, mais tomba sur un ensemble égyptien en soie, pantalon large et kaftan, qu'elle jugea très élégant et moderne. Elle rentra ensuite, sachant qu'elle aurait le temps de prendre un bain et de se faire un chignon lâche piqué d'une fleur pendant que son poulet aux fines herbes mijoterait. Elle avait aussi acheté une délicate tarte aux pruneaux chez Groppi, la plus grande pâtisserie du Caire. La comtesse van Grooten n'aurait rien trouvé à redire à sa table, pensa-t-elle. Tous ces préparatifs l'amusèrent tant que ses soucis et la note d'hôtel finirent par lui sembler presque insignifiants.

La lettre de Phee avait eu un ton moralisateur assez agaçant. Sa mère ne comprenait rien aux aléas du monde des affaires, ni à la nécessité d'impressionner la clientèle, se dit-elle. Dorénavant, elle aurait à cœur de surveiller leurs dépenses, sauf dans les cas de force majeure comme ce soir. Elle était ravie de donner ce dîner, qui lui permettrait de rencontrer des couples et de se faire des amies tout en aidant Toby à réussir.

Tout était prêt. La maison étincelait, et Hassan avait revêtu une belle tunique neuve. Callie se versa un verre pour calmer son trac. Allaient-ils apprécier son repas ? Elle ne voulait surtout pas décevoir son mari.

Elle avait fini son gin depuis longtemps, et personne n'était encore là. Elle attendit, encore et encore. Son trac avait fait place à de l'inquiétude, et elle se mit à arpenter la pièce de long en large.

Toby et ses invités étaient en retard, très en retard. Elle commençait à redouter le pire quand, enfin, elle entendit claquer une portière. Il y eut du bruit dans l'entrée, et Toby apparut, traînant dans son sillage deux hommes jeunes et passablement éméchés qui la dévisagèrent avec intérêt.

— Ah, mon coquin ! Tu nous l'avais cachée, celle-là !

— Ma chérie, pardon, nous sommes un peu en retard. Nous nous sommes arrêtés en route dans un bateau-club pour prendre un petit verre. Le temps a filé sans qu'on s'en aperçoive. Ça sent diablement bon…

Callie tâcha de garder son calme, en maîtresse de maison accomplie.

— Mettons-nous directement à table, si tu veux bien, avant que le dîner soit immangeable… Mais, ajouta-t-elle à voix plus basse, Toby, où sont leurs femmes ? J'ai prévu un dîner pour six…

— Pardon, ma chérie, pas d'épouses cette fois, lui apprit-il à voix basse. Ollie et Pinky n'ont pas encore déniché l'oiseau rare. Sois gentille avec eux.

Il parlait d'une voix pâteuse, et elle sentit la main d'Ollie s'égarer sur sa cuisse quand elle passa près de lui. Quant à Pinky, il devint vert en voyant les hors-d'œuvre, et courut vomir dans la salle de bains. Après quoi, il revint à table mais sans rien pouvoir avaler, et fit de plus tomber une assiette en porcelaine toute neuve sur le carrelage.

Personne n'avait faim ni ne fit d'effort de conversation. Les deux invités restèrent à table en vidant la bouteille de whisky, puis s'affalèrent sur le sofa où ils s'endormirent. Callie n'en pouvait plus quand, au petit matin, ils montèrent enfin dans une voiture à cheval pour rentrer chez eux.

— Je croyais que tu invitais des clients importants, protesta-t-elle. Je me suis donné un mal fou et j'ai dépensé une fortune. J'aurais aussi bien pu me contenter de leur tendre une bouteille de whisky à chacun.

— Le principal, c'est qu'ils aient passé une bonne soirée. J'ai tout payé et ils t'ont rencontrée. Ils ont ainsi pu voir que nous étions un vrai couple digne de confiance.

— Et c'est extraordinaire, ça ? Ils s'attendaient à trouver un harem ? Je suis parfaitement au courant de ce qui se passe dans les clubs amarrés au bord du Nil, tu sais.

— C'est bon pour les affaires. L'ambiance, c'est essentiel pour séduire le client. Ces deux-là cherchent des entrepôts pour leur entreprise d'import-export ; moi, je connais un lieu parfait que je peux leur faire avoir pour pas cher. On avance ses pions lentement, dans le métier. J'espère les faire signer avant la fin de la semaine, et on sera de nouveau en fonds. Tu vas voir, ça en vaut la peine.

Seulement, ils ne signèrent pas, et Toby tempêta, tournant et virant dans le pavillon, claquant les portes comme un enfant gâté. Callie, de son côté, se demandait comment elle allait réussir à finir le mois avec ce qui leur restait. La finance était un univers sérieux et compliqué. Les épouses délaissées trouvent le temps long. Callie comprit que si elle ne voulait pas devenir folle à rester enfermée toute la journée et à subir la chaleur, elle allait devoir dénicher une occupation. Toby ne l'avait pas encore emmenée dans les clubs où se rencontraient les Anglais, et elle se demandait pourquoi. Peut-être avait-il laissé des ardoises partout… Dès que cette pensée l'effleurait, elle se reprochait de ne pas lui faire confiance, mais elle commençait à ressentir une certaine déception à son égard.

Le pays de cocagne qu'il lui avait promis n'était qu'une ville pauvre aux rues sales et malodorantes, infestées de mouches. Les enfants allaient pieds nus, les mères étaient voilées. Il y avait des mendiants partout ; et des ânes, des chameaux, des chevaux, tous également harassés. Comment pouvait-elle continuer à envoyer des cartes postales enjouées en prétendant que tout se passait bien ?

De plus, si l'Égypte n'était pas telle qu'elle l'avait imaginée, le plus grand mystère était bien Toby. Elle avait l'impression de ne pas le connaître. Avec lui, on ne distinguait jamais le vrai du faux. Elle voyait bien qu'il mentait aux autres, mais dans ce cas, lui mentait-il aussi ? C'était ce qui l'effrayait le plus. Elle ne savait plus qui était l'homme qu'elle avait épousé.

Elle commençait à désespérer quand Toby se rattrapa en lui faisant une belle surprise. Il rentra avec une orchidée pour égayer sa toilette et lui dit de se faire belle.

— Nous allons dîner au Club Gezira. Tu ne diras plus que je ne tiens pas mes promesses. Hassan peut prendre sa soirée. C'est de l'autre côté du Pont aux lions. Nous irons en voiture et nous nous garerons au country club. Et si tu croyais que j'avais oublié, acheva-t-il en lui tendant un petit paquet, voilà !

À l'intérieur, elle trouva un écrin, et dans cet écrin une très belle bague ancienne en or ornée de superbes pierres bleues.

— Ce ne sont que des zircons, mais ils sont de la couleur de tes yeux. Elle est faite pour toi.

Callie fut émerveillée.

— Comme elle est jolie, et vraiment originale ! Je vais pouvoir la porter ce soir. Merci beaucoup ! s'écria-t-elle en l'embrassant sur les lèvres. Tu n'as pas trop dépensé, j'espère.

— J'ai touché une commission aujourd'hui. Et puis il te faut des bijoux pour sortir. Va te préparer. Je veux me montrer avec ma ravissante femme ce soir. Je sens que tu vas me porter chance.

Le Club Gezira était un rêve. Situé dans un parc, au bord d'un hippodrome et de jardins, il avait son terrain de golf et ses courts de tennis, sa piscine carrelée de mosaïque turquoise et une terrasse abritée où les résidents étrangers trinquaient à la lueur des chandelles. Les femmes, très élégantes, étaient en robes du soir et parées de diamants ou en robes de cocktail plus courtes avec des bibis excentriques. Beaucoup d'hommes portaient l'uniforme d'officier. Les serveurs se déplaçaient entre les tables en silence, chargés de plateaux de verres en cristal.

Callie fut très intimidée par cette assemblée brillante, mais Toby la guida des uns aux autres avec confiance.

— Je vous présente ma femme, Caroline, qui vient d'arriver et ne connaît encore personne.

Les femmes la jaugeaient avec intérêt, souriaient, puis reprenaient leurs conversations sans plus se préoccuper d'elle.

— Ne t'en fais pas, il y en aura d'autres sûrement plus accueillantes. C'est un milieu un peu fermé. Il y a un sens de la hiérarchie très poussé, chez les Britanniques, selon le rang, la fortune et les relations. Notre objectif, c'est de nous faire remarquer et de nous intégrer. Il faut jouer au bridge, participer à la vie de l'église. C'est très difficile de se faire accepter mais, Dieu merci, quelques rebelles acceptent d'accueillir les nouveaux venus. Ils doivent être au bar.

Callie resta sur la terrasse pour profiter de la fraîcheur du soir et admirer les jardins bien entretenus, les murs couverts de jasmin blanc, les lauriers-roses, les touffes de lis orange. Parmi les groupes réunis à l'extérieur, certaines femmes avaient enfilé des tubes de mousseline autour de leurs bras et de leurs jambes. C'était une originale façon d'éviter les piqûres de moustique ! Ainsi elle y était enfin, dans ce club dont elle avait rêvé, ce cocon élégant et confortable, havre de paix pour les nantis, loin de la cohue et de la saleté de la ville. Ici, les riches étrangers pouvaient ignorer le pays dans lequel ils vivaient et oublier ce qu'ils voyaient par les vitres de leurs taxis. Dans cet enclos bien gardé, ils se retrouvaient en terrain familier et se réconfortaient au contact de leurs semblables.

— Tout va bien ?

Ce fut une voix très anglaise qui la tira de ses réflexions. En se retournant, Callie vit une femme très belle, beaucoup plus âgée qu'elle, qui lui souriait. Elle portait une robe bleu pétrole ajustée à ses formes généreuses et un châle de crêpe léger sur les épaules. À son cou brillait un pendentif d'aspect moderne, sorte de cube irrégulier en or.

— Vous avez l'air aussi perdue que je l'étais quand je suis arrivée. Je m'appelle Monica… Monica Battersby, précisa-t-elle en lui tendant la main.

— Caroline. Callie Lloyd-Jones. La femme de Toby.

— Oui, ce cher Toby. Il se donne beaucoup de mal pour se faire accepter. Comment diable est-il arrivé à vous persuader de quitter les verts pâturages anglais pour venir sauter dans ce panier de crabes ?

— Vous n'appréciez pas le club ?

— C'est très bien si on aime monter à cheval ou nager, mais les femmes qu'on rencontre ici sont de vraies pestes. Il faut montrer patte blanche pour être intégré dans le cercle, et si j'étais vous, je n'essaierais même pas de les approcher. Elles me font pitié, quand je les vois faire leurs courbettes à la femme de l'ambassadeur comme des élèves de seconde qui essaient de se faire bien voir de la chef des terminales.

Callie eut un rire et, voyant combien Monica était directe, elle s'exprima franchement.

— Je ne connais strictement personne. J'avoue que ça me met mal à l'aise.

— Pauvre petite. J'imagine que Toby court la ville du soir au matin pour construire son empire… Kenneth n'est jamais là non plus. Je vais m'occuper de vous. Vous faites des aquarelles ?

— Je ne fais pas grand-chose… Avec cette chaleur… Mais j'adore l'équitation.

— On s'habitue vite au climat. Pour le reste, vous devez vivre votre vie, ou vous allez devenir neurasthénique. L'Égypte est un pays magnifique, plein de vie et de couleurs. Je peux vous faire visiter la ville, si vous voulez. Avez-vous déjà découvert les délices du salon de thé Groppi ?

Un homme de haute taille qui s'était approché pendant leur conversation interrompit Monica.

— Chérie, je voudrais te présenter les Padmore… Bonsoir, ajouta-t-il en se tournant vers Callie avec un sourire.

— Je te présente Caroline, qui a besoin que je la prenne sous mon aile… Je vous appellerai.

Callie nota vite leur numéro de téléphone sur la carte de visite que lui tendait Monica avant que son mari ne l'entraîne.

Toby arriva sur ces entrefaites.

— À qui étais-tu en train de parler ?

— Monica Batterby et son mari Kenneth.

— Kenneth n'est pas son mari. Il s'appelle Ken Bromwell. Monica est sa maîtresse. Ils ne se cachent même pas. Je le réprouve, mais c'est le directeur général d'une compagnie pétrolière, donc une connaissance utile. Elle est encore belle pour son âge, je comprends ce qu'il lui trouve ; mais pour avoir le courage de se montrer ici, elle doit avoir la peau sacrément dure.

— Et Mme Bromwell, dans tout ça ?

— J'oublie toujours à quel point tu es innocente. Mme Bromwell est à Londres, bien entendu, avec leurs enfants. C'est tout à fait habituel que les femmes ne restent pas en Égypte avec leur mari.

Toby alluma leurs cigarettes. Il était de bonne humeur : la soirée se passait bien pour lui.

— Et de leur côté, les femmes peuvent tromper leur mari ?

— Du moment qu'elles obéissent aux règles de la bienséance… La discrétion est essentielle. Ce qui se passe hors du mariage doit rester privé. On ne parle jamais de ses petites aventures et, à moins d'être riche et puissant, on ne s'exhibe pas en charmante compagnie.

On entendit sonner le gong du dîner, qui était servi dans la salle de bal. Ils furent mal placés, près de la porte, avec un couple assez étrange et mal habillé, soit très sourds tous les deux, soit très impolis, car ils ne leur adressèrent pas la parole. Callie sourit à Monica, qui lui faisait signe de loin, depuis une table de la périphérie. C'était le seul visage amical. Combien d'années fallait-il pour accéder à la table de l'ambassadeur ? À quelles servilités, quelles bassesses fallait-il se livrer avant de recevoir cet insigne honneur ? Callie s'en moquait. « Je suis jeune, se dit-elle avec sérénité, et j'ai Toby, c'est le principal. » Mais Monica avait raison : il fallait absolument qu'elle occupe mieux ses journées.

Monica, fidèle à sa promesse, lui téléphona pour l'inviter à déjeuner à l'hôtel Mena House. Elle s'indigna en apprenant que sa jeune protégée n'avait pas encore vu les pyramides.

— Je vais passer vous chercher en voiture et nous ferons le tour des tombeaux après le déjeuner. Prenez votre costume de bain, la piscine de l'hôtel est très agréable.

Elles sortirent des faubourgs du Caire vers le désert. L'hôtel était situé en face du site mondialement connu. La salle de restaurant, mélange peu réussi de style mauresque et d'architecture anglaise, n'empêcha pas Callie d'apprécier l'excellent déjeuner. Ensuite, Monica la fit monter sur un chameau pour qu'elle se fasse photographier, puis elle choisit les meilleurs chevaux pour aller dans le désert. Callie fut frappée par la beauté des pyramides blondes qui se dressaient dans un ciel rose pâle, mais à ses pieds il n'y avait que des cailloux, des détritus et du crottin. Elles achetèrent des cartes postales du sphinx majestueusement couché dans son excavation, les traits adoucis par l'érosion des vents du désert.

La piscine de l'hôtel leur permit de se rafraîchir. Après avoir nagé, elles se reposèrent sur des chaises longues en mangeant des glaces à l'abricot. La chaleur engourdissait Callie ; Monica dodelinait de la tête à l'ombre, vêtue d'un très beau sarong coloré.

— Attention, lui recommanda-t-elle, n'exposez jamais votre visage au soleil, ou vous aurez vite une peau de crocodile.

— Depuis combien de temps vivez-vous ici ? demanda Callie.

— Vous voulez dire : depuis combien de temps suis-je une femme entretenue par un riche amant ? Depuis assez longtemps pour être tombée amoureuse de ce pays mystérieux et pour commencer à m'ennuyer. Il ne faut pas mal juger Ken : c'est un homme honnête. Nous avons conclu un accord.

Elle retira ses lunettes de soleil pour mieux évaluer la réaction de Callie.

— Vous n'êtes pas choquée ?

— Oh, vous savez, je me suis mariée avec Tony alors que je ne le connaissais que depuis quelques mois. Et encore, sans nos familles, à la va-vite, à bord du bateau.

— Un navire britannique ou étranger ?

— Français, je crois. Pourquoi ?

— Cela peut avoir son importance d'un point de vue légal, mais j'ai vu que vous vous aimiez beaucoup, c'est le principal. Pas encore de petites frictions ?

— Bien sûr que non !

— Ce n'est pas facile de se mettre en ménage dans un pavillon modeste des faubourgs.

Callie rougit, indignée par cette inquisition.

— Tout va bien !

Mais Monica n'en avait pas fini.

— Je ne sais pas pourquoi, mais vous ne ressemblez pas aux épouses qui suivent leur mari ici. Quel âge avez-vous ?… Et vous parlez flamand et français. C'est bien. Vous avez vraiment envie de trouver une occupation pour sortir de chez vous ? Vous ne voulez pas d'enfants ?

— Toby préfère que nous attendions. Nous avons le temps. Et vous ? Vous avez des enfants ?

— Non, et c'est trop tard pour moi. Ken en a, lui. Ce sont presque des adultes. Mon fiancé a été tué à la guerre. J'étais infirmière pendant le conflit, et j'ai été envoyée en Égypte. J'y suis restée. J'ai pris un poste de gouvernante. Chez Ken… Voilà comment je l'ai rencontré. Ça n'a pas été très facile, je l'admets, mais notre arrangement fonctionne, sans animosité.

Elles se baignèrent de nouveau, puis se changèrent pour le dîner. Pour une fois, Toby arriva à l'heure, mais, Ken étant retardé, ils rentrèrent au pavillon pour boire un verre au lieu d'aller au restaurant. Monica promit de leur rendre l'invitation dans son appartement de l'île de Zamalek.

— C'est une drôle de femme, remarqua Toby après son départ. Elle est très intelligente, mais assez secrète. Je ne sais pas grand-chose d'elle.

— Moi, j'aime beaucoup Monica. Elle est de Manchester. Elle est sûre d'elle, mais je pense qu'elle se sent un peu seule.

— Eh bien, cela n'a rien de surprenant quand on vole le mari de sa patronne ! cria-t-il depuis la salle de bains. Viens te coucher, chérie !

— Une minute !

Elle avait envie de profiter de l'air frais de la nuit. Monica était une femme intéressante, mais qui se protégeait du rejet social par une épaisse armure. Elle était indépendante, libre, drôle sans être superficielle. Sa personnalité complexe fascinait Callie, qui l'admirait. Elle était heureuse d'avoir trouvé une amie.

Phoebe adorait recevoir ses cartes postales d'Égypte. Elle en avait accumulé une belle collection : les pyramides de Gizeh et de Memphis, les felouques sur le Nil, les tombeaux des califes, et les plages d'Alexandrie où Caroline partait pour échapper à la chaleur du Caire l'été avec son amie Monica. À en juger par la photo que lui avait envoyée sa fille, cette Monica n'était pas beaucoup plus jeune qu'elle-même.

Callie n'envoyait que de bonnes nouvelles, offrant l'image d'une jeune femme qui s'amusait beaucoup avec son mari. Primrose avait écrit à Noël pour la rassurer, disant qu'elle recevait des lettres de Callie, tout comme Marthe, à Bruxelles. Caroline avait envoyé une charmante lettre de condoléances à Kitty pour s'excuser de n'être pas venue voir Maisie avant de partir et de s'être mariée en secret. Elle y expliquait que c'était seulement pour éviter les tracas d'un mariage à tout le monde.

L'incident de la note impayée au Cavendish avait beaucoup choqué Phoebe. Elle avait aussitôt voulu la régler, car cet hôtel, où elle avait été si heureuse avec Arthur, était sacré pour elle : ils s'y étaient aimés comme s'ils avaient l'éternité devant eux, cela n'avait pas de prix. Quelle étrange coïncidence que ce soit justement là que Caroline… Elle préférait ne pas trop y penser. La malhonnêteté de Toby lui avait fait tellement honte qu'elle avait tenu à voir Rosa Lewis en personne pour lui présenter ses excuses.

— Je vais vous rembourser.

— Inutile, avait répondu Rosa. J'ai tiré un trait dessus, mais il ne franchira plus jamais cette porte. Je ne vais pas en mourir, cependant, je plains sa pauvre femme qui le découvrira nécessairement sous son jour véritable. Celui qui triche un jour trichera toujours. Je lui conseille de surveiller son compte en banque, avec cet escroc.

Ces paroles confirmèrent les craintes de Phoebe. Oui, il aurait fallu prévenir Callie, mais comment ? Si elle critiquait Toby, sa fille penserait que c'était par jalousie et se couperait d'elle. Il valait mieux attendre un moment plus propice, tout en restant vigilante, ne rien dire encore de ses inquiétudes. Heureusement, le travail lui changeait les idées. Les tournages se succédaient aux studios d'Elstree et de Pinewood, où les films se réalisaient à la chaîne. Les rôles secondaires de composition étaient très demandés : gouvernantes excentriques, femmes de la noblesse campagnarde vêtues de tweed, logeuses citadines. Phoebe n'avait pas à se plaindre, mais quand elle se retrouvait seule chez elle le soir, elle avait l'impression d'avoir été amputée d'une partie de son âme.

Londres changeait, et les rumeurs d'une guerre prochaine s'amplifiaient. D'abord l'Italie avait envahi l'Éthiopie, et maintenant c'était la guerre civile en Espagne, accompagnée de nouvelles inquiétantes concernant l'Allemagne. Les amies comédiennes juives de Phoebe en venaient à redouter les persécutions pour leur famille. N'était-on pas sorti de la dernière guerre en disant : « Plus jamais ça » ? Tous ces braves s'étaient-ils sacrifiés pour rien ? Au moins, Caroline ne serait pas prise dans la tourmente et serait en sécurité en Égypte. Peut-être ferait-elle un enfant… Phoebe entreprendrait volontiers ce long voyage si un bébé arrivait, mais elle doutait d'être invitée.

Sa colère initiale contre sa fille n'avait pas duré très longtemps, une fois le premier choc passé. Elle était simplement triste que Caroline ait été assez naïve pour s'enfuir avec le premier bellâtre qui s'était intéressé à elle, sans s'arrêter à son exécrable réputation de don Juan. Comment avait-elle pu ne pas comprendre qu'il mentait ? C'était très dur de voir sa fille bien-aimée se laisser prendre au piège. Phoebe se reprochait le passé et le silence qu'elle avait voulu garder sur les origines de Callie. Elle l'avait trop habituée aux mensonges. Au lieu de se faire passer pour sa tante, elle aurait mieux valu qu'elle lui parle d'Arthur, qu'elle loue son courage et son esprit de sacrifice, son honnêteté. Caroline aurait eu un exemple à suivre. Elle s'en voulait terriblement de n'avoir pensé qu'à sa réputation.

Caroline devrait faire seule ses expériences. Tout le monde, un jour ou l'autre, s'exposait à des désillusions. Les difficultés rendaient plus fort, disait-on. Phoebe l'espérait, sans en être persuadée. Il ne lui restait plus qu'à s'en remettre à la providence, qui peut-être protégerait sa fille de trop de souffrances.

14

Installée sous l'auvent de la cabine en bord de mer, Callie admirait le long croissant d'or de la plage de Sidi Bishr, tout en surveillant du coin de l'œil le carton de pâtisseries du café Bandriot. Elle était en vacances avec Monica et Ken pendant que Toby effectuait un voyage en Palestine pour voir des clients. En été, on venait se réfugier à Alexandrie, où l'air était un peu plus respirable. Elle aimait beaucoup la villa de vacances de Ken, ombragée par des palmiers et entourée d'un jardin luxuriant, d'un confort bien supérieur à son modeste pavillon de banlieue.

Elle avait découvert une Alexandrie très différente de la ville qu'elle avait aperçue en arrivant au port deux ans plus tôt. Dans cette cité balnéaire se retrouvaient des vacanciers de toutes les nationalités. La promenade voyait défiler des Grecs, des Libanais, des Maltais, des Français, des Anglais. On louait une cabine de plage pour l'été, et les enfants faisaient des châteaux de sable sous l'œil attentif de leurs gouvernantes. La scène rappelait à Callie ses étés à Dalradnor avec Marthe, les mouches en plus. Et pourtant non, la comparaison valait aussi dans ce domaine – l'Écosse était infestée de ces moucherons très irritants qu'on appelait *midges*.

Monica était partie se promener et devait ramener des amies plus tard, tandis que Callie paressait en lisant. C'était un roman anglais récent, recommandé par Primrose qui avouait pourtant le trouver assez ennuyeux. Caroline était heureuse de ces deux semaines de congé loin de son bureau, mais la chaleur empêchait de faire quoi que ce soit d'autre que boire des boissons gazeuses et somnoler.

Elle avait trouvé un emploi temporaire dans une petite entreprise de secrétariat intérimaire, en remplacement d'une employée rentrée en Angleterre pour un deuil. Jarrold recevait des demandes de l'Europe entière, ce qui rendait les connaissances linguistiques de Callie très utiles. Le travail n'était pas difficile : il suffisait de lire les lettres de motivation et d'organiser les entretiens. L'intérêt pour elle était d'apprendre à taper à la machine et de découvrir le quartier des affaires. Cela structurait sa vie, surtout pendant les absences de Toby, et son petit salaire était un complément appréciable à leurs revenus. Elle n'arrivait pas à comprendre où passait leur argent. Toby touchait pourtant parfois de grosses sommes, mais les temps d'abondance servaient à éponger les dettes contractées pendant les périodes de disette.

Ils se disputaient beaucoup à propos de l'argent. Toby semblait incapable de payer ses factures à temps, alors que Callie détestait avoir des dettes. Elle lui rappelait l'impayé de l'hôtel Cavendish, ce qui le rendait furieux. Quand ils étaient fâchés, il refusait de dormir avec elle, prétendant qu'il avait trop chaud, et préférait rester sous la véranda. La passion de la première année n'avait pas survécu à ce régime et s'était transformée en indifférence. La froideur de Toby faisait plus de mal à Caroline qu'elle ne voulait l'admettre. Elle avait l'impression d'être devenue invisible, sauf quand il avait besoin de quelque chose. Il lui arrivait même de découcher. Sans doute n'était-ce pas pour passer la nuit seul. Ils n'avaient plus grand-chose en commun.

Ces vacances à Alexandrie lui faisaient beaucoup de bien. Monica l'avait sauvée de bien des façons. Elles allaient ensemble dans les souks, achetaient des soies, des cotons et du lin, et finissaient leurs courses dans des salons de thé. Monica lui avait indiqué un bon coiffeur qui lui avait coupé les cheveux et fait une permanente à la dernière mode. Son tailleur lui avait confectionné des ensembles sages pour aller au bureau, et elle lui servait de guide pour visiter le delta du Nil. Monica l'encourageait à pratiquer son français, à lire des livres plus littéraires et de la poésie, et à écouter de la musique classique. Elle devait bien sentir que Callie n'était pas heureuse, mais elle ne forçait pas ses confidences.

Monica revenait justement par le sable avec les gens qu'elle était partie chercher.

— Caroline, je te présente des amis chers : Sébastien, sa femme Yvette, et leur petite Élise…

C'était un jeune couple élégant en tenue de plage, short et chapeau de soleil, avec un adorable bébé en robe et bonnet blanc qui montrait la mer du doigt.

— Et, ajouta Monica, ils nous amènent leur ami et collègue, Ferrand…

Callie sursauta et se tourna vers lui. Son visage plein de caractère n'avait pas tellement changé.

— Ferrand ?

— Caroline ! C'est incroyable ! Je n'en reviens pas. Comme le monde est petit.

— Mais qu'est-ce que vous fabriquez en Égypte ? demanda-t-elle en riant.

En tenue d'été, chemisette de soie et short en lin, bruni par le soleil, Ferrand avait une allure bien différente de celle dont elle se souvenait, au château.

— Je prends un peu de vacances, comme tout bon maître d'école qui se respecte.

— Ne l'écoutez pas, il est trop modeste, intervint Sébastien. Il est spécialiste de la Renaissance, et il donne des cours d'histoire de l'art à l'université du Caire tout en faisant une thèse sur Rubens et Van Dyck.

Ils s'attaquèrent avec appétit aux gâteaux, puis la famille alla jouer au bord de l'eau avec le bébé. Ils revinrent un peu plus tard en rapportant de délicieuses glaces à la pistache. Ensuite ils rentrèrent tous à la villa, ivres de soleil. En chemin, ils discutèrent de l'Allemagne et de l'inquiétude que leur causaient les pogroms de plus en plus nombreux.

— C'est de la barbarie, commenta Yvette en serrant Élise contre son cœur. Mes parents sont commerçants à Paris, et j'ai peur pour mon pays.

— Il n'y aura pas de conflit, assura Ferrand, qui ne quittait pas Callie des yeux. Et puis au pire, s'ils envoient des troupes, les Belges les arrêteront. Mon frère Jean-Luc est militaire, et l'armée est bien entraînée.

— L'entraînement n'est pas tout, riposta Monica. Pour ce qui est du matériel militaire, nous sommes beaucoup moins bien préparés que l'Allemagne. Ken dit qu'ils mettent au point de nouveaux types d'armement, et que, comme il leur faudra du pétrole, ils lanceront des offensives vers la Libye et le golfe Persique. Nous devrons être sur nos gardes dans cette partie du globe aussi. On ne sera en sécurité nulle part, si la guerre éclate.

La conversation se poursuivit jusque tard dans la nuit autour d'une bonne bouteille, dans la douce lumière des lampes de jardin. Callie observait Ferrand. Il avait un visage animé, intelligent, et s'exprimait avec passion. Les années lui avaient donné de l'épaisseur. Il était plus mûr, mais gardait une chevelure toujours aussi brune et romantique. Et quand il se tournait vers elle pour quêter son approbation, l'intensité de son regard la flattait. C'était comme si son opinion comptait pour lui. Quelle différence avec Toby !

Les autres quittèrent la véranda pour rentrer dans la villa, mais Callie et Ferrand restèrent assis sur les marches pour fumer, tandis que les papillons de nuit voletaient autour des lampes. De la musique arrivait jusqu'à eux, une mélodie familière du temps du Club 400 qui remplit Callie de nostalgie. *Begin the Beguine.*

— Vous voulez danser ? proposa Ferrand en la voyant osciller au rythme de la musique.

Callie se leva lentement et descendit sur la terrasse, sachant qu'elle aurait dû refuser mais incapable de le faire. Ils s'enlacèrent et dansèrent l'un contre l'autre, envoûtés par la musique et la beauté de cette nuit étoilée.

Ferrand semblait à Callie plus grand que dans son souvenir, mais il la séduisait toujours autant quand il la regardait en souriant, avec une intensité particulière dans le regard.

— C'est comme ça dans les livres, non ? murmura-t-il. Il suffit d'un regard pour que naisse une étincelle. Vous ne pensez pas que c'était écrit, cette nouvelle rencontre ?... J'ai un peu trop bu... Excusez-moi, Caroline.

— Callie... Vous ne vous souvenez pas qu'on m'appelle Callie ?

Il avait raison, il se passait une chose insensée. La musique, le vin et la chaleur, tout se combinait pour faire chavirer son cœur. Elle leva le visage vers lui, et leurs lèvres se rencontrèrent. Rien n'aurait pu être plus simple : un air de biguine, et leur histoire d'amour était prête à recommencer.

— J'ai compris ce qui se passait entre vous à l'instant où vous vous êtes reconnus, commenta Monica en riant, le lendemain matin, pendant qu'elles buvaient leur café.

— Je n'ai rien pu faire pour m'en empêcher, avoua Callie. C'était plus fort que moi.

— Un coup de foudre en bonne et due forme. Un bruit de tonnerre, un éclair, la certitude qu'on a devant soi l'homme qu'on attendait, l'amour de sa vie.

— Non, non, je n'y crois pas. Et puis je suis mariée. Nous nous sommes connus quand j'étais encore adolescente. Je dois être fatiguée, et j'avoue que Toby et moi nous nous ennuyons un peu ensemble. Mais ce n'est pas une raison. Il faut que je rentre. Je vais me racheter en redevenant une épouse parfaite.

— Cela ne changera rien. Vous ne pourrez pas nier longtemps votre attirance. On ne dit pas non à la passion. C'est la magie du désert, ajouta Monica avec une gentille ironie.

— La magie… J'avais trop bu, voilà ce qui est arrivé. Un flirt d'un soir pour une femme en mal de nouveauté, trop égoïste pour songer aux conséquences.

— Les flirts, les liaisons illicites… c'est monnaie courante ici, commenta Monica tristement.

— Vous parlez de vous et de Ken ? Cela n'a rien à voir !

— Il est vrai que nous sommes plus âgés que vous. Nous avons plus d'expérience. Nous avons vécu notre passion, et maintenant notre relation s'est modifiée. Elle est plus paisible mais nous convient. Les premiers mois de folie amoureuse ne durent pas. Les sentiments évoluent, deviennent plus tendres, et perdurent quand on a de la chance.

— Je ne veux pas tromper mon mari. D'ailleurs je n'en aurai pas l'occasion : mes vacances sont finies, et je dois rentrer demain.

— À quoi bon nier les faits ? Si vous étiez satisfaite de votre mariage, vous auriez peut-être revu Ferrand avec plaisir mais sans grands sentiments, et vous pourriez l'oublier.

— C'était la musique. Les airs de biguine me rendent très sentimentale. Est-ce qu'il est marié ?

Monica éclata de rire.

— Vous ne le lui avez pas demandé ? Vous voyez bien, vous étiez en transe tous les deux. Sébastien et Yvette ont trouvé cela très drôle.

— Est-ce qu'ils savaient ? C'est pour ça qu'ils l'ont amené ?

— Bien sûr que non ! Ferrand les accompagnait, simplement. Personne ne se doutait de rien. Je peux difficilement lui demander de partir maintenant.

— Qu'est-ce que je vais faire ? gémit Callie.

— Mais rien du tout. Vous n'avez plus qu'à attendre de voir ce que l'avenir vous réserve. C'est le destin.

— Un bien grand mot. On dirait une tragédie grecque. Ça me fait peur. Je vais me promener sur la plage, j'en ai besoin.

Elle quitta sa chaise, impatiente de mettre fin à la conversation.

— Ma chère Callie, calmez-vous. Laissez-vous aller. Vous ne pouvez rien y faire, alors tâchez plutôt d'en profiter.

Dans le train qui la ramenait au Caire, Callie se désespérait. Elle avait envie de retrouver son univers familier, tout en redoutant le moment de replonger dans son triste quotidien. Un feu brûlait en elle qui la transformait si radicalement qu'il lui semblait que Toby n'aurait qu'à poser les yeux sur elle pour deviner ses pensées infidèles. Ses vacances à Alexandrie lui avaient donné des couleurs ; ses cheveux avaient blondi, et elle avait retrouvé une bonne forme physique grâce à la natation et à l'équitation. Il serait difficile de retourner chez Jarrold, dont les bureaux étaient très proches de l'université, en s'interdisant de penser à Ferrand. Heureusement, ils n'avaient passé que très peu de temps ensemble, et ils n'avaient échangé qu'un seul baiser.

Peut-être fallait-il seulement blâmer la beauté de la nuit et les étoiles, pensa Callie. On ne pouvait pas tomber de nouveau amoureux en un seul regard ! Sans doute avait-elle essayé de retrouver les sensations de leur premier baiser au château. Mais elle avait tout aussi vite été sous le charme de Toby, quand elle l'avait rencontré. Elle était trop romantique, trop vulnérable. Malheureusement, elle ne partageait plus grand-chose avec Toby. Ils avaient chacun leurs activités, ne faisaient rien ensemble, n'avaient aucun ami commun. Il sortait avec ses relations d'affaires ; elle avait Monica et sa correspondance avec l'Angleterre et la Belgique.

Callie se trouvait très sotte de s'imaginer une grande passion : ses sentiments étaient tout simplement le signe qu'elle était trop oisive et avait besoin d'occupations pour se nourrir l'esprit. Il lui fallait un objectif, un projet qui la rapprocherait de Toby. Une idée lui vint.

En arrivant chez elle, Callie trouva son mari assis sous la véranda. Le voyant sourire, elle se jeta à son cou, très soulagée.

— Comme tu m'as manqué… J'avais besoin de toi !

Il sembla très surpris.

— Qu'est-ce qui t'arrive ? Tu n'es partie que pendant deux semaines. Tu cherches à te faire inviter au restaurant, toi. Ou alors tu veux une robe neuve. J'ai des tas de choses à te raconter.

— Ton voyage s'est bien passé ? Tu n'as pas envoyé un mot ni passé un seul coup de fil, méchant !

— J'avais trop à faire : je vais ouvrir un bureau à Haïfa, figure-toi.

— En voilà une nouvelle ! Nous allons déménager, alors ?

C'était un soulagement : ainsi, pas de tentation. Sans doute était-elle sauvée.

— Non, nous restons ici, mais je me déplacerai davantage. J'ai acheté une voiture neuve. Viens la voir, tu vas beaucoup l'aimer. C'est une décapotable, ce qui sera très agréable pour mes trajets sur les routes du désert.

— Mais alors, tu seras encore plus souvent absent ? se récria Callie.

— Ne t'inquiète pas, je rentrerai aussi fréquemment que possible. Mais il va falloir que je fasse tout. Les Arabes sont tellement paresseux qu'on doit être sur leur dos tout le temps.

— Mais si tu engages des gens, je pourrais travailler avec toi, répliqua-t-elle.

C'était l'occasion rêvée de mieux comprendre la nature de ses affaires, et cela les rapprocherait.

— Non, j'ai besoin de toi ici. Je dois savoir ce qui se passe au Caire : tu me feras tes rapports par téléphone. Allez, viens voir mon nouveau joujou.

Il entraîna Callie à l'arrière de la maison, où était garé un roadster américain vert olive.

— Tu as dû te ruiner…

— Il faut savoir s'entourer de luxe pour inspirer confiance aux clients. Alors, qu'est-ce que tu en dis ?

— Elle est bien, oui, répondit-elle faiblement, horrifiée par la somme qu'il avait dû débourser.

— « Bien », c'est tout ? s'indigna-t-il.

Ils rentrèrent en silence, mais Callie sentit qu'il ne fallait laisser passer à aucun prix cette chance de lui parler.

— Tu vas me manquer… et… je voulais te dire quelque chose. Tu ne penses pas qu'il serait temps qu'on fasse un bébé ? Je me sentirais moins seule si j'avais un enfant, surtout si tu dois t'absenter beaucoup.

— Chaque chose en son temps. Et puis, tu sais comme j'ai horreur des gosses en général. Je ne suis pas sûr de pouvoir en supporter un à la maison.

— Mais c'est moi qui m'en occuperais, insista-t-elle, sachant que si la décision n'était pas prise à cet instant, elle ne le serait jamais.

— Ça me coûterait une fortune en nounou, en frais scolaires, en tout un tas de choses.

— Tu veux dire que tu ne voudras jamais d'enfant ? demanda-t-elle, l'angoisse au cœur.

— Ne fais pas cette tête, répondit-il d'un ton léger, sans comprendre son désespoir. Je ne vois pas comment nous pourrions faire des enfants puisque je serai à Haïfa !

— Justement, je n'ai qu'à te suivre là-bas. Ça n'est pas compliqué, nous partageons la même chambre, ajouta-t-elle avec un sourire, songeant à quel point ils seraient de nouveau proches.

— Ça ne marcherait pas. J'ai toujours travaillé seul, et je préfère ça. J'ai été clair avec toi dès le début.

Il se versa un verre.

— Tu en veux un ?

Callie refusa d'un signe de tête, découragée.

— J'espérais que tu changerais d'avis. Les enfants sont une partie tellement naturelle du mariage.

— Pourquoi ça ? Les couches, les odeurs, les braillements au milieu de la nuit. Ça n'a rien de bien joyeux.

Elle avait redouté une réponse de ce genre, mais elle était tellement déçue qu'elle n'arrivait même plus à protester. Réalisant qu'il ne changerait pas d'avis, elle sentit un poids énorme sur son cœur. Toby, elle s'en rendait compte un peu tard, était un petit garçon gâté et égoïste qui n'en faisait qu'à sa tête sans jamais la consulter. S'il mentait beaucoup, il disait la vérité en se déclarant pleinement satisfait de la vie qu'ils menaient. Comment avait-elle réussi à se cacher la vérité si longtemps ? Pour la première fois, elle le voyait tel qu'il était, vautré sur le canapé, content de lui et égocentrique. Si elle voulait sauver son couple, elle devrait accepter de renoncer à avoir des enfants. C'était tellement triste…

— Eh bien, chérie, dis quelque chose. Ce soir, je te sors pour fêter ton retour.

— Non, merci. Restons à la maison et profitons de ces moments que nous passons ensemble. Ils vont devenir rares.

Elle lui sourit, mais la gorge serrée. Elle avait l'impression qu'une crue soudaine les avait jetés chacun sur une rive d'un fleuve, sans pont pour traverser.

> Ma très chère Marthe,
>
> Je ne sais par où commencer, mais je suis sûre que vous lirez ces lignes avec bienveillance. En allant au Caire, je pensais pouvoir y vivre heureuse avec Toby, mais je suis tombée amoureuse d'un autre homme, un homme merveilleux et différent en tout point de mon mari. Il est cultivé, doux et très intelligent. Peut-être vous souvenez-vous de ce jeune Belge, le fils de la comtesse ? Eh bien, c'est lui ! Et malgré le passage du temps, j'ai l'impression de le connaître parfaitement.
>
> Mon mari travaille sans arrêt. Il gagne de l'argent, il en perd aussi beaucoup. Et, surtout, il refuse d'avoir des enfants. J'ai essayé de le faire revenir sur sa décision, mais je n'y arrive pas. C'est trop dur à accepter. Et voilà : je me sentais si seule et si désespérée que je me suis autorisée à aimer cet autre homme. J'ai beaucoup hésité à trahir mon serment – que je n'ai pas fait devant Dieu, dans une église, mais civilement, à bord d'un bateau –, mais j'étais trop malheureuse pour résister longtemps.

Louis-Ferrand donne des cours à l'université du Caire, et moi je continue à travailler au bureau. Nous nous retrouvons dans un salon de thé tranquille pour déjeuner loin des regards indiscrets, puis nous rentrons à son appartement. Si vous saviez comme je me sens bien avec lui… Et mon français progresse à la vitesse de l'éclair.

Je crains de vous décevoir par ma conduite. Pour vous, le mariage est un sacrement éternel destiné à la procréation. Toby a toujours insisté pour prendre des précautions, et il en est venu à me délaisser totalement. Je pense qu'il s'intéresse à d'autres femmes.

Je suis venue au Caire remplie d'espoir. Au bout de trois ans, il me semble n'avoir rien accompli. J'ai fait de mon mieux, croyez-moi, mais notre demeure est froide et sans joie. J'ai honte d'avoir échoué, mais il faut être deux pour donner vie à un mariage, et Toby a cessé d'y croire depuis longtemps. Il se conduit comme s'il était célibataire.

Je ne sais pas si son attitude a un rapport avec son enfance, qu'il a passée au pays de Galles. Depuis que nous sommes ici, je ne l'ai pas vu communiquer une seule fois avec sa famille, pas même à Noël. Quand je lui pose des questions, il répond que ce sont ses affaires, et que le passé est le passé. Que faire ? Dois-je renoncer à cette chance d'un nouveau bonheur pour me ligoter dans ce mariage sans amour, ou brûler mes vaisseaux et partir avec Ferrand ? L'idée du divorce me fait tellement horreur !

Écrivez-moi, je vous en prie, j'ai besoin de vos conseils. Je ne peux rien demander à ma mère : elle me dirait que je n'ai que ce que je mérite et qu'elle m'avait mise en garde. C'est vrai. Il vaut peut-être mieux que je parte du Caire et que je rentre à Londres, mais je n'y ai pas vécu depuis si longtemps que cela m'effraie.

Votre amie bien malheureuse qui vous aime tendrement,

Callie

15

Persiennes fermées, ils se reposaient à l'abri du monde chez Ferrand, un bel appartement haut de plafond aux murs tapissés de bibliothèques sur l'île de Zamalek. Sur les étagères, les vestiges archéologiques et les curiosités de toutes sortes disputaient la place à la littérature et aux livres d'art. Le ventilateur vrombissait au-dessus du lit, et Ferrand s'était redressé sur un coude pour mieux regarder Callie.

— Comme c'est bon d'être avec toi. Tu es si délicieuse, si belle, si naturelle. Ne pars pas, reste avec moi. Qu'est-ce qui t'attend là-bas ? Une maison vide…

— Il le faut, au cas où Toby rentrerait à l'improviste.

— Tu ne l'as pas vu depuis des semaines. Il ne te mérite pas.

— C'est mon mari, et je lui dois au moins d'être là.

— Tu ne lui dois rien du tout ! Tu étais trop jeune quand il t'a épousée. Les couples se défont, c'est la vie.

Il l'embrassa pour mieux la convaincre, mais Callie s'entêta.

— Je n'en peux plus de me cacher, mais pour Toby les apparences comptent énormément. Je ne peux pas le ridiculiser.

— Dans ce cas, pourquoi va-t-il vivre à Haïfa sans toi ? Moi, je ne me séparerais jamais de toi si tu étais ma femme. Mon contrat à l'université du Caire se termine, tu sais. J'hésite beaucoup à le renouveler. Ma mère a des ennuis de santé et Jean-Luc et Karel, le prêtre, sont trop occupés pour pouvoir aller la voir souvent. J'aimerais vivre plus près d'elle. Il est temps que je rentre, et je veux que tu m'accompagnes, Callie.

— Tu imagines la tête de ta mère ! Elle ne voudra jamais m'accepter. Une Anglaise, protestante et divorcée de surcroît : on ne pourrait guère faire pire, de son point de vue.

— Elle apprendra à t'aimer. Je ne veux pas te forcer la main, mais nos beaux jours au Caire s'achèvent. Peu importe où nous serons puisque nous nous sommes retrouvés. Profitons de cette chance, ma chérie !

Ferrand lui sourit avec une telle chaleur, un tel bonheur que Callie se sentit fondre encore un peu… et ses bonnes résolutions s'envolèrent.

— Oui, je vais le quitter, mais j'attends le bon moment.

Le « bon moment » serait un jour où Toby serait au Caire et où il n'aurait pas trop bu. Elle lui parlerait, puis elle irait voir un avocat pour lancer la procédurc officielle. Au Caire peut-être plus que nulle part ailleurs, les apparences étaient tout et la discrétion, essentielle.

— J'espère que la nouvelle de notre liaison ne s'est pas ébruitée. Je n'en ai parlé qu'à Monica.

— Je ne compterais pas trop sur le silence si j'étais toi. Le Caire est un minuscule village : tout le monde sait tout. Les domestiques se mêlent de notre vie privée, les rumeurs enflent. Mais cela importe peu : la vie est trop courte pour attendre. Qui sait de quoi sera fait l'avenir ? L'Allemagne m'inquiète.

Il l'embrassa encore, la poussant sur le lit pour la faire rallonger, mais Callie roula sur le côté afin de lui échapper et de se lever.

— Je dois partir… Je t'aime tellement ! J'ai cru aimer Toby, mais ce n'était rien à côté de ce que j'éprouve pour toi.

Elle s'habilla à la hâte et s'arrêta à la porte avant de sortir.

— Je n'aurais jamais tenu, cette dernière année, si nous n'avions pas pu nous retrouver tous les après-midi. Il faut absolument que Toby accepte la séparation dans la dignité. Je ne sais pas comment m'y prendre pour le convaincre, mais je vais faire de mon mieux.

Ce ne serait pas facile car Toby, les rares fois où il était au Caire, voulait passer son temps avec elle au Club Gezira, alors qu'elle avait pris cet endroit en horreur. Il l'y emmenait dans sa voiture de sport et il buvait beaucoup trop. Monica et Ken étaient loin, en expédition dans le désert pour photographier les tribus nomades. Ces deux-là faisaient tout ensemble, et Callie ne pouvait s'empêcher de les comparer à Toby et elle. La seule fois où elle était partie avec lui, le fiasco avait été total. C'était pour une croisière sur le Nil qu'elle avait organisée. Il avait attrapé la fièvre et était resté à l'hôpital pendant deux semaines, la tenant pour responsable de son malheur.

Lorsque Callie arriva au pavillon, Hassan l'attendait dans la véranda, au comble de l'inquiétude.

— Madame, vous avez de la visite. C'est la police, je crois.

Elle se précipita. Quand elle entra dans le salon, les deux hommes qui s'y trouvaient se levèrent.

— Madame Lloyd-Jones ? Navrés de vous déranger. Nous sommes de la légation britannique.

— Que se passe-t-il ? Toby a eu un accident ? demanda-t-elle en s'asseyant, les jambes coupées par la peur.

— Non, rassurez-vous. Nous le cherchons. Nous avons simplement quelques petites questions à lui poser. Quand M. Tobias Jones va-t-il revenir de son travail ?

— Je ne sais pas vraiment. Il est à Haïfa et il m'avertit toujours à la dernière minute. Que puis-je faire pour vous ? Veuillez vous asseoir. Je vais demander à Hassan de nous apporter du thé.

Elle appela son domestique et lui donna ses ordres en tâchant de maîtriser ses tremblements.

— Nous devons discuter avec votre mari de certains points qui ont été portés à notre attention, déclara un des policiers.

— Il n'a pas payé ses impôts ? Il est très tête en l'air.

— Non. Il s'agit de vérifier l'authenticité de certains documents. Nous avons reçu des plaintes de ses clients. Ils lui ont donné de l'argent pour acheter des parts de la Société pour le développement de l'habitat dans le delta, et ils n'ont rien reçu en échange. Ils ont téléphoné à ses bureaux sans obtenir de réponse, et maintenant ils viennent de découvrir que les locaux avaient été vidés et que votre mari était parti sans laisser d'adresse.

— Je ne comprends pas. Toby m'a dit qu'il ouvrait une succursale à Haïfa. Je ne savais pas qu'il voulait fermer son bureau du Caire…

— Nous le soupçonnons d'avoir purement et simplement pris l'argent de ses clients sans aucune contrepartie. Les investissements qu'il leur avait fait miroiter n'existent pas. Les terrains qui devaient être bâtis, d'après nos renseignements, n'ont fait l'objet d'aucune demande de permis de construire.

— Il les aurait escroqués ?

— En un mot, j'en ai bien peur, madame Jones. Avez-vous l'adresse de votre mari à Haïfa ?

— Non. Il m'a dit qu'il descendrait à l'hôtel tant qu'il n'aurait pas trouvé un lieu qui lui convenait. C'est de là qu'il m'appelle.

Callie vit que leurs regards se chargeaient de méfiance.

— Je sais, cela peut sembler étrange que je ne me sois pas inquiétée, mais il a toujours beaucoup voyagé, et je n'ai aucune raison de ne pas lui faire confiance.

Une nouvelle crainte la saisit : la croyaient-ils mêlée aux affaires louches de Toby ? Ils devaient se demander comment l'épouse de l'homme qu'ils recherchaient pouvait ignorer où son mari travaillait.

— Vous devez savoir, madame, que sa société est enregistrée sous une adresse qui n'existe pas. M. Jones va devoir s'expliquer. Êtes-vous associée à ses affaires ?

L'angoisse rendit Callie presque incapable de répondre.

— Non, il ne me parle jamais de ce qu'il fait. Je suis totalement surprise. Il ne veut jamais que je l'aide pour son secrétariat. Je travaillais ailleurs, à temps partiel – pour la société de travail intérimaire Jarrold –, jusqu'à une période récente.

— Vous ne vous êtes jamais demandé d'où venait l'argent de votre mari ?

— Comme vous le voyez, il ne le ramenait pas ici ! Nous louons cette maison, et je l'ai meublée sur mes fonds personnels. Je n'ai jamais pu faire le moindre excès. Mon mari n'a pas d'argent. Il n'a rien, à part sa voiture…

— Vous avez des revenus indépendants, madame Jones ?

— Oui, de l'argent en Angleterre. Une pension que m'a laissée mon père à sa mort.

— Et vous n'avez signé aucun papier pour M. Jones ?

— Non…

Elle s'interrompit, ayant peur de comprendre.

— Si… Il m'a fait signer quelque chose récemment. Je n'ai pas bien lu. Il m'a dit que c'était pour les impôts. Vous ne pensez pas que…

— Depuis combien de temps êtes-vous mariée ?

— Trois ans.

— Avez-vous de la famille ici qui pourrait vous servir de garant ?

— Ma famille est à Londres. Nous n'avons pas d'enfants. Je suis malheureusement partie avec Toby sans l'accord de ma mère. Sa famille à lui est de la campagne du pays de Galles… Ses parents ont une grande propriété, je crois, mais je ne les ai jamais rencontrés.

— C'est ce qu'il vous a raconté ? Intéressant… D'après ce que nous savons, son père est le révérend Obediah Jones, un pasteur baptiste de Cardiff. Sa famille a rompu tout contact avec lui parce qu'il a volé les bijoux de sa mère et qu'il s'est enfui de son pensionnat avec l'infirmière adjointe.

En entendant cela, Callie éprouva un choc.

— Alors il m'a menti ? Rien de ce qu'il m'a raconté n'était vrai ?

— Probablement. Nous pensons que votre mari a eu vent des plaintes déposées contre lui et qu'il est parti pour la Palestine, ou peut-être Istanbul, avec un faux passeport. Je suis désolé de devoir vous l'apprendre. Reste à déterminer votre part de responsabilité dans toute cette affaire. Je vous conseille de vous faire représenter par un avocat pour vous défendre contre les clients de votre mari. Vous pourriez avoir à rembourser ce qu'il doit sur vos fonds personnels. Les charges sont sérieuses : faux et usage de faux, escroquerie – un système astucieux, mais qui tombe sous le coup de la loi.

— Je ne sais pas quoi vous dire. Je n'ai eu aucune nouvelle de Toby depuis quinze jours, mais ce n'est pas la première fois. Notre ménage n'est pas très heureux depuis quelque temps. Je voulais justement demander une séparation. Mais maintenant… Est-ce qu'on va le retrouver ? Comment a-t-il pu faire toutes ces choses et me laisser seule pour porter… Excusez-moi, ajouta-t-elle d'une voix étranglée.

— Vous avez quelqu'un pour vous soutenir ?

— J'ai des amis… Que faut-il que je fasse maintenant ?

— Rien pour l'instant. Nous vous tiendrons au courant. La police vous interrogera de nouveau, il y aura une enquête. Auriez-vous des relevés de banque de votre mari ?

Elle secoua la tête. Toby gardait ses relevés dans une serviette fermée à clé qu'il emportait avec lui.

— Je peux vous donner ceux de notre compte commun, mais il n'y a pas grand-chose dessus. Je n'arrive pas à croire qu'il ait pu me faire une chose pareille. Je lui ai toujours fait confiance…

Soudain, une nouvelle terreur la saisit.

— Vous ne pensez pas qu'il aurait pu imiter ma signature ? Il ne volerait pas l'argent de sa propre femme ?

— Je vous conseille de vérifier immédiatement auprès de votre banque à Londres. C'est à redouter : certaines personnes n'ont plus aucun scrupule quand elles se sentent acculées.

Dès qu'elle fut seule, Callie s'effondra sur son lit. Elle comprenait beaucoup de choses. Toby avait commis des malversations à Londres, puis il l'avait emmenée au Caire pour se servir d'elle en se redonnant une respectabilité. Maintenant il était parti en Palestine pour recommencer sans s'encombrer d'une femme qui ne lui servait plus à rien. Avait-il dérobé l'argent que lui avait laissé son père ? Les clients escroqués allaient demander à être remboursés. Leur mariage n'avait été qu'un jeu de dupes. Toby avait profité de la crédulité de gens qu'il tentait par des promesses d'enrichissement facile, et elle allait être accusée de complicité.

Elle téléphona à Monica, qui accourut pour la réconforter, lui fit boire du gin et la mit au lit.

— Dormez, vous verrez, ça va passer. Réjouissez-vous : maintenant vous êtes libre de vivre avec Ferrand.

— Vous plaisantez ! Je ne pourrai jamais plus me sentir libre. Cette affaire va me poursuivre. Quelqu'un va devoir payer.

— Vous aussi, vous avez été une victime de Toby. Ferrand prendra soin de vous. Ne vous sentez pas responsable. Au fond, Toby vous a aidée en vous rendant votre liberté. Allez, dormez. Vous verrez la situation d'un autre œil demain.

Mais le lendemain, Callie ne se sentit pas plus libre. Elle se reprochait d'avoir été naïve et aveugle. Elle s'en voulait de ne s'être doutée de rien. Elle ne se sentait capable ni de fuir ses responsabilités ni de faire porter le poids de cette catastrophe à son amant. Elle avait sa fierté, et elle tenait à se sortir seule de ce mauvais pas, quoi qu'il lui en coûte. Avant de s'autoriser à être heureuse, elle devait régler cette affaire et retrouver sa dignité.

Trois semaines plus tard, Callie montait à bord du *SS Otrante*. Elle attendit sur le pont que ses amis, qui lui faisaient des signes d'adieu, ne soient plus que de petites silhouettes dans le port avant de s'éloigner du bastingage. Elle venait de vivre une période difficile. Les entrevues avec des hommes d'affaires furieux s'étaient succédé, et elle avait eu fort à faire pour les convaincre qu'elle n'était pas mêlée aux activités de Toby. Ken, le compagnon de Monica, l'avait aidée à traverser la tempête avec le soutien d'un bon avocat. Ce dernier avait prouvé son innocence et lui avait conseillé de retourner en Angleterre au plus vite, et de mettre ce fiasco derrière elle. Il l'avait même aidée à payer son billet de retour.

Ferrand lui avait de nouveau proposé de partir avec lui en Belgique dès la fin de son contrat, mais elle avait catégoriquement refusé : elle tenait à rentrer seule. Elle promit de le retrouver dès qu'elle s'en sentirait capable.

De Toby, elle n'avait aucune nouvelle. Il avait disparu corps et biens, en changeant sans doute de nom. Elle commençait à se sentir soulagée d'être séparée de lui, mais elle était humiliée et épuisée par le contrecoup de cette déroute. Elle espérait arriver à se reposer pendant la traversée, retrouver l'appétit et le courage nécessaire pour supporter les reproches de sa mère.

Ces derniers jours, accablée par les accusations portées contre elle, souffrant terriblement de s'être autant trompée sur Toby, elle s'était prise à contempler les eaux troubles du Nil, tentée de remplir ses poches de pierres pour se laisser couler dans le néant. Mais lors de ces moments de désespoir, l'amour de Ferrand la retenait. C'était cet amour qui lui avait permis de surmonter les heures les plus noires.

Le retour en Angleterre serait difficile. Aucune de ses amies n'avait aussi mal dirigé sa vie. Primrose avait obtenu son diplôme d'Oxford avec mention et s'envolait vers une carrière prometteuse. Même Pamela avait trouvé sa voie, engagée par un couturier pour être son égérie. Et elle, qu'avait-elle accompli ? Elle avait été escroquée par un mari avec lequel elle ne s'entendait plus. Arrivée au Caire le cœur plein d'espoir, elle en repartait les mains vides, ses rêves brisés. Elle avait même dû vendre son alliance, mais c'était mieux ainsi : elle ne voulait plus rien posséder qui lui rappelle Toby.

Ferrand avait été là pour elle. Il avait voulu l'emmener dîner en ville avant son départ, mais elle ne s'était pas sentie capable de se montrer en public.

— N'aie pas honte, ce n'est pas toi la coupable, lui disait-il.

— Si, c'est un peu ma faute. J'aurais dû me douter de quelque chose, l'interroger, m'intéresser plus à ses affaires.

— Ne te reproche rien. Tu lui as fait confiance, et il t'a trompée. Viens ici, souris-moi, avait-il ajouté en la serrant dans ses bras. Nos erreurs nous rendent plus forts. Ce sont des pierres précieuses qui nous enrichissent si nous savons en tirer les leçons. Tout le monde se trompe un jour ou l'autre. Ne gâchons pas notre dernière soirée. Pensons à l'avenir. Tu peux toujours rendre ton billet et rester avec moi si tu veux.

Ils avaient passé la nuit dans les bras l'un de l'autre et avaient fait l'amour jusqu'à l'aube. Callie avait aimé Ferrand avec une passion encore plus intense, comme si elle cherchait à imprimer son souvenir en elle pour mieux résister aux longues nuits solitaires qui l'attendaient.

Elle vivait ce retour seule comme une nécessité et un défi. Il lui fallait dominer sa peur de l'avenir et prendre sa part de responsabilité dans son échec.

Elle ne se joignait jamais aux festivités du bord. Par malheur, un couple qu'elle avait souvent croisé au Club Gezira voyageait avec elle, et ses regards curieux finirent par la dissuader de quitter sa cabine. Mais le plus effrayant, c'était de songer qu'il lui faudrait affronter Phee.

Dans le golfe de Gascogne, il y eut une tempête. Il faisait froid, la pluie battait le pont. Le bateau tanguait au point qu'elle finit par attendre le moment de débarquer, que pourtant elle redoutait. L'Angleterre serait sous la pluie, mais elle en avait l'habitude.

Quand le paquebot pénétra dans les eaux du port de Southampton, elle eut soudain l'impression qu'un changement étrange s'était opéré en elle. Ses désagréables sensations physiques, sa nausée n'étaient peut-être pas seulement causées par le mauvais temps. Elle sentait une présence… Se pouvait-il qu'elle ne rentre pas seule ? Elle prit son agenda pour chercher confirmation. Pouvait-elle espérer ce grand bonheur ? Une nouvelle vie avait-elle pu commencer à se développer en elle malgré les bouleversements des derniers mois ? C'était un merveilleux espoir qui lui redonna du courage. Elle sentit alors qu'elle aurait la force de voir sa mère et de rétablir le dialogue. Le télégramme fut vite composé.

ARRIVE DEMAIN. PASSERAI NUIT CHEZ TOI AVANT ALLER DALRADNOR. CAROLINE. P-S. : TU AVAIS RAISON.

16

Mars 1939

Phoebe prit le premier train pour l'Écosse à l'instant où le télégramme annonçant le début de l'accouchement de Caroline arriva. Elle avait supplié sa fille de rester près d'elle à Londres pendant sa grossesse, mais Kitty l'avait rassurée. Caroline était en excellente santé, et le grand air lui serait beaucoup plus bénéfique que la grande ville.

— Les hôpitaux écossais sont parmi les meilleurs du monde. N'effraie pas la petite en imaginant le pire !

Pendant le long trajet, Phoebe se fit un sang d'encre. Se connaissant, elle avait peur de ne pas dire, de ne pas faire ce qu'il fallait et de gâcher ce moment unique. Elle redoutait aussi que la pauvre Caroline ne souffre. Son propre accouchement avait été relativement rapide et sans complications, mais rien ne prouvait que cette facilité était héréditaire. Quoi qu'il arrive, en tout cas, elle serait là pour la soutenir et l'encourager.

Jamais le trajet ne lui avait semblé aussi long. À chaque arrêt, dans les gares ou au milieu des voies, elle sortait dans le couloir pour faire les cent pas.

Elle espérait que sa fille avait une bonne sage-femme dans la maternité de Glasgow qu'elle avait choisie. Phoebe la sentait profondément triste, depuis son retour d'Égypte. La conduite de Toby lui avait causé un choc, bien entendu, mais il y avait sûrement autre chose. Callie restait très secrète sur la période qui avait précédé les événements. Phoebe aurait voulu qu'elle lui parle plus, mais elle admirait la dignité avec laquelle sa fille gérait la catastrophe. Elles étaient allées ensemble chez Benson, Harlow et Ford, le cabinet qui s'occupait de leurs affaires, pour connaître l'état de leurs finances. Le pire avait été évité : le capital qu'avait laissé le père de Caroline était intact, car l'accord de Phoebe aurait été nécessaire pour effectuer des retraits sur ce compte. La donne avait changé depuis que Caroline avait vingt et un ans. Elle était financièrement indépendante, et comme Dalradnor devait lui revenir un jour, Phoebe avait fait en sorte qu'elle en ait l'usufruit en attendant. Il était essentiel de lui assurer la sécurité d'un refuge, en cette époque instable.

La paix était fragile : les journaux diffusaient des nouvelles alarmistes, et on surveillait de près les faits et gestes de Hitler. Toute avancée de l'armée allemande vers l'ouest forcerait la Grande-Bretagne et ses alliés à riposter. Les préparatifs de guerre, interrompus par la crise de Munich l'année précédente, étaient de nouveau à l'ordre du jour. On construisait des abris antiaériens dans toutes les rues. Phoebe devait reconnaître que Londres devenait un lieu de résidence à éviter pour élever un enfant.

Après vingt années d'une paix peu sereine, Phoebe se demandait si elle n'allait pas de nouveau être appelée à participer à des tours de chant pour les armées.

Elle n'hésiterait pas à participer à l'effort général, mais cette fois, jamais au détriment de sa fille. Elle serait présente en priorité pour Caroline.

Aux environs de Glasgow, son inquiétude s'apaisa et laissa place à de la joie. C'était un nouveau départ pour toutes les deux. Sa relation avec Caroline s'engageait sur des bases plus saines. Elle avait su taire ses reproches en voyant l'état de Caroline, sa maigreur maladive et ses traits tirés. Elle s'était aussi bien gardée de poser trop de questions et de se glorifier d'avoir vu juste en la mettant en garde contre Toby. Il était à craindre que l'enfant d'un tel homme ne rappelle de mauvais souvenirs à Caroline, mais on ne pouvait pas reprocher à un bébé les défauts de son père. Cet enfant portait aussi en lui l'héritage d'Arthur, ce qui le lui rendait particulièrement précieux.

Sir Lionel avait été heureux d'apprendre la nouvelle malgré sa santé fragile. Il était en convalescence dans une clinique, cloué dans un fauteuil roulant après une attaque cérébrale, mais il se souciait toujours de l'avenir de sa petite-fille. Primrose restait également fidèle, une présence rassurante, équilibrée et bienveillante. En Égypte, Caroline avait dû se faire d'autres amis, pensait Phoebe, les lettres qui l'attendaient à Londres à son retour le prouvaient : il y avait celles de Monica Battersby, et aussi la missive d'un certain professeur d'université qui avait rendu le sourire à Caroline et remis des couleurs sur ses joues. Depuis, Phoebe avait appris qui était Ferrand. Il était rentré en Belgique et insistait pour que Caroline le rejoigne là où il s'était installé, près de Bruxelles, mais sa fille refusait de quitter ses montagnes écossaises. Malgré son long éloignement géographique, elle pouvait compter sur un petit groupe fidèle, comme Phoebe l'avait fait autrefois avec Kitty, Maisie et Billy. Même

Verity Seton-Ross, revenue à de meilleurs sentiments, avait droit à son amitié. La capacité à créer des liens était un signe de bonne santé mentale et Phoebe cherchait à se rassurer en se disant qu'après tout, elle n'avait peut-être pas été une trop mauvaise mère.

Quand elle arriva à Dalradnor, Mima Johnstone, la fille de Nan, l'accueillit avec un bon dîner.

— Des nouvelles, Mima ?

— Toujours rien, Mademoiselle, mais je pense que ça ne devrait pas tarder. La maternité a promis de téléphoner dès que l'enfant serait là. Tout ira bien pour Mademoiselle Caroline, vous verrez.

Phoebe n'arriva pas à fermer l'œil, et la nuit fut longue. Tout en guettant la sonnerie du téléphone, elle revécut minute par minute son propre accouchement. L'angoisse l'envahissait. Et si quelque chose se passait mal ?

L'attente ne prit fin qu'à l'aube. Elle descendit en courant, pieds nus, pour répondre au téléphone et décrocha d'une main tremblante.

— Dalradnor Lodge ? Dr Maclean à l'appareil. Tout s'est bien passé, rassurez-vous. Quelques petites difficultés, mais l'enfant se porte bien. C'est un garçon. Un beau bébé de trois kilos huit cents grammes. La carrure d'un futur rugbyman.

— Et la mère ?

— Fatiguée mais heureuse. La naissance n'a pas été facile. Elle va devoir rester ici une quinzaine de jours pour se reposer.

— Quand peut-on lui rendre visite ? s'empressa de demander Phoebe, folle de soulagement.

— Pas avant demain soir. Je lui ai donné un somnifère : elle a besoin de repos.

Phoebe raccrocha après l'avoir abondamment remercié et se laissa choir sur une marche, les yeux débordants de larmes.

« J'ai un petit-fils », songeait-elle, au comble du bonheur.

Dans la matinée, elle s'amusa à réfléchir à des prénoms possibles, ne prêtant qu'à moitié attention aux bulletins d'information que diffusait la radio. Les Sudètes avaient été annexées par l'Allemagne, et donc retirées à la Tchécoslovaquie.

Caroline, émerveillée, couvait le berceau des yeux. Comment avait-elle réussi à fabriquer ce petit être humain parfait en tout point ?

— Mon bébé, mon fils chéri, murmurait-elle en le contemplant.

Malgré son envie de le prendre dans ses bras, de le serrer sur son cœur pour humer son parfum de bébé tout neuf, elle devait réfréner ses ardeurs. L'infirmière, Mlle Hislop, avait une vision très stricte de la procédure à suivre.

— Il faut laisser votre enfant dormir après ce grand voyage. Il a pris son temps, et il a eu du mal à passer. Il se réveillera quand vous aurez assez de lait pour le nourrir. La nature est bien faite.

Callie comprenait, mais le berceau lui semblait très loin et la séparation cruelle. Si elle avait été une pouliche, elle serait avec son poulain qui téterait déjà. C'était un grand soulagement que l'accouchement soit terminé, et la peur irrationnelle qui l'avait retenue d'avertir Ferrand s'était envolée. Elle regrettait son silence, à présent. Ah, s'il avait pu voir son fils !

Mais comment faire pour expliquer la situation ? Aux yeux du monde, le père était Toby. Son enfant était légitime, et elle tenait beaucoup à ce qu'il le soit, pour lui. Personne ne devait savoir qu'il était le fils d'un autre homme, surtout pas Phoebe. Callie avait si peur de l'illégitimité qu'elle n'était même pas arrivée à révéler sa grossesse à Ferrand. Elle ne lui apprendrait l'existence de leur fils que le jour où ils seraient enfin libres de se marier. Pourtant elle ne vivait que pour ses lettres, auxquelles elle répondait assidûment, mais sans jamais parler de l'enfant. Avant toute chose, elle devait se séparer officiellement de Toby. Or elle n'avait toujours aucune nouvelle de lui. Il se terrait sans doute dans quelque bar de Turquie ou d'ailleurs, à monter des stratagèmes pour soulager les crédules de leur argent.

Dès son retour à Dalradnor, la vie au Caire avait semblé très loin à Caroline, comme un mauvais rêve. Elle s'était concentrée sur sa santé, avait repris des forces en faisant de longues promenades et de tranquilles sorties à cheval. Ce bébé qu'elle attendait était un cadeau du destin qui la guérissait de ses déceptions et de ses angoisses et embellissait son retour.

Maintenant que son fils était né, le plus dur était passé. Elle avait deux semaines à la maternité pour se remettre de la naissance et pour penser à l'avenir. Il faudrait bien choisir le nom de son petit prince pour écarter le souvenir de son père officiel sans toutefois laisser planer de doute sur sa paternité.

— Pourquoi Desmond ?

Phoebe berçait son petit-fils dans ses bras, déçue que Caroline ne l'ait pas appelé Arthur. Elle aurait aimé insister, lui demander de bien réfléchir, mais elle se retenait prudemment.

— Desmond, ça me plaît, répondit Caroline. Desmond Louis Lionel Lloyd-Jones. Je sais que c'est un peu long, mais pour moi c'est parfait. Je veux que son nom ressemble le moins possible à Tobias Obediah Jones, alors j'ai décidé de garder « Lloyd » pour le différencier.

— Eh bien, au moins, sir Lionel sera content. Et pourquoi Louis ? Tu ne préférerais pas un prénom plus écossais ?

— Non, je trouve ça joli. D'ailleurs il est trop tard, il est déjà déclaré sous ce nom sur son acte de naissance. Tu as apporté les chocolats pour remercier les infirmières, comme je te l'ai demandé ?

Depuis quinze jours, Caroline régentait son monde depuis son lit à la maternité, organisée, heureuse. Elle écrivait des cartes postales, ouvrait ses lettres et ses cadeaux : des barboteuses, des brassières, des chaussons en tricot. Kitty avait envoyé un édredon et une garniture complète pour rénover un berceau ancien retrouvé au grenier. Mima l'avait désinfecté et avait confectionné des petits draps et des taies d'oreiller. Il attendait à Dalradnor le retour du nouveau seigneur des lieux l'après-midi même.

Pour Phoebe, Desmond était le plus bel enfant du monde : bras et jambes potelés, duvet sombre sur la tête et yeux bleus. Elle contemplait le joli spectacle de Caroline qui lui passait une chemise de nuit propre en flanelle en gazouillant comme si c'était une poupée. On lui avait mis des moufles pour l'empêcher de se griffer le visage, et elles disparurent sous le beau châle tricoté par Nan Ibell malgré sa vue défaillante.

Un petit béret en laine écossais bleu et blanc complétait la tenue de cette première sortie. « Un vrai petit prince », se dit Phoebe avec ravissement en accompagnant sa fille et son petit-fils jusqu'à la voiture conduite par Burrell, le nouveau jardinier.

Pendant sa grossesse, Caroline avait passé son permis et s'était acheté une jolie petite Morris break adaptée aux chemins de campagne. Elle était devenue une adulte prévoyante et efficace. Sa vie au Caire l'avait mûrie, et on la sentait parfaitement capable d'élever un enfant seule.

Quelle différence avec sa propre arrivée à Dalradnor ! songea Phoebe, admirative. Elle avait voyagé discrètement avec Marthe et son bébé, cherchant le secret de la nuit pour dissimuler sa honte. Elle avait pourtant eu la chance de trouver un accueil bienveillant à Dalradnor, et elle devait beaucoup à Arthur et aux dispositions qu'il avait prises pour assurer son avenir en cas de malheur. Précaution plus que nécessaire quand on songeait à la pénible scène que Verity avait faite chez le notaire en apprenant que la maison lui revenait ainsi qu'une pension pour son enfant. Cette fois, l'arrivée du bébé n'était entourée que de joie. Il fallait tout faire pour qu'il ne pâtisse pas de la mauvaise réputation et des actes criminels de son père. Caroline le protégerait, tout comme elle-même avait essayé de protéger sa fille des circonstances de sa naissance. Callie paraissait même se débrouiller beaucoup mieux qu'elle. Ici, à Dalradnor, quoi qu'il advienne dans le reste du monde, le petit Desmond serait à l'abri du danger.

17

Ma Callie bien-aimée,

Cette séparation s'éternise, et je n'en puis plus. Rejoins-moi à Grooten, ou je vais venir te chercher. Où te caches-tu ? M'as-tu oublié ? Pourquoi ces longs silences ? J'ai obtenu un poste à l'université de Lille pour la rentrée de septembre, et je veux vivre avec toi en France et ne plus jamais te quitter. Si tu hésites, retrouve-moi au moins à Londres très vite pour m'expliquer ce qui se passe.

Louis-Ferrand

Callie n'était pas prête à braver le château de Grooten et à exposer son fils au regard critique de la famille de Ferrand. Il valait effectivement beaucoup mieux qu'ils se voient à Londres pour parler. Elle lui annoncerait la grande nouvelle, puis l'emmènerait en Écosse pour voir son fils.

Mon très cher Ferrand,

Donnons-nous plutôt rendez-vous à Londres comme tu le proposes. J'ai tant de choses à te raconter ! Je voudrais aussi te faire visiter ma maison de Dalradnor, où tant de gens seront heureux de te rencontrer.

J'attends ces retrouvailles avec impatience. Tu m'as tellement manqué ! Je n'écris pas davantage car il est arrivé des événements heureux dont je préfère te parler de vive voix. Communique-moi ton heure d'arrivée, et j'irai te chercher à la gare.

Avec toute ma tendresse,

Callie

— Pourrais-tu rester encore un peu à Dalradnor pour t'occuper de Desmond ? demanda Caroline à Phee, certaine qu'elle accepterait. Ferrand doit venir à Londres, et j'ai envie de le revoir. Je préférerais rester seule avec lui quelques jours…

Elle s'interrompit, rougissante.

— Bien sûr, chérie. Comme si je n'avais pas compris ! C'est sa mère qui se dresse entre vous, n'est-ce pas ? Cette femme est un vrai dragon.

— Pas pour longtemps. Ferrand ne se laisse pas dicter sa conduite, mais j'avoue qu'elle m'intimide encore un peu. J'ai besoin de prendre le temps de le retrouver loin d'elle. J'ai aussi un peu peur que, loin de la chaleur du Caire, tout soit différent. Nous devons voir si nos sentiments ont survécu à cette séparation.

— Comme tu es raisonnable ! Pars tranquille à Londres. Le bébé ne souffrira pas de ton absence. Je m'occuperai bien de lui, et Mima ne demande qu'à m'aider. Je suis heureuse que tu me fasses assez confiance pour me le laisser.

Caroline voyait bien que Phee faisait tout pour se racheter. Elle était restée tout l'été, profitant de la campagne, mais aussi beaucoup de Desmond. Elle avait accompagné Callie au village pour le présenter aux commerçants et l'emmenait se promener au bord du loch. Elle le berçait quand il pleurait et lui chantait de vieilles chansons de music-hall en prétendant qu'il s'endormait mieux avec son répertoire qu'avec *Slaap, kindje, slaap*, la berceuse flamande de Marthe que Caroline lui fredonnait.

Ces quelques mois sereins à Dalradnor avaient reposé Callie. La perspective de vivre avec Ferrand la portait, à présent. Comment réagirait-il en apprenant qu'il avait un fils et qu'elle lui avait donné une partie de son prénom ? Il l'adorerait, c'était certain. Ce fruit de leurs après-midi amoureux au Caire les souderait pour toujours.

La dernière chose à faire était de mêler la mère de Ferrand à leurs affaires, estimait Callie. La comtesse ne devait rien savoir de son passé, car, pour divorcer, elle était obligée d'attendre que Toby veuille bien reparaître. S'il ne se signalait pas, elle ne serait libre de se remarier qu'au bout de sept ans.

Si Ferrand n'acceptait pas la situation, elle élèverait son fils seule, comme Phee l'avait fait avec elle. Cela ne l'effrayait pas : Desmond l'enchantait, son sourire et ses bras qui se tendaient vers elle la faisaient fondre. Elle aurait un mal fou à supporter son absence pendant une semaine entière, mais elle voulait prendre le temps de retrouver Ferrand.

Callie fit de grandes préparatifs pour son voyage à Londres, en commençant par une visite très nécessaire à un grand salon de coiffure de Kelvinside, un quartier huppé de Glasgow. La mode, lui dit-on, n'était plus aux permanentes. On lui fit un carré court au menton, joliment ondulé au fer. Comme elle avait pris des formes et n'avait acheté aucun vêtement depuis longtemps, elle s'offrit une robe neuve et une paire de chaussures chez Daly, dans Sauchiehall Street. Ensuite, elle profita d'être en ville pour aller au cinéma voir *Le Magicien d'Oz* en buvant un thé. Elle s'obligea à attendre encore un peu pour rentrer, car elle devait s'entraîner à rester éloignée de Desmond malgré ce qu'il lui en coûtait. Elle en profita pour s'acheter aussi de la lingerie fine. La joie de revoir Ferrand était comme une fièvre qui ne la quittait plus.

Le 26 août, Callie prit le train pour Londres. Elle devait passer la nuit dans l'appartement de Phee dans Marylebone High Street, puis elle reprendrait le train pour Douvres afin d'accueillir Ferrand à sa descente du ferry d'Ostende. Elle s'étonnait d'avoir les mains libres et de se retrouver sans sacs de couches, sans biberons, sans couvertures de bébé et sans jouets.

Dès la gare centrale de Glasgow, elle perçut une atmosphère particulière, une effervescence mêlée d'anxiété. Il y avait beaucoup de voyageurs, et quand elle atteignit Londres, elle fut sidérée de voir des sacs de sable entassés devant les immeubles et des panneaux indiquant la conduite à tenir en cas d'alerte aérienne. D'après les journaux qu'elle avait lus dans le train, on remarquait un afflux de troupes allemandes à la frontière polonaise depuis quelques jours. La Grande-Bretagne allait-elle entrer en guerre contre l'Allemagne et la Russie, nouvellement alliées ?

Kitty avait prévu de rejoindre Callie à l'appartement. Dès son arrivée, celle-ci la questionna avidement.

— Que se passe-t-il ?

— Tu n'as pas écouté la radio ? Londres est sur le pied de guerre. Nous organisons l'évacuation des patients de l'hôpital pour les mettre à l'abri en dehors de la capitale au cas où… J'espère que tu ne comptes pas aller en France. Un conflit pourrait éclater à tout instant.

— Non, c'est Ferrand qui doit le faire. Mais nous allons peut-être éviter le pire, tu ne crois pas ?

— Chamberlain a dit dès le mois de mars que si la Pologne était attaquée, nous ne pourrions pas éviter d'intervenir. Des milliers d'enfants sont évacués de Londres vers la campagne. « Des bouches supplémentaires à nourrir », c'est comme ça qu'on les appelle. Désolée d'être un oiseau de mauvais augure, mais tu devrais rentrer à Dalradnor pour te mettre à l'abri. Il pourrait y avoir des bombardements.

Callie eut très peur. Elle avait voulu se persuader que l'escalade de propos belliqueux était du pur bluff et qu'après les accords de Munich, la paix serait assurée, mais Kitty la convainquit du contraire, car elle n'était pas du genre à s'inquiéter pour rien.

Dès qu'elle fut seule, Callie mit la radio pour écouter les informations. On parlait de files d'attente dans les ports, des deux côtés de la Manche. Les vacanciers qui revenaient du continent rapportaient des récits de panique. Tant pis, se dit Callie. Elle avait rendez-vous à Douvres, et elle irait retrouver Ferrand malgré les difficultés.

Le train était plein de Français qui rentraient chez eux. Il s'arrêtait beaucoup, et les attentes se prolongeaient pour laisser passer les convois de troupes. Au pied des grandes falaises de craie, le port des ferries était noir de passagers qui faisaient la queue pour avoir des billets, traînant leurs bagages et leurs enfants fatigués. Les voitures pénétraient dans les grands navires. Callie s'était postée à l'arrivée, guettant la foule compacte qui piétinait en attendant le moment de franchir la passerelle.

— C'est l'enfer en France ! cria un homme qui descendait à ceux qui attendaient pour monter. Nous avons dû abandonner notre voiture. Les cales servent maintenant à transporter des passagers.

Postée près de la barrière des docks, Callie scrutait inlassablement les passagers qui défilaient, de plus en plus anxieuse. Le ferry d'Ostende arriva et repartit sans qu'elle voie Ferrand.

Elle espéra l'avoir simplement manqué, ou qu'il prendrait le prochain bateau. Dans cette cohue, se dit-elle, ils ne pourraient jamais se retrouver. Il avait son adresse à Londres, et sans doute valait-il mieux retourner là-bas pour l'attendre.

Folle d'inquiétude, elle l'y attendit donc, espérant à tout instant le voir descendre d'un taxi. L'appartement lui semblait très vide et silencieux, et son fils lui manquait terriblement. Ferrand pouvait-il avoir changé d'avis ? Sa mère avait-elle appris leur liaison et trouvé le moyen de l'empêcher de la rejoindre ? Mais son retard était explicable de bien d'autres façons, vu les circonstances.

La sonnerie stridente du téléphone déchira le silence. Ce n'était que Phee qui voulait savoir si tout allait bien et lui donner des nouvelles du bébé.

— Je suis contente de te trouver ! Surtout ne pars pas d'Angleterre maintenant, je t'en prie. La guerre va être déclarée d'un jour à l'autre. Les journaux disent que les Britanniques ont pour consigne de quitter le continent le plus tôt possible. Ton ami t'a rejointe ?

— Pas encore. Il aura été retardé. Les ferries sont tous pleins, mais j'espère qu'il parviendra quand même à venir…

Callie avait beau dire, elle n'en était plus du tout convaincue.

Elle attendit encore trois jours, se demandant pourquoi Ferrand ne téléphonait pas ou n'envoyait pas de télégramme. Alors qu'elle désespérait, une lettre arriva enfin, écrite à la hâte.

Chérie,

Je ne peux pas venir te rejoindre. Je suis rappelé à Lille en urgence. On a besoin de moi. Je m'engagerais sans hésiter si la neutralité de la Belgique était compromise. Jean-Luc m'a demandé d'aller au château pour aider maman, car elle a peur qu'il soit réquisitionné comme la dernière fois, pendant la Grande Guerre. Je suis au désespoir de ne pas pouvoir être avec toi, et tu occupes chacune de mes pensées en cette triste période. Je t'écrirai dès que la situation sera plus claire. Prends soin de toi, ma chérie. Rentre dans ta bonne terre d'Écosse.

Ton tendre et bien aimant

Louis-Ferrand

Callie enrageait, contre elle-même, contre la guerre. Pourquoi fallait-il que sa vie soit ainsi bouleversée par des circonstances aussi indépendantes de sa volonté ? Elle se reprochait de ne pas avoir rejoint Ferrand plus tôt, d'avoir péché par excès de prudence, de ne pas lui avoir parlé de Desmond. Quelle idiote ! Pourquoi avait-elle éprouvé le besoin de cacher que son mari n'était pas le père ? Cela n'avait pas tant d'importance ! Si pourtant… Elle avait hérité de l'horreur de l'illégitimité et tenait à tout prix à sauver les apparences. C'était le drame de sa propre enfance qu'elle rejouait. Le hasard l'avait obligée à reproduire avec son bébé pratiquement le même mensonge qui avait entouré sa propre naissance. Elle n'avait pas voulu être séparée de Ferrand, et sûrement pas être arrachée à lui par une guerre. Elle devait lui écrire tout de suite pour lui parler de leur fils avant qu'il ne soit trop tard.

Elle marcha de long en large dans l'appartement jusqu'à l'épuisement, voyant par la fenêtre s'organiser les préparatifs de défense et les passants filer vers les abris quand se déclenchaient les sirènes des exercices d'alerte. Elle n'avait plus rien à faire à Londres, décida-t-elle. Alors elle rassembla tous ses papiers importants et ses bijoux pour les emporter et les mettre à l'abri en Écosse et partit pour la gare, s'attendant à rencontrer les pires difficultés.

Callie n'avait jamais vu autant de trains au départ. Des multitudes d'enfants avançaient en file indienne, chargés de valises. Certains étaient vêtus de leur uniforme scolaire, d'autres portaient de vieux manteaux, des chaussures de toile et tenaient leurs paquets de vêtements sous le bras, enveloppés dans du papier d'emballage. Des femmes poussant des landaus disaient adieu à leurs aînés sans pouvoir retenir leurs larmes. Les nourrissons hurlaient, les mères sanglotaient, et Callie se sentait coupable d'avoir plus de chance, car elle partait retrouver son enfant.

La compagnie des chemins de fer ne pouvait gérer sans accroc un tel afflux. Les lignes étaient surchargées, les attentes interminables. Les compartiments étaient remplis de soldats et de marins qui allaient rejoindre les casernes installées dans le nord du pays. Chez les hommes dominait une effervescence bon enfant. Les plaisanteries fusaient. Pour une fois, la réserve anglaise se relâchait, vaincue par la nouvelle qu'une guerre mondiale était sur le point d'éclater. Beaucoup durent voyager debout d'Euston à Glasgow, ou accroupis dans les couloirs. En pleine nuit, à une cinquantaine de kilomètres de sa destination, le train s'arrêta dans la campagne et toutes les lumières s'éteignirent. L'attente sembla interminable : les toilettes étaient bouchées, la puanteur insoutenable.

Callie arriva au milieu de la nuit, épuisée. Le dimanche 3 septembre, Phee la réveilla pour écouter le discours solennel adressé à la nation par le Premier ministre. Mima et Colin Burrell, le jardinier, se joignirent à elles dans le salon.

— Seigneur ! s'écria Mima. Ces pauvres soldats. Heureusement que mon père n'est plus là pour voir ça. Est-ce qu'ils sont morts pour rien, la dernière fois ?

Callie était trop découragée pour faire autre chose que soupirer. Certes, en regardant Desmond dans son berceau, innocent et heureux, elle tâchait de se rassurer. Ici, il était à l'abri des bombes – mais s'il y avait une invasion ?

— Je vais retourner à Londres pour fermer l'appartement et rapporter les meubles, dit Phee. Ce sera pour Desmond, plus tard.

— Non, reste, c'est un risque inutile, répliqua Callie.

Colin Burrell fit preuve d'esprit pratique.

— On pourrait installer une porcherie en bas du parc. Les poules nous donneront des œufs, mais un peu de porc à Noël, ça ne serait pas de refus.

On pourrait aussi agrandir le potager sur le jardin. J'ai entendu dire qu'il y aurait du rationnement pour la nourriture et l'essence. Autant remiser la Morris.

Cette idée ne plut pas à Callie. Elle adorait sa voiture, qu'elle avait surnommée « Boris ».

— Attendons de voir si c'est vraiment nécessaire, dit-elle. Elle pourra être utile si nous hébergeons des évacués.

— Il vaudrait mieux l'éviter, Mademoiselle Caroline, s'empressa d'intervenir Mima, avec ce petit bout de chou dans la maison. Dieu sait quels microbes des étrangers peuvent apporter.

— Nous devons faire tout ce que nous pouvons pour aider le pays à traverser cette crise, Mima, répliqua-t-elle. Ne soyons pas égoïstes.

Elle se sentait coupable d'être en sécurité alors que Ferrand et sa famille étaient en première ligne en Belgique. Après les horreurs de la Grande Guerre, elle redoutait le pire, mais elle comprenait qu'il ait voulu retourner aider sa mère, tout comme elle-même voulait rester avec la sienne.

Ce soir-là, elle entreprit de lui écrire à cœur ouvert.

Mon chéri,

Je suis désolée que tu n'aies pas pu venir à Londres. Je souhaitais t'emmener en Écosse pour te présenter ton fils. Oui, ton fils, Desmond Louis, né il y a quelques mois, en mars. J'aimerais tant que tu le voies et que nous puissions enfin être réunis ! Mais les événements en ont décidé autrement. Le destin est bien cruel, qui nous a retiré le bonheur à l'instant même où nous allions enfin le trouver. Je ne sais comment t'expliquer pourquoi je t'ai caché l'arrivée de notre fils. Je voulais donner un nom à mon fils, un pays, ne laisser planer aucun doute sur ses origines… Je vois que j'ai eu tort, et le prix à payer est bien lourd.

C'est un très beau petit garçon, et je joins à cette lettre une photo de lui. Pardonne-moi de t'avoir caché si longtemps ce grand bonheur, je t'en prie. À présent nos retrouvailles sont retardées, mais pas pour très longtemps, je l'espère…

Callie s'interrompit, incapable de continuer. Les larmes ruisselaient de son visage et tombaient sur le papier. Elle trouvait cette confession trop brutale et peu compréhensible. Comment pourrait-il lui pardonner son silence ? Il souffrirait terriblement d'être piégé de l'autre côté de la Manche, séparé d'elle et de son fils sans possibilité de les rejoindre à moins de commettre d'impossibles imprudences. Sans doute vaudrait-il mieux lui écrire quand la situation serait moins explosive et le trajet plus sûr. Il ne pouvait pas y avoir pire moment pour révéler son secret. Elle décida donc d'attendre encore un peu, en espérant que ce délai ne mettrait pas leur amour encore plus en danger. C'était un risque, mais elle devait le prendre. S'ils étaient séparés, ils se trouvaient maintenant dans la même situation terrible que des milliers d'autres couples. La tâche lui revenait de faire de Dalradnor un lieu de paix et de stabilité pour l'avenir, se dit-elle.

Elle parcourut la maison et fut rassurée par ses vieux murs. C'était une forteresse, un refuge, le seul point solide auquel s'ancrer dans la tourmente. Elle n'aurait pu envisager de passer la guerre ailleurs.

18

Phoebe tint quant à elle à rentrer à Londres. Elle découvrit une ville bien différente de celle qu'elle avait laissée. Les rues étaient envahies d'uniformes. La nuit, les fenêtres masquées et les réverbères éteints plongeaient la capitale dans les ténèbres du black-out. Les vitres étaient consolidées par des croisillons de papier collant.

L'industrie du cinéma tournait au ralenti : beaucoup d'acteurs et de techniciens étant mobilisés. L'agent artistique de Phoebe lui dénicha malgré tout un rôle dans un film qui racontait l'histoire d'un petit village envahi par des parachutistes. C'était un drame très réaliste, à la distribution prestigieuse, doté de beaux décors et si proche des peurs de chacun que les spectateurs s'identifieraient forcément.

Le nouveau film de Charlie Chaplin, *Le Dictateur*, qui se moquait de Hitler, promettait de faire un succès, mais celui qui attirait les foules était bien sûr *Autant en emporte le vent*, mettant à l'affiche les immenses stars qu'étaient Clark Gable, Leslie Howard et Vivien Leigh. Cette grande fresque située dans le Sud américain, filmée en Technicolor, remplissait les salles à toutes les séances, trois fois par jour. Phoebe le vit à trois reprises, subjuguée par l'histoire, les personnages et les décors romantiques. Elle se doutait que ce succès annonçait de nombreuses productions en costumes pour l'avenir. Et même si elle n'était plus très jeune, elle espérait toujours obtenir des rôles intéressants.

Depuis Londres, Dalradnor semblait bien loin et son petit-fils lui manquait. L'appartement était vide et mort. Kitty travaillait beaucoup et Billy attendait la réouverture des théâtres. La tension était à son comble. Le pays retenait son souffle, sentant proche le début de l'offensive. L'Angleterre bandait ses forces.

À Noël, Phoebe eut la chance de trouver une place dans la voiture d'une équipe de tournage qui montait en Écosse. L'industrie du film d'information bénéficiait encore de coupons d'essence, et elle put donc revenir à Dalradnor.

Le petit Desmond était devenu un beau bébé tout rond, qui pétrissait ses joujoux et accueillit sa grand-mère avec de grands sourires. Primrose leur fit une visite de quelques jours, trop brève mais très agréable. Elle avait été engagée comme secrétaire au ministère des Affaires étrangères, leur apprit-elle. Elle s'était fait couper les cheveux en carré ondulé, toujours à la dernière mode. Sa visite fit beaucoup de bien à Caroline, très fière de montrer son bébé. Elle avait grand besoin du soutien de son amie, car les nouvelles de Belgique se faisaient rares. Elle n'avait eu pour Noël qu'une carte de Marthe. Pas le moindre signe de Ferrand.

Caroline avait embauché la fille d'un fermier voisin, Jessie Dixon, pour s'occuper de Desmond. Grâce à cette jeune nounou, maternelle et fiable, elle pouvait participer à l'effort de guerre sans que le bébé en pâtisse. Il était même tellement choyé que Phoebe avait presque peur qu'il devienne trop gâté.

Callie partageait donc son temps entre Dalradnor et le Service volontaire féminin. Elle avait aussi proposé d'accueillir des évacués. On ne leur avait encore envoyé personne, mais cela ne manquerait pas d'arriver et il fallait se tenir prêt à cette éventualité. Parmi les tâches dévolues au Service, il y avait des consultations médicales pour les plus démunis, la distribution des cartes de rationnement et des masques à gaz. Caroline se refusait à faire les exercices d'alerte avec Desmond, car les masques à gaz pour bébé étaient des sortes de sacs dans lesquels on les enfermait, et elle avait peur de le traumatiser à vie.

La Morris, loin d'être remisée, servait d'ambulance et de camionnette de livraison, et à ce titre bénéficiait d'une allocation de coupons d'essence. Il s'avérait très utile que Callie ait appris à conduire.

Le premier anniversaire de Desmond fut rapidement là. Phoebe fit réparer pour lui le vieux cheval à bascule de Callie, qui avait été fort aimé et maltraité. Il était encore trop grand pour lui, mais il l'attendait dans sa chambre, prêt pour de nouvelles chevauchées fantastiques.

L'arrivée de son petit-fils avait replongé Phoebe dans des souvenirs de sa propre enfance. Depuis quelque temps déjà, elle songeait à renouer les liens avec son frère Ted, et comme la guerre lui rappelait la fragilité de la vie, elle ne voulait plus attendre. On avait demandé à la population de ne pas entreprendre de déplacements, mais elle s'autorisa un petit voyage. Sans s'annoncer pour ne pas lui laisser la possibilité de la rejeter, elle alla sonner à sa porte un beau jour.

Elle eut un choc en découvrant à quel point sa santé s'était dégradée. Ted semblait vieux, épuisé. La différence entre la vie misérable qu'il menait avec sa femme dans leur petit logement et sa propre existence confortable fit naître en elle une grande culpabilité.

De son côté, il l'accueillit avec une amertume qui se traduisit par du mépris.

— Alors, tu viens chez moi faire ta fière ? J'espère que tu as honte de m'avoir envoyé ta petite pour que je fasse le sale boulot à ta place. La fille de Joe ! Ça m'a bien fait rire. Tu manques pas de toupet de raconter des bobards pareils.

— Ted, calme-toi, intervint sa femme. C'est mauvais pour ta toux. La traite pas comme ça, c'est ta sœur. Contente de faire votre connaissance ; moi, c'est Hilda.

— Caroline m'a dit que vous aviez été très gentille avec elle, répondit Phoebe. Je suis désolée de ne pas avoir donné de mes nouvelles plus tôt.

— En voilà des histoires ! explosa Ted. Quelle menteuse ! Pourtant, c'est pas comme ça que nos pauvres parents t'ont élevée. Paix à leur âme. Ils avaient un cœur gros comme ça, mais ça les a tués d'avoir pour fille une traînée qui se donnait en spectacle au music-hall et qui s'est fait engrosser par un soldat. C'est pas la peine de faire ta princesse avec moi. Je sais ce que tu vaux ! T'es une moins-que-rien. Fiche le camp !

— Je te demande pardon, mais je n'avais pas le choix. Il a fallu que je fasse de mon mieux pour ma fille. C'était sans mauvaises intentions. Je regrette d'avoir menti, mais maintenant tout est rentré dans l'ordre.

— Ah oui ? Elle ne t'en veut pas ?

— Non, tout va bien. Elle a eu un beau petit garçon. Je sais que je n'ai pas été une sœur parfaite, mais je peux vous aider.

— On a besoin de rien !

— Tu es sûr ? Ce quartier où vous vivez est humide et malsain. Il y a de jolies petites maison à louer du côté de Far Headingley. Vous y seriez beaucoup mieux qu'ici. Je pourrais vous en avoir une.

— On s'est toujours très bien débrouillés sans toi.

— Tu es trop fier pour accepter quelque chose de moi ? Même pour ta femme ? Tu es pire que moi, dans ce cas.

— Arrêtez de vous disputer, intervint Hilda. Merci beaucoup. Moi, ça me plairait vraiment, et je dis d'accord. Toi, tu n'as qu'à rester ici si tu préfères, ajouta-t-elle en direction de son mari en adressant un petit clin d'œil à Phoebe. Far Headingley, pour une blanchisseuse, c'est un bon quartier : il y a moins de fumée, mon linge séchera mieux et plus blanc. Allez, on fait la paix. Buvez votre thé, et parlez-moi de votre petit-fils.

Grâce à l'aide des parents de Primrose, Ted et Hilda trouvèrent un mignon cottage à Far Headingley, près d'une boucherie et d'une épicerie, avec un cinéma pas très loin et une ligne de bus pour aller en ville. Phoebe regretta de ne pas avoir aidé son frère plus tôt, mais elle fut très soulagée d'avoir rétabli de bonnes relations avec lui. Heureusement, elle avait les moyens de se permettre ce geste généreux qui réparait un peu son long silence. Elle reçut une longue lettre de remerciement de Hilda. Caroline lui avait envoyé des photos de Desmond, qui lui avaient fait plaisir, et elle aimait beaucoup cette maison plus saine qui leur changeait la vie, à Ted et elle.

Au printemps 1940, la « drôle de guerre » prit fin avec l'offensive éclair sur la Hollande et la Belgique. À la suite du recul des troupes, la retraite de Dunkerque intensifia la peur d'une invasion en Grande-Bretagne. Pourtant, cet été-là, la vie à Londres ne changea pas beaucoup. Les gens entretenaient leur moral en allant danser et voir des films avant la nuit, malgré les bombardements qui les envoyaient se réfugier à heures régulières dans les abris.

Phoebe était de retour chez elle, le tournage d'un film l'ayant rappelée à Londres. Elle s'accoutumait au vrombissement des avions, au hurlement des sirènes, aux mitraillages de la DCA dans les parcs, aux projecteurs qui balayaient le ciel, mais elle souffrait du manque de sommeil. On ne dormait pas, dans les abris surpeuplés. La terre tremblait à chaque impact de bombe, la panique montait quand le hurlement des raids précédait le largage des bombes incendiaires. Quand la sirène de fin d'alerte retentissait, on ressortait dans une odeur de poudre et de gaz, assourdi par les cloches des ambulances et des voitures de pompiers. Voyant les lueurs orangées infernales des brasiers dans le ciel, elle pensait avec horreur aux pauvres gens qui, ayant eu moins de chance qu'elle, se trouvaient pris au piège des incendies.

Après les bombardements, de terribles scènes endeuillaient les rues, et les matins brumeux de septembre se voilaient de fumée et portaient d'âcres odeurs de mort. Phoebe eut la chance que son appartement ne soit pas touché, mais un après-midi Billy vint chez elle, en pleurs, apportant la terrible nouvelle que l'hôpital de Kitty avait été détruit pendant que leur amie s'occupait de ses patients. Il n'en restait plus rien.

Le choc paralysa Phoebe, incapable tout d'abord de rien ressentir. Sa dernière amie la plus chère l'avait quittée. Ce jour-là, ce fut un peu d'elle-même qu'elle perdit.

Kitty lui avait toujours offert une épaule solide sur laquelle s'appuyer. Ses bons conseils l'avaient bien des fois aidée. Elle se sentait si seule, maintenant. Quand Billy fut rentré chez lui, pleurant toujours à chaudes larmes, elle resta prostrée dans sa chambre, écrasée de douleur, perdue. À quoi bon vivre, au milieu d'une telle barbarie ? Toute son existence se déroulerait-elle dans des guerres ? Était-ce cela, la destinée de l'humanité ? Se détruire ? Elle n'en pouvait plus de voir mourir les gens qu'elle aimait. Une colère terrible monta en elle, faite de son impuissance et du sentiment que le temps passait sans rien réparer.

Une semaine après le service religieux en souvenir de Kitty et de son équipe d'infirmières, les raids, que la brume avait interrompus, reprirent de plus belle. Les bombes tombaient toujours plus près d'Oxford Street et des quartiers centraux. Cette nuit-là, le bombardement était si proche que personne n'arriva à dormir dans l'abri. Phoebe était assise, serrant son sac à main contre elle, comptant les explosions pendant qu'un vieux voisin jouait sur son harmonica des chansons militaires qu'elle ne connaissait que trop bien.

Quand la sirène de fin d'alerte retentit et qu'ils sortirent, elle ne reconnut pas sa rue dans l'aube naissante. Son pâté de maisons avait été touché. À l'endroit où son immeuble de quatre étages s'était élevé, il n'y avait plus qu'un trou rempli de décombres fumants, de métal tordu et de meubles déchiquetés.

— Reculez ! Reculez ! cria le surveillant de quartier.

La rue allait être barrée. Il n'y avait plus rien à faire, rien à récupérer. Heureusement, ses objets les plus précieux étaient à Dalradnor : ses albums de photos, ses souvenirs, et la boîte d'archives contenant les lettres d'Arthur. Elle n'avait plus de toit et ne possédait plus à Londres que les vêtements qu'elle portait sur son dos et son sac à main. Cela la laissa assez indifférente : ce n'étaient que des objets, après tout, un détail à côté de la perte de son amie.

— Allez au point de rassemblement, lui conseilla une femme en uniforme, il y a du thé. Vous m'entendez ? Vous venez de subir un gros choc.

Là-bas, quelqu'un posa une couverture sur les épaules de Phoebe et lui mit une tasse de thé sucré dans les mains. Elle passa de file d'attente en file d'attente sans bien comprendre ce qu'elle faisait, pour s'inscrire sur les listes de sinistrés.

— Vous avez un endroit où aller ? lui demanda un responsable.

Elle commença par secouer la tête, puis se ravisa.

— Je vais aller chez ma fille.

— Chez votre fille, très bien. Donnez-moi l'adresse. Nous en aurons besoin pour vous faire suivre vos papiers.

— Dalradnor Lodge, dans le Stirlingshire.

— Ça ne vous sera pas très utile ce soir. Nous allons vous trouver une chambre d'hôtel.

— Je voudrais aller au Cavendish, dans Jermyn Street, s'il y a de la place… et s'il est encore debout.

Elle avait été heureuse au Cavendish, autrefois, et Arthur veillerait sur elle.

19

La famille évacuée arriva à Dalradnor un après-midi du mois de juillet 1940. On leur envoyait des habitants de Guernesey, rapatriés par bateau, qui avaient été hébergés dans une église de Glasgow pendant une semaine avant d'être répartis chez les habitants pour le temps du conflit. Disposant de chambres vides, Callie était toute prête à rendre service, surtout à une pauvre famille qui, comme elle l'apprit, attendait un logement depuis le 21 juin. C'était une mère et ses trois enfants – Mme Laplanche, originaire de Bretagne et épouse d'un fermier de Guernesey. Celui-ci avait mis sa famille sur un des bateaux de rapatriement et choisi de rester sur place pour continuer de cultiver son exploitation maraîchère sur l'île qui n'avait pas tardé à être occupée après le départ du dernier navire. Il y avait deux filles, Bettine et Louise, et un garçon, Jacques, tous trois en âge d'aller à l'école. Mais Louise semblait fatiguée, comme si elle venait d'être malade.

— Mon Dieu, regardez-moi ces pauvres mioches, dit Mima en se dépêchant de mettre de l'eau à chauffer. Ils ont besoin de prendre un bon bain.

— Merci, madame, merci, dit Mme Laplanche en français. C'est très gentil.

Ils avaient très peu de bagages : une seule vieille valise pour eux quatre, remplie de vêtements propres et bien pliés, d'images pieuses et de photos de leurs champs. Les vêtements avaient été offerts par le comité d'accueil des réfugiés, ce qui expliquait pourquoi aucun n'était à la bonne taille. Mais ce n'était pas très grave dans l'immédiat, car l'été était chaud, et les enfants allaient pouvoir jouer dehors avec ce qu'ils avaient en attendant qu'on leur trouve des uniformes pour la rentrée scolaire.

Callie se sentait le devoir d'aider des évacués, n'oubliant pas qu'autrefois Marthe et sa famille avaient fui la Belgique pour l'Angleterre, où les parents de Kitty les avaient recueillis en 1914. La Belgique était de nouveau occupée. Au début de la guerre, Ferrand avait envoyé une brève missive pour lui apprendre qu'il rejoignait Jean-Luc à l'armée, puis le courrier avait cessé d'arriver quand les troupes de Hitler avaient envahi le pays. Il était trop tard maintenant pour lui faire parvenir la lettre qu'elle avait commencée tant de fois sans jamais l'achever. Il ne faisait aucun doute que le château de la malheureuse comtesse était à cette heure aux mains des Allemands.

Dalradnor Lodge était plein à craquer. Jessie et Desmond dormaient dans la chambre d'enfant, Mme Laplanche partageait la grande chambre avec ses filles, et Jacques occupait le dressing, à côté. La chambre de Phee servit de débarras jusqu'au jour de septembre où son occupante habituelle apparut à la porte sans préavis et sans valise pour s'installer définitivement.

Callie la serra dans ses bras et, la voyant très pâle, la fit asseoir et lui servit le thé que Mima avait préparé, additionné d'une précieuse cuillerée de sucre prise sur les rations. En leur annonçant la mort de Kitty, Phee s'effondra. Callie, très choquée par la nouvelle et par les larmes de sa mère, pleura avec elle.

Avec tant de bouches à nourrir, Caroline se félicitait d'avoir les poules et les cochons, et bénissait la prévoyance du jardinier qui avait étendu le potager. Mme Laplanche avait proposé d'aider Mima à la cuisine. Elle avait le don de préparer de bons repas avec trois fois rien, et parvenait à rendre tout à fait délicieux des plats qui sans elle auraient été insipides. Elle était aussi très bonne couturière, et taillait des chemises dans des draps usés, retournait les cols, ajustait les jupes à la taille de ses filles, et elle confectionna à Desmond un manteau d'hiver avec toque assortie dans une vieille veste en tweed. Elle se fit même un ami de M. Burrell en lui indiquant des astuces de son mari pour mieux cultiver ses légumes.

À la rentrée des classes, la maison devint plus tranquille, mais les jours de congé, quand il pleuvait, les sarabandes donnaient la migraine à Phoebe.

Callie tâchait de soigner la dépression de sa mère. Elle l'emmenait faire de longues promenades, et l'obligeait à parler de ce qu'elle avait vu à Londres pour la libérer. Phee n'avait pas envie d'y repartir, mais elle se tenait prête à répondre aux appels de son agent artistique.

— J'ai l'impression de ne servir à rien, ici, soupira-t-elle un matin alors que Callie s'apprêtait à aller à une réunion du Service volontaire féminin. Tout le monde participe, sauf moi. Je me demande ce que je pourrais faire.

— Mais c'est évident, dit Callie spontanément. Va remonter le moral des troupes en chantant tes chansons. Je suis sûre que tu trouveras des amateurs pour t'accompagner.

— Je suis trop vieille pour faire des tournées. Tu as vu mes rides !

— Mais pas du tout. Passe quelques coups de fil. Les hôpitaux ne demandent qu'à accueillir des spectacles. Je ne devrais pas avoir à te le dire, tu sais tout cela mieux que moi !

Callie fut soulagée de voir une étincelle s'allumer dans le regard de Phee.

« Et moi ? se demanda-t-elle pendant une insomnie, la nuit suivante. Moi, est-ce que je m'engage assez dans l'effort de guerre ? J'élève mon enfant, j'accueille des évacués et je participe au service civil, mais ce n'est pas bien difficile quand on a une grande maison et quelques moyens financiers. N'importe qui pourrait en faire autant à ma place. »

La visite de Primrose lui avait donné à réfléchir. Elle avait trouvé son amie très chic et active, occupée par son emploi au ministère, mais très réservée quand il s'agissait de parler de ses fonctions exactes. On devinait qu'elle effectuait des activités importantes et secrètes. Callie s'était prise à l'envier. Primrose menait un existence libre, elle allait à des soirées à Londres, elle était célibataire et sans attaches et elle en profitait. Comme elle avait raison !

Callie avait mené son enquête auprès de son amie.

— Aurais-tu l'occasion de rencontrer des soldats ou des officiers belges susceptibles de connaître les frères van Grooten ? lui avait-elle demandé.

— Je vois des membres des forces françaises et polonaises libres. Ils envoient des messages radio vers le continent, je crois. Viens à Londres, et je t'en ferai rencontrer qui pourraient te donner des nouvelles de Ferrand. Il serait temps que tu sortes de ton trou.

— Je ne peux pas, il y a le petit.

— Il y a bien assez d'adultes pour s'occuper de lui l'espace d'un week-end. Desmond a même sa nounou. Dépêche-toi avant qu'elle soit mobilisée.

— Pourvu qu'on me la laisse encore un peu ! C'est une fille énergique et qui a l'esprit pratique. J'ai tout à fait confiance en elle, mais Phee n'est pas en grande forme. Le bombardement de sa maison l'a profondément marquée, surtout juste après la disparition de tante Kitty. Ça lui ferait du bien de remonter sur les planches. Et de ton côté, ta famille ?

— Papa a rejoint le corps médical, et maman assure ses consultations au dispensaire. Hamish s'est engagé. J'ignore où il a été affecté.

— Dieu sait où nous serons tous quand la guerre prendra fin.

— Pas en rangs d'oignons à défiler au pas de l'oie sous les drapeaux nazis, j'espère, avait répondu Primrose avec un sourire. Non… je ne pense pas. Nous ne gagnerons peut-être pas tout de suite, mais nous finirons par vaincre.

— J'aimerais pouvoir me rendre plus utile.

— Tu élèves la prochaine génération, tu préserves le tissu social de la nation… C'est déjà beaucoup, non ?

— Je suis sûre que toi, tu fais quelque chose de beaucoup plus important. Tu agis. Je me sens coupable. Je devrais m'engager.

— Reste où tu es. Tu joues un rôle très important. La guerre peut se gagner sans qu'on fasse appel aux gens comme toi.

— Rester assise sans rien faire, ça n'est pas ce qu'on nous a appris à St Margaret ! Tu te souviens ? « Toujours plus haut » !

Primrose avait éclaté de rire.

— Et pour notre peine, nous nous sommes retrouvées coincées sur le toit ! Ne te crois pas obligée d'agir. Contente-toi de venir passer quelques jours à Londres pour te changer les idées.

Cette conversation lui revint à l'esprit quand, le lendemain matin, comme en réponse à ses préoccupations, une lettre arriva qui devait tout changer pour elle.

— Qu'est-ce que c'est ? s'enquit Phee en remarquant l'enveloppe que Callie avait prise pour l'ouvrir à la table du petit déjeuner. On dirait un document officiel.

— C'est en réponse aux photos que nous avons envoyées après l'appel dans la presse. Celles que nous avions d'Ostende et de la campagne autour du château van Grooten. On me demande d'aller à Londres pour compléter nos informations.

— Ils prennent bien au sérieux quelques clichés de vacances. Ce ne serait pas une manigance de Toby, par hasard ? Ou alors encore une ruse de la police pour voir si tu es liée à ses malversations.

— Je n'ai pas de nouvelles de Toby depuis des années, et je n'en aurai sans doute plus jusqu'au divorce. Je pense que c'est vraiment pour me demander des détails sur cette région de Belgique. J'y ai vécu plusieurs mois, après tout. Justement, Primmy m'a invitée à passer quelques jours chez elle dès que j'en aurais envie. C'est une occasion de lui rendre visite.

— Londres est une ville peu sûre. Quand on a un enfant, il vaut mieux éviter de se mettre en danger.

Callie s'amusa des conseils de Phee, qui n'avait pas hésité à prendre des risques pendant la précédente guerre.

— Je serai prudente. Je suis curieuse, et ce serait bête de ne pas profiter du laissez-passer que m'envoie le ministère. Desmond sera très bien avec toi pendant mon absence.

Cette lettre à en-tête officiel du département de la Guerre économique intriguait Callie au plus haut point. C'était le ministère où Primmy travaillait. Il était possible que son amie ait parlé d'elle.

Arrivée à Londres par le train du matin, Callie eut peu de temps pour s'arranger avant son entrevue. Elle avait pourtant fort à faire pour effacer les traces de sa nuit d'insomnie, le voyage ayant été entrecoupé d'arrêts fréquents pendant les raids. Primmy lui avait laissé sa clé sous une brique : elle travaillait en dehors de la capitale pendant la semaine, si bien qu'elle n'avait pas pu être là pour lui ouvrir. Callie avait été choquée de découvrir les dégâts causés par les bombes dans les rues. Les actualités filmées du Pathé Journal ne montraient pas autant de ruines. Comment les gens pouvaient-ils continuer à vivre et à travailler normalement alors que des autobus éventrés gisaient dans les rues, que les vitrines pulvérisées jonchaient les trottoirs et que les gravats s'entassaient partout ? se demanda-t-elle. Voyant Londres résister, elle ressentit une grande fierté devant cette force et cette résolution.

L'adresse à laquelle elle se rendait était celle d'un hôtel proche de Westminster Abbey. Elle dut donner son nom à un planton et attendre dans la rue qu'on la fasse entrer. L'établissement n'était pas très reluisant. Ce n'était pas le genre d'hôtel qu'elle aurait fréquenté, mais il y avait peu de bâtiments disponibles dans la capitale, et le ministère n'avait sans doute pas le choix de ses locaux. Elle attendit sur les marches, assez surprise de cette réception tout à fait cavalière.

Finalement, un homme sortit pour la guider à l'intérieur. Il était grand et distingué, mais il ne se présenta pas, et la fit entrer dans une pièce nue et froide, seulement meublée d'un bureau et de deux vieilles chaises. Il s'adressa à elle en français, s'attendant de toute évidence à ce qu'elle le comprenne et lui réponde dans cette langue. Sur le bureau, elle vit une carte postale gondolée, comme si elle avait été lissée après avoir été enroulée.

— Je crois que ceci vous a été adressé, dit-il en la poussant vers elle. Comment avez-vous rencontré la personne qui vous l'a envoyée ?

Elle l'examina avec surprise et reconnut aussitôt l'écriture de Ferrand.

— C'est une carte de Louis-Ferrand van Grooten. Nous nous sommes rencontrés au Caire.

— C'était votre amant ?

Choquée par la brutalité de la question, Callie haussa les épaules sans répondre.

— Allons, madame Lloyd-Jones... Ou plutôt madame Toby Jones...

Il savait tout d'elle. Il lui retraça la misérable carrière de Toby, lui apprit que celui-ci vivait maintenant sous un faux nom, et précisa qu'elle avait rencontré Ferrand à Alexandrie et entretenait avec lui une relation amoureuse.

— Savez-vous où se trouve Louis-Ferrand van Grooten à l'heure actuelle ?

Elle esquissa un sourire, très ébranlée par ce qu'elle venait d'entendre.

— Vous m'avez fait venir pour parler de photos que j'ai envoyées.

— Vous parlez français avec un accent, mais vous vous exprimez bien. Vous avez vécu plusieurs mois en Belgique chez la comtesse van Grooten, n'est-ce pas ?

— J'ai été pensionnaire dans son école, oui, avec d'autres élèves. Elle nous a fait visiter la région.

— Vous avez eu également une bonne d'enfants belge, une réfugiée flamande.

— Oui, Marthe. J'espère qu'il ne lui est rien arrivé.

— Vous comprenez le flamand ?

— Un peu. Pourquoi ?

— Nous cherchons des traducteurs et du personnel pour exécuter différentes tâches. Votre profil nous intéresse.

— Mais la carte postale de Ferrand ? Comment se fait-il que vous l'ayez ?

— Elle nous est parvenue par des canaux… disons, inhabituels, pour échapper aux yeux ennemis.

Il ne s'expliqua pas davantage et changea brutalement de sujet.

— Que pensez-vous de l'occupation de la Belgique ? Avez-vous maintenu le contact avec vos amis belges ?

— Eh bien, difficilement. Je souffre de ne pas avoir de nouvelles. Les informations sont rares dans la presse. Je suis très inquiète pour mes amis, bien sûr. Je voudrais pouvoir faire quelque chose pour leur venir en aide… Est-ce que vous pouvez m'informer ?

Son français, rouillé pour commencer, redevenait de plus en plus naturel, mais l'homme abrégea la conversation. Il se leva.

— Merci pour votre coopération. Inutile de préciser que cet entretien doit rester totalement confidentiel. Je vais vous demander une adresse où vous joindre, au cas où nous aurions encore besoin de vous.

Elle donna l'adresse de Primrose à Londres, ainsi que celle de Dalradnor Lodge.

— Ah, l'Écosse, commenta-t-il. La pêche à la truite y est excellente. Je sais que vous hébergez des évacués et que vous avez un jeune fils. L'enfant de van Grooten, j'imagine.

Cette façon d'aborder directement les sujets les plus intimes était plus que perturbante. Personne auparavant n'avait osé avancer une supposition pareille devant elle.

— C'est mon fils. La question de sa paternité ne regarde que moi !

— Je vous félicite pour votre discrétion, madame. Je n'en vois pourtant pas l'utilité, puisque vous n'avez jamais été réellement mariée à M. Jones.

— Mais bien sûr que si ! Nous avons été unis à bord du *Marie-Solunge* par son capitaine en 1935, pendant la traversée de Marseille vers l'Égypte.

— En effet. Donc à bord d'un navire qui n'était pas britannique. Aucune déclaration n'a été faite à l'état civil de notre pays, à St Catherine House, n'est-ce pas ?

Dans ce cas, votre certificat de mariage n'est qu'un bout de papier sans aucune valeur.

— J'ignorais qu'il fallait effectuer une déclaration supplémentaire, répliqua Callie, très surprise. Quelle différence ?

— Eh bien, la différence est très grande au cas où vous désireriez divorcer. Sans union légale, aucune séparation légale n'est nécessaire. Vous êtes libre, ainsi que M. Jones. Vous pouvez l'un et l'autre vous remarier à qui vous voudrez sans aucune autre formalité. Il me semble que rien ne vous empêche de rendre ce monsieur belge très heureux, comme il semble le demander dans sa carte. Au revoir, madame… – ou mademoiselle –… Boardman.

Callie ressortit de l'hôtel en état de choc. Elle ne savait toujours pas qui était cet homme si désagréable qui se mêlait de sa vie privée. Et pourquoi il lui avait dit tout cela. Mais une chose au moins était positive : la carte postale de Ferrand la rassurait. Il était vivant, et il pensait à elle. Quant au reste, fallait-il le croire ? Était-elle vraiment libre ? Ce n'était pas aussi invraisemblable, après tout. Toby avait sûrement toujours su que leur mariage n'avait aucune valeur. Le connaissant, il n'y avait pas de quoi être surprise.

Elle entra dans le premier café venu et s'assit pour lire sa carte postale tout à loisir. La photographie au dos était fendillée, et on voyait que la carte avait dû être roulée à peu près à la taille d'une cigarette.

Ma chérie,

J'espère que tu vas bien. La situation ici est dure. Mon frère a été tué, et maman le pleure beaucoup. Je suis à mon poste, où je tâche de sauver des vies. Tu me manques. Comme il fait froid sans toi, loin du beau pays de nos amours ! J'attends le jour où tu pourras être ma très chère petite femme.

Il n'y avait pas de signature, rien qui soit susceptible de trahir son identité. Seuls le nom et l'adresse de Callie pouvaient permettre de remonter jusqu'à lui. Qui avait réussi à faire sortir ce message de Belgique ? Et comment sauvait-il des vies ? Ces lignes portaient bien des significations secrètes et des preuves d'amour. Elle lut et relut ce message, les larmes aux yeux, pour s'en imprégner.

Elle s'accablait de reproches : pourquoi ne lui avait-elle pas parlé de Desmond ? « À quels terribles dangers t'exposes-tu pour les autres, mon chéri, toi qui ne sais même pas que tu as un fils… ? »

L'entretien à l'hôtel lui laissait une impression étrange. Il lui semblait avoir mis un pied dans un monde secret qui la fascinait tout en l'effrayant. L'homme s'intéressait à sa capacité de parler le français et le flamand. Que répondrait-elle si on lui demandait de s'engager dans la lutte ? Elle pouvait rentrer en Écosse immédiatement pour retrouver son fils, personne ne lui en voudrait. Elle pouvait aussi rester pour voir si on reprenait contact avec elle. On lui offrirait certainement un moyen de se rendre utile dans ce monde clandestin qu'elle avait deviné derrière la façade lépreuse de l'hôtel. Ce serait difficile, ce serait dangereux, mais elle était tentée. Si elle n'avait pas échoué à ce premier examen et qu'on lui donnait une chance de servir sa patrie, elle la saisirait.

20

Phoebe avait trouvé sa place dans l'effort de guerre : elle avait été engagée par l'ENSA, le théâtre aux armées, et, tout comme en 1914, elle chantait son répertoire. Dans le milieu artistique, on riait un peu de ces spectacles qui n'étaient pas tous très bons, mais elle, elle était fière de porter de nouveau un uniforme et de participer. Elle retrouvait les joies et les tourments des tournées, les longs voyages inconfortables, les garnisons éloignées, mais aussi la chaleur des loges et l'accueil enthousiaste des soldats qu'elle venait divertir.

La troupe Stardrop rassemblait des artistes très variés : un ténor à toupet, une jolie pianiste un peu enveloppée, trois choristes jeunes et écervelées dont le jeu de jambes rendait fous les pauvres soldats, un violoniste juif d'une virtuosité à vous tirer des larmes. Phoebe était le clou du spectacle. Elle disait des poèmes, chantait, et introduisait les autres numéros par quelques sketchs comiques. La qualité de la soirée dépendait pour beaucoup du piano qu'on leur dénichait, car il était fréquemment accordé comme une casserole. La scène était une estrade de palettes couvertes de vieux tapis, les salles des granges glaciales mal éclairées, mais les soirées se terminaient toujours par des chansons reprises en chœur. Phee jouait les mères de famille avec la troupe, s'assurant que ses protégées rentraient sagement le soir, leur vertu intacte.

Aux repas, l'ordinaire était souvent de la tarte à la pomme de terre indigeste, suivie par une tranche du cake des rations militaires, et, les jours fastes, par un verre au mess des officiers. Il arrivait que des stars leur fassent l'honneur d'une apparition. On les traitait avec de grands égards, c'est-à-dire qu'on isolait un coin de la loge commune pour leur laisser un espace privé, on leur repassait leur costume, et on leur trouvait un hôtel confortable dans les environs.

De tous les lieux où ils se produisaient, Phoebe préférait les hôpitaux. Les soldats et les marins convalescents les accueillaient avec une telle reconnaissance qu'elle en avait chaud au cœur. Cela lui rappelait sa rencontre avec Arthur, un soir, au mess des officiers, après le spectacle. Il lui était apparu comme un demi-dieu, guerrier fatigué mais si beau. Elle tremblait en pensant qu'ils auraient pu ne jamais se rencontrer et qu'elle aurait manqué l'amour de sa vie. Jamais elle n'oublierait ces heures de bonheur passées dans ses bras à l'hôtel Cavendish, alors qu'elle était jeune et innocente, ni leur promenade sous les arcades. Si seulement Arthur avait pu revenir… Elle aurait eu peur pour lui une seconde fois, avec cette nouvelle guerre. Comme elle en avait assez de tout ce malheur !

Elle eut une permission et rentra à Dalradnor pour se reposer. Quel soulagement ce fut : des bains chauds, des repas copieux, une maison bien tenue. Mima et

Mme Laplanche s'occupaient des enfants, et Jessie veillait plus particulièrement sur Desmond. Caroline n'était pas beaucoup en Écosse non plus, ayant droit à un entraînement spécial avant d'assurer ses nouvelles fonctions. Elle portait fièrement son bel uniforme des First Aid Nursing Yeomanry, les FANY, conductrices d'ambulance pendant la Première Guerre, mais qui, aujourd'hui, semblaient devoir effectuer des services différents dans les bureaux. Callie allait faire de la traduction. Elle avait eu l'air très heureuse en rentrant de Londres après avoir été intégrée à ce groupe d'élite, mais Phoebe était inquiète.

— Tu n'aurais pas dû t'engager, avec un enfant en bas âge.

— Je ne me suis pas engagée. J'ai simplement trouvé un travail utile. Je ne peux pas rester là à me tourner les pouces alors que la maison fonctionne parfaitement sans moi. Tu devrais me comprendre, toi, avait-elle ajouté avec un regard accusateur.

Phoebe avait eu honte de ses reproches. Elle finissait toujours par critiquer Callie alors qu'elle avait fait exactement pareil qu'elle à sa naissance, en la laissant avec Marthe à Dalradnor.

Jessie s'occupait de Desmond à la perfection, mais Phoebe s'attristait de penser que sa fille, comme elle, allait manquer les plus beaux jours de son enfant. Il grandissait vite : il avait déjà trois ans et débordait de curiosité. C'était un gamin très intelligent, grand pour son âge et indépendant. Il était devenu très ami avec Jacques, et les quatre enfants jouaient dans le jardin, allaient déranger Colin Burrell dans le potager, et sous ses ordres ramassaient des œufs ou faisaient des cabanes dans les bois. Desmond était heureux et équilibré. Quand Caroline revenait de Londres, elle rapportait des cadeaux pour tout ce petit monde, et les enfants se jetaient sur les bonbons, denrée rare qu'ils appréciaient particulièrement. Pendant ses permissions, elle passait le plus de temps possible avec son fils.

On avait appris que Glasgow avait été atteint par des raids très meurtriers, mais personne ne connaissait exactement l'étendue des dégâts car la zone avait été isolée. Les docks de la Clyde étaient la cible régulière des bombardements, et les maisons alentour étaient souvent touchées. À Dalradnor, on entendait le bourdonnement lointain des avions dans la nuit, mais les risques étaient minimes à cause de la situation isolée de la maison.

Phoebe essayait de se convaincre que Caroline avait le droit de participer à l'effort de guerre comme tout le monde si elle en avait envie, seulement son entraînement semblait très rude. Elle revenait avec des contusions, les mains écorchées. Un jour elle avait prétendu être tombée dans le noir à cause du black-out pour expliquer les marques sur son corps, mais elle avait semblé gênée. Caroline cachait de toute évidence quelque chose, pensait Phoebe. Elle évitait de l'interroger, puisque le secret était visiblement important, mais tous ces signes ne lui disaient rien qui vaille. Elle redoutait que sa fille ne doive effectuer des missions dangereuses.

21

Les longues marches de nuit et la course à pied avaient fait perdre du poids à Callie. L'entraînement était rude. Le centre de formation, situé dans une grande propriété à l'extérieur de Londres, ajoutait aux cours théoriques une rigoureuse mise en condition physique. Elle se préparait à sa mission sans se plaindre, fière d'avoir été choisie pour entrer dans le service actif. Quand l'officier sélectionneur lui avait expliqué les dangers des opérations de liaison en pays ennemi, elle n'avait hésité qu'une seconde avant d'accepter. Il avait ajouté qu'elle allait risquer sa vie, qu'elle devrait vivre cachée sous une fausse identité, ne plus entrer en contact avec les gens qui la connaissaient, et faire partie d'un groupe secret sans avoir jamais la certitude de travailler avec des amis ou des agents doubles.

— Que ce soit clair : là où vous irez, il n'y aura pas de zone libre ; en cas de capture, aucune fuite ne sera possible. Je dois vous dire la vérité. Pour ces missions, on ne devrait en théorie pas envoyer de mères de famille. Seulement, nous avons déjà perdu beaucoup de courageux agents, qui ont été dénoncés et fusillés. Aussi nous recherchons des gens comme vous. Votre connaissance du français et du flamand ainsi que de la région nous seront très utiles. Nous devons garder actives les filières d'évasion belges vers la France. C'est d'une importance capitale. Ne prenez pas votre décision à la légère. Attendez jusqu'à demain matin, et réfléchissez bien.

Cette nuit-là, Callie n'avait pas beaucoup dormi, regrettant de ne pouvoir discuter de cette difficile décision avec Primmy. Mais elle se sentait redevable : elle avait eu une enfance privilégiée, était allée dans une bonne école, vivait confortablement à la campagne. Il était temps de donner à son pays quelque chose en retour. Ferrand se battait lui aussi. Ils seraient unis par le danger. Un avenir heureux ne lui semblait pas impossible : s'ils s'en sortaient, ils vivraient enfin ensemble avec leur fils. Leur amour lui donnait du courage. Elle devait se montrer digne de Ferrand, et aurait eu honte de rester à l'abri dans sa forteresse écossaise alors qu'il s'exposait. C'était un grand honneur d'avoir été choisie pour servir, car elles étaient rares à avoir réussi les tests et passé le dernier obstacle de l'entretien. Le lendemain, elle avait signé l'engagement secret défense, et avait enfin pu savoir à quelle tâche on la destinait.

Callie s'était donc endurcie physiquement, et elle avait appris le morse pour la transmission des messages, tout en perfectionnant l'art du chiffrement et du déchiffrement. Elle s'entraînait au tir, mais aussi à se fondre dans une foule pour échapper à d'éventuels poursuivants, en conditions réelles, dans les rues. Elle étudiait les cartes d'état-major pour se remettre en mémoire les endroits qu'elle avait vus avant la guerre.

Il était essentiel pour un agent de ne pas attirer l'attention sur soi et de rester invisible, tout en observant dans son environnement les moindres variations susceptibles d'indiquer un danger et un risque d'arrestation.

Une femme seule vaquant à ses occupations éveillait moins l'attention qu'un homme en âge de se battre. C'était ce qui avait décidé les autorités à faire entrer des femmes dans le secteur dangereux de l'espionnage. Le groupe de Callie était entièrement composé de femmes francophones de tous âges. On les notait, on les évaluait en permanence, si bien qu'elle s'habituait à se sentir étudiée, et à guetter chez elle les petites étourderies qui pourraient la trahir. On ne se tenait pas à table de la même manière en Belgique et en Angleterre. Là-bas, il fallait aussi se souvenir de regarder d'abord à gauche avant de traverser, et non pas à droite. Elle devait apprendre à agir en tout point comme le ferait le personnage qu'elle allait jouer : une bonne d'enfants qui rejoignait un nouveau poste à Bruxelles.

Il y avait peu de temps pour apprendre une foule de données : comment s'habiller, se coiffer. On changea tous ses plombages, car les dentistes anglais n'utilisaient pas les mêmes matériaux que les dentistes belges. Ses vêtements devaient être authentiques, dotés des étiquettes idoines. Les sous-vêtements avaient été achetés en Belgique ou récupérés auprès de réfugiées belges. Rien n'était laissé au hasard.

Le rôle de Callie serait celui de courroie de transmission. À travers elle, on ferait passer d'importants messages codés. Si elle était arrêtée et que l'on trouvait sur elle le moindre papier suspect, elle serait torturée et fusillée. Elle devait devenir aussi bonne actrice que sa mère, si ce n'est meilleure. Une seule erreur devant ses instructeurs, et on la renverrait à Dalradnor, ou plus probablement dans un camp des Hébrides jusqu'à la fin de la guerre pour préserver la confidentialité de l'opération.

Quand elle rentrait chez elle en permission, il lui semblait évoluer dans un univers parallèle. Elle avait beau aimer son fils de tout son cœur, adorer sa maison, sa vie privée passait maintenant au second plan. Desmond devait grandir libre, dans un monde en paix, se disait-elle. Si la mission qu'elle allait effectuer contribuait à lui apporter la sécurité, ses sacrifices n'auraient pas été vains. C'était une détermination farouche qui l'animait, et elle espérait que Mlle Corcoran serait fière de cette ancienne élève qui prenait des risques pour rendre la liberté aux pays d'Europe.

Pour parfaire l'entraînement, son groupe fut envoyé à Arisaig, au nord-ouest de l'Écosse, dans un camp de survie en milieu naturel. Là, on faisait de l'escalade, on dormait dehors, on se nourrissait de ce qu'on cueillait ou de ce qu'on chassait. Un exercice consistait à échapper à une meute de chiens. Cette épreuve, destinée à éliminer les candidates les plus faibles, leur donnait aussi l'expérience nécessaire pour se tirer de situations bien réelles. Callie apprit à assommer un adversaire, à tuer avec une arme à feu ou une arme blanche en cas d'attaque-surprise. Sa mère, elle le savait, n'avait pu que remarquer les traces laissées par ces conditions extrêmes, et elle soupçonnait évidemment quelque chose ; elle avait cependant la discrétion de ne poser aucune question. Callie aurait voulu se confier à elle, mais elle était tenue au plus strict secret.

Au cours de la session, on lui avait fait rédiger son testament, et préparer une pile de cartes postales rassurantes qui seraient envoyées régulièrement pour brouiller les pistes. Elle avait acheté des cadeaux de Noël pour Desmond à l'avance, au cas où elle ne serait pas rentrée à temps pour les lui donner. C'était un crève-cœur de penser qu'elle ne verrait pas sa joie quand il les ouvrirait. Parfois elle trouvait bien difficile de garder le cap, mais quand elle songeait à Ferrand et aux risques qu'il prenait, elle ne pouvait pas reculer devant le danger.

Les rares fois où elle rentrait quelques jours chez elle, elle tâchait de profiter de chaque instant. Elle aurait voulu passer une journée seule avec Desmond, et proposa de l'emmener en pique-nique dans la charrette à âne. Mais son fils avait perdu l'habitude d'être séparé des autres, et il refusa de partir sans Jessie et ses camarades de jeu. Alors elle tâcha de se contenter des moments où elle lui donnait son bain ou lui lisait des histoires avant de s'endormir. Elle lui faisait des câlins, elle lui chantait des chansons.

Elle ne parvenait jamais à oublier que bientôt elle sauterait d'un avion pour s'infiltrer dans un pays en guerre. Quand Desmond l'embrassait, elle se demandait comment elle aurait le courage de le quitter. C'était une torture. Elle faillit renoncer plusieurs fois, mais elle ne pouvait pas abandonner son pays.

Pendant le trajet du retour, elle retrouvait son personnage, et la vie à Dalradnor s'effaçait. Elle imaginait qu'elle était Marthe ; elle devait recommencer à agir comme elle, à penser comme elle, se rappeler les tournures de phrase qu'elle utilisait. Cela la distrayait de sa peur : il allait falloir apprendre à sauter en parachute, parce qu'il n'y avait pas d'autre moyen d'entrer en Belgique. Mais plus que de sauter dans le vide, ce qui pourtant la terrorisait, elle avait peur d'échouer dans sa mission.

Une violente lueur réveilla Callie. On dirigeait un faisceau de lumière aveuglant sur ses yeux, et une voix criait :

— Debout ! Ton nom ? Parle !

On la saisit par le bras pour la tirer du lit et on lui demanda, en allemand d'abord, puis en français :

— Qui es-tu ? Que fais-tu ici ?

Réveillée en sursaut, choquée par cette brutalité, Callie tâcha de calmer les battements de son cœur. Elle était entourée d'hommes portant le brassard de la Gestapo. Ils l'entraînèrent, la poussant, la tirant dans l'escalier. Elle trébucha et tomba sur les marches de pierre, et on la fit se relever à coups de pied. On la jeta dans une pièce très sombre en l'aveuglant toujours avec une lumière forte qui l'empêchait de distinguer les hommes en train de la malmener.

On la poussa sur une chaise, et l'interrogatoire commença.

— Ton nom ?

— Charlotte Blanken, balbutia-t-elle.

— Plus fort ! Tu es une espionne anglaise !

— Non, non ! J'ai des papiers. Je ne comprends pas. Que se passe-t-il ?

Une violente gifle lui fit monter les larmes aux yeux.

— C'est moi qui pose les questions ! Nous savons qui tu es. Déshabillez-la !

On lui arracha son haut de pyjama et sa camisole, et on la laissa poitrine nue, humiliée face à ses bourreaux.

— Je vous assure que je m'appelle Charlotte Blanken. Je suis employée par une agence de placement de Bruxelles qui m'envoie dans un orphelinat pour m'occuper du jardin d'enfants…

— Menteuse ! Tu es un agent anglais. Tu fais passer clandestinement des fuyards en France. Donne le nom de tes contacts ! Allez, parle ! Debout ! Regardez, elle a eu un enfant : elle a le bout des seins foncé. Elle ment.

On lui baissa son bas de pyjama.

— Des vergetures sur le ventre ! C'est une mère de famille, cette demoiselle ! Les Anglais nous envoient des putains pour donner des maladies à nos hommes.

— Oui, j'ai eu un enfant, mais il est mort. Ma famille m'a reniée. Ma mère est décédée. Mon père m'a chassée.

L'interrogatoire dura pendant des heures. Callie se justifiait, jurait de son innocence, mais on ne la croyait pas.

— Si tu veux t'en tirer, il va falloir parler ! Tu vas commencer par ce qu'on sait déjà. Tu es une espionne anglaise. Tu as été formée à Palace House, à l'abbaye de Beaulieu, dans le Hampshire, et tu as été parachutée en Belgique.

— Je ne comprends pas. C'est faux. Je suis une citoyenne belge. Ma mère était française et mon père est flamand. Je ne suis pas anglaise.

Ils la saisirent par les cheveux.

— Parle, où tu vas plonger dans la baignoire !

Elle vit avec horreur le coin de la pièce qu'ils balayaient de leur torche. C'était bien une baignoire, remplie d'eau sale et couverte de taches de sang. Elle voulut encore protester, mais la panique ne faisait venir que de l'anglais. Alors elle se tut et tâcha de dominer sa peur pour retrouver les mots qu'elle devait prononcer.

On la frappa encore. Ses mains, liées trop serrées dans son dos, la faisaient souffrir le martyre. Comme on ne la laissait pas aller aux toilettes, elle ne put se retenir. On se moqua d'elle, mais elle ne dévia pas de la ligne qu'elle s'était fixée. Elle sanglotait et répétait :

— Je suis Charlotte Blanken. Je m'occupe d'enfants. Je leur chante des berceuses : *Slaap, kindje, slaap…* Je ne sais pas qui vous êtes. Je veux rentrer chez moi. Vous n'avez pas le droit de me garder ici.

À bout de ressources, elle se replia sur elle-même et se mit à gémir. Soudain, le projecteur s'éteignit et un rideau fut tiré. La lumière du jour inonda la pièce. Les hommes retirèrent leur casquette en plaisantant entre eux. Callie reconnut les visages familiers que l'éblouissement l'avait empêchée de voir. On la détacha, on lui posa une couverture sur les épaules. Elle tremblait de tous ses membres. On lui donna du thé, mais elle lâcha la tasse, qui tomba et se brisa sur le carrelage. Elle venait de passer l'épreuve finale. Elle ne s'était pas attendue à un tel réalisme, à cette attaque-surprise en pleine nuit. Sa honte d'avoir été nue devant eux n'était pas feinte. Ils ne firent pas durer le supplice plus longtemps. On l'envoya se reposer dans sa chambre. Le débriefing aurait lieu plus tard.

S'il ne s'était pas agi d'un exercice, que se serait-il passé ensuite ? On l'aurait jetée dans une sinistre cellule et on aurait continué les interrogatoires, jour après jour, pour la briser. Elle s'enfonça sous ses couvertures, endolorie, humiliée, ne comprenant vraiment qu'à cet instant à quoi elle s'engageait. Aurait-elle pu résister à un interrogatoire réel ? Rien n'était moins sûr.

Les dernières semaines de la formation avaient lieu à l'abbaye de Beaulieu. Callie et ses camarades vivaient dans des maisons situées au sein d'un magnifique domaine. Dans cette dernière phase, les futurs agents ne se connaissaient que sous leurs pseudonymes, et n'avaient été informés ni de leur destination ni de leur mission exacte. On leur apprenait à reconnaître les uniformes de l'ennemi, les rangs dans la Gestapo. Sur place, les contacts auraient lieu grâce à des signes convenus et des mots de passe. Les agents infiltrés pourraient aussi être avertis d'éventuels dangers par des marques spéciales aux fenêtres et aux portes. Le rôle d'un courrier était de transporter des messages d'un agent à un opérateur radio. Il devait également savoir repérer les terrains propices aux parachutages et se déplacer la nuit pendant le couvre-feu sans trop s'exposer. Après des mois d'entraînement rigoureux, Callie était prête à se battre, non pas sur un champ de bataille, mais dans l'ombre, en usant de moyens aussi efficaces qu'invisibles.

La victoire d'El-Alamein avait amorcé un tournant dans la guerre : les Alliés prenaient lentement le dessus. Callie pensait souvent au Caire, et se réjouissait que la ville soit sauvée. Mais sa vie en Égypte lui semblait bien loin… Elle se demandait si Monica et

Ken y habitaient encore. Ses souvenirs la ramenaient aux doux après-midi passés avec Ferrand avant que le cauchemar ne commence. Comme elle regrettait de ne pas l'avoir suivi quand il le lui avait demandé : ils seraient ensemble maintenant pour affronter le danger.

Sa seule consolation était de songer que Desmond était heureux à Dalradnor avec des camarades de jeux et Jessie. Elle subissait le sort commun des soldats : les combattants quittaient leurs enfants et ne les voyaient pas grandir. Elle avait beau être fière du rôle qu'elle allait jouer, la séparation la faisait cruellement souffrir. Et Phoebe la jugeait égoïste de partir aussi souvent pour son plaisir. Si seulement elle avait pu se justifier auprès de sa mère, lui murmurer même un peu de la vérité ; cependant elle avait juré le secret, et ne révélerait rien tant qu'elle n'en aurait pas reçu la permission. Phoebe devinait peut-être quelque chose, pensait Callie, mais elle n'en portait pas moins le poids du silence.

Après la simulation d'interrogatoire, le débriefing fut à la fois dur et profitable. Elle ne s'en était pas trop mal sortie. Elle avait hésité une ou deux fois, elle avait eu du mal à ne penser qu'en français, mais elle avait eu quelques bons réflexes. La berceuse flamande et les sanglots avaient été convaincants, les gémissements avaient donné à penser qu'elle ne comprenait rien à ce qui lui arrivait.

— La réponse à la question sur l'enfant a été excellente, lui dit-on. Cela prouve que vous avez de la présence d'esprit. Il faut coller à son personnage tout en se montrant flexible, et savoir jouer sur la corde sensible. Bravo, mais n'imaginez surtout pas que vous pourriez apitoyer vos interrogateurs. Vous avez vu la baignoire, c'est une torture fréquente. Pour y survivre, il suffit en fait de rester calme : ils ne vous noieront pas tant que vous ne leur aurez rien dit.

En attendant la décision finale, Callie alla se ressourcer dans les paisibles jardins de l'abbaye. Le parc lui rappelait Dalradnor et sa roseraie, oasis de tranquillité dans ce monde en guerre. Si on la choisissait pour servir son pays, elle serait envoyée dans un lieu secret pour terminer la préparation de sa mission et attendre le départ. Si elle était refusée, elle serait mise à l'écart pendant tout le reste de la guerre pour l'empêcher de divulguer des secrets d'État. La dernière épreuve avait été difficile, mais cette expérience lui sauverait peut-être la vie si par malchance elle se faisait prendre.

Le parfum des roses la ramenait en arrière, aux premiers mois après la naissance de Desmond, quand elle le promenait dans le jardin en lui chantant des berceuses. Reverrait-elle bientôt son fils ? se demandait-elle. Et si beaucoup de temps passait, comment lui expliquerait-elle son absence ? Elle espérait ne pas se tromper de voie. Ce qu'il fallait, c'était que la guerre soit vite gagnée pour que les parents rentrent le plus tôt possible et redonnent la paix à tous les enfants du monde.

22

— Je voudrais prendre une journée de congé demain, si c'est possible, dit Jessie à Phoebe un matin après le petit déjeuner. Mon ami a une permission, et je voudrais l'emmener à la ferme pour lui présenter ma famille.

Jessie avait rencontré un jeune aviateur au bal, à Stirling, et elle ne parlait plus que de lui. Bob Kane était australien, d'ascendance écossaise, et elle était tombée folle amoureuse de lui. Elle avait calculé que, Phoebe étant entre deux engagements, elle n'avait pas besoin d'aller à Londres ; et puis Mme Laplanche et Mima étaient là, et plus que capables de s'occuper de Desmond.

Caroline n'avait malheureusement pas pu se libérer pour venir à l'anniversaire de son fils, mais elle avait envoyé un tricycle d'occasion repeint en rouge, avec une petite sonnette sur le guidon, quc son fils adorait. Il pédalait sur les chemins, heureux comme un roi. Il fallait qu'il en profite car il avait bientôt l'âge d'être envoyé à l'école.

Phoebe se désolait de ne plus pouvoir compter sur sa fille : celle-ci avait écrit pour expliquer qu'elle allait partir quelque temps en déplacement, sans préciser où. Phoebe avait emmené Desmond à Londres pour la retrouver pendant une semaine à l'hôtel. Callie s'était promenée au parc avec lui, et avait utilisé tous ses coupons pour renouveler la garde-robe du petit. Elles étaient allées voir une comédie musicale avec Primrose, qui n'avait posé aucune question. En déduisant qu'elle savait quelque chose, Phoebe était passée à l'attaque à la seconde où elles s'étaient retrouvées toutes les deux seules.

— Que se passe-t-il, Primrose ? Où est-ce qu'elle va ?

— Je ne le sais pas, et il est inutile de la questionner. Des oreilles ennemies nous écoutent, comme on dit.

— Parfois, je la trouve tellement égoïste !

— Il ne faut pas dire ça. Elle n'est pas égoïste, elle est courageuse. Elle n'a pas envie de vous quitter mais elle veut faire son devoir.

Primrose était si sérieuse et si ferme dans ses propos que Phoebe prit peur. Elle comprenait soudain que Caroline allait peut-être effectuer des actions dangereuses.

— Primrose, dis-moi ce qu'elle fait, je t'en prie !

— Je ne peux pas : je ne sais rien. Et même si j'en avais une idée, je n'aurais rien le droit de divulguer. Tout ce que je sais, c'est qu'il y a bien des façons de gagner une guerre, et qu'on ne doit pas forcément aller sur le terrain en char d'assaut pour être utile.

— C'est bien mystérieux, soupira Phoebe. J'espère seulement qu'elle se rend compte des risques.

— Je pense qu'elle en a parfaitement conscience… Je regrette qu'elle parte, elle me manquera.

— Mais elle a un fils ! Qui s'occupera de lui si son navire est coulé par une torpille ? Les traversées sont tellement dangereuses.

— Elle reviendra, assura Primrose sans la convaincre.

Dans son lit à l'hôtel, Phoebe ne dormit pas, se demandant quel genre de mission secrète on avait confiée à sa fille. Peut-être l'avait-on choisie à cause de sa connaissance du français. Cela signifiait-il qu'elle allait devoir s'occuper de son petit-fils jusqu'à la fin de la guerre ? Jessie s'en chargeait pour l'instant, mais pour combien de temps ? Les jeunes femmes célibataires étaient de plus en plus souvent enrôlées pour remplacer les hommes dans les usines.

On en était à la quatrième année de guerre, et la lassitude était grande. Les restrictions s'aggravaient sans cesse, le rationnement, les évacuations, les privations de liberté. On ne pouvait plus entreprendre de voyage, à l'étranger bien sûr, mais à l'intérieur du pays non plus, à moins que le déplacement soit justifié. On ne trouvait plus ni vêtements ni provisions. Phoebe en avait assez, et souffrait aussi de n'avoir quasiment aucune nouvelle de Caroline depuis le voyage à Londres. L'inquiétude ne la quittait plus jamais. De temps en temps, des cartes postales leur arrivaient, qui ne disaient pas grand-chose. Desmond les regardait à peine. Sa maman n'était plus pour lui qu'une photo dans un cadre, qu'on lui faisait embrasser le soir avant d'aller au lit.

Phoebe voyait qu'il s'attristait davantage de ses disputes avec Jacques que de l'absence de sa mère, et qu'il se réjouissait plus d'un bonbon que de l'arrivée du courrier, mais elle restait soucieuse. C'était une énorme responsabilité de l'avoir sous sa garde. Les années passaient et elle ne rajeunissait pas. Que ferait-elle si Jessie partait ? Il faudrait sans doute envoyer Desmond en pension. « Ah, Caroline, où es-tu ? se demandait-elle. Que fais-tu ? Cela doit être bien dangereux, s'il ne faut en parler à personne… »

23

Le signal du départ fut donné au début du mois de mars. Une voiture noire, les vitres arrière fermées par des rideaux, arriva au crépuscule à la cache où Callie attendait, près de Huntingdon. Sa destination finale, elle le savait, était un aérodrome militaire. Elle tâcha de regarder dehors malgré la nuit tombante et la visibilité restreinte, mais ne reconnut pas le trajet. Enfin, la voiture prit une longue voie privée et s'arrêta devant une maison où Callie fut accueillie par Mme Cameron, l'officier de la section belge qui l'avait dirigée et accompagnée pendant son entraînement. Mme Cameron était une femme silencieuse et intelligente au regard noir, à qui rien n'échappait. Elle inspecta la tenue de mission de Callie dès sa descente de voiture –, les vêtements qu'aurait choisis une gouvernante en attente d'un poste pour vadrouiller dans les rues de Bruxelles. La jupe large et confortable serait aussi adaptée à une éventuelle fuite à bicyclette.

— Les chaussures ne vont pas, jugea Mme Cameron. Personne ne doit plus avoir de chaussures à semelles de cuir là-bas. Il faudra en trouver d'autres, ou les ressemeler avec du pneu.

Callie dut retourner ses poches pour montrer qu'elle n'y avait rien oublié de compromettant : pas de ticket d'autobus, de cigarette anglais, d'allumettes ou de tube de rouge à lèvres. Elle portait ces vêtements depuis plusieurs jours pour se sentir bien dedans. Après cette inspection, on lui donna un vieux sac à main contenant une carte d'identité, des coupons de rationnement, plusieurs laissez-passer, et quelques produits de maquillage de médiocre qualité, ainsi que la photo fatiguée d'un couple d'un certain âge. Elle serait accueillie sur son lieu de parachutage par des membres du réseau de résistance, puis devrait aller en train à Bruxelles et attendre d'être contactée dans un certain café de la Grand-Place. La prudence était plus que jamais essentielle : on avait des doutes sur la fiabilité de certains groupes clandestins. Son rôle au début serait de trouver des imprimeries sûres pour faire tirer des tracts de propagande à distribuer dans la rue. On lui avait aussi donné un portefeuille bien garni en francs belges et une grosse somme pour la Résistance. Enfin, elle avait de nouveaux codes de chiffrement à transmettre aux agents.

Dans la nuit, on la transféra dans un hangar du terrain d'aviation où on lui fit passer une combinaison sur ses vêtements, mettre son parachute et un casque, un équipement dont elle avait appris à se servir et auquel elle s'était parfaitement habituée. Mme Cameron resta pour lui tenir compagnie pendant qu'elle fumait sa dernière cigarette sur le sol anglais. Avant les adieux, elle reçut quelques comprimés : des somnifères pour se débarrasser des curieux, un composé énergisant pour tenir plus longtemps éveillée, et une capsule de cyanure qui lui permettrait de se supprimer si elle n'avait pas d'autre choix. Mais Callie la refusa, espérant survivre à la torture et sachant qu'elle serait incapable de mettre fin à ses jours. Trop de choses la retenaient sur terre. Pendant que son instructrice lui serrait la main et lui souhaitait bonne chance, l'énormité de ce qu'elle entreprenait lui apparut. Elle traversa la piste en tremblant, se demandant si elle rentrerait un jour.

Ensuite, les automatismes de l'entraînement prirent le dessus : la vérification du harnais, l'installation dans l'avion. Les moteurs vrombirent, l'appareil roula sur la piste. La mission commençait par une phase hasardeuse : il fallait que son saut en parachute se déroule à la perfection et qu'elle atterrisse à l'endroit prévu. De plus, on ne savait pas si les partisans qui devaient l'accueillir avaient bien reçu le message radio annonçant son arrivée. Si la jonction n'était pas faite, il faudrait qu'elle cache seule son parachute et qu'elle se dirige vers une gare dans une partie de la Belgique qu'elle connaissait à peine.

Quand l'avion arriva sur la zone de largage, Caroline s'assit au-dessus du vide, jambes pendantes, attendant le signal pour se laisser glisser dans la nuit. Elle n'eut ni le loisir de réfléchir ni celui d'avoir peur, concentrée qu'elle était sur son saut. La secousse du parachute qui se déployait au-dessus d'elle l'emplit de soulagement. En bas, de pâles lumières clignotantes lui indiquaient l'endroit où l'attendaient les partisans. Tout allait bien. Elle s'autorisa quelques secondes de pure euphorie, libérée des contraintes terrestres, flottant comme un ballon, simplement heureuse d'être en vie. L'atterrissage fut parfait, le meilleur des cinq sauts qu'elle avait effectués à ce jour. Ensuite, des visages se penchèrent sur elle, et la lumière de torches braquées dans sa direction l'éblouit.

— Le drapeau est en haut du mât, dit une voix rude.

C'était la phrase convenue, et elle répondit par celle qu'on lui avait apprise.

— Vous avez les codes ? demanda l'homme dont elle ne distinguait pas les traits.

— Une minute, murmura-t-elle en enlevant son casque pour libérer ses cheveux.

— Une femme ! s'exclama-t-il. Ils n'ont vraiment plus personne, ma parole !

Il y eut des rires.

— Le chef ne va pas apprécier qu'on lui amène une blonde, dit une autre voix masculine en ricanant.

— Dans le travail, je vaux mieux qu'un homme ! On me remarquera moins.

Les résistants s'éloignèrent d'elle pour entamer une discussion à voix basse. Callie ne s'était pas attendue à un pareil accueil. Quelle malchance d'être reçue par des gens aussi désagréables et aussi bornés… Et dire qu'elle devrait passer vingt-quatre heures en leur compagnie avant d'établir le contact avec les agents belges pour qui elle travaillerait…

— Vous allez où ? revint lui demander le dernier homme qui avait parlé, un moustachu.

Elle fut surprise. On lui avait bien appris la leçon : la discrétion était essentielle, et personne ne lui poserait de questions.

— Peu importe où je vais.

— Nous ne pouvons pas vous laisser vous rendre à la prochaine étape si vous ne nous donnez pas l'adresse et le mot de passe. Ce sont les instructions de Londres.

Il désigna la vieille ferme près de laquelle ils se trouvaient.

— Venez vous reposer un peu et vous réchauffer. Nous devons vérifier que votre lieu de rendez-vous est sûr. Il y a eu beaucoup d'arrestations. Bruxelles est une ville dangereuse. Je dois m'assurer que tout va bien avant de vous lâcher dans la nature. Où vous a-t-on dit de vous rendre ?

Un peu rassurée d'être entourée d'autant de précautions, Callie répondit, mais aussi vaguement que possible.

— Dans un café proche de la Grand-Place.

— Et le nom de votre contact ? Il a peut-être été raflé.

— Moins vous en saurez, mieux cela vaudra pour vous, rétorqua-t-elle. C'est comme ça qu'on opère, chez nous.

Elle avait froid, elle était fatiguée, et ils restaient là, à découvert, à la questionner inutilement sans même lui offrir à boire. Et ce n'était pas terminé.

— Ouvrez votre sac, lui ordonna le moustachu. Nous devons regarder vos papiers. J'espère qu'ils sont meilleurs que ceux des derniers agents qu'ils ont envoyés.

Il examina la carte et le laissez-passer d'un air goguenard.

— L'impression est mauvaise, le tampon est trop pâle. Vous n'irez pas loin avec ça. Il va falloir vous en procurer d'autres. Vous resterez ici jusqu'à ce qu'ils soient prêts. On vous cachera, mais il ne faut pas que la fermière vous voie, elle pourrait être jalouse.

Il commençait à pleuvoir, et Callie, trop lasse pour protester, se laissa mettre une couverture sur la tête – afin d'être protégée de la pluie, ou de la fermière, comme on voulait.

— Venez, la voie est libre.

Elle avança, appréciant d'être couverte, mais elle n'allait sans doute pas assez vite au goût de l'homme qui l'accompagnait car il la poussa pour la faire presser. Elle trébucha et voulut se retenir à lui, mais il lui empoigna le bras.

— Lâchez-moi ! Ce n'est pas parce que je suis une femme que je ne peux pas marcher seule !

Une silhouette se détacha alors de l'ombre, et elle eut un coup au cœur : cet homme-là était en uniforme allemand.

— Ne vous inquiétez pas, lui dit le moustachu, c'est un des nôtres. L'uniforme a été emprunté à l'ennemi.

Il ouvrit la porte de la grange sans pour autant lâcher le bras de Callie. Une peur terrible la gagna. Rien ne se passait comme prévu. Sa mission déraillait avant même d'avoir commencé. Dans la grange se tenait en effet un homme vêtu d'une longue veste en cuir et coiffé d'un feutre. Il n'y avait plus aucun doute possible : elle était tombée dans un piège, tout droit dans les bras de l'ennemi comme un cadeau tombé du ciel. Heureusement, elle n'avait pas donné le nom de son contact ni les signes de reconnaissance, et personne ne trouverait les codes secrets notés sur du papier très fin enroulé dans son briquet. Elle s'en voulut pourtant énormément d'avoir parlé de la Grand-Place malgré ses réticences.

On lui lia les mains dans le dos, et on lui saisit son sac à main avec l'argent, son briquet et son poudrier. Elle dut monter dans un fourgon avec les hommes qui l'avaient trahie. Un long trajet dans la nuit commença. Pas un mot ne fut échangé. Elle aurait voulu leur dire tout le mépris qu'elle avait pour eux, ces traîtres qui pactisaient avec les nazis, mais elle avait appris à se protéger et à se taire. Ses mois d'entraînement minutieux ne serviraient finalement à rien, sauf à ne pas craquer pendant l'interrogatoire. Combien d'autres agents avaient été pris de cette façon ? Elle brûlait de rage. On allait chercher à lui faire donner son contact, mais jamais ils n'obtiendraient cela d'elle. Dieu merci, elle ne connaissait pas son identité, c'était la meilleure parade, mais ils n'allaient pas la croire.

Le cauchemar de l'interrogatoire-surprise subi à Beaulieu recommença, mais cette fois sans aucune limite. On la tint éveillée pendant quatre jours et quatre nuits en alternant questions et menaces. Ses bourreaux connaissaient l'existence des lieux d'entraînement et des opérateurs radio, l'organisation des réseaux. Ils savaient aussi son nom de code, Meerkat, mais ils ne se satisfaisaient pas de ces informations.

— Je ne peux pas vous donner de noms, répétait-elle. Si vous connaissez nos méthodes, vous savez qu'on ne m'a rien dit. Je n'ai rien à révéler parce que je ne sais rien.

Elle tâchait de conserver le contrôle d'elle-même, tout en s'arrangeant pour paraître plus faible et plus fragile qu'elle ne l'était vraiment. Et elle gardait l'espoir, en dépit des avertissements, que ses interrogateurs auraient pitié d'elle.

— Qui t'a poussée à entreprendre cette mission suicidaire ? Comment les Anglais peuvent-ils être assez méprisables pour mettre des femmes en danger ?

L'interrogateur, qui portait l'uniforme de l'Abwehr, le service de renseignements allemand, la scrutait durement.

— Mon fiancé a été tué au combat. Je lutte pour son pays et pour le mien.

— Tu mens. Où est ton émetteur radio ?

Elle fut soulagée. Ainsi, ils ne savaient rien de sa mission.

— Je n'ai pas de matériel radio. Je ne connais pas le morse.

— Nous avons envoyé un message à Londres pour dire que tu étais bien arrivée. Tu ne peux plus compter sur tes chefs. Tu as le choix : soit tu restes seule, soit tu travailles pour nous. Conduis-nous à ton contact, et on t'épargnera. Si tu ne coopères pas, on t'enverra dans un endroit si terrible qu'une femme délicate comme toi ne survivra pas. Nous voulons les codes.

— Quels codes ?

— Ceux dont tu as parlé quand on t'a cueillie.

— Je n'ai pas de codes. Vos hommes se sont moqués de moi en disant que les femmes ne savaient rien faire, alors j'ai peut-être exagéré l'importance de ma mission.

Elle tâchait de se rappeler ce qui s'était réellement passé et ce qu'elle avait dit, mais doutait d'avoir parlé des codes.

— Tu vas nous conduire à ton contact !

— Je vous ai dit que je ne connaissais personne. Je devais attendre des instructions. Je ne sais rien d'autre.

L'homme se redressa, le regard si dur qu'elle se pensa perdue.

— Emmenez-la en cellule, qu'elle moisisse seule pendant quelques semaines. Après ça, elle aura peut-être plus envie de parler.

Elle espérait l'avoir convaincu qu'elle n'était qu'un agent de peu d'importance, un parmi tant d'autres, sans talent particulier, même pas digne d'être fusillée. Elle passa une première nuit blanche dans le froid et l'humidité, à réfléchir à tout ce qu'elle avait déclaré et à ce qu'elle avait appris à travers leurs questions. Le réseau était trahi, et elle ne pouvait pas en avertir le quartier général. Elle n'avait sans doute gagné que quelques semaines de répit avant la reprise de son interrogatoire.

À la séance suivante, elle fut déshabillée et laissée à moitié nue, mais elle ne livra que de vagues informations inutiles, comme elle avait appris à le faire. Par chance, on lui avait rendu son sac, sans l'argent et sans son poudrier, mais avec le vieux briquet dans lequel était caché son papier secret. Elle s'en débarrasserait dès que possible, se dit-elle, mais allait-on la garder encore longtemps enfermée si elle persistait à se taire ? Et se rendrait-on compte, à Londres, qu'elle avait été arrêtée ?

Toujours soutenue par son entraînement, elle tâchait de garder sa forme physique en faisant des exercices comme le lui avait enseigné son instructrice. Sans cesser de se demander combien de temps il lui restait à vivre.

Des cartes postales arrivaient régulièrement, mais Phoebe les trouvait étranges. Une ou deux lignes sans aucune vraie nouvelle : « Je vais bien, vous me manquez. Gros baisers de maman. » Phoebe avait écrit plusieurs fois à Primrose pour lui demander si elle était en contact avec Caroline, mais elle n'obtenait jamais que des réponses très évasives. « Elle effectue un travail exemplaire avec son équipe », écrivait-elle, ce qui ne voulait strictement rien dire. Mais après le succès du Débarquement, on pouvait imaginer que, rendue précieuse par ses talents linguistiques, Callie avait été envoyée avec l'armée pour libérer la France. Il faudrait sans doute attendre que la paix soit installée pour qu'elle rentre enfin.

Depuis un an qu'elle était partie, Desmond ne la réclamait plus au moment d'aller au lit, et il n'embrassait plus sa photo avec amour. « Je n'ai peut-être pas été la meilleure des mères, mais cette absence est trop longue », songeait Phoebe en regardant l'enfant jouer à la bataille avec sa nounou. C'était une chance que Jessie soit encore là. Elle était maintenant fiancée à Bob Kane, son soldat australien, et projetait de faire sa vie avec lui au bout du monde. Bob venait dès qu'il le pouvait, et il jouait au foot avec Desmond et Jacques. « Il lui faut un bonhomme dans la maison, à ce gamin, disait-il en ébouriffant un peu trop fort les boucles brunes du petit. Il va devenir pourri gâté avec toutes ces femmes qui font ses quatre volontés. »

Desmond fréquentait l'école du village, et l'institutrice, une maîtresse femme, ne se pliait certainement pas à tous ses caprices, mais il fallait reconnaître que chez lui on le traitait avec beaucoup d'indulgence car il était le plus jeune de la bande d'enfants qui vivaient à Dalradnor. Cependant, les Laplanche allaient bientôt partir. Après une bien longue attente, une carte postale de la Croix-Rouge était arrivée pour Mme Laplanche de la part de son mari. Il envoyait cette fois de véritables nouvelles, et non les vingt-cinq mots réglementaires qui étaient le lot commun pendant la guerre. La famille devait se tenir prête à rentrer à Guernesey dès que la situation serait tout à fait stabilisée, et les préparatifs allaient bon train.

Après leur départ, il n'y aurait plus que Jessie pour aider Phoebe à s'occuper de son petit-fils ; et dès que Jessie s'en irait en Australie, Phoebe se retrouverait seule avec lui. Il devenait vraiment urgent que Caroline rentre, se disait-elle. Usée par l'attente, elle écrivit au département de la Guerre économique pour exiger des explications.

Elle continuait ses tournées de spectacle pour les armées, mais les représentations la fatiguaient. Il lui arrivait de s'endormir entre deux entrées en scène, et elle ne mettait plus autant d'énergie qu'autrefois dans son jeu. Son imprésario se démenait pour lui procurer des petits rôles au cinéma, mais l'entretien de Dalradnor coûtait cher : la chaudière devait être réparée, la charrette aussi. Elle trouvait de plus en plus épuisant de subvenir aux besoins de la maisonnée, d'autant que l'hiver avait été particulièrement froid. Le vieux Dr McClusky, trouvant sa tension trop élevée, lui avait recommandé de se reposer, mais comment faire ? Sir Lionel était mort, et Verity avait déménagé à l'autre bout du pays, ce qui accentuait la solitude de Phoebe. Les deux femmes avaient eu peu de choses en commun, à part Caroline et le souvenir d'Arthur, mais elles s'étaient soutenues. Désormais, elles n'échangeraient sans doute plus que des cartes à Noël.

Quand Phoebe était à Londres, il lui arrivait d'aller voir les ruines de son immeuble. Les pilleurs avaient emporté tout ce qui pouvait l'être, et il ne restait que des gravats, envahis de mauvaises herbes. Elle n'avait plus ni logis ni proches connaissances dans la capitale, car Billy était parti vivre à Brighton.

En réponse à sa lettre au ministère, elle avait seulement reçu l'assurance que sa fille effectuait un travail important pour la nation, et qu'elle contacterait sa famille dès qu'elle le pourrait. Phoebe avait l'impression qu'on se moquait d'elle, et ne parvenait pas à se défaire de l'idée que Caroline n'était pas hors de danger comme on souhaitait le lui faire croire. Elle se désespérait à l'idée qu'elle pourrait ne jamais la voir, et personne ne voulait ni la renseigner ni la rassurer.

24

La prison Saint-Gilles, à Bruxelles, était une énorme forteresse sinistre et grise. Aucun bruit ne pénétrait ses épaisses murailles. À peine si le vrombissement étouffé des bombardiers, et les klaxons des véhicules qui entraient dans la cour dérangeaient le silence. Callie y désespérait. La monotonie du quotidien vous engloutissait ; les jours se déroulaient lentement, tous semblables. Seule la lumière changeait : le rayon qui passait à travers la haute trouée de sa fenêtre, intense l'été, pâlit peu à peu pour laisser place à la glauque lueur des courtes journées d'hiver.

Elle comptait les jours en marquant des traits sur une dalle. Neuf mois s'étaient écoulés. Après les violents interrogatoires du début, ses tortionnaires, voyant qu'on ne pouvait rien lui arracher, l'avaient condamnée à rester à l'isolement. On avait brièvement mis avec elle une autre détenue, une jolie et agréable jeune fille accusée de faire du marché noir – du moins, c'était ce qu'elle avait affirmé. Souriante, compréhensive et chaleureuse, elle avait essayé de soutirer des informations à Callie. La manœuvre était grossière, et celle-ci ne s'y était pas laissé prendre. Elle avait refusé de parler de sa mission à sa codétenue, qui avait disparu aussi vite qu'elle était arrivée. Cette compagnie lui avait pourtant fait du bien. Entendre une voix, un récit de vie, cela changeait les idées. Après ce passage, elle n'avait de nouveau plus eu rien d'autre à faire que s'inquiéter.

Elle s'accoutumait aux bruits à l'intérieur de sa prison : le changement de la garde, le ramassage des seaux d'aisances, l'ouverture du judas – juste avant que le rayon d'une torche ne brille sur son visage puis que l'obscurité retombe. La nourriture était insuffisante : du pain dur, une soupe en général très claire, et jamais suffisamment d'eau pour étancher sa soif. Elle perdait ses forces.

Elle aurait donné cher pour avoir une photo de son fils et de sa mère à regarder, mais il n'y avait devant elle que des murs nus. Alors elle bâtissait des histoires autour du faux couple de la photo qu'on lui avait donnée.

Si on avait voulu l'exécuter, elle serait sûrement déjà morte. À quoi bon ce jeu du chat et de la souris, après tout ce temps ? La Gestapo devait bien avoir compris qu'elle n'avait aucune information utile à donner. Elle tapait régulièrement des messages en morse sur les tuyaux du chauffage, mais elle n'obtenait jamais de réponse. Dans la cour, à l'heure de la promenade, elle avait entendu chuchoter que les Alliés avançaient et que la Libération était proche, mais elle refusait d'y croire. Elle avait peur de se rendre vulnérable et préférait éviter les déceptions. Une fois par jour, on faisait tourner les détenues une heure dans la cour sous surveillance. Malgré l'interdiction de parler, les prisonnières communiquaient entre elles. Callie apprit ainsi que beaucoup de résistants avaient été exécutés au site militaire du Tir national. Elle songea alors à Edith Cavell, l'héroïne de toutes les écoles anglaises : non seulement elle aussi avait été fusillée là, mais elle avait été incarcérée dans cette même prison. Alors Callie tâcha de s'inspirer de son courage.

L'essentiel était de survivre au jour le jour sans se laisser sombrer. La peur et la faim étaient une souffrance constante. Elle entendait des sanglots, des cris dans la nuit, et vivait dans la crainte permanente.

Parfois, un acte de bonté l'aidait. Une gardienne flamande lui donna une bible, des ciseaux à bouts ronds pour se couper les ongles, et quelques vieux livres. Elle regardait Callie comme on regarde un être humain digne de respect. Parfois, on mettait dans sa soupe quelques morceaux de viande qu'elle s'obligeait à mâcher longuement pour en tirer le meilleur parti. Pour survivre, elle trouvait une force d'âme qui était une forme de résistance. Son entraînement lui avait appris à supporter l'enfermement. Elle s'astreignait donc à taper ses messages en morse, même si personne ne répondait. Elle avait récupéré un crayon qui lui permettait de prendre des notes dans les marges de sa bible. Elle demanda à voir un prêtre, mais sans succès. Le soir, elle se battait contre les punaises. Elle en attrapait, mais une armée entière bivouaquait dans la paille de son matelas, et la lutte était inégale.

Elle faisait aussi tous les jours des exercices mentaux. Il s'agissait en général de choisir un épisode de sa vie et de s'en souvenir dans les moindres détails en s'attardant sur les parties les plus agréables. Elle revoyait le loch scintiller sous le soleil à Dalradnor, la neige adoucir les collines. Elle parcourait en pensée les pièces de la maison, les écuries, le jardins et la roseraie en fleur. Elle montait Hector et grimpait aux arbres avec Niven et Nairn, les jumeaux de la ferme. Elle prenait le petit train à Milngavie pour aller à Glasgow et courait les grands magasins, flânait dans la colonnade. Elle sentait la craie et l'encre de la classe de Mlle Lewis. Plusieurs heures par jour, elle partait ainsi se promener, libre, dans la campagne écossaise.

Elle ne s'autorisait cependant ce plaisir qu'après son heure de gymnastique, qui lui permettait de rester souple et d'apaiser son rythme cardiaque par la respiration. Au camp d'entraînement, elle avait eu ces exercices en horreur, mais rien n'aurait pu être meilleur pour elle dans sa situation. Les deux mains appuyées au mur de sa cellule, elle faisait des pompes, puis elle courait sur place en veillant à ne pas s'épuiser car ses maigres repas lui fournissaient peu d'énergie de réserve. De temps en temps, on l'autorisait à prendre une douche. L'eau froide la détendait et la débarrassait de la vermine qui infestait ses vêtements. Son cycle s'était arrêté, ce qui était un soulagement, mais elle ne se sentait plus qu'à moitié vivante dans cet endroit.

Certains jours étaient plus difficiles à supporter que d'autres. Dans les heures les plus noires, elle songeait trop à ceux qui l'attendaient. Qu'avait-elle accompli par son acte de courage ? Rien de bien glorieux. À quoi bon se priver de son fils, si c'était pour se faire arrêter dès l'instant où elle touchait le sol ? Une peur panique de ne plus jamais revoir Desmond la prenait alors. La nuit, il lui fallait une volonté de fer pour ne pas se laisser envahir par l'angoisse. Dans ces moments-là, il était tout de même bien rassurant de se dire que les Alliés avançaient et allaient venir la libérer.

Les raids aériens se multipliaient. Une nuit, après un bombardement, la porte de sa cellule s'ouvrit et la gardienne lui donna l'ordre de s'habiller.

— *Schnell ! Alles einpacken !*

Plier bagage… elle en aurait presque ri. Elle n'avait que sa bible et une vieille brosse à dents.

— Je suis libre ?

La gardienne se moqua d'elle.

— Les espionnes comme toi ne seront jamais libres. Ordre de Berlin : on vous envoie en Allemagne dans un endroit plus sûr. L'escorte vous attend.

Pour une fois, cette femme pourtant humaine ne la regardait pas en face, et elle murmura au passage quand Callie sortit :

— Il faudra être forte, là où tu vas.

Callie rejoignit un groupe de femmes qu'on fit monter dans un camion bâché. On les conduisit sous bonne garde à la gare, où elles furent enfermées dans un wagon à bestiaux. Le voyage vers l'Allemagne, dans cet espace étroit et surpeuplé, prit plusieurs jours et plusieurs nuits. Quand elles arrivèrent, épuisées, affamées, ankylosées, elles durent descendre du wagon et marcher sans halte pendant des kilomètres sous bonne garde. Leur destination était un camp de concentration au nord de Berlin, près d'un village appelé Ravensbrück. En passant le grand portail, Callie ne se doutait pas qu'elle entrait dans ce que l'on nommerait « l'enfer des femmes ».

25

Desmond souffla les six bougies de son gâteau d'anniversaire. Mima avait donné à la pâte la forme d'une locomotive, et avait décoré la pâtisserie avec du vrai cacao et des petites guimauves de toutes les couleurs. Jessie lui avait offert des albums de coloriages magiques, et lui avait tricoté un pull avec de la laine récupérée sur un vieux cardigan de sa mère. Sa mamie Phee lui avait donné un billet d'une livre pour sa tirelire et des tickets pour des bonbons. Il avait eu le droit d'inviter trois copains de l'école à sa fête, et ils avaient joué au foot et à chat dans le jardin avant l'heure du goûter.

Il était très fier d'avoir six ans, et il regrettait que Jacques et ses sœurs ne puissent plus fêter son anniversaire avec lui maintenant qu'ils étaient repartis à Guernesey. La maison était un peu triste sans eux. Jessie aussi s'en irait bientôt parce qu'il devenait trop grand pour avoir une nounou. Quand sa maman reviendrait, on l'enverrait sûrement en pension, lui avait dit sa grand-mère. Desmond ne voulait pas quitter la petite école de son village, d'autant qu'il était à présent dans la classe de M. Pearson, qu'il aimait beaucoup. Il savait lire : les affichettes dans les magasins et les annonces sur le panneau de l'église n'avaient plus aucun secret pour lui.

Plus tard, il voulait entrer dans la Royal Air Force comme le sergent Kane, le fiancé de Jessie. Bob était grand, et il avait un bel uniforme avec des bandes sur le bras. Il lui avait rapporté des bouts de ferraille d'un avion allemand abattu par la DCA, que Desmond avait échangés contre des billes dans la cour de l'école. Le sergent se moquait de ses cheveux bouclés et menaçait de les lui couper en lui disant qu'il ressemblait à une *Sheila*, parce que c'était la façon de dire une « fille » en Australie.

Jessie allait partir vivre chez lui quand ils seraient mariés. Desmond serait garçon d'honneur à la cérémonie, qui aurait lieu à Pâques, et Jessie lui avait promis qu'il porterait son kilt, même si Bob disait qu'il était ridicule pour un garçon de mettre une jupe. Il se trompait, pensait Desmond : les kilts n'étaient pas des jupes, mais des costumes de guerrier réservés aux soldats les plus braves. N'empêche, Jessie dut menacer Bob de ne pas l'épouser s'il s'opposait à ce que Desmond porte son kilt.

Phoebe revint en Écosse pour le mariage à l'église grâce à une relâche du théâtre. Desmond trouva la cérémonie sensationnelle, avec les deux rangées d'aviateurs en uniforme formant une haie d'honneur pour accueillir la mariée à son arrivée, et la foule de villageois à la porte pour la regarder sortir au bras de son mari à la fin. Jessie était très jolie en mariée : sa robe rose, son chapeau à voilette et son gros bouquet lui donnaient l'air d'une princesse. Ses sœurs portaient des robes de demoiselle d'honneur et des bouquets plus petits.

L'église était tellement remplie de fleurs que tout le monde éternuait. Un brin de bruyère mis à la boutonnière de Desmond devait leur porter bonheur à tous.

On avait monté dans le jardin une tente spéciale, qui s'appelait une « marquise », lui avait-on expliqué, pour servir le thé aux invités et prendre des photographies à l'abri du vent. Desmond ne comprenait pas comment Jessie pouvait avoir le cœur assez dur pour vouloir le quitter. Alors qu'elle s'occupait de lui depuis toujours, elle allait prendre un grand bateau pour partir vivre à l'autre bout du monde dans la ferme du sergent Kane, quand la guerre serait finie. C'était trop triste, pensait Desmond.

— Je veux partir avec elle, disait-il à sa grand-mère, qui avait aussitôt l'air peiné.

— Mais non, c'est impossible. Tu n'es pas son fils. Quand ta maman rentrera, elle aura envie de te voir.

Desmond ne reconnaissait pourtant pas la dame de la photo qu'elle lui montrait, et il n'avait aucune envie qu'elle revienne. Il ne désirait rien tant que d'embarquer avec Jessie sur le grand bateau, de jouer au pirate et de vivre avec elle pour toujours. Déjà, elle lui avait terriblement manqué quand elle était partie quelques jours en lune de miel avec son mari dans un hôtel à Édimbourg. Quel soulagement quand elle était rentrée ! Elle lui avait rapporté des bonbons et une cravate écossaise pour aller avec son kilt. À son retour, il s'était jeté dans ses bras et avait refusé de la lâcher.

Sa mamie Phee avait été gentille pendant l'absence de Jessie, et elle avait essayé de le distraire en sortant ses albums. Desmond avait ainsi vu des portraits d'elle sur scène, et des vieilles photos de classe de sa maman, en nattes et en uniforme scolaire. Sa mamie lui avait raconté qu'elle avait eu une maison à Londres, mais qui avait été bombardée, et c'était pour cela qu'elle vivait à Dalradnor quand elle n'était pas en tournée avec la troupe Stardrop. Desmond l'aimait, mais pas autant que Jessie, parce que sa grand-mère ne jouait pas avec lui dans le jardin, par exemple. Elle préférait rester à la maison pour écouter la radio. Sa mamie était aussi tout le temps pendue au téléphone pour essayer d'obtenir des nouvelles de sa maman, il le voyait bien, mais personne ne pouvait la renseigner.

Il y avait eu des bagarres à l'école parce qu'un de ses camarades avait traité le papa de Desmond de lâche qui ne s'était pas battu pendant la guerre. Ce n'était pas possible, puisqu'il n'avait pas de papa ! avait répondu Desmond, mais cela n'avait servi qu'à lui attirer plus de moqueries : « On ne peut pas avoir de bébé sans un papa ! » avaient prétendu les autres. Desmond n'y comprenant rien, la discussion s'était terminée en mêlée générale. M. Pearson était sorti dans la cour en courant et les avait fait mettre les uns derrière les autres pour leur admninistrer six coups de règle sur la paume de la main en punition.

Malgré la douleur, Desmond n'avait pas pleuré avant d'être rentré chez lui. Mais là, il n'y avait personne pour le consoler, parce que Jessie était partie accompagner son mari au port. Elle était revenue en larmes. Tout le monde était triste, maintenant, à la maison. Mamie Phee s'inquiétait de plus en plus parce qu'elle n'avait plus reçu aucune nouvelle de sa maman à lui depuis des mois. Il le savait, même si elle et Jessie faisaient des messes basses pour qu'il n'entende pas.

Un jour, mamie Phee entra dans sa chambre et lui annonça que sa maman ne reviendrait pas avant longtemps, et qu'il devait être courageux et ne pas pleurer. On avait perdu sa trace, et on essayait de la retrouver. Desmond n'avait pas eu de mal à être courageux : s'il pleurait parfois, c'était seulement parce que Jessie allait partir sans lui. Et puis, un matin, on entendit retentir les carillons à tous les clochers, et les enfants eurent un jour de congé pour fêter la fin de la guerre. On fit flotter un drapeau sur l'école, et il y eut une grande kermesse dans les rues avec des sandwichs, de la gelée et des sodas. Il pleuvait, mais tout le monde s'en moquait. Ensuite tout le village s'entassa dans la salle des fêtes de l'église pour danser au son de l'accordéon de Jimmy Baird. Au piano, Mlle Armour accompagnait les refrains, repris joyeusement en chœur. On riait, on chantait, même s'il y avait encore des soldats qui se battaient au loin.

Le sergent Bob de Jessie, par exemple, devait continuer encore un peu à faire la guerre. Le départ de Jessie était pourtant proche : dès qu'il serait libéré de l'armée, dit-elle, elle s'inscrirait sur les listes d'émigration pour les femmes de soldat et elle irait le rejoindre en Australie.

En entendant cela, Desmond fondit en larmes.

— Ne me laisse pas tout seul ici ! Je veux aller avec toi.

Elle le prit dans ses bras et répondit :

— Je sais, mon petit poulet, mais tu ne peux pas venir. Tu es le fils de Mademoiselle Caroline. Elle va revenir, et tu auras de nouveau ta maman pour s'occuper de toi.

Mais cette idée ne consola pas du tout Desmond.

26

Dans une aube blafarde, les femmes furent rassemblées sur la grande esplanade du camp. Des chiens féroces et des gardes armés les tenaient en respect. Il n'y avait autour d'elles que des rangées interminables de longs bâtiments. On fit entrer les nouvelles arrivantes à l'admission. Là, on les fit se déshabiller, on les saupoudra d'insecticide, et on les rasa entièrement, devant des soldats SS qui ne perdaient rien de leur nudité. On donna à Callie un uniforme usé composé d'une chemise bleue, d'une jupe qui devait avoir été rouge, et d'un foulard pour couvrir son crâne chauve. Personne n'avait la force de protester. La fatigue et la peur les rendaient toutes muettes. On lui avait retiré ses maigres biens, hormis ses bottines qu'elle parvint à conserver. Elle fut inscrite sous le nom de Charlotte Blanken, prisonnière politique belge. Les politiques avaient un triangle rouge sur la manche, à côté de leur numéro. Ensuite, on les mena à des baraquements en bois où des surveillantes à brassard noir et portant des fouets leur ordonnèrent de se trouver une place dans les châlits.

De part et d'autre d'une allée centrale s'alignaient des couchettes superposées surchargées de prisonnières. L'odeur était nauséabonde – un mélange d'urine, de vomi et de sueur aigre d'angoisse. Rien n'avait préparé Caroline à une telle horreur, et elle se demanda comment elle ferait pour y survivre.

Ayant vécu une année à l'isolement, cette surpopulation l'oppressait. Ces femmes décharnées et en haillons la contemplaient, les yeux vides, les joues creuses, la peau grise. Elle avait entendu des rumeurs sur les camps, mais la réalité dépassait tout ce qu'elle avait imaginé. Prise de panique, elle regarda autour d'elle dans l'espoir de trouver ne fût-ce qu'un visage encore animé d'un peu d'espoir. Personne ne lui parla. Les prisonnières n'étaient que des esclaves qu'on épuisait à la tâche jusqu'à ce qu'elles tombent.

Caroline avait réussi tout au long de son incarcération à conserver sa fausse identité. À la prison Saint-Gilles, elle était donc restée Charlotte Blanken, bonne d'enfant belge et francophone. Ses geôliers ne se doutaient pas qu'elle était mère d'un petit garçon, écossaise et agent des services spéciaux britanniques. Ce trésor qu'elle cachait précieusement l'aidait à préserver sa raison. On pouvait l'affamer, la malmener, Caroline Lloyd-Jones, inconnue de ses tortionnaires, n'était pas atteinte. Cette partie de son âme devait rester intacte, ou elle se perdrait tout à fait.

Soudain, elle entendit parler français. Elle s'approcha et vit trois femmes qui ne semblaient pas trop amaigries.

Par chance, il s'agissait d'un groupe récemment arrivé qui avait encore la force de s'intéresser à ce qui se passait au-dehors. Elles la pressèrent de questions sur la situation. Caroline leur dit ce qu'elle savait de la libération de la France. L'une des femmes, d'un certain âge, lui agrippa la main.

— Ah ! Alors il n'y en a plus pour longtemps. Merci, Sainte Vierge ! ajouta-t-elle en se signant. Je m'appelle Céline. J'ai été arrêtée parce que j'aidais des prisonniers à fuir les camps de travail. Mon mari a été fusillé. Elle, c'est Madeleine, et elle, Marie. Et toi ? Qu'est-ce qui t'est arrivé ?

Callie s'abrita derrière son personnage. On la surnommait Lotte, et elle avait été gouvernante dans une belle maison près de Bruges, avait voyagé avec cette famille et parlait anglais. Elle avait aidé des aviateurs rescapés à suivre une filière d'évasion, et elle avait été trahie. En vérité, elle n'avait eu le temps d'aider personne et s'était contentée de ne pas trahir la Résistance. Elle était un simple témoin des dessous honteux de cette guerre.

— Les nouvelles venues sont envoyées dehors pour travailler, lui apprit Madeleine, une femme jeune, petite et brune. On nous place dans des fermes, des ateliers, ou on nous met à la réparation des routes. Ils prennent les plus jeunes et les plus fortes, ils les épuisent, et quand elles n'en peuvent plus, c'est le crématoire. Je sais que c'est dur à entendre, mais autant te préparer tout de suite à vivre en enfer. Nous sommes des milliers, serrées comme des sardines en boîte. Il y a un endroit qu'ils appellent le « camp de jeunesse » où ils envoient les malades. Personne ne revient de là-bas.

Callie aurait presque préféré qu'elle se taise, mais la jeune femme ajouta dans un murmure :

— Attention aux surveillantes, surtout à celle qui porte des grosses nattes. Au début, elle te sourira et elle t'aidera, elle te donnera même du rab de pain, mais ce ne sera pas pour rien. Elle oblige ses favorites à satisfaire ses désirs, et quand elle s'en fatigue, c'est pire que tout. Fais vraiment attention. Les soldats lancent les chiens sur nous si on les regarde, rien que pour s'amuser. Pour eux, nous sommes des animaux, des numéros. Désolée, mais je préfère t'avertir… Et un autre petit conseil : veille sur ta part de nourriture. On te volera ton pain si tu le quittes des yeux une seconde. Tiens bon, il paraît que les Russes vont arriver. Les surveillantes ont peur d'eux, et pourtant elles traitent les prisonnières russes plus mal que les autres, surtout depuis la défaite de Stalingrad. Tu vois, on reçoit des nouvelles, même ici. Il circule toutes sortes d'informations dans les groupes de travail.

Même ces avertissements ne pouvaient pas préparer Callie à la réalité de la vie du camp. Il y avait des exécutions publiques, et les suppliciées restaient pendues aux gibets des journées entières. Sur la place de l'appel, avant l'aube, il fallait rester alignées pendant des heures dans la nuit glaciale, femmes et enfants, immobiles. Les gardes s'assuraient que tous étaient là et prenaient des femmes au hasard pour les frapper et les faire achever par les chiens.

— Il ne faut surtout pas bouger, expliqua Céline, et garder les yeux baissés, ne pas attirer l'attention sur soi, ne montrer ni peur ni dégoût, avoir l'air abattu et cacher sa colère. Si nous restons solidaires, nous aurons plus de chances de survivre. Regarde, au-delà des fils électrifiés, on voit des arbres, des oiseaux. Un jour, nous serons libres, comme eux.

Callie se raccrocha du mieux qu'elle put à cet espoir. Elle s'accoutuma au froid, mais la puanteur des latrines lui donnait toujours la nausée et elle redoutait de tomber malade. Elle se défendait des voleuses qui essayait de lui voler la nuit son bol, ou la croûte de pain qu'elle gardait pour le matin. Elle se faisait toute petite dès que l'œil de la surveillante errait dans le baraquement à la recherche d'une victime. Mais avec ses trois amies, sur leurs couchettes hautes, elle s'entendait bien, et elles se tenaient chaud. Cela était réconfortant.

En décembre 1944, un manteau de neige recouvrit le camp, cachant sa laideur. Les longs appels devinrent encore plus pénibles, mais il ne fallait pas le manifester. Callie eut la chance d'être intégrée à cette époque dans le groupe de travail des Françaises, qui était envoyé hors du camp pour déterrer des légumes dans la terre gelée. À la ferme, on avait un peu plus chaud et la nourriture était plus copieuse. Ensuite il fallut changer de bivouac pour aller casser des cailloux destinés à la construction des routes. Les doigts de Callie, paralysés par le froid, rendaient son travail difficile, et elle était insuffisamment vêtue, mais elle jouissait du luxe d'avoir pu garder ses bottines. Elle devait se les attacher au corps pendant la nuit pour empêcher qu'on ne les lui vole pendant son sommeil.

Madeleine cherchait sans cesse des moyens de s'évader, repérant les lieux, dans leur nouveau camp, et se demandant qui soudoyer pour réaliser ses plans de fuite.

— Il fait beaucoup trop froid pour errer dans la nature sans abri, protestait Céline, qui toussait beaucoup.

C'était la plus âgée, et elle avait du mal à assurer sa part de travail. Ses amies essayaient de la protéger en la soustrayant à l'attention des gardes. Il fallait douze femmes pour tirer le lourd chariot de pierres dans la carrière, un travail épuisant qui leur cassait le corps. Un jour, une femme s'évanouit et resta inerte sur le sol gelé, incapable de se relever. Le garde approcha et la frappa avec sa matraque.

— Travaillez ! ordonna-t-il aux autres.

Il donna un coup de pied à la femme alors qu'elle se recroquevillait pour se protéger, puis la traîna sur le côté et l'abattit d'une balle.

— Ne fais rien, murmura Céline en voyant l'expression de Callie. Il va bientôt le payer !

— Qu'en sais-tu ? répondit Callie à voix basse.

— Je le sais, c'est tout. Il n'y en a plus pour longtemps : le camp va être libéré. Il ne faut pas penser au reste, ou nous ne tiendrons pas le coup.

Quand elles repartirent le soir, affamées, désespérées, le corps de leur compagne gisait encore au même endroit. Callie avait vu tant de gens mourir qu'elle en devenait presque insensible. Dans cet endroit terrible, il n'y avait aucune pitié : les prisonnières étaient traitées comme des bêtes de somme, destinées à travailler ou à mourir. La main-d'œuvre pouvait être renouvelée à l'infini.

Callie rentra en silence au campement avec les autres, ne songeant comme elles qu'à retrouver le peu de chaleur du dortoir et la maigre soupe du soir, et à survivre jusqu'à l'appel du matin.

— Il n'y a qu'un seul moyen de sortir d'ici, soupira Marie, la plus jeune des quatre. Par la cheminée du four crématoire quand il fume. Les Allemands pensent que nous n'avons pas d'âme, que nous sommes des morts vivants, mais nous nous envolerons d'ici, qu'ils le veuillent ou non.

— Ne pensons pas à ça, protesta Céline. J'ai trouvé un jeu : chacune doit décrire son plat favori.

— Je ne sais pas, j'ai peur que ça ne me donne encore plus faim, gémit Madeleine. Enfin, moi, ce que je voudrais, c'est un pot-au-feu avec un os à moelle, une salade verte et une bonne vinaigrette, du fromage de chèvre et la tarte aux pommes de ma mère.

— C'est bien, l'encouragea Céline. Raconte comment tu apprêterais la table. Quelle nappe ? Quelles fleurs dans le vase ?

Elles décrivirent des festins à tour de rôle, et Callie s'aperçut qu'en se les représentant elle sentait les saveurs, croyait goûter les fines herbes, l'ail. Elle choisit le hachis parmentier de Mima, bien doré, suivi de fraises et de glace à la vanille. Elle en salivait. Grâce à ce subterfuge, elles arrivaient à se soustraire quelques minutes à leur enfer. Elle avait beaucoup de chance d'avoir trouvé d'aussi bonnes amies, pensait Callie. Seule cette compagnie lui permettait de ne pas perdre la raison.

Une autre fois, elles décrétèrent un jour d'anniversaire général, et elles se donnèrent pour mission de se trouver des cadeaux, ce qui était plus vite dit que fait. Sur la route de la carrière, des fleurs commençaient à éclore sur les bas-côtés. Callie cueillit quelques pâquerettes pour tresser un collier à Céline. Leur vieille compagne était devenue très maigre et avait le souffle de plus en plus court, et après leurs journées de plus de douze heures, elle arrivait à peine à marcher pour rentrer au camp, mais ce collier lui fit un plaisir fou.

La semaine suivante eut lieu l'une des visites médicales qu'elles redoutaient tant. Elles défilaient devant les SS et le médecin du camp, contraintes de soulever leur jupe jusqu'à la taille, exposant leurs hanches rendues saillantes par la maigreur. Elles devaient courir pour prouver qu'elles avaient encore de l'énergie, et montrer que leurs genoux et leurs pieds n'étaient pas enflés. Callie ne se rendit compte que Céline avait du mal à suivre la cadence que quand elle fut retirée du rang.

— Cours ! aboya un gardien.

Céline fit de son mieux, mais elle était trop faible et avait les genoux trop gonflés pour tenir debout. Elle se laissa choir, à bout de souffle.

— Au camp de jeunesse ! ordonna le médecin.

Les gardes la poussèrent vers un camion qui attendait. Une fois qu'il fut plein, il partit pour le mouroir. Aucun adieu n'était possible. On savait qu'on ne reverrait plus celles qui partaient. Le choc et l'humiliation se mêlaient au désespoir.

— Il faut que nous sortions vivantes d'ici, murmura Marie ce soir-là. Pour Céline.

Les deux Françaises se mirent à prier en pleurant leur amie.

Callie, quant à elle, ne sentait plus ni rage ni piété. Pour la première fois depuis des mois, elle avait envie de renoncer. Ah ! dormir… mourir… L'idée que Céline était seule et allait sans doute souffrir encore beaucoup avant d'être tuée lui était insupportable. Son cœur criait : « Pourquoi ? » Alors, laissant ses compagnes à leurs prières, elle se recroquevilla sur la paillasse, ne croyant plus en rien.

— Tiens bon, l'exhorta Marie. Se décourager, c'est signer son arrêt de mort. Céline va être libérée, d'une certaine façon, mais elle ne reverra jamais ses enfants. Pense à ta famille. Garde espoir, Lotte ! Bats-toi contre eux jusqu'au bout ! Pour vaincre, il faut avoir la volonté de vivre.

Callie sentait sa raison lui échapper. Elle ne savait plus qui elle était, n'arrivait même plus à revoir le visage de Desmond. Lotte Blanken l'avait envahie. Ce corps affamé, décharné, couvert de plaies, ces yeux qui avaient vu trop d'horreurs étaient ceux de cette étrangère. Madeleine la secoua.

— Vis jour après jour, heure après heure. Reste avec nous. Ensemble, nous survivrons. Nous sommes mieux dans ce petit camp qu'à Ravensbrück, il ne faut pas retourner là-bas. Ne donne pas à ces sadiques le plaisir de te frapper et de te tuer.

Quelques jours plus tard, on leur fit quitter le camp de la carrière pour aller dans un autre camp, près de Markkleeberg, assigné à la réparation des routes. Le printemps était froid, mais elles avaient pour se couvrir des châles que Madeleine avait taillés dans la couverture de Céline. On leur avait donné pour tâche de pousser un énorme rouleau compresseur à main afin de tasser les cailloux. C'était un travail très dur qui épuisait leurs dernières forces, mais on entendait courir la rumeur que les Alliés étaient enfin entrés en Allemagne par l'est.

Un mois plus tard, on les rassembla un soir et on leur dit de se préparer à être déplacées vers l'ouest.

La neige n'avait toujours pas fondu. Elles s'emmitouflèrent dans leur combinaison de travail et leur châle pour essayer de conserver un peu de chaleur. Madeleine leur avait aussi confectionné en secret des chaussettes dans des morceaux de tissu récupérés, qui isoleraient un peu leurs pieds dans leurs chaussures usées. Elles prirent avec elles les petits trésors que Céline avait accumulés, un triste balluchon, vraiment, mais que Marie serrait contre elle comme si c'était leur amie qu'elle emmenait.

Elles se mirent en marche de nuit dans le froid glacé, formant une longue et silencieuse colonne. Les gardes les éclairaient avec leurs torches à intervalles réguliers, mais ne les comptaient pas.

— C'est maintenant ou jamais, murmura Madeleine alors que la route s'enfonçait dans une forêt épaisse. Détachons-nous du groupe l'une après l'autre, et cachons-nous derrière les arbres.

Callie n'eut pas le temps de donner son avis. Elle vit Madeleine filer dans les fourrés. Aucun de leurs gardes ne remarqua son départ, et aucune prisonnière ne releva la tête. Après Madeleine, Marie se baissa comme pour refaire son lacet et disparut. Callie la suivit de près. La peur lui donnait des ailes. Il n'y eut pas de coup de feu. Les chiens n'aboyèrent pas. Elle s'accroupit sur la neige, dans la nuit et le silence. Elle attendit, osant à peine respirer, que la colonne se soit éloignée. Combien d'autres avaient couru le risque de se sauver ?

Une tranquillité étrange régnait dans la forêt. Il n'y avait aucune lumière, le froid était intense. Apeurée et très seule, Callie se releva en titubant pour pénétrer plus profondément entre les arbres. Si elle ne bougeait pas, elle risquait de mourir de froid, comme cela arrivait au camp à bien des prisonnières tombées dans la neige. Pour vivre, il fallait marcher.

L'espoir renaissait malgré le froid et la peur. Elle avança encore un peu, espérant contre tout espoir qu'elle allait repérer ses amies. Sans nourriture, sans abri, elles ne tiendraient pas longtemps si elles ne trouvaient pas de secours.

— Charlotte, ici, ici…

Madeleine et Marie l'attendaient, cachées derrière des arbres. Elles lui tombèrent dans les bras et elles rirent, folles de soulagement.

— Nous avons réussi ! Nous sommes libres ! chuchota Marie en dansant dans la neige.

Pour une fois, Callie prit l'initiative. Les difficiles entraînements aux techniques de survie à Arisaig n'avaient pas été endurés en vain.

— Il faut trouver de quoi manger, construire un abri, et faire du feu.

Madeleine ne fut pas moins surprise que Marie.

— Et comment comptes-tu te débrouiller sans qu'on se fasse prendre ?

— Vous allez voir. Il nous faut des brindilles sèches, et de quoi fabriquer un collet.

Soudain, Callie se sentait en pleine possession de ses moyens. Sans papiers d'identité, sans argent, elles étaient en grand danger, mais dans cette forêt elle pouvait prendre soin de ses compagnes comme elles avaient pris soin d'elle au camp. Quand elles auraient bu et mangé ce qu'elles auraient réussi à chasser et qu'elles se seraient réchauffées, elles seraient mieux à même d'organiser la suite de leur fuite.

27

Phoebe attendait des nouvelles de Caroline tout en bombardant de lettres le ministère pour exiger des informations. N'obtenant aucun résultat, elle fit appel à son député qui, bien que très occupé par la prochaine campagne électorale, promit de s'occuper de son cas. Les nuits étaient difficiles, et elle souffrait de graves migraines. Desmond, qui devenait un enfant turbulent, la fatiguait. Il faisait les quatre cents coups avec la bande de gamins du village, qui formaient des clans et se livraient des guerres féroces. Son travail scolaire en souffrait, et Jessie l'avait averti qu'il prenait de mauvaises habitudes avec des garnements. Phoebe était si fatiguée qu'elle la laissait volontiers emmener Desmond chez elle le dimanche à la ferme familiale pour lui permettre de se reposer.

L'unité de Bob Kane avait été expédiée en Extrême-Orient, et Jessie s'inquiétait pour lui. La guerre avait beau être finie en Angleterre, les combats se poursuivaient ailleurs, et le rationnement était de plus en plus strict. Elle attendait avec impatience le moment de le rejoindre pour aller vivre dans un pays tout neuf et ensoleillé.

Phoebe pensait qu'il était temps pour elle de trouver un nouveau logement à Londres et de redonner une impulsion à sa carrière. La meilleure solution pour Desmond serait de trouver un pensionnat proche de Londres, d'où il pourrait venir chez elle pendant les vacances. C'était un fardeau de devoir élever cet enfant, se disait-elle. Elle se sentait trop vieille pour en avoir seule la responsabilité. Mais que faire, en attendant le retour de Caroline ? Elle n'avait pas le choix.

Un après-midi de juillet, un véhicule de l'armée remonta l'allée de Dalradnor Lodge et vint se garer devant la maison. Une femme en uniforme des WAAF, les forces auxiliaires de l'aviation, en descendit. Elle se présenta : elle s'appelait Mme Cameron, était chargée de la liaison entre divers départements officiels, dont celui qui gérait les FANY, et venait en réponse aux courriers de Phoebe parce qu'elle passait dans la région. Phoebe, particulièrement fatiguée ce jour-là par les caprices de Desmond – que Jessie avait emmené se promener pour la laisser se reposer –, s'agaça de ne pas avoir été avertie de cette visite.

Elle accueillit sa visiteuse dans le salon, où Mima servit le thé accompagné de scones tièdes et de confiture de rhubarbe. Malgré les restrictions, on mettait un point d'honneur à toujours recevoir correctement à Dalradnor.

— Vous avez une bien belle maison, remarqua Mme Cameron en s'arrêtant sur la vue du loch.

— Vous m'apportez des nouvelles de ma fille ? demanda Phoebe, coupant court aux politesses d'usage.

— Je comprends votre impatience, madame. Nous avons perdu sa trace, comme vous le savez, et je suis désolée que vous soyez obligée d'attendre aussi longtemps dans l'incertitude pendant que nous menons les recherches. Depuis la fin de la guerre, des millions de personnes cherchent à rentrer chez elles – soldats, réfugiés, prisonniers –, ce qui rend les enquêtes difficiles. Pour tout dire, c'est un beau désordre.

— Mais vous savez où elle est ?

— Je suis désolée de ne pas pouvoir vous rassurer davantage. Nous n'avons pas déterminé au juste ce qui lui était arrivé.

— Mais comment est-ce possible ? Elle était traductrice et interprète dans vos services. Il doit y avoir des traces de ses déplacements quelque part.

— Eh bien… la difficulté est que Caroline était partie en service commandé.

— C'est-à-dire ?

— Je ne suis pas autorisée à vous révéler le détail de l'opération, mais disons que son travail était de la plus haute importance pour le pays.

Mme Cameron jeta un coup d'œil à Phoebe en prenant une gorgée de thé pour s'assurer qu'elle la comprenait à demi-mot.

— Où a-t-elle été envoyée ?

— En Belgique… pendant l'Occupation.

— Je me doutais qu'elle était allée à l'étranger ! Elle a un fiancé et une ancienne nourrice en Belgique. Elle s'est peut-être réfugiée chez l'un ou l'autre.

— Toutes les adresses que vous êtes susceptible de nous communiquer pourront nous être utiles. Ce n'est pas parce qu'elle ne donne pas de ses nouvelles que nous devons perdre espoir. Les communications sont difficiles. Elle peut tout à fait revenir d'ici quelque temps.

— A-t-elle été prise par l'ennemi ?

— Nous le pensons. Nous effectuons des recherches administratives, et dans un avenir plus ou moins proche…

— Plus ou moins proche ! Mais combien de temps faudra-t-il encore ? La guerre est terminée depuis des mois… Je ne comprends pas !

— Cela dépend de nombreux facteurs.

— Mais est-elle en vie, au moins ? s'écria Phoebe.

— Je ne peux malheureusement pas vous répondre. Nous l'ignorons. Je suis désolée. Dès que nous aurons des nouvelles… Nous savons qu'elle a séjourné à la prison Saint-Gilles, à Bruxelles. On l'y a vue en 1944.

— C'était il y a un an ! Alors toutes les cartes postales que j'ai reçues étaient fausses, comme je le pensais…

— C'est la procédure habituelle pour le personnel en service.

Mme Cameron restait si évasive que Phoebe eut envie de la secouer, de l'obliger à la regarder en face et à prendre quelques risques en lui parlant honnêtement.

— Vous m'avez endormie avec de faux espoirs ! Êtes-vous venue me dire de me préparer au pire, maintenant ?

— En aucun cas, mais il faudra sûrement attendre encore. Je sais que l'incertitude est difficile, seulement je ne peux pas vous dire mieux.

— Vous pouvez au moins me révéler la nature de sa mission en Belgique : la guerre est finie !

Mme Cameron profita d'une bouchée de scone pour ne pas répondre.

— Mais enfin, elle a un fils ! Il faut bien que je dise quelque chose à cet enfant ! s'exclama Phoebe.

— Il y a encore de l'espoir. Nous avons l'habitude de ce genre de situation.

— Si Caroline n'était pas la seule, combien de personnes sont rentrées ?

— Quelques-unes sont revenues de camps de travail en Allemagne.

— Et les autres ?

— Je ne peux pas vous en dire plus. Je n'ai pas accès aux chiffres des autres départements.

— Ma fille disparaît en service commandé pour ce pays, et je serais la dernière à savoir en quoi consistait sa mission…

— Je préférerais être plus ouverte avec vous, mais nos directives sont très strictes. Vous n'en apprendrez pas davantage. Nous vous tiendrons au courant si nous avons des nouvelles, je vous le promets. C'est ce que Caroline aurait voulu.

— Vous en parlez comme si elle était morte !

— Ce n'était pas mon intention, toutes mes excuses. La route a été longue pour venir jusqu'à chez vous, mais je tenais à vous expliquer la situation en personne. Il faut garder espoir. Je vais vous laisser, acheva Mme Cameron en se levant. Je suis heureuse de vous avoir rencontrée. Vous pouvez être fière d'elle : elle a eu beaucoup de courage.

Phoebe se leva, chancelante, glacée d'effroi par cette dernière phrase, car ce compliment prouvait bien que Callie avait été exposée à de grands dangers.

Elle raccompagna sa visiteuse à la porte, la regarda remonter en voiture et retourna s'asseoir, désespérée. « Caroline, où es-tu ? Pourquoi as-tu couru autant de risques ? » Elle appuya sa tête contre le dossier, sentant sa tension grimper, effrayée par les coups de massue qui frappaient ses tempes.

Quand Mima entra pour chercher le plateau, elle trouva Phoebe tordue sur son siège, le visage déformé, les yeux fixes.

— Madame ! s'écria-t-elle. Vite ! Vite !... Il faut appeler le médecin !

Phoebe n'arrivait plus à parler, paralysée de tout un côté, emprisonnée dans un corps qui ne lui obéissait plus. « Il ne manquait plus que je sois malade ! » se dit-elle avant de perdre connaissance.

28

Callie réussit à grand-peine à générer l'étincelle qui alluma leur feu. Le petit foyer de brindilles et de bois sec qu'elle avait formé sous le couvert des arbres s'embrasa lentement, mais quand les flammes furent suffisamment hautes, elle mit à chauffer des pierres qu'elles serreraient dans leurs mains. Il fallait prendre garde à disperser la fumée qui, autrement, pourrait les trahir. Elles ramassèrent quelques pommes de pin encore pleines de pignons qu'elles firent griller, se partagèrent un quignon de pain dur qu'elles avaient conservé précieusement et s'efforcèrent de le faire durer. Dieu sait quand elles trouveraient de quoi se nourrir. Elles avaient leurs écuelles pour faire fondre et bouillir la neige, et purent ainsi boire.

— Nous ne pouvons pas rester ici, dit Madeleine. Allons vers l'ouest, à la rencontre des Alliés. Il suffit de marcher tout droit vers le soleil couchant.

— Mais nous risquons de les manquer, protesta Marie. Si nous retournions plutôt en ville, pour essayer d'en savoir plus ?

— Tu n'y penses pas ! On remarquerait tout de suite que nous sommes des fugitives, avec ces tenues !

— Il faudrait marcher la nuit, intervint Callie. Et puis cacher les vêtements du camp, même si les combinaisons de travail sont heureusement assez passe-partout.

— Mais comment circuler, sans papiers ? s'inquiéta Marie. Si nous sommes reprises, on nous tuera. De toute façon, je préfère mourir que de retourner là-bas.

— Nous nous débrouillerons, je te le promets. Ne t'en fais pas.

Elles se cachèrent pour dormir dans une maison bombardée à l'extérieur de Markkleeberg. Au réveil, Callie fit une rapide reconnaissance et vit une ferme au loin. Elles ne pouvaient pas prendre le risque de demander de l'aide, mais il y avait au bout du champ une corde à linge et des vêtements qui séchaient au vent. La tentation fut trop forte pour Callie : rien ne lui semblait plus désirable que de sentir du linge propre sur sa peau.

— Restez cachées, ordonna-t-elle. Je reviens.

— Où vas-tu ?

— Là-bas, dit-elle avec un sourire en désignant la ferme.

— Non, tu es folle ! s'exclama Marie en la retenant par le bras.

— Nous devons camoufler nos chemises de prisonnières, c'est important. Je vais prendre ce que je peux.

— Dans les fermes, il y a des chiens.

— Je sais comment faire, avec eux.

À l'entraînement, on lui avait appris à se placer face au vent pour tromper les chiens. Elle s'enduisit de boue, et se glissa le long de la haie. Elle attrapa une chemise d'homme, un drap, puis un maillot avec des manches, et des chaussettes. Un corsage la tentait beaucoup mais, voyant un chien commencer à s'agiter dans la cour, elle se dépêcha de battre en retraite.

Ses deux amies se précipitèrent vers elle pour admirer son butin, mais toutes trois attendirent d'être loin dans la forêt pour couvrir leurs uniformes. S'il faisait beaucoup trop froid pour qu'elles puissent s'en passer, elles se fabriquèrent des foulards et des châles avec le drap pour les couvrir.

L'effort de cette expédition avait affaibli Callie. Elle était plus fatiguée que les autres, mais il fallait marcher. Elles avaient faim, elles avaient mal aux pieds, et leur progression dans le noir était lente. C'était le troisième jour qu'elles n'avaient même plus la mauvaise soupe du camp, qui au moins étanchait leur soif. Elles buvaient dans les flaques, mais l'eau croupie rendit Callie malade. Elle fut prise de vomissements et de frissons. Ne voulant pas retarder ses camarades, elle se forçait à avancer, sachant pourtant qu'elle n'en serait plus longtemps capable. Quand elles arrivèrent aux abords de Leipzig, elle s'effondra sur le sol.

— Laissez-moi, continuez sans moi.

Ses amies ne voulurent rien entendre. Elles la prirent chacune sous un bras pour l'aider à marcher.

Elles se remettaient en route lorsqu'elles virent venir vers elles un groupe de SS. Elles n'avaient ni pièces d'identité ni laissez-passer, et il y avait certainement un couvre-feu.

— Ne dites rien, laissez-moi leur parler et prenez l'air malade, murmura Madeleine.

— Papiers ! cria l'un des soldats en les considérant avec un air soupçonneux.

Madeleine, se tenant très droite, lui répondit dans un allemand presque parfait.

— Nous n'avons pas de papiers, ils sont au camp, dit-elle en désignant vaguement une direction derrière elle. Nous sommes des travailleuses forestières françaises. Notre camarade est très malade et nous avons reçu la permission de rentrer avec elle pour la faire soigner. Elle a une très forte fièvre. N'approchez pas trop, ça pourrait être la tuberculose.

Le soldat recula d'un pas, et, voyant la sueur qui roulait sur le front de Callie, ne douta pas un instant qu'on lui disait la vérité.

— Bon, allez-y !

Elles repartirent donc, Callie entre Madeleine et Marie. Madeleine les avait sauvées encore une fois, songea-t-elle.

— La seule chose à faire, expliqua celle-ci, c'est d'être sûre de soi, de les regarder droit dans les yeux, et de raconter tous les bobards qu'on veut en bon allemand. Comme quoi ça sert d'être alsacienne, ajouta-t-elle avec fierté.

Alors qu'elles approchaient de la ville, elles virent des gens qui fuyaient sur la route en sens opposé, tirant des charrettes à bras où s'empilaient des matelas, des poules et des enfants. Ils se dirigeaient vers l'ouest, laissant une ville déjà anéantie par les bombes.

— Les Russes arrivent ! N'allez pas par là !

Elles avancèrent néanmoins à travers les rues qui se vidaient. Marie avait aperçu le clocher d'une église, et c'était vers lui qu'elles se dirigeaient.

— Nous devons trouver un abri. On ne refusera pas de nous accueillir dans la maison de Dieu. C'est notre dernier espoir.

Callie parvint à se traîner en haut des marches, et Marie poussa le lourd portail en bois. À l'intérieur, il faisait sombre et froid. Seuls quelques cierges jetaient une lueur vacillante. Callie s'effondra sur les dalles, épuisée, et tourna le visage vers le plafond. Une fresque y était peinte, représentant le ciel et une farandole d'angelots. C'était une église catholique, et non pas luthérienne, comme en attestaient cette décoration et les saints dorés qui jetaient sur elle des regards de pitié.

Un curé sortit de l'ombre d'un confessionnal.

— Je peux vous aider ?

Marie tomba à genoux devant lui.

— Oui, mon père, par pitié… Nous en appelons à votre miséricorde. Notre amie est malade. Nous sommes des travailleuses françaises. Nous avons besoin de votre aide. Nous n'avons rien mangé depuis trois jours, et nous avons marché si longtemps que nous n'en pouvons plus.

— Des prisonnières en fuite ? demanda-t-il en les scrutant des pieds à la tête.

— Nous venons du camp de travail de Markkleeberg. Nous avons profité d'un déplacement. Si on nous reprend, nous serons pendues. Je vous en prie… Nous ne savons pas où aller. Notre amie est malade pour avoir bu de l'eau sale…

Le curé alla fermer le portail à clé et leur fit signe de le suivre.

— Venez. Êtes-vous capables de monter des marches ?

Il les fit grimper dans la tour du clocher, un long escalier étroit en colimaçon qu'elles gravirent lentement, et que Callie ne put prendre qu'en se traînant sur les genoux. Sous les cloches, il y avait un plancher en bois.

— Vous serez en sécurité ici. Je vais vous apporter à manger.

Quand il fut redescendu, Madeleine et Marie hésitèrent à rester : elles avaient peur qu'il les dénonce. Était-il prudent de s'en remettre à lui ? Callie, elle, n'avait plus la force de s'inquiéter. Elle n'était qu'à demi consciente, et les anges de la fresque tournaient encore au-dessus d'elle.

Callie fut réveillée par des cloches. Elle ouvrit les yeux et vit une chambre carrelée et des silhouettes qui dansaient un ballet autour d'elle. Il y avait une bassine et une cruche, un lit dans lequel elle était couchée, garni de draps propres, et une fenêtre à arcade qui laissait voir un arbre bien vert et entrer un chaud soleil. Elle voulut se redresser, mais retomba sur les oreillers, trop faible pour s'asseoir. Un visage aux bonnes couleurs, encadré d'une coiffe, se pencha sur elle et dit en français avec un accent allemand très prononcé :

— Ah, la voilà revenue, notre mystérieuse Française…

— Où sommes-nous ? À Bruxelles ?

— Dans l'hôpital du couvent de Sainte-Élisabeth… Ne vous inquiétez pas, la guerre est terminée. Nous ne sommes plus des nations ennemies. Le père Bernhardt vous a amenée chez nous. Il vous a trouvée évanouie dans son église.

— Merci.

— Reposez-vous, vous avez été très malade. N'essayez pas de vous lever. C'est déjà bien beau que vous soyez encore parmi nous. Nous avons vraiment cru vous perdre.

Callie ne savait plus rien de ce qui lui était arrivé. Ses souvenirs ressemblaient à des cauchemars causés par le délire de sa forte fièvre. Elle se voyait fuir dans la forêt, échapper à des soldats, à des chiens. Elle avait vu des cadavres pendus à des gibets, des squelettes dans la neige. Un loquet s'était refermé sur son esprit, qui lui refusait l'accès à sa mémoire. Une panique la prit : elle n'aurait même pas pu dire qui elle était ni comment elle s'appelait.

Plus tard, un médecin en blouse blanche portant des lunettes vint l'examiner. Il tapota sa poitrine et tâta ses membres, inspecta sa gorge, mais sans jamais croiser son regard.

— Je ne sais pas qui je suis, lança-t-elle d'une voix d'enfant plaintive.

— Votre fiche dit que vous êtes une travailleuse française amenée par un prêtre, répondit-il, toujours sans la regarder, dans un français très imparfait. Vous avez eu la typhoïde, compliquée par la malnutrition et des plaies infectées.

— Aidez-moi à retrouver la mémoire, je vous en prie.

Il était penché sur la feuille qu'il remplissait et ne leva pas les yeux.

— Patience, patience. Il faut du temps pour se remettre d'une telle maladie. Vous vous souviendrez quand vous y serez prête. Quand on perd la mémoire, il y a en général de bonnes raisons. Les infirmières disent qu'en parlant dans votre fièvre, vous chantiez des comptines en hollandais. Cela vous sera peut-être utile pour stimuler votre mémoire.

Il lui jeta un regard.

— Vos vêtements ont été brûlés. C'étaient ceux d'un camp de travail. Je peux aussi vous dire que vous avez eu un enfant, cela se voit sur votre corps. Ces éléments vous aideront peut-être.

Il la laissa pour passer à une autre patiente, et elle réfléchit à ce qu'il lui avait dit, mais sans y trouver le moindre sens. Tant pis, elle n'avait pas envie de s'inquiéter. Il lui suffisait d'être au chaud dans un endroit propre, le ventre plein. Si c'était le paradis, elle n'y serait pas trop mal.

Phoebe s'astreignait à sa rééducation, mais n'arrivait à rien. Son bras paralysé restait recroquevillé sur sa poitrine. Elle s'impatientait de sa faiblesse et de sa dépendance, de sa gêne pour parler. Les mots qu'elle prononçait étaient confus, à peine reconnaissables. On l'avait bien soignée à l'hôpital de Glasgow, et maintenant elle était en convalescence dans une maison de repos qui donnait sur la Clyde, mais ses progrès étaient lents. On lui apprit qu'elle avait dû souffrir de plusieurs petites attaques cérébrales successives sans trop de gravité, avant celle de l'été qui avait failli l'emporter. Pour hâter son rétablissement, lui dit-on, elle devait faire sagement ses exercices, et s'astreindre à marcher avec des cannes en réservant son fauteuil roulant pour les moments où elle serait vraiment trop fatiguée. Il fallait accepter d'être diminuée, mais tout faire pour retrouver des forces. L'orthophoniste lui promit de bons résultats si elle était assidue à leurs séances. Elle aurait dû être avantagée, car son métier d'actrice et de chanteuse lui avait appris à maîtriser son souffle pour produire des sons, mais c'était la volonté qui lui manquait. Le médecin lui affirmait qu'il était normal d'être déprimée, surtout pour une femme qui avait été aussi active, et qu'elle surmonterait cette épreuve.

C'était facile à dire, pensait-elle. Elle n'avait pratiquement jamais été malade de sa vie, et voilà qu'elle ne pouvait plus ni marcher ni parler ! Elle n'arrivait pas non plus à se concentrer. Quand elle écoutait la radio, elle s'endormait à tout bout de champ et perdait le fil des discussions.

Mima et Jessie régnaient heureusement sur Dalradnor, mais pour combien de temps encore ? Qu'allait-elle faire de Desmond quand Jessie partirait ? Et toujours pas de nouvelles de Caroline. « Où es-tu, chérie ? Où es-tu ? » soupirait-elle. Elle redoutait que sa fille ne soit morte et qu'on ne veuille pas le lui apprendre avant qu'elle n'ait repris des forces. Comment expliquer, autrement, l'absence de nouvelles ?

Elle se retrouvait seule responsable de Desmond, un petit diable de six ans qui avait besoin d'une personne jeune comme Jessie, pour le tenir. Mais Jessie attendait ses papiers d'émigration et son billet de bateau ; et si, pendant l'année scolaire, Desmond devait aller en pension, il restait encore la question des vacances.

Cette préoccupation distrayait au moins Phoebe de ses misères physiques. Peut-être était-il temps de rechercher Toby et de l'obliger à prendre ses responsabilités de père, ou, à défaut, de s'adresser à sa famille au pays de Galles. Peut-être ces gens accepteraient-ils de se charger du petit au moins pendant sa convalescence. Mais Caroline ne les avait jamais rencontrés, et Phoebe avait compris qu'une dispute les avait éloignés de leur fils. Il n'y avait donc pas beaucoup d'espoir du côté de cet escroc.

Si au moins elle trouvait quoi faire de Desmond pendant quelques mois, un an tout au plus, le temps de recouvrer sa mobilité, de redémarrer sa carrière ! Son attaque avait annulé tous ses projets. Sa vie n'avait jamais été simple, et elle avait appris à être stoïque, mais pour la première fois elle redoutait vraiment l'avenir.

Callie reprenait des forces et se laissait bercer par le confort et la vie régulière du couvent. C'était un bon refuge pour ses pensées confuses. L'église était un sanctuaire à l'agréable odeur d'encens, où elle allait écouter des musiques douces pour l'âme, des voix qui l'apaisaient. Ce fut là qu'elle eut une première amorce de souvenir, en voyant sur la voûte la ronde des angelots qui tournaient vers elle leur visage joufflu. Elle sut alors qu'elle avait grimpé l'escalier du clocher sur les genoux, comme un acte de contrition.

Quand le père Bernhardt revint lui rendre visite, il lui parla des deux femmes qui lui avaient sauvé la vie.

— Vous êtes une prisonnière belge échappée d'un camp. Puisse Dieu dans son infinie bonté pardonner à ceux qui ont perpétré des actes d'une telle inhumanité contre des femmes et des enfants sans défense. Les armées alliées ont emmené les villageois dans les camps pour leur montrer les horreurs qui ont été commises au nom de ce fou…

Il s'interrompit pour essuyer des larmes.

— Honte à nous, honte à nous ! Elles ont dit que vous vous appeliez Lotte et que vous aviez été arrêtée à Bruxelles.

— Merci de nous avoir sauvées. Et ces amies… Sont-elles encore là ? demanda Callie, qui retrouvait peu à peu les images de deux femmes.

« Madeleine et Marie ! » Leurs noms avaient surgi dans sa mémoire.

— Elles sont parties. Quand les Américains ont pris la ville, elles ont été rapatriées avec les autres prisonniers et les travailleurs du service obligatoire. Elles ont aussi parlé d'une femme appelée Céline.

Céline… Ce nom jaillit avec la force d'un rayon de lumière dans la nuit. Callie revit la pauvre femme courir devant les gardes ; elle sentit de nouveau les odeurs meurtrières de la peur et de l'humiliation, et elle plaqua la main sur sa bouche.

— Nous n'avons pas pu sauver Céline…

Elle lui raconta tout ce dont elle venait de se souvenir, et il pleura avec elle en silence.

— Vous vous rappelez tout, maintenant ?

— Oui, mais je le regrette. Comment vivre avec toute cette horreur dans le cœur ?

— Dieu vous en donnera la force. Il aide à porter les fardeaux, dit-on, mais où était-il dans ces endroits terribles ?

Le vieil homme se leva avec un profond soupir, laissant la question en suspens.

— Nous devrons porter le poids de notre honte jusqu'à la fin des temps. Je vous souhaite bonne route, Lotte… et que Dieu soit avec vous, mon enfant.

Pendant les semaines suivantes, Caroline retrouva de plus en plus de souvenirs. L'enfer se dévoilait, mais dès qu'elle tentait de se rappeler les événements qui l'avaient menée au camp, il lui semblait qu'une porte en fer se fermait devant elle. Elle se dressait, énorme, tel un visage de géant, irrémédiablement close. Callie avait beau chercher une clé, rien n'y faisait. Ses rêves lui apportaient des indices, mais fugitifs : une maison, un lac, un poney dans un champ. Des visages lui apparaissaient, mais qu'elle avait oubliés à son réveil. Elle avait beau chercher, tout lui échappait.

Au moins, maintenant qu'elle pouvait se lever, elle arrivait à se rendre utile. Elle aidait les autres patients, leur cherchant ce dont ils avaient besoin pour épargner de la fatigue aux infirmières. Elle aimait coudre et raccommodait le linge, faisait des ourlets, apprenait même avec les sœurs l'art délicat de la broderie. Elle observait les dentellières du couvent, fascinée par le mouvement rapide des bobines. Les rubans et les napperons qu'elles fabriquaient étaient vendus au marché, car il fallait bien financer l'établissement. Callie finit par avoir des scrupules. Elle n'était pas catholique, et ne connaissait pas leurs messes et leurs rituels. Elle allait à l'église pourtant, aimant entendre les services qui tranquillisaient son âme errante.

Ses rêves la poursuivaient toujours, et devenaient plus clairs. L'acier de la porte de prison se transformait en bois, puis devenait un muret sur lequel elle pouvait grimper pour voir un paysage vallonné de l'autre côté. À la fin du mois de novembre, alors qu'elle dormait, elle vit à l'aube un enfant courir vers elle dans l'herbe, accompagné d'un chien. C'était un petit garçon aux cheveux noirs, épais et bouclés.

— Chante encore, maman ! cria-t-il.

Callie se redressa brutalement dans son lit et cria en anglais :

— Desmond ! C'est toi, Desmond ? Reviens !

Une sœur accourut.

— Lotte, que se passe-t-il ? Un mauvais rêve ?

— Là ! Là, vous le voyez ? demanda Callie en désignant le mur. C'est mon fils. Il s'appelle Desmond. Je l'ai vu, il était là. Il faut que je rentre pour le retrouver !

Elle tendit le bras pour essayer de le toucher, mais il avait disparu.

On lui fit boire une camomille, et les sœurs se rassemblèrent autour d'elle, voulant l'entendre parler sa langue maternelle. Callie était heureuse. La porte s'était ouverte, et, de l'autre côté, on l'attendait.

— Il faut que j'écrive chez moi. Il me faut une carte postale et un timbre. Je dois les avertir que je suis vivante, et que je vais rentrer. Je vais rentrer chez moi en Angleterre, ajouta-t-elle en souriant à la ronde. Vous m'aiderez ?

Sœur Bérénice n'en revenait pas.

— C'est un miracle...

— Non, pas un miracle, ma sœur, dit une infirmière, juste l'instinct d'une mère qui veut retrouver son enfant.

On apporta à Callie une vieille carte postale de la ville, montrant une cathédrale, et elle traça son message d'une écriture mal assurée : « Mon cher petit, maman va bien et rentre bientôt pour te serrer sur son cœur. » Elle se souvenait de l'adresse. Dalradnor Lodge, en Écosse. Une novice alla la poster.

Pendant cet étrange hiver 1945, plusieurs pays occupaient l'Allemagne, luttant entre eux pour accroître leur zone d'influence. La situation était instable, et les anciens soldats et les réfugiés couraient les routes en faisant main basse sur tout ce qu'ils trouvaient – de l'argent ou des objets de valeur qu'ils troquaient contre de la nourriture et des armes. Au cours d'une attaque, les sacs de courrier de Leipzig furent pillés, et les lettres dispersées aux quatre vents. La carte postale de Callie échoua dans un fossé bourbeux.

29

— Tu te rappelles qu'il ne faut rien dire, Desmond ?

Jessie le fit asseoir sur ses genoux et posa un doigt sur ses lèvres.

— Il ne faut rien raconter à personne. D'accord, mon petit poulet ? Tu promets ?

— C'est sûr que je vais partir avec toi ? demanda Desmond en se blottissant contre elle.

— Oui, si tu es bien certain de ne pas le regretter. Tu sais que ta mamie préférerait que tu restes. L'Australie, c'est très loin. Une fois qu'on est là-bas, on ne peut pas revenir. Les billets sont trop chers.

Desmond hochait la tête en l'écoutant. Jessie avait promis de l'emmener voir l'oncle Bob en Australie dans un grand bateau. Il deviendrait leur petit garçon, et il ne reverrait plus jamais sa mamie Phee. Sa pauvre grand-mère devait marcher avec une canne et elle ne pouvait plus bouger son bras gauche. Quand elle parlait, on ne comprenait plus rien de ce qu'elle disait. Elle dormait presque toute la journée, et il avait interdiction de faire du bruit dans la maison. Elle ne serait pas triste qu'il parte, au contraire, pensait-il. Elle aurait enfin la paix.

Jessie passait beaucoup de temps à faire ses malles. Elle empaquetait avec soin ses cadeaux de mariage : un service en porcelaine décoré de roses, un bougeoir en argent, un album de photos en cuir que ses sœurs avaient rempli de clichés de la ferme et de toute la famille, celui de son mariage dans un beau cadre. La grosse malle irait dans la cale, et pour la traversée elle avait une valise neuve où elle mettait les vêtements de tous les jours. Desmond fut très content de la voir y ajouter ses chemisettes et ses shorts, ses pyjamas, ses chaussettes.

— Ce sera l'été quand nous arriverons, expliqua-t-elle. Il fait très chaud, là-bas.

Elle lui lisait un livre destiné aux épouses de soldat qui rejoignaient leur mari en Australie, écrit pour leur expliquer leur nouveau pays. Oncle Bob n'était plus soldat : il était tombé de sa moto et avait dû aller à l'hôpital. Sa mère avait écrit à Jessie de se dépêcher de venir pour l'aider à se rétablir. Grâce à l'accident, elle avait réussi à être prioritaire et à se voir attribuer un passage sur l'un des premiers bateaux à effectuer la traversée.

Mamie Phee n'appréciait pas que Jessie s'en aille juste avant Noël. Elle aurait préféré la garder jusqu'à la fin des vacances et au départ de Desmond pour son pensionnat de Grove Park. Elles s'étaient disputées, parce que Jessie trouvait que cette école était trop stricte pour un petit garçon de son âge. Desmond avait tout entendu, assis en haut de l'escalier.

— Je n'ai pas le choix, avait dit sa grand-mère.

— Laissez-moi l'emmener en Australie, alors, Madame. Il vivra au grand air, là-bas, il sera au soleil, il pourra manger des oranges toute l'année. C'est un beau pays, plein de promesses pour les jeunes.

— Je ne peux pas accepter tant que sa mère… tant qu'on ne sait pas au juste…

— Mais, Madame, tout le monde se doute qu'elle ne reviendra pas. Il vaut mieux regarder la vérité en face et prendre des dispositions pour le petit.

C'était la première fois que Desmond entendait Jessie répondre à sa grand-mère.

— Tant qu'il n'y aura pas de certitude, ce sera non, Jessie. Si nous étions sûres, ce serait autre chose, je l'admets, mais cela me gêne de l'envoyer aux antipodes alors que c'est mon petit-fils. Et puis il a un père quelque part, cet enfant.

— Son père, parlons-en ! Pour ce qu'il a fait, celui-là. Le petit, c'est comme mon fils, et il veut venir avec moi. Il devrait pouvoir donner son opinion.

Desmond descendit quelques marches et cria pour se faire entendre :

— Je veux partir avec Jessie !

— Ne dis pas de bêtises, c'est ta gouvernante, pas ta mère. Tu resteras ici, avec ta famille !

Mais Desmond ne voulait pas aller en pension, et il ne voulait pas rester seul à Dalradnor avec sa grand-mère malade. Ce n'était plus la maison qu'il aimait. Il y régnait maintenant une odeur de maladie et une atmosphère de vieillesse qu'il détestait.

Le départ de Jessie approchait, et plus personne ne parlait de l'avenir de Desmond quand Jessie lui avait confié leur grand secret.

— On dira que tu es mon neveu. On va utiliser ton second prénom, Louis, mais on l'écrira « Louie », comme en Australie. Il faudra bien te rappeler tout ça quand le monsieur te demandera pourquoi tu voyages avec moi. Je suis ta tante Jessie, c'est ce que tu devras dire à tout le monde, autrement on te renverra ici, et moi j'aurai des ennuis.

Depuis, Desmond était beaucoup plus heureux. Leur secret lui réchauffait le cœur, et les brutes qui l'embêtaient dans la cour de l'école ne lui faisaient presque plus peur. Il allait partir pour un grand voyage sur un bateau de guerre qui s'appelait le *Stirling Castle*.

Mima prépara un bon dîner d'adieu pour Jessie, du *steak pie* et de la purée de pommes de terre, avec pour le dessert un *trifle* composé de biscuit, de gelée rouge et de glace. Ses amies avaient défilé dans la journée pour lui souhaiter bon voyage et lui apporter des cadeaux. Mamie Phee lui avait donné à l'avance des tickets de vêtements pour s'acheter une jolie robe avant de retrouver oncle Bob. Mima et M. Burnell lui avaient offert un album de cartes postales de leur région. Desmond, lui, avait dessiné une carte sur laquelle il avait écrit « bon voyage » avec sa mamie, qui lui avait dicté les lettres. Elle avait été tellement gentille qu'il avait eu un pincement au cœur en pensant qu'il ne la reverrait plus, mais il s'était dit que c'était mieux pour elle.

Le lendemain, Jessie réveilla Desmond à l'aube. Il faisait tout noir, et elle l'aida à s'habiller sans faire de bruit. Ils descendirent sur la pointe des pieds avec la valise et sortirent par la porte de derrière. Ils allèrent à la gare pour prendre le premier train du matin, qui les emmena à la gare centrale de Glasgow. Il fallait plusieurs heures pour se rendre à Southampton, mais ils arrivèrent à temps pour passer la douane et embarquer.

— Mamie ne va pas s'inquiéter quand elle verra que je ne suis plus là ? demanda-t-il.

— Je lui ai laissé une lettre pour tout lui expliquer, répondit Jessie. Elle ne se réveille jamais avant l'heure du déjeuner, donc elle n'aura pas le temps de nous arrêter. Et puis je suis sûre qu'elle ne voudra pas nous empêcher de partir. Ne t'en fais pas : elle sera beaucoup plus tranquille sans nous.

Phoebe lut et relut la lettre de Jessie sans arriver à y croire. Comment cette femme avait-elle osé lui prendre son petit-fils ? Quand elle avait trouvé la lettre sur la cheminée du salon, elle avait d'abord voulu avertir la police, mais quelque chose l'avait retenue, comme l'avait pensé Jessie. Elle avait besoin de temps pour se reposer, faire ses exercices, contacter son agent artistique. Si elle était libre, peut-être parviendrait-elle à reprendre sa carrière. D'anciennes chanteuses de music-hall avaient écrit leurs mémoires avec succès. Elle avait encore de belles années devant elle. Son attaque cérébrale était un coup de semonce. Elle devait se reposer, et Jessie lui avait sans doute rendu service en lui ôtant tout choix. Seul le temps dirait si Desmond était heureux en Australie. S'il le fallait, elle entreprendrait la longue traversée pour aller le chercher. En attendant il était trop tard pour intervenir. Alors elle ne fit rien, et laissa Mima lui servir son déjeuner.

Sa femme de charge, très choquée par l'enlèvement de Desmond, ne se déclara cependant pas surprise.

— Elle s'y est tellement attachée, à ce petit garnement ! Elle a fini par l'aimer comme un fils. À mon avis, elle tramait ça depuis des mois. Jamais j'aurais pensé qu'elle était malhonnête pourtant… Ah ! Le téléphone ! C'est peut-être elle qui a des regrets.

Mima courut dans le hall pour répondre et revint annoncer à Phoebe :

— Un appel de Londres, Madame. Du ministère.

Phoebe marcha péniblement avec sa canne jusqu'à l'appareil. La ligne était mauvaise.

— Je ne vous entends pas bien, madame Cameron… Oui, oui, je vais m'asseoir.

Le cœur serré, Phoebe se laissa tomber dans le fauteuil d'où elle répondait toujours à ses appels, attendant la mauvaise nouvelle.

— Oui… oui… Ah ?… Mais… Où ?… Depuis quand ?… Pourquoi si longtemps ?… C'est merveilleux, c'est extraordinaire ce que vous m'apprenez là ! Son petit Desmond va être si content !

C'est alors qu'elle réalisa pleinement ce qu'elle venait d'apprendre. Elle en lâcha l'écouteur, qui tomba bruyamment sur le carrelage pendant qu'elle-même s'effondrait dans son fauteuil.

Mima se précipita, et, en voyant son visage décomposé, elle craignit le pire.

— Oh, mon Dieu ! Alors c'est sûr ? Je suis si désolée, Madame, si désolée ! C'est un choc, bien sûr…

— Non, Mima, non, ce sont de bonnes nouvelles. Caroline va revenir. Elle est vivante !

Phoebe enfouit son visage dans ses mains, car maintenant le soulagement et la joie cédaient la place au désespoir : ce qu'elle espérait depuis si longtemps se réalisait, mais trop tard.

— Elle rentre, et Desmond n'est plus là ! Je ne sais pas ce que je vais lui dire ! Je ne sais plus ce qu'il faut faire !

30

Callie s'arrêta devant le château de Grooten, horrifiée de ne trouver que des ruines devant elle. On aurait dit l'œuvre d'un bulldozer géant. Il ne restait que des pans de mur éboulés et des morceaux de charpente calcinés. Une bombe avait dû tomber au beau milieu. C'était bien triste de voir cette demeure de conte de fées, cette élégante bâtisse à tourelles et ogives, abattue et violée. Callie était venue pour saluer la famille van Grooten et chercher des nouvelles de Ferrand ; si elle n'avait pas voulu trop espérer de cette visite, elle n'avait pas imaginé une pareille catastrophe. Les van Grooten ne pouvaient pas avoir survécu à un pareil anéantissement, et son cher Ferrand n'était sûrement plus de ce monde.

Dès que la mémoire lui était revenue à Leipzig, Callie n'avait eu de cesse de retrouver les siens, et la longueur de la procédure de retour avait été éprouvante. On l'avait d'abord transférée aux autorités américaines pour vérification de son identité. Là, elle avait donné son matricule militaire britannique et son nom de code, et avait dû attendre qu'ils soient vérifiés à Londres. La confirmation de l'existence d'un agent dénommé Charlotte Blanken ayant été validée, elle avait été remise aux autorités britanniques, et rapatriée par avion militaire vers Londres. Comme une escale d'une nuit était prévue à Bruxelles, elle avait décidé de mettre à profit ces quelques brèves heures en Belgique, et avait réussi à obtenir une voiture militaire pour s'y déplacer.

Son chauffeur, un jeune lieutenant, l'avait d'abord conduite chez Marthe van Hooge, mais sa maison avait été vendue, et personne n'avait sa nouvelle adresse. Callie avait alors demandé à pousser jusqu'au château de Grooten, dans l'espoir un peu fou d'y trouver Ferrand, comme dans ses rêves. Elle pensait tellement à lui.

Alors qu'elle approchait des ruines, elle aperçut un homme vêtu de noir qui se penchait sur les décombres. Il ramassait des objets qu'il plaçait avec soin dans une brouette. Elle s'arrêta net, puis eut un mouvement de joie. Et si c'était lui… Elle courut dans sa direction, le cœur battant à se rompre, en évitant les pierres qui jonchaient l'allée de gravier. Sa déception fut énorme quand il se redressa en l'entendant approcher : ce n'était pas Ferrand. Elle eut alors peur d'avoir affaire à un voleur venu comme un vautour piller les morts.

— Bonjour, dit-il. Vous cherchez quelque chose ?

Il avait l'air tout à fait tranquille et sûr de lui. Un voleur ne se serait pas comporté ainsi.

— Je cherche la comtesse van Grooten… J'ai passé quelques mois ici avant la guerre, lui expliqua-t-elle tout en se demandant qui il pouvait bien être.

— Ah, une pensionnaire de maman… C'était la belle époque. Voyez ce qui est arrivé ! Je suis Karel, son troisième fils.

— Je m'appelle Caroline. Je suis surtout une amie de votre frère, Louis-Ferrand. Il parlait souvent de vous, de votre entrée au séminaire. Je sais que Jean-Luc avait choisi l'armée. Vos deux frères sont… ?

Elle s'interrompit, refusant de prononcer le mot redouté.

— Vous devez être la demoiselle anglaise que courtisait Ferrand, alors.

C'était une façon désuète et charmante de parler de leur relation amoureuse, mais ses yeux baissés n'auguraient rien de bon.

— Il n'aurait pas voulu voir le château en ruine, soupira-t-il. Il avait de grands projets pour le restaurer. Maintenant, il n'y a plus que les terres.

— Il est mort, alors ? demanda-t-elle, parce qu'elle voulait l'entendre de sa bouche et qu'il ne semblait pas pouvoir le dire.

— Oui, malheureusement, comme beaucoup de nos braves compatriotes. Je suis désolé.

— Comment est-ce arrivé ?

— Venez, je vais vous donner quelque chose à boire, proposa gentiment Karel en voyant à quel point elle était bouleversée. Nous parlerons mieux de cela à l'intérieur. La maisonnette près des écuries est encore debout. Vous êtes venue seule ?

— J'ai un chauffeur, mais il a dit qu'il m'attendrait à la grille le temps qu'il faudrait.

Ils se dirigèrent vers la petite chaumière en silence. Callie devait donc abandonner tout espoir. La nouvelle avait laissé un abîme vertigineux en elle, et la tristesse s'y engouffrait par vagues et la noyait.

Il n'y avait là qu'une seule pièce, encombrée de tableaux, de candélabres, d'ustensiles de cuisine, de trésors brisés. Un coussin roussi par les flammes jouxtait des livres aux coins brûlés dans une odeur de fumée écœurante.

— Je récupère ce que je peux, raconta Karel. Pendant toute la guerre, le château a été occupé par des officiers allemands, mais ma mère a pu vivre dans la maison du palefrenier jusqu'à sa mort. Il y a eu des combats pour reprendre le château, à la Libération, et puis une nuit une bombe est tombée dessus.

La comtesse avait dû souffrir de cette occupation et de vivre dans un logement aussi petit, pensa Caroline.

— Et Ferrand ?

Karel lui versa un verre de brandy et la fit asseoir sur une simple chaise en bois.

— Après la défaite, au début de l'Occupation, on a voulu nous faire croire que rien n'allait changer, mais cela n'a pas duré. Ferrand a obtenu un poste de professeur à l'université, et il a lutté comme il le pouvait contre la volonté de faire disparaître nos programmes et notre langue. Tout l'enseignement devait être dispensé en allemand. Les professeurs étaient surveillés. Il est entré dans la Résistance. Son groupe éditait un journal satirique clandestin qui était distribué dans la rue, mais il n'a pas fallu très longtemps pour qu'ils soient dénoncés, arrêtés et exécutés. Je n'ai rien pu faire pour lui. Je n'ai même pas eu le droit de lui rendre visite à la prison Saint-Gilles, et pourtant j'ai essayé, ajouta-t-il, les larmes aux yeux.

Callie sursauta. Ferrand avait été enfermé dans la même prison qu'elle ! Ils y étaient peut-être à la même époque, seulement séparés par quelques murs…

— C'est la nouvelle de la mort de Ferrand qui a tué notre mère. Nous avions déjà perdu Jean-Luc qui s'est noyé à Dunkerque pendant la retraite vers l'Angleterre. La famille est décimée, et il n'y aura pas d'héritier puisque je suis prêtre... Du moins si je conserve ma vocation : elle est bien fragile pour l'instant, car la guerre a de quoi faire douter.

Callie tendit la main vers lui.

— C'est un prêtre qui m'a sauvé la vie en Allemagne, et des sœurs qui m'ont soignée. Je suis désolée. J'aimais Ferrand plus que tout, mais nous n'avons pas pu profiter très longtemps de notre amour. Il aurait fait un si bon père.

— Hélas.

Callie sourit à travers ses larmes.

— Mais il a eu un fils. Desmond Louis, l'enfant qu'il m'a donné. Il a passé la guerre en Écosse, où il m'attend.

Karel accueillit cette révélation avec émotion.

— Ferrand ne le savait pas ?

— Je voulais le lui apprendre de vive voix. Il devait me rejoindre à Londres quand la guerre a éclaté et nous a séparés. Je redoutais le pire, tout en espérant sans doute un miracle malgré moi...

— Mais, Caroline, le miracle, c'est vous qui me l'apportez. Une lueur d'espoir dans un monde qui nous a tant déçus. Si mon frère l'avait su, peut-être aurait-il pris moins de risques. Moi qui croyais avoir tout perdu...

Karel vida son verre et se resservit, les mains tremblantes, écoutant avec avidité la description que Callie faisait de Desmond, de ses boucles noires et ses yeux bleus.

— Je n'ai pas vu mon fils depuis trois ans, précisa-t-elle. Il a presque sept ans maintenant. J'ai voulu servir mon pays, je pensais que c'était mon devoir, mais je ne mesurais pas le prix que je devrais payer. Et encore, j'ai eu la chance de survivre, nous sommes bien peu. Espérons que nous léguerons un monde meilleur à tous les enfants. Je pense à ceux à qui on a enlevé leurs parents.

Karel approuva en lui tendant la bouteille de brandy. Elle en reprit, et ils se turent un moment, méditant en silence l'un et l'autre. Puis Karel se leva et alla ouvrir un buffet, d'où il sortit une boîte.

— Prenez ça pour votre fils, de la part de son père. C'est tout ce que j'ai à lui donner. Il ne me reste même pas une photo.

— J'en ai plusieurs de Ferrand, prises au Caire, dit Callie tout en soulevant le couvercle.

À l'intérieur, elle trouva une croix de guerre attachée à un ruban rouge rayé de vert.

— C'est la plus haute distinction de notre pays, décernée pour récompenser des actes de bravoure. Vous direz à votre fils que son père était un homme très courageux.

— Merci ! Oui, bien sûr, je le lui dirai. Il la conservera précieusement. Et maintenant, qu'allez-vous faire ?

— J'ai mon église, ma cure. Les terres attachées au domaine seront cultivées, mais le château… Je ne sais pas si on le reconstruira. À quoi bon ? Quel intérêt, s'il n'est plus habité par des gens qui lui donnent un sens ?… Venez, je vais vous montrer le lieu où nos ancêtres reposent en paix.

Il l'emmena au cimetière de sa petite église et déambula avec elle entre les tombes de générations de van Grooten. Elle trouva le caveau de la comtesse, où figurait sa photo gravée sur pierre, à côté de celle de Jean-Luc, en uniforme.

— Ferrand n'est pas enterré ici. Maman a demandé à récupérer son corps, mais il ne nous a pas été rendu.

Callie aurait voulu mieux savoir le réconforter, mais le souvenir de la cheminée du crématorium, de l'odeur horrible qui régnait au camp, la rendit muette. Dans sa détresse, elle trébucha, et Karel la retint par le bras.

— Rentrez retrouver votre petit garçon. Vous avez besoin de l'amour des vôtres. Essayez de parler de ce que vous avez vécu. Il faut que les gens sachent la vérité, pour que plus jamais cela ne recommence. Vous m'avez fait beaucoup de bien en m'apprenant que mon frère avait un descendant. Tout n'a pas été détruit, finalement. Merci d'être venue. Je suis heureux d'avoir fait votre connaissance. Donnez-moi de vos nouvelles. J'aimerais rencontrer mon neveu un jour.

— Et moi, j'aimerais beaucoup vous le présenter, répondit Callie en lui saisissant la main pour la serrer entre les siennes. Priez pour nous. Demain, je reprends l'avion pour Londres, et je redoute le retour après cette longue séparation.

DEUXIÈME PARTIE

Desmond
1945-1947

Vogue bon bateau, comme l'oiseau file.
Plongez la rame ! crient les matelots,
Emporte notre bon prince Charlie
Jusqu'à Skye par-delà les flots.

The Skye Boat Song,
paroles de sir Harold Boulton, 1884

31

Desmond leva la tête pour contempler l'énorme coque métallique du *Stirling Castle*. Comment un aussi gros bateau, aussi lourd, pouvait-il flotter ? Impressionné, il prit la main de Jessie et ne la lâcha pas pour monter à bord.

— Tu te rappelles qu'il faut m'appeler tante Jessie et répondre quand je dirai : « Louie » ? lui recommanda-t-elle. Tu n'as pas oublié, mon poulet ? C'est très important.

Desmond l'écoutait, mais il avait surtout envie d'explorer le bateau et de regarder les soldats sur le quai qui attendaient encore d'embarquer, avec sur la tête leur chapeau de cow-boy au bord relevé. Ils rentraient de la guerre, lui avait expliqué Jessie. Dalradnor semblait bien loin maintenant, mais Desmond avait peur que sa mamie Phee n'ait de la peine.

Ils partageaient une grande cabine avec une dame et son bébé, qui s'appelait Dulcie. Après l'avoir visitée, ils montèrent tous sur le pont promenade, où Desmond s'agrippa au bastingage pour regarder les dockers charger des malles et des voitures, et les matelots courir en criant pour diriger les palans. Beaucoup de dames pleuraient en faisant de grands signes à leur famille restée à terre. C'était la première fois qu'il voyait pleurer des adultes.

Mme Jackson, la mère de Dulcie, sanglotait dans son mouchoir : elle quittait tous les siens pour rejoindre son mari, comme Jessie.

— Je ne vais plus jamais revoir ma mère ! Je ne peux pas partir ! Je veux redescendre à terre.

Jessie fit de son mieux pour la réconforter.

— Voyons, Elsie, il faut emmener votre petite voir son papa. Vous allez commencer une nouvelle vie au pays du soleil et des oranges. Votre fille pourra jouer sur des plages magnifiques, dans un endroit où tout le monde est heureux. Vous écrirez à votre maman, vous lui téléphonerez. Votre mari doit vous attendre avec impatience. Pensez à sa tristesse si vous n'alliez pas le rejoindre ! Pensez à toutes ces pauvres femmes qui ne reverront jamais leur mari, à tous les hommes qui ne joueront plus jamais avec leurs enfants.

Elle avait prononcé les mots justes, et leur compagne de voyage partit prendre le thé.

— Et toi ? Tu ne vas pas pleurer, tante Jessie ? lui demanda Desmond anxieusement.

— Je n'ai aucune raison de pleurer. J'ai hâte de quitter ce climat humide et gris et de rejoindre Bob dans son beau pays. Il va être content de me voir… et de te voir aussi. Il sera très heureux que je t'amène, tu verras.

Il y avait une carte du monde sur le mur de la salle de jeux, placée bas pour les enfants. Desmond pensa que l'Australie n'était pas aussi loin de l'Angleterre qu'on le lui avait dit : juste la longueur d'une main. Pourtant, la traversée prit des jours et des jours.

Des semaines entières s'écoulèrent sur leur palais flottant, avec les services religieux pour scander le temps.

L'enfant ne s'ennuya cependant pas : il trouvait tous les jours d'autres coins du bateau à explorer ou quelque chose à apprendre. Il y avait les exercices d'évacuation du navire en cas de naufrage, le ping-pong et les cours de gymnastique donnés par l'instructeur des soldats aux mères et aux enfants. On courait, on sautait, on faisait le pont et des roulades. Des tournois de toutes sortes étaient organisés. Jessie était championne au jeu de palet, et Elsie faisait équipe avec elle pendant que Desmond promenait Dulcie dans sa poussette pour l'endormir.

Il y avait aussi des séances de cinéma, dans l'après-midi pour les enfants, et plus tard pour les adultes. Desmond aimait Donald et Mickey, Charlot, *Blanche-Neige et les Sept Nains*. Des bonnes d'enfant étaient prévues à bord pour permettre aux mères de se reposer, mais Desmond avait passé l'âge d'être gardé. Il apprenait ses leçons, et il accompagnait Jessie aux thés dansants. Les dames devaient souvent danser ensemble, mais l'instructeur d'éducation physique, M. Boyd, et certains soldats avaient le privilège de se joindre à elles. Il y avait enfin des après-midi de danses traditionnelles écossaises qu'il appréciait beaucoup.

Ce que Desmond préférait, c'était les repas. Jessie disait qu'elle n'avait jamais vu autant de nourriture de sa vie. Pour le petit déjeuner, on servait du porridge, des céréales, des toasts et du bacon. Au déjeuner, de la viande froide, des salades et des pâtés en croûte. Et le soir, de la soupe, puis un plat chaud copieux et de la glace pour le dessert, le tout arrosé de soda.

— Je vais tellement grossir que Bob ne me reconnaîtra pas, se plaignait Jessie en riant.

— Un peu de rondeurs, c'est joli, lui dit un jour M. Boyd, la faisant rougir.

Jessie était très mignonne : elle était rousse et mettait des bigoudis le soir, si bien qu'elle avait la tête couverte de petites boucles cuivrées.

— Ils sautent comme des ressorts, vos cheveux, s'amusait M. Boyd.

Il était originaire d'Adélaïde, et c'était là qu'il retournait. Ce grand grizzli aux bras musclés comme ceux de Popeye avait trouvé l'emploi qui lui convenait dans l'armée à son poste d'instructeur d'éducation physique.

— Il ne faut pas se fier à ses airs de baroudeur, murmura un jour Jessie à Elsie Jackson en partant de la salle de danse. C'est un cœur tendre, cet homme.

Il y avait toujours des soldats qui voulaient danser avec elles et les raccompagner à leur cabine, mais Jessie ne mangeait pas de ce pain-là, comme elle disait.

— Je suis une femme mariée respectable. C'est mon petit Louie qui m'escorte.

Desmond était fier d'avoir la préférence, mais il aimait beaucoup le grand Jim Boyd. Il leur tenait compagnie à table, et s'arrangeait toujours pour lui glisser un petit pain supplémentaire quand Jessie ne regardait pas.

— Où allez-vous en Australie, au juste ? demanda-t-il un jour à Desmond, qui ne sut pas lui répondre. Et ton oncle Bob ? Il est comment ? ajouta-t-il, à l'évidence très intéressé par tout ce qui touchait Jessie.

Desmond lui expliqua que celle-ci était sa gouvernante.

— Alors, ce n'est pas vraiment ta tante ?

Desmond rougit, honteux d'avoir trahi leur secret.

— Oh, si ! La preuve, j'ai été garçon d'honneur à son mariage, répondit-il, tout en pensant que ce n'était pas aussi facile de mentir que les adultes semblaient le croire.

Bientôt, le froid céda la place au soleil, et les nuages s'enfuirent devant un beau ciel bleu.

Jessie et Desmond passaient de plus en plus de temps avec Big Jim. Il leur parlait de sa belle ville natale, et de la maison qu'il désirait se faire construire. Maintenant qu'il avait roulé sa bosse, il voulait s'installer et ne plus bouger.

— Je veux me marier avec une femme qui serait exactement comme ta tante Jessie. Dis-moi, Louie, elle n'aurait pas une sœur jumelle, par hasard ?

Desmond ne comprit pas qu'il plaisantait, d'autant que Jessie était devenue toute rouge et répliquait :

— Ne dites pas de bêtises ! Je suis sûre qu'il y a quantité de belles filles australiennes qui voudront faire votre connaissance dès l'arrivée. Ne l'écoute pas, Louie, c'est pour rire.

Les adultes étaient compliqués, songeait Desmond. Ils faisaient souvent tout le contraire de ce qu'ils disaient. Tante Jessie semblait encourager Big Jim en mettant ses plus belles robes et en le rejoignant aux thés dansants sans en manquer un. Desmond se demanda si le sergent Bob serait jaloux, mais il se souvenait très mal de lui. Big Jim lui semblait plus beau et plus gentil. Il ne le traitait jamais de fillette et ne disait pas qu'il était trop gâté. Il lui faisait visiter les endroits secrets du bateau et lui racontait des histoires de kangourous, de wallabies et de koalas.

— Il faudra bien penser à te mettre de la crème solaire sur les bras, les épaules et le visage, autrement, tu vas peler. En Australie, le soleil est tellement fort qu'on peut tomber malade si on reste trop longtemps exposé. Il y a des feux de forêt l'été, aussi.

Jim paraissait inquiet pour eux, comme s'il craignait que l'oncle Bob les fasse vivre dans un endroit sauvage et dangereux.

— Dans l'*outback*, la vie n'est pas une partie de plaisir tous les jours. Les routes sont mauvaises, il n'y a pas beaucoup d'eau, et dans certains endroits pas d'écoles.

Desmond s'en serait plutôt réjoui, mais il ne dit rien. Quant à Jessie, elle répondit :

— Je sais seulement que la famille de Bob vit dans une ferme quelque part dans le sud de l'Australie. J'espérais que ça serait un peu comme l'Écosse, en plus chaud. À vrai dire, il ne m'en a pas beaucoup parlé.

— C'est un pays immense, par rapport au vôtre, dit Big Jim un soir. Je vous souhaite d'être heureuse dans votre nouvelle vie, mais… j'aurais tellement voulu…

Jessie sourit et posa brièvement la main sur la sienne.

— Vous êtes adorable de vous inquiéter pour nous, mais tout va très bien se passer. N'est-ce pas, Louie ?

Le dernier soir, en les regardant danser la valse, Desmond devina que Big Jim et Jessie étaient amoureux et qu'ils avaient envie de rester seuls ensemble. Alors il partit pour les laisser se faire leurs adieux. Il ne tenait surtout pas à les voir s'embrasser, parce que c'était dégoûtant et que l'oncle Bob ne serait pas du tout content s'il l'apprenait.

Dans la cabine, Elsie Jackson berçait la petite Dulcie pour l'endormir.

— Vous voulez que je lui chante une berceuse ? proposa-t-il. Je me souviens d'une que Jessie me chantait.

— Mais bien sûr, je t'en prie.

Il commença donc, sous l'œil bienveillant d'Elsie.

— « Vogue bon bateau, comme l'oiseau file.

Plongez la rame ! crient les matelots… »

Il s'interrompit brusquement, se rappelant soudain que ce n'était pas Jessie qui lui chantait cette chanson quand il était bébé, mais une autre femme dont il ne revoyait pas bien le visage.

— C'est très joli, Louie, continue, dit Elsie. La petite apprécie beaucoup.

Mais à présent il avait la gorge trop serrée pour chanter.

— Je ne sais plus la suite, marmonna-t-il en grimpant sur sa couchette.

Jessie ne rentra que très tard, et n'alluma pas pour passer sa chemise de nuit. Il crut l'entendre pleurer, mais se dit qu'il devait se tromper.

Le lendemain matin, l'arrivée au port déclencha un grand remue-ménage. Ils abordaient à Sydney et virent le grand pont devant eux. Le capitaine fit savoir aux passagères que, comme elles étaient les premières épouses de guerre à émigrer d'Angleterre, elles allaient être accueillies par des caméras de cinéma et des journalistes qui voudraient leur poser des questions.

— Il faut se faire belles, alors ! s'exclama Elsie. On va nous voir au cinéma ! Imaginez, nous allons devenir des stars du Pathé Journal. Les premières ambassadrices entre les peuples de l'Empire britannique !

On sortit les plus beaux chapeaux, les bas, le maquillage. Dans sa robe en dentelle et son bonnet assorti, Dulcie était mignonne à croquer. Quant à Desmond, il eut le droit de mettre son kilt et sa cravate.

— Il faut représenter dignement l'Écosse, décréta Jessie en ajustant son tailleur gris à revers écossais.

Big Jim les attendait avant la passerelle pour leur faire ses adieux. Il prit Desmond à part.

— Prends bien soin de ta tante, tu me le promets ? C'est une femme formidable, et je lui souhaite la meilleure vie du monde, mais au cas où vous auriez besoin d'aide, je vais te donner mon adresse à Adélaïde. Vous serez toujours les bienvenus si vous voulez venir me voir.

Il lui serra fermement la main.

— Ravi de t'avoir rencontré, jeune homme. Bonne chance.

Quand Big Jim relâcha sa main, Desmond vit qu'il lui avait glissé un billet d'une livre et un papier avec son adresse. Gêné mais ravi de recevoir autant d'argent, Desmond enfouit le tout dans la poche de sa veste et sortit sur le pont promenade. Sur le quai, la foule les acclamait en agitant les bras pour les accueillir dans ce Nouveau Monde plein de promesses.

Préférant ne pas être filmée ou photographiée, Jessie s'arrangea pour rester à l'arrière, et ils ne débarquèrent que lorsque les journalistes furent partis. Ils passèrent ensuite les formalités douanières et l'émigration. Desmond remarqua que son nom était inscrit sur le passeport de Jessie. Il n'avait aucun papier personnel.

La foule était dense et il faisait très chaud. Ils avançaient, arrêtés à chaque pas par des couples qui se retrouvaient en s'embrassant. Desmond entendit crier :

— Regardez, ce petit en kilt bouclé comme un mouton !

Quelqu'un voulut le prendre en photo, mais Jessie l'entraîna vite. Ils cherchèrent l'oncle Bob. Parmi tous ces gens, on pouvait facilement ne pas se trouver se dit Desmond.

— Où est-ce qu'il se cache ? demanda Jessie en riant.

Mais elle avait beau faire, Desmond devinait son inquiétude.

— On n'a qu'à dire à Big Jim de nous aider, proposa-t-il.

— Mais non, bien sûr que non. Et il faut dire « M. Boyd », maintenant. Bob doit forcément être quelque part. J'espère qu'il a bien reçu mon télégramme.

Alors qu'ils cherchaient tout autour d'eux, Jessie s'arrêta soudain en apercevant une femme qui tenait un carton portant les mots : « Bienvenue, Jessie Kane. »

— Tiens ! Regarde ! C'est pour nous !

Jessie leva le bras pour faire signe, et cria de loin tout en approchant :

— Je suis Jessie… Où est Bob ?

La dame, qui portait un vieux chapeau de paille et une robe en coton délavée, la reçut à bras ouverts.

— Te voilà enfin ! Bienvenue, Jessie. Tu en as mis du temps ! Je suis la sœur de Bob, Adie Malone. Il s'excuse, mais il est encore patraque. Et c'est qui, ce petit bonhomme ? ajouta-t-elle en dévisageant Desmond avec surprise.

— C'est Louie, mon neveu. Sa mère est… euh… elle n'est plus parmi nous. Il n'avait nulle part où aller, alors je l'ai pris avec moi. Bob le connaît : il a été notre garçon d'honneur. Il sera content de le voir.

Desmond vit bien que Jessie jouait les courageuses mais qu'elle n'en menait pas large en le présentant. Il tendit la main pour serrer celle d'Adie, qu'il trouva sèche et rugueuse.

— Je ne sais pas trop ce que Bob va dire de ça. Vous allez être serrés comme des sardines, à la ferme. Enfin, puisqu'il est là, on ne peut pas le renvoyer, pas vrai ? Un vrai petit mouton, ajouta-t-elle en lui ébouriffant les cheveux. Ça fait drôle, pour un petit gars. Bob va pas tarder à te tondre, comme eux. Allez, venez, la camionnette est par là.

— C'est loin ?

— La camionnette ? demanda Adie avec un gros rire, elle est à deux pas. La ferme, par contre, elle est à quatre heures de route, et pas de la meilleure. Il va falloir vous changer, vous n'êtes pas en tenue pour être ballottés sur nos chemins de terre. J'espère que vous avez de quoi vous protéger de la poussière.

Jessie lança à Desmond un sourire rassurant, mais il constata qu'elle n'en menait pas large.

— Ne t'en fais pas, lui dit-elle, on ne va pas te couper les cheveux. Tout se passera très bien.

Desmond ne la croyait qu'à moitié. Il regrettait qu'Adie les ait trouvés : si personne n'était venu à leur rencontre, ils auraient pu aller vivre chez Big Jim à Adélaïde.

32

Callie regardait à travers les nuages la base militaire grise sur laquelle son avion allait atterrir. Elle n'avait pas fermé l'œil, après sa visite au château de Grooten et la nouvelle de la mort de Ferrand. Ils avaient vraiment joué de malchance. Desmond avait perdu son père et allait retrouver une mère qui, après trois années de service inutiles, revenait abîmée par ce qu'elle avait vécu. Son témoignage pourrait peut-être aider à faire traîner les criminels en justice, mais le traumatisme de ces terribles mois la mettait à part. Personne ne pouvait comprendre l'horreur des camps à moins d'avoir été déporté soi-même.

Elle fut reçue à l'aérodrome sans égards particuliers. On lui dit qu'elle serait appelée à passer un entretien plus tard à Londres, mais que pour l'heure le personnel était très occupé par les tensions avec l'Union soviétique. Elle remplit des formulaires pour obtenir des bons de nourriture, et repartit avec le sentiment qu'on la congédiait et que personne ne lui accordait plus aucune importance maintenant que la guerre était finie. La première chose qu'elle fit fut d'envoyer un télégramme pour annoncer son retour à Phee, puis elle monta dans un autobus pour se rendre à la gare d'Oxford.

Elle ne prit la peine de se regarder vraiment que dans les toilettes de la gare. Son uniforme n'était pas à sa taille, elle avait les cheveux sales et le teint maladif. Elle ne pouvait pas rentrer dans cet état, pensa-t-elle. Elle alla donc en ville pour chercher un coiffeur et faire colorer ses cheveux grisonnants. Elle aurait aussi voulu se trouver une robe, mais sans tickets de vêtements, c'était impossible.

« Tant pis, se dit-elle, il faudra qu'ils me prennent telle que je suis. » Elle s'offrit un café dans High Street, devant les beaux bâtiments de l'université, se sentant vide et sans énergie. Ce n'était pourtant pas le moment de s'attrister : elle allait revoir Desmond. Mais justement, elle était tenaillée par la peur qu'il ne la reconnaisse pas, que le monde ait trop changé pendant cette longue absence, et qu'elle n'y trouve plus sa place. C'était comme revenir de chez les morts.

Maintenant qu'elle avait découvert les ruines du château de Grooten, elle avait peur de ne pas retrouver non plus Dalradnor Lodge, son dernier port d'attache. « Je voudrais que le temps soit resté figé à l'heure de mon départ », se répétait-elle. Elle aurait alors pu reprendre sa vie là où elle l'avait laissée, avec son enfant âgé de trois ans. Pendant ses longs mois de détention, seuls ses souvenirs de Dalradnor avaient permis à Callie de garder la raison. Mais dans ce café d'Oxford, elle se demandait maintenant si elle supporterait de retrouver sa maison changée.

Phoebe mettait un point d'honneur à s'habiller seule. Elle avait des vêtements faciles à enfiler, préférait les demi-bas à jarretière aux bas avec porte-jarretelles. Le froid hivernal la ralentissait, ses doigts lui désobéissaient, mais au moins elle était indépendante. Betty vint du village lui faire son chignon pour le retour de Caroline. Phoebe refusa une coiffure trop élaborée : elle voulait avoir l'air aussi ordinaire que possible.

Mima prépara la chambre de Callie, mit quelques branches de bois-joli odorant sur la table. Elle fit du feu pour dissiper l'humidité. M. Burrell, qui devait aller l'attendre au train, avait pour consigne de ne surtout rien lui dire : Caroline devait avoir le temps d'arriver dans les conditions le plus favorables possible. Un ragoût de sanglier mijotait sur la cuisinière, et son dessert préféré était prêt, un crumble aux mûres qui serait servi avec de la crème anglaise. À présent, Phoebe fixait l'horloge en tremblant comme si son regard avait le pouvoir de ralentir les aiguilles. Il n'y avait plus rien à faire que d'attendre le moment tant redouté depuis que le télégramme posé sur la table du hall était arrivé.

— Je suis là ! cria Callie d'un ton enjoué en jetant son calot militaire sur une chaise. Où êtes-vous ?

Mima l'accueillit avec un grand sourire.

— Quel bonheur de vous voir de retour, Madame. Vous nous avez bien manqué. Votre tante se repose. Elle a eu une attaque il y a quelque temps. Elle n'est plus vraiment la même.

Callie l'entendit à peine, soulagée que Mima ne dise rien sur ses propres altérations physiques, qui la rendaient difficilement reconnaissable. La maison, elle, n'avait pas changé. Toujours aussi grande, froide, imprégnée de l'arôme du feu de bois, le silence rythmé par le tic-tac de la grande horloge.

— Entrez vite au salon pour vous réchauffer devant la cheminée, ajouta Mima. Je vais appeler Madame.

Il n'y avait pas signe de Desmond pour l'accueillir, pas de jouets épars. C'était sans doute normal, puisqu'il devait être à l'école. Il n'y avait pas de raison de le laisser la manquer, même pour son retour.

Callie vit sa mère apparaître en haut des marches et s'inquiéta de la lenteur avec laquelle elle descendait, en s'accrochant à la rampe.

— Ah, te voilà enfin ! Le voyage s'est bien passé ?

Phee en resta là : il n'y eut pas d'embrassades, ce n'était pas son genre. Elle avait fait une entrée assez théâtrale mais, malgré son talent de comédienne, elle ne pouvait cacher ses épaules voûtées et sa difficulté à marcher.

— Je dois prendre mon temps pour tout, maintenant, avoua Phee. Et toi, laisse-moi te regarder… Comme tu as minci ! Mais cela te va bien. Et tes cheveux…

— Je vais bien, dit Callie, honteuse de son apparence. Mais toi, raconte…

— Je vais beaucoup mieux, je reprends des forces. Mon attaque m'a ralentie, mais cela aurait pu être pire. Viens, allons au salon. Mima va nous apporter du sherry.

— Je ne suis pas une invitée, je peux me servir un verre toute seule ! Quand Desmond doit-il rentrer de classe ? Est-ce qu'il s'attend à me voir ? Que lui as-tu dit ?

— Ma petite Caroline… Il y a eu quelques changements ici, tu sais. Tu dois te douter que je n'étais pas assez bien pour m'occuper de lui, surtout après le mariage de Jessie…

— Alors tu l'as envoyé en pension ! Je m'en doutais un peu. Laquelle as-tu choisie ?

Malgré son ton, qu'elle voulait léger, Callie avait ressenti une vive déception en comprenant qu'elle ne verrait pas Desmond ce jour-là.

— Écoute, il ne s'agit pas exactement d'une pension. Assieds-toi… Il faut que je te dise quelque chose… Quand Jessie a épousé son aviateur, il a bien entendu voulu qu'elle aille vivre en Australie avec lui.

— Ah oui, je me souviens : l'Australien en garnison à Stirling. Quel rapport avec Desmond ?

— Tu vas comprendre. Je t'en prie, ne le prends pas mal, mais à cause de mon attaque, j'ai dû rester un bon moment à l'hôpital pendant que tu vaquais à tes occupations dans l'armée. J'espérais qu'on t'avertirait, mais évidemment rien n'est simple pendant la guerre…

Callie sentait que Phee essayait de gagner du temps, et elle fut prise d'une vive inquiétude.

— Eh bien, vas-y, parle ! Dis-moi ce qui est arrivé à Desmond. Il a eu un accident ? Oh, mon Dieu ! Dis-moi qu'il ne lui est rien arrivé !

— Il va bien. L'ennui, c'est que Jessie a proposé de s'occuper de lui un moment en attendant que je me rétablisse. Bien sûr, j'ai dit non.

Elle s'arrêta, les yeux posés sur les flammes. Callie laissa éclater son anxiété.

— Alors quoi ? Mais parle, enfin !

— Elle est partie avec lui sans rien me dire, dans la nuit.

— Où est-elle maintenant ? s'écria Callie, cédant à présent à la panique. Tu l'as laissée prendre mon fils ? Où l'a-t-elle emmené ? Tu as prévenu la police ?

— Ils ont pris le bateau avant Noël pour aller rejoindre le mari de Jessie en Australie. Je ne sais rien d'autre.

— Mais c'était il y a des semaines ! Et tu n'as rien fait depuis ? Je t'avais pourtant écrit bien avant Noël pour te dire que j'étais en vie et que j'allais rentrer !

— Tu m'as écrit ? Quand ça ? Je croyais que tu étais morte. Je n'ai appris la bonne nouvelle que par un coup de fil de Londres. Si j'avais reçu une lettre, ça aurait tout changé. Je suis désolée, ajouta Phee en fondant en larmes.

— J'ai envoyé une carte postale de Leipzig. Une religieuse l'a postée parce que j'étais malade. Je n'y comprends rien ! Tu n'as pas averti la police qu'elle avait pris mon fils sans mon consentement ni le tien ? Comment as-tu pu laisser faire une chose pareille ?

— Caroline, ne me reproche rien. J'étais clouée au lit, je ne pouvais même plus parler. Jessie était sa gouvernante. J'avais confiance en elle. Elle prendra bien soin de lui, ne t'en fais pas. Elle l'aime comme si c'était son fils.

— Mais c'est mon enfant, pas le sien ! Tu as imaginé que je n'aimais pas assez mon bébé pour le garder ? sanglota Callie. C'est injuste. Moi aussi j'ai été malade. Je t'ai écrit dès que j'en ai été capable. Nous devons aller déclarer cet enlèvement tout de suite !

— Je croyais que tu étais morte… Personne ne savait où tu étais, ou alors on ne voulait rien me dire. Ne me fais pas porter toute la responsabilité de ce qui est arrivé. C'est toi qui as voulu t'engager pour vivre une aventure, c'est toi qui es partie ! protesta Phee, sans parvenir à regarder Callie en face.

— Et tu t'es débarrassée de mon fils dès que tu en as eu l'occasion. Quelle grand-mère ferait cela ? Comment oses-tu parler de mon engagement comme d'une « aventure » ? Tu crois que je suis partie pour m'amuser ? Tu n'as pas idée des épreuves que j'ai traversées.

— Je suis malade, Caroline. Je n'avais pas la force de m'occuper de lui, et Jessie a fait ce qu'elle pensait être le mieux pour lui. On te croyait morte !

— Jessie est sa gouvernante, pas sa mère.

— Et pourtant, rappelle-toi comme tu aimais Marthe, bien plus que moi.

— Je ne savais même pas que tu étais ma mère !

— C'était pour te protéger. La situation est différente : ton fils a un père, même s'il est absent.

— Maintenant il n'en a plus. Il est mort à la guerre.

— Ah, Toby est mort… Ça n'est pas une grande perte, tu avoueras…

Callie hésita un instant, puis se décida à dire la vérité.

— Tu crois que j'aurais laissé un homme pareil être le père de mon enfant ? Je suis sûre que ce filou est encore quelque part sur terre, occupé à tondre des innocents… Toby n'est pas le père de Desmond. Je l'ai eu avec Louis-Ferrand van Grooten. Un héros qui a été fusillé par l'ennemi. J'ai sa médaille avec moi. C'est hélas tout ce que Desmond aura de cet homme merveilleux, à présent.

— Et tu oses me faire la morale ? Tu nous as menti en disant que son père l'avait abandonné, alors que tu avais un amant.

— C'était plus que mon amant. Nous nous aimions et nous voulions nous marier. Je désirais seulement que Desmond soit en sécurité. J'aurais retrouvé mon fils aujourd'hui, si tu n'avais pas… Nous aurions tous été tellement heureux. Tu m'as volé mon enfant ! hurla Callie, posant sur Phee des yeux brûlants.

— Ne me reproche pas tes erreurs. Tu es seule responsable, Caroline. Tu es partie trop longtemps. Tu as fait passer tes intérêts avant ceux de ton fils. Toutes les décisions ont leur prix, je ne le sais que trop bien.

Dans ce face-à-face, il ne pouvait pas y avoir de gagnante.

— J'ai fait exactement la même chose que toi. J'ai voulu servir mon pays. Je pensais que Desmond serait en sécurité avec toi, mais je me suis bien trompée. Je ne pensais pas que tu te vengerais de moi aussi cruellement.

— Je n'ai pas voulu ce qui arrive. Mon exemple aurait dû te servir de leçon. Nous ne sommes des saintes ni l'une ni l'autre, alors ne me parle pas sur ce ton. Ce n'est pas digne d'une mère, d'abandonner son enfant pour effectuer des missions dangereuses. Je ne sais pas ce que tu as fait, et je ne veux pas le savoir ! J'espère juste que ça en valait la peine.

— Comment crois-tu que nous avons gagné cette guerre ? Est-ce que nous serions libres aujourd'hui si les mères de famille étaient restées tranquillement chez elles à boire du thé ? Tu n'as pas idée du nombre de courageux patriotes qui ont mis de côté leurs devoirs familiaux pour lutter contre les oppresseurs. Dans tous les pays, des femmes ont donné leur vie. Je le sais, j'en ai rencontré des milliers à Ravensbrück, et il ne reste de la plupart d'entre elles que des cendres… Je vais me battre pour récupérer Desmond, tu sais ! C'est mon fils, et je ne le laisserai pas à Jessie Dixon. Sa place est ici, dans cette maison, pas à l'autre bout du monde dans une autre famille. Je pars tout de suite le chercher !

Voyant que Callie se levait, Phee essaya de la raisonner.

— Calme-toi d'abord. Prenons le thé et tâchons d'en discuter. Je sais que tu viens d'éprouver un choc, mais nous trouverons une solution. Nous pouvons aller en Australie en vacances dans pas trop longtemps pour le voir.

— Comment peux-tu imaginer que je vais discuter tranquillement alors que mon fils est si loin, et qu'il me croit morte ! Je dois écrire tout de suite, et dire que j'arrive. Mais comment a-t-elle réussi à lui faire passer la frontière ? Donne-moi tous les détails.

— Personne n'a encore reçu de nouvelles. Je n'ai pas leur adresse, mais les Dixon doivent savoir comment joindre Jessie. Assieds-toi, tu uses tes chaussures à arpenter la pièce comme ça. Je vais sonner Mima pour qu'elle nous apporte du thé.

— Je n'en veux pas, de ton thé ! Je ne resterai pas ici une seconde de plus sans Desmond. Je suis revenue pour lui, et je n'aurai pas de repos tant que je ne l'aurai pas retrouvé. Je ne pourrai pas vivre si je ne l'ai pas, après avoir perdu Ferrand ! Il faut que je me retienne de ne pas te tuer pour ce que tu nous as fait !

Callie sortit comme une furie du salon pour prendre son manteau et son sac.

— Caroline, ne pars pas ! cria Phee derrière elle. Il commence à faire nuit et tu es épuisée. Repose-toi d'abord.

— Comment veux-tu que je me repose ? Je ne me reposerai que le jour où je reverrai Desmond. Sans lui, je ne me sens plus chez moi ici.

— Caroline, chérie, ne fais pas quelque chose que tu regretteras…

Mais Callie ne répondit pas : elle partit dans la nuit sans se retourner.

— Venez vous coucher, Madame, dit Mima en présentant son bras à Phoebe pour l'aider à sortir de son fauteuil. Elle a dû aller dormir à l'hôtel, la pauvre petite, ne vous en faites pas… J'ai failli ne pas la reconnaître. Ça se voit qu'elle en a bavé. Ça ne s'est pas bien passé, mais il fallait s'y attendre.

— Nous nous sommes laissé emporter par la colère, et je regrette toutes les bêtises que j'ai dites.

— C'est vrai que vous pouvez avoir la dent dure, parfois, mais elle reviendra.

« Qu'ai-je fait ? » se lamentait Phoebe, malade d'inquiétude. Elles en étaient venues à se crier des insultes. Si seulement elle avait pu trouver une façon plus douce de lui apprendre la nouvelle… Maintenant, Caroline était partie en lui attribuant toute la faute. Elle s'était si mal expliquée.

Phoebe se sentait vieille, lasse et dépassée, comme si le monde avançait en courant en la laissant à la traîne. Sa carrière était terminée, ses chers amis avaient tous disparu, et à présent sa fille l'abandonnait. Elle, elle n'abandonnerait jamais Caroline ! Tant qu'elle vivrait, cette maison lui resterait ouverte. Elle attendrait son retour et celui de son petit-fils. Le peu d'argent qu'elle avait accumulé par son travail leur reviendrait plus tard. Bientôt, peut-être. À quoi bon vivre, si elle ne conservait pas l'espoir de les revoir un jour ?

Elle monta les marches avec difficulté, se promettant de tout faire pour essayer d'arranger la situation. Elle s'arrêta sur le palier, à bout de souffle, mais eut soudain une idée. Peut-être que Primrose pourrait intervenir : elle les aiderait à trouver où Jessie se cachait, contacterait des avocats. Il devait bien y avoir un moyen de rendre le petit à sa mère. Si seulement elle n'avait pas été si faible et si malade, uniquement préoccupée d'elle-même. Si seulement elle avait mieux pris soin de l'enfant laissé sous sa garde. Si seulement elle avait su faire amende honorable… Tous ses regrets tenaient dans ces deux mots : *si seulement…*

33

— Quoi ? Ce garnement a encore pissé au lit ? cria Bob Kane en voyant Jessie porter des draps qu'elle avait espéré dissimuler dans le reste de la lessive. Fais-lui laver ses cochonneries lui-même !

— Ça n'est pas sa faute, Bob, il est encore dépaysé. Laisse-lui le temps.

Caché derrière la porte, Desmond écoutait Jessie le défendre. Bob et Jessie se disputaient sans arrêt à cause de lui. Dès l'instant où Bob avait posé les yeux sur lui à son arrivée à Ruby Creek, il l'avait rejeté.

— Qu'est-ce que c'est que ça ? s'était-il écrié. Pourquoi tu m'amènes ce morveux ?

Adie n'avait fait que les déposer, et elle était repartie chez elle, à Marree, où elle vivait avec son mari et ses enfants. Ils s'étaient retrouvés seuls à la ferme avec Bob et sa mère, à des kilomètres de tout. C'était une exploitation misérable, constituée d'abris branlants et d'enclos, où les moutons paissaient en liberté dans d'immenses champs devant un horizon coupé par une chaîne de montagnes. Bob s'était cassé la jambe dans son accident de moto, et il portait encore un plâtre qui l'immobilisait. Rendu fou par l'inaction, il criait des ordres depuis son fauteuil. Comme il ne pouvait ni conduire sa camionnette ni monter ses chevaux, il exigeait de Jessie qu'elle fasse le chauffeur. Il ne ressemblait plus en rien au beau soldat qu'elle avait épousé à Dalradnor : il ne se rasait plus et il empestait l'air avec ses petits cigares. Sans parler de sa mauvaise humeur permanente.

— C'est l'accident qui l'a changé, soupirait sa mère. Sa tête a cogné par terre quand il est tombé de moto. Il est resté dans le coaltar pendant une semaine. C'est pas de refus d'avoir quelqu'un d'autre pour m'aider, je te jure.

Mme Kane était une robuste vieille dame à la peau tannée comme du vieux cuir, qui ne quittait pas ses pantoufles parce que ses pieds enflaient dans les chaussures.

— Surtout, ne fais pas de bruit dans la maison, avait murmuré Jess à Desmond. Le papa de ton oncle Bob est mort pendant son absence, et il y a beaucoup de travail en retard à la ferme. Cet accident n'aurait pas pu tomber plus mal. Il faut être gentil avec lui et l'aider beaucoup.

— Je ne vais pas aller à l'école ?

— Je ne sais pas. La ferme est trop loin de la ville pour que tu puisses y aller à pied, et ça gâcherait de l'essence, mais il y a des programmes scolaires à la radio qu'on peut écouter. On commencera dès qu'oncle Bob sera rétabli.

Le regard de Desmond s'était égaré vers la fenêtre et les montagnes qui s'élevaient au loin. Les couleurs de la terre et du ciel étaient différentes de celles de l'Écosse. Il n'y avait pas de loch où aller nager, et le ruisseau était à sec. Il n'avait pas non plus de camarades de son âge, et Jessie était trop occupée à préparer les repas des employés agricoles, à faire la lessive et le ménage pour jouer avec lui. La mère de Bob, quant à elle, se consacrait aux travaux de la ferme qui l'occupaient, comme tout le monde, du lever au coucher du soleil. Desmond aussi avait des tâches à accomplir : il était chargé d'aller chercher les œufs, de nourrir les poules. Mais pour lui, le plus pénible était de rester avec Bob qui trônait sur la véranda dans son fauteuil et passait son temps à lui donner des ordres.

Un matin, alors que Jessie était occupée, Bob appela Desmond.

— J'en ai jusque-là de manger des patates et du mouton. Je veux du poulet rôti ce soir. Va me chercher une belle poule. Choisis-en une qui a un peu vécu, et fais vite.

Ne sachant trop laquelle prendre, Desmond les poursuivit dans la cour et attrapa celle qu'il put. Il la rapporta fièrement à Bob, immobilisée sous son bras.

— C'est bien. Maintenant, tue-la. Allez, dépêche, il est temps que tu gagnes ton pain. Tords-lui le cou.

Desmond serra la poule dans ses bras, horrifié.

— C'est mieux de manger des œufs.

— Ne fais pas ta fillette. Tu lui tires sur le cou et tu tournes d'un coup sec, dit Bob en illustrant son propos d'un geste.

— Tu ne veux pas le faire ?

— Obéis, mon garçon. Si tu veux vivre sous mon toit et manger à ma table, tu dois faire ce que je te dis. On n'est pas chez les bourgeois ici. Maintenant tu vis dans une ferme, et plus tôt tu apprendras le travail, mieux ça sera. J'ai jamais demandé à ce qu'on m'amène un gamin pourri gâté, alors attention. Quand Jess aura des enfants, elle te défendra un peu moins. On t'enverra travailler dans une autre ferme, et tu ne la reverras pas. C'est ça que tu veux ? Non ? Alors tue cette bestiole !

Desmond sentait la chaleur des plumes, le cœur trépidant de l'animal et ses tremblements. Il tenta d'obéir, mais la poule se débattit.

— Je ne peux pas ! Je ne sais pas le faire.

— Imbécile ! Vas-y, donne-moi ça !

Desmond n'avait pas envie de lui livrer la poule, mais il n'avait pas le choix. Il ne fallut à Bob qu'une seconde. La poule devint flasque, le cou pendant.

— Donne-la à maman pour qu'elle la saigne et la plume, et regarde bien comment elle fait. La prochaine fois, ça sera ton boulot.

— On est vraiment obligés de rester ici ? demanda Desmond à Jessie ce soir-là pendant qu'elle le couchait. Je n'aime pas l'oncle Bob. Il me crie dessus. Je n'aime pas non plus la ferme. Ça ne sent pas bon, et le toit en tôle fait des bruits qui font peur. Je veux rentrer chez moi.

— Je te comprends, mon chéri, mais on ne peut pas rentrer, ça coûte trop cher. Quand on lui enlèvera son plâtre, Bob sera de moins mauvaise humeur. C'est à cause de la chaleur, de la poussière et des mouches. Nous ne sommes pas encore habitués. Essaie de ne pas faire pipi au lit cette nuit, ça n'arrange pas les choses, ajouta-t-elle en le bordant et en se penchant pour l'embrasser.

Desmond s'efforça de ne pas dormir pour se retenir, mais au milieu de la nuit il se réveilla en sentant son pyjama se mouiller. C'était trop tard. Il enleva son drap et le cacha sous le lit en pleurant, désespéré. S'il n'était pas là, la vie serait sûrement plus facile pour Jessie. En prenant le chemin et en marchant tout droit, on devait arriver à la ville. Là, il trouverait peut-être un moyen d'aller se réfugier à Adélaïde chez Big Jim. S'il se sauvait tant que Bob avait la jambe dans le plâtre, il ne pourrait pas lui courir après.

Jessie n'était plus la même. Elle n'était plus joyeuse comme en Écosse. Ses cheveux étaient plats, et sa peau était couverte de taches de rousseur. Elle n'était plus du tout jolie comme avant : elle portait des tabliers qui n'empêchaient pas ses vêtements d'être couverts de poussière, et elle était souvent de mauvaise humeur. Elle ne se plaisait pas à la ferme, elle non plus : elle n'était pas habituée aux moutons car elle venait d'une famille d'éleveurs de vaches.

Lentement, Bob recommença à marcher. Il se déplaçait en sautillant, appuyé à un bâton, et il se remit à conduire la camionnette. Ils se rendaient en ville une fois par semaine, et Jessie exigeait d'aller de temps en temps à l'église. Ces jours-là, elle sortait de la malle leurs beaux habits : une jolie robe et un chapeau de paille pour elle, une veste et une chemise pour Desmond. Il devait même cirer ses sandales.

La nostalgie de leur vie à bord du *Stirling Castle* et des bonnes parties de rire avec Big Jim ne quittait pas Desmond. Il avait de plus en plus envie de se sauver, et il attendit une de ces sorties du dimanche pour saisir l'occasion. Il savait où était la gare et pouvait payer son billet : il avait l'argent que lui avait donné Jim, et il apprit l'adresse par cœur. Il serait triste de quitter Jessie, mais cela ne serait pas pour longtemps :

elle viendrait le chercher, et elle resterait à Adélaïde, et ils seraient heureux avec Big Jim.

À la ferme, avec la fin de l'été, le temps était venu de trier les moutons ; il y avait beaucoup de travail, alors les Kane seraient soulagés d'être débarrassés de lui.

Desmond attendit que le service soit bien engagé à l'église, puis il murmura à l'oreille de Jessie en tâchant de prendre l'air naturel :

— Je vais aux toilettes.

Il aurait voulu l'embrasser, mais il n'en était bien sûr pas question. Il fila dans la rue principale et alla à la gare, en passant devant un vieux monsieur qui taillait un bout de bois devant l'entrée. Desmond prit l'air désinvolte de quelqu'un qui vient chercher un passager. Il s'assit en espérant qu'un train arriverait vite, mais il perdit patience et retourna voir l'homme, qui lui jetait des regards curieux.

— À quelle heure doit arriver le train ?

— Le prochain est demain, mon garçon. Il n'y a pas de trains aujourd'hui. C'est dimanche.

Honteux et très contrarié, Desmond eut peur de ne pas regagner l'église avant la fin de la messe et de devoir mentir à Jessie. Pour son malheur, Bob sortit du bar de l'hôtel juste au moment où il repartait.

— Qu'est-ce que tu fiches ici ?

— Il attendait le train ! ricana le vieil homme. Je crois bien que ton petit veut se faire la malle, Bob.

— L'imbécile ! Il va voir ce qu'il va prendre ! Viens ici, toi.

Bob le traîna dans la rue par le bras, lui broyant presque l'os et attirant sur eux le regard des passants.

— Sale petit morveux ! Attends qu'on soit à la ferme !

— Qu'est-ce qu'il a fait ? demanda Jessie qu'ils retrouvèrent à la camionnette.

— Je vais lui flanquer une bonne raclée, et t'avise pas de le défendre, ou tu vas prendre aussi !

— Mon pauvre chou, attends, ne bouge pas.

Jessie étalait de la pommade sur les blessures laissées par le morsure de la lanière. Le dos et l'arrière des jambes de Desmond avaient pris la majorité des coups, et il avait même saigné. Il était allongé sur le ventre et faisait le brave, tâchant de ne pas pleurer. Non seulement Bob l'avait battu, mais il avait aussi obligé Jessie à regarder. Ensuite il s'était fait apporter le rasoir à moutons, et il s'était attaqué à ses cheveux.

— Ça me démangeait depuis que tu es arrivé. T'es coiffé comme une fillette, mon garçon.

— Ça n'est pas sa faute s'il boucle, avait protesté Jessie.

— Eh bien, il ne bouclera plus après ça !

Il avait tondu si près du crâne que Desmond sentait le fer sur sa peau. À chaque boucle qui tombait, c'était un peu de lui-même qu'il perdait. Du sang coulait sur son front, mais il ne pouvait ni crier ni pleurer tant il avait peur. Il gardait les yeux fixés sur la cheminée.

Mme Kane avait tenté d'intervenir.

— Bob, arrête, il est encore petit. Qu'est-ce qui te prend ? Ne te venge pas sur lui.

— La ferme, maman. Il doit comprendre qui est le chef dans cette maison. Si on ne l'éduque pas comme il faut, on ne fera jamais un fermier de cette fillette.

Jessie pleurait tout en balayant les cheveux.

— Arrête de pleurnicher, idiote, lui avait jeté Bob. Tu ne fais qu'aggraver son cas.

Desmond ressentait une haine dont il ne se serait pas cru capable, et il se jura de ne plus jamais lui adresser la parole. Dorénavant, ce serait la guerre entre eux. Il ne lui donnerait plus le plaisir de pleurer à cause de lui, et dès que l'occasion se présenterait, il partirait, mais avec Jessie cette fois. Il fallait la sauver, parce qu'elle méritait mieux que Bob Kane. Et justement, quelqu'un l'attendait.

34

Dès que la porte de l'appartement s'ouvrit, Callie se jeta dans les bras de Primrose. Son amie la serra sur son cœur.

— Quel soulagement ! Enfin ! J'avais peur de ne plus jamais te revoir… Ta mère a téléphoné, alors j'espérais que tu viendrais te réfugier ici. Elle est très inquiète pour toi. Ma pauvre chérie, tu ne mérites pas ce qui t'arrive. Viens t'asseoir. J'ai ouvert une bouteille de vin. Je suis tellement contente de te voir !

Callie s'assit sur le canapé, retrouvant avec surprise le décor familier. Alors que les événements l'avaient profondément changée, cet appartement n'avait pas bougé. Les vieux meubles, les tableaux sur les murs. Elle aurait voulu se pelotonner sur les coussins et dormir pendant des années entières.

— Il y a une chose que je dois absolument faire, dit-elle.

— Pas ce soir. Là, tu ne fais rien du tout… Tiens, bois ça, ajouta Primrose en lui mettant un verre de vin dans la main. Ça te fera du bien. C'est un vrai miracle que tu sois là. Des nouvelles ont filtré sur les missions spéciales en Europe. Je sais que certaines des envoyées… ne sont pas rentrées. Je sais ce qui t'est arrivé. On parvient à apprendre beaucoup de choses malgré le secret défense. Il paraît que le service a été dissous… Je suis tellement désolée pour Desmond ! Mais ne t'inquiète pas pour lui, il ne lui arrivera rien. Il ne court aucun danger en Australie.

— Je vais aller le chercher. Je ne comprends pas comment Phoebe a pu nous faire une chose pareille.

— Je ne cherche pas à l'excuser, mais les attaques cérébrales peuvent changer beaucoup le caractère, d'après ce que me dit papa.

— Je vais prendre le bateau dès que possible, dès que j'aurai trouvé l'adresse.

— Repose-toi d'abord, et prépare bien ton voyage. Tu as vécu une expérience très éprouvante, ménage-toi, conseilla gentiment Primmy en venant s'asseoir à côté d'elle.

— La seule chose qui m'a tenue en vie, c'est de penser à Desmond et à la joie de le retrouver. J'ai tellement hâte ! Il en fera une tête, en me voyant ! Il se souviendra sûrement de moi, non ? Les enfants n'oublient pas leur mère…

Elle implorait son amie du regard, voulant être rassurée.

— Il faudra être patiente. Une de mes collègues m'a raconté que quand son mari est revenu d'un camp de prisonniers de guerre, l'année dernière, sa fille a commencé par refuser de s'approcher de lui. Elle disait : « C'est qui ce monsieur dans ton lit ? Je veux qu'il s'en aille. » Elle éclatait en sanglots dès qu'il essayait de la prendre dans ses bras ! Le pauvre homme était désespéré.

— Desmond se souviendra de moi.

— Pour les enfants, le temps semble beaucoup plus long que pour nous, Callie. Je ne voudrais pas que tu sois déçue…

Callie se boucha les oreilles.

— Ne sois pas si pessimiste ! Je vais remplir mon dossier pour obtenir ma pension de guerre, régler mes affaires, trouver un endroit où m'installer au retour, et puis je partirai en Australie. Je ne reviendrai pas sans lui.

— C'est bien, mais promets-moi de te réconcilier avec Phoebe. Elle est dans tous ses états, et sa santé est déjà assez fragile.

— Je ne pourrai jamais lui pardonner.

— C'est ta mère, et elle a fait de son mieux.

— Une mère, si on veut. La tendresse, ça ne s'invente pas. Je verrai quand je reviendrai avec Desmond.

À cet instant, Callie ne ressentait pour sa mère que de la fureur.

Devinant qu'elle n'avait rien avalé depuis longtemps, Primrose lui apporta du fromage et des crackers en s'excusant de n'avoir rien d'autre.

— C'est tout ce qui me reste de mes rations.

— Ce n'est pas grave, je n'ai pas faim. Redonne-moi à boire. Il est bon, ton vin.

L'alcool la réchauffait et atténuait sa crise de panique.

— Ralph l'a récupéré en échange de je ne sais plus quel service, raconta Primrose. Tu n'as pas encore fait sa connaissance. Nous nous sommes rencontrés au travail. Pour moi, il y a eu un peu de positif dans cette guerre, finalement. Nous allons nous marier, et je compte sur toi, alors tâche de rentrer d'Australie pour la cérémonie. En attendant, reste aussi longtemps que tu voudras ici.

— Demain matin, il faut que j'aille voir mon homme d'affaires pour savoir sur combien d'argent je peux compter. Assez pour acheter une maison, j'espère. Je devrais obtenir des dommages et intérêts pour ce qui s'est passé… en Belgique… On veut me faire signer un témoignage sur le camp. Certains de nos tortionnaires ont été capturés. Je dois faire cet effort en mémoire de toutes celles qui ne sont pas rentrées.

— Tu veux me parler de ce que tu as vécu là-bas ?

— Non ! Je ne peux pas. Ne me pose pas de questions, je t'en prie. La seule chose qui compte pour moi maintenant, c'est de récupérer Desmond. Je vais obtenir l'adresse de Jessie Dixon par sa famille. Je sais déjà que Desmond et elle ont embarqué sur le *Stirling Castle*. Dès que j'aurai l'adresse, je partirai !

— Ne brusque pas les choses, Callie. Commence par envoyer des cartes, des photos pour que Desmond se souvienne de toi et de Dalradnor.

— Dalradnor ? Peu importe. Je n'ai pas l'intention d'y retourner.

— Et pourtant, c'est là que vous viviez. Tu adores cet endroit. Ne coupe pas les ponts avec Phoebe. Après tout, tu étais consciente des risques quand tu t'es engagée. Tu savais ce que tu faisais, j'imagine…

— Moi qui te croyais mon amie ! s'indigna Callie. Tu es d'aussi mauvaise foi que Phee.

Primrose passa un bras autour de ses épaules.

— Mais bien sûr que je suis ton amie. Je prendrai toujours ta défense. En amitié, il faut être honnête, aussi. Je cherche seulement à t'aider à y voir plus clair. La situation est difficile pour vous deux…

Callie la repoussa.

— Laisse-moi tranquille !

Elle se leva, mais l'excès de vin lui causa une sorte de malaise qui la fit retomber sur le canapé.

— Allez, au dodo, intervint Primrose. Tu es épuisée. Demain, nous organiserons ta campagne pour reprendre Desmond. D'abord, il faut que tu avertisses Jessie que tu es vivante. Elle doit accepter l'idée que tu vas venir chercher Desmond et le lui annoncer. Cela leur laissera le temps de s'habituer à ton arrivée. Ton fils n'est plus un bébé, c'est un jeune garçon qui a sa propre vision des choses. Il n'y a pas de raison que ça ne se passe pas bien si tu es prudente. Et il faut aussi que tu trouves un endroit où loger quand vous rentrerez, ce qui ne va pas être simple par les temps qui courent… Tu m'écoutes ?

Mais Callie n'entendait plus rien : elle s'était profondément endormie.

35

— Alors, le morveux ? Il a perdu sa langue ou il est devenu idiot ?

À la table du dîner, Bob essayait comme souvent de faire parler Desmond, mais peine perdue. Depuis la correction qu'il avait reçue quelques mois plus tôt, Desmond tenait sa promesse de ne plus jamais lui adresser la parole. Si Bob lui posait une question, il grognait pour répondre non et hochait la tête pour dire oui. Il obéissait, supportait les claques et les réflexions en silence, et s'amusait de voir combien Bob était désarmé face à son attitude. Dès qu'elle le pouvait, Jessie prenait sa défense.

— Il faut l'envoyer à l'école, ce petit. On ne se serait pas rencontrés tous les deux si tu n'avais pas eu d'instruction, ajoutait-elle avec un sourire pour amadouer Bob.

— Fais-lui la classe, si ça t'amuse, lança-t-il enfin. Achète-lui des livres.

Jessie n'attendait que cette occasion. Les heures des leçons devinrent les meilleurs moments de la semaine pour Desmond. Jessie le faisait lire, calculer et chanter. Il y avait dans le salon un vieux piano, très désaccordé, mais sur lequel Jessie jouait son répertoire de chansons écossaises : *Loch Lomond, I Belong to Glasgow.* Cette dernière la faisait toujours pleurer et attirait la vieille Ma Kane, qui venait s'installer avec eux pour faire son raccommodage.

Un samedi soir, Jessie roula le tapis pour s'entraîner à la danse écossaise, qu'elle voulait montrer en démonstration à la fête de la paroisse. Desmond chantait pour l'accompagner. Elle eut à peine le temps de commencer que Bob entra en trombe.

— Ah ! Alors il a une voix, on dirait !

Ils s'arrêtèrent net.

— Allez-y, continuez. Le muet va me chanter quelque chose pour gagner son souper. Je sais très bien ce que vous complotez derrière mon dos... Chante, ou tu vas voir !

Il fit signe à Jessie de se mettre au piano.

— Tout ça, c'est ta faute !

— Mon garçon, ils veulent juste s'amuser, intervint Ma Kane. Laisse-les faire.

— Tais-toi. C'est encore moi le maître ici ! Allez, chante, l'Anglais !

Jessie s'assit au piano mais resta figée. De même que Desmond, debout à côté d'elle et la bouche hermétiquement close. Il avait peur, mais quand il vit Bob se saisir du tisonnier, il fut carrément pris de panique. Il jeta un regard désespéré à Jessie, qui appuya sur les touches. Elle choisit *Loch Lomond*, une chanson qu'il connaissait bien. Cependant, il eut beau faire, seul un filet de voix sortit de sa gorge.

— Chante, ou tu vas voir ! répéta Bob en le menaçant avec le tisonnier.

Cette fois, la terreur lui coupa complètement le souffle.

Jessie cessa de jouer et se tourna vers son mari.

— Il a peur, Bob.

Alors, hors de lui, Bob claqua le couvercle du piano sur les doigts de Jessie, si fort qu'elle poussa un hurlement. Desmond se jeta sur lui comme un diable, et vit le tisonnier se lever. Il ne faisait pas le poids : il eut beau essayer de se protéger, la tige de fer s'abattit sur lui, et il reçut tant de coups qu'il tomba évanoui.

Quand il reprit connaissance, il était couvert de bandages et il ne savait plus où il était. Ma Kane lui rafraîchissait le front avec un gant.

— Pardon, mon petit Louie. Il est devenu vraiment fou, cette fois. Il faut que tu te sauves avant qu'il te tue, ajouta-t-elle en pleurant. Je ne reconnais plus mon fils.

— Où est Jessie ? demanda Desmond, saisi d'angoisse.

— Elle se repose. Je ne sais pas pourquoi il a fait ça. C'est depuis l'accident qu'il perd la boule… Ça ne peut plus durer.

La douleur était tellement violente que Desmond était incapable de bouger les bras, les jambes ou la tête. Et puis il se sentait coupable : s'il n'avait pas été là, Jessie aurait moins souffert… Il ne savait plus qu'une seule chose : il détestait Ruby Creek et Ma Kane était prête à l'aider à se sauver.

— Est-ce que je pourrais avoir une enveloppe et un timbre pour envoyer une carte de Noël ? demanda-t-il le lendemain alors qu'il épluchait des pommes de terre avec elle dans la cuisine.

— Je vais me débrouiller pour te trouver ça, répondit-elle avec un sourire. Mais il ne faudra pas le dire.

36

Callie prenait le soleil sur le pont de l'*Empress*, un verre à la main. Elle était enfin en route pour l'Australie et arriverait à temps pour y passer le Nouvel An. Les préparatifs avaient été beaucoup plus longs qu'elle ne l'aurait voulu, mais elle avait eu fort à faire pour trouver une maison en ces temps de pénurie de logements. En désespoir de cause, elle avait fini par en louer une à Bexhill-on-Sea. Desmond pourrait jouer sur la plage ; il y avait de bonnes écoles à proximité, et personne ne les connaissait là-bas, ce qui lui permettrait de repartir de zéro en oubliant le passé.

Elle avait réussi sans trop de difficulté à obtenir l'adresse de Jessie Kane, qui vivait dans une ferme au lieu-dit Ruby Creek, près de la ville de Marree. Dès qu'elle l'avait eue, elle avait envoyé une première lettre pour avertir les Kane de son arrivée.

Le bateau transportait un groupe de jeunes enfants, des orphelins qui allaient trouver une nouvelle famille en Australie. Ils étaient accompagnés par des religieuses et des moniteurs et couraient partout, énergiques, profitant déjà du grand air qui rosissait leurs joues pâles. En les regardant, Callie pensait à Desmond et se demandait à quoi il ressemblait maintenant qu'il avait sept ans. Elle lui avait expédié un colis de Noël contenant une belle voiture de collection et une photo d'elle en uniforme. Elle avait écrit une autre lettre à Jessie, glissant dans l'enveloppe une carte postale du bateau ainsi qu'une photo de Phoebe, belle et impressionnante, du temps de sa carrière au music-hall. Ce dernier ajout était surtout destiné à rappeler à Jessie ses liens avec la famille et ses obligations. À cause d'elle, Desmond ne reverrait probablement jamais sa grand-mère… à moins que Callie ne décide, un jour lointain, de lui accorder son pardon.

Elle appréciait la traversée. La dernière fois qu'elle avait pris le bateau, c'était pour revenir du Caire. Elle était enceinte de Ferrand et ne pensait qu'à lui. Comme ils avaient été heureux en Égypte, si pleins d'espoir ! Ils ne s'étaient pas doutés un seul instant des horreurs qui la hantaient toujours. Bientôt, elle rentrerait avec son fils, et plus rien ni personne ne pourrait les séparer.

Noël approchait, et Jessie et Ma Kane projetaient une expédition en ville pour faire de grosses courses. Desmond les supplia de l'emmener. Ses bleus s'estompaient, mais il lui restait une cicatrice sur la joue qui avait du mal à guérir. Sachant que Bob ne le laisserait pas se montrer en public s'il ne couvrait pas ses traces de coups, il mit sa veste, malgré la chaleur, et il enfonça une casquette sur son crâne tondu. Le short qu'il portait avait été taillé dans un vieux jean de Bob, et il allait pieds nus dans ses sandales. Bob n'osait plus le regarder en face, et personne ne faisait allusion à la nuit du drame. Les ongles de Jessie avaient bleui et elle avait encore les doigts bandés, ce qui obligeait Desmond et Ma à se partager sa part de travail.

Desmond demanda et obtint la permission de se rendre seul à l'épicerie qui faisait aussi office de poste. Son billet d'une livre lui brûlait les doigts : il allait acheter des cadeaux de Noël, et envoyer à Adélaïde le message qui les sauverait.

— Tu t'es bagarré, Louie ? demanda l'épicière en le considérant avec inquiétude.

— Le cheval m'a encore envoyé par terre, dit-il, les yeux baissés, en poussant l'enveloppe vers elle.

— Puisque tu es là, tu vas pouvoir prendre une lettre qui est arrivée pour ta tante Jessie. D'Angleterre. Surtout, tu la lui donneras bien, hein, mon garçon ?

Desmond mit la lettre dans sa poche et partit choisir ses cadeaux : une boîte de chocolats et des mouchoirs pour Ma, ainsi que quelques guirlandes. C'était Noël après tout, et même s'il faisait chaud, Jess avait promis qu'il y aurait un sapin. Avec un peu de chance, Bob boirait assez pour s'endormir vite et les laisser écouter tranquillement la radio.

Bob se soûlait encore, mais moins depuis ce sinistre samedi soir. Desmond l'avait entendu supplier Jessie de lui pardonner. Depuis, il les laissait aller à l'église sans se plaindre et avait même promis d'organiser un pique-nique.

Il n'y avait pas de neige, et aucun Père Noël dans les vitrines en ville. Jessie dit à Desmond que Ruby Creek était trop éloigné du trajet du traîneau, mais qu'il recevrait tout de même des cadeaux.

Puis elle lui murmura :

— Il faut que tu sois gentil avec l'oncle Bob. Il fait des efforts. Il regrette de nous avoir fait du mal.

— Pourquoi on reste chez lui ?

— Parce que j'ai prêté serment à l'église, pour le meilleur et pour le pire, répondit Jessie tristement. Il va falloir qu'on s'habitue.

Pourtant, Desmond la voyait souvent pleurer, surtout quand elle ne recevait pas de courrier de sa famille. Elle n'était pas plus heureuse que lui à Ruby Creek, il en était certain.

La situation resta à peu près supportable jusqu'au matin de Noël, où une nouvelle dispute éclata. Ils étaient rassemblés autour du sapin pour se distribuer les cadeaux, et Ma et Jessie ouvraient les paquets que Desmond leur destinait quand Bob se mit à rugir :

— Où tu as trouvé l'argent pour payer ça ?

Sans doute était-il vexé qu'il n'y ait rien pour lui.

— C'est mon argent, je l'ai mis de côté, répondit Desmond.

— Tu parles ! Tu as chapardé, petit voleur !

— Non, je n'ai pas volé. On m'a donné des sous.

— Il faudrait que tu te décides : c'est ton argent, ou on te l'a donné ? Jess, est-ce que c'est toi qui as pris de l'argent dans le porte-monnaie des courses ?

— Non, bien sûr que non !

— Ne me mens pas.

— Elle ne ment pas, intervint Ma. C'est Noël, fiche-leur la paix.

Mais Bob attrapa Desmond par le col.

— Dis-moi comment tu as eu cet argent !

— On m'a donné un billet d'une livre sur le bateau, quand on est arrivés.

— Qui ça ? hurla Bob en le secouant.

— Big Jim…

— C'est qui, ça ?

— Notre ami. Il revenait de la guerre.

— Un soldat sur le bateau ? Je ne vois pas pourquoi il aurait donné de l'argent à un petit morveux comme toi.

— Bob, arrête, supplia Jessie. C'était le professeur de gymnastique. Un type gentil, voilà tout.

— Oui, drôlement gentil, c'est sûr ! Je me doute de la raison pour laquelle il lui a donné de l'argent : pour le faire taire ! Le gamin a dû vous voir ensemble.

— Mais pas du tout, calme-toi, je t'en prie. J'ai dansé une ou deux fois avec lui parce que sinon il fallait danser entre femmes, mais il n'y a pas de quoi en faire un drame. Il s'est pris d'amitié pour Louie, rien de plus. Fêtons Noël sans nous disputer.

— Noël, tu parles, c'est un jour comme un autre ! Il faut s'occuper des bêtes, non ? Ce gamin n'a pas l'air franc. C'est quoi, cette tête que tu fais là ?

— J'ai oublié quelque chose ! Attendez.

Desmond courut prendre sa veste et sortit l'enveloppe de sa poche.

— Il y a une lettre pour toi, Jessie. Une lettre d'Angleterre.

Jessie leur tourna le dos pour l'ouvrir, puis elle quitta la pièce pour la lire.

— Des mauvaises nouvelles ? demanda Ma, voyant son air grave à son retour.

— Non, juste des nouvelles de ma famille… On disait quoi ?

— Comme d'habitude, gronda Bob. On se disputait à cause de ce garnement.

— Il n'a rien fait, dit Jess en se rapprochant de Desmond avec un geste protecteur.

— J'en ai marre que tu prennes sa défense. Je ne veux plus de lui ici ! C'est lui ou moi, Jessie ! Tu étais plus gentille en Écosse. Tu étais toujours de mon côté !

— Pareil pour toi. Je t'ai rejoint à l'autre bout du monde, et quand je suis arrivée, tu n'étais plus le même. Je ne te reconnais pas. Je ne suis pas venue pour prendre des coups. Tu traites tes bêtes mieux que moi et notre petit Louie.

— C'est lui qui gâche tout.

Bob fit un pas vers Desmond qui recula, s'attendant à recevoir une gifle.

— Tu ferais mieux de te regarder, Bob, au lieu d'accuser un gamin, lança Jessie. Tu penses que tu lui donnes le bon exemple ? Tu ne m'as pas dit un mot gentil depuis que nous sommes arrivés. J'en ai assez.

— Eh bien, pars, si tu n'es pas contente, répliqua-t-il avec un petit sourire suffisant en croisant les bras.

— Tu veux que je parte ? Je ne demande pas mieux ! s'écria-t-elle avec une détermination qui lui fit perdre contenance. Désolée, Ma, mais je n'en peux plus. Si nous ne pouvons même pas passer Noël sans nous disputer, il n'y a plus d'espoir. Viens, Louie, on fait nos bagages. Je ne vais pas m'imposer si on ne veut pas de moi ici.

Desmond n'en revenait pas. Est-ce qu'ils allaient enfin échapper à Ruby Creek ? Il courut à l'étage derrière elle et vit qu'elle descendait vraiment sa valise du haut de l'armoire. Elle y jeta tous ses vêtements, les affaires élégantes qu'elle avait si rarement l'occasion de porter.

— Je vais demander à un garçon de ferme de nous conduire en ville. Je ne sais pas où on va aller, mais on verra bien, tant pis.

— Moi je sais ! dit Desmond, tout heureux.

Il lui montra l'adresse de Big Jim sur le bout de papier qu'il conservait religieusement depuis leur arrivée.

— Je lui ai envoyé une carte de Noël. Il sait qu'on n'est pas heureux ici. On peut aller chez lui.

Jessie posa sur Desmond un regard reconnaissant.

— Qu'est-ce que je ferais sans toi, mon petit enfant chéri ?

Desmond rougit de bonheur. Il n'aurait pas pu recevoir plus beau cadeau de Noël.

37

Dans le train qu'elle avait pris sitôt posé le pied sur le sol australien, Callie appréciait la chaleur. Les territoires inconnus qu'elle voyait défiler la ravissaient. Elle s'étonnait de l'immensité de ces étendues plates du haut de l'Australie méridionale, de l'aspect des forêts et des petites villes de pionniers regroupées le long des voies ferrées comme dans les westerns. On roulait pendant des kilomètres et des kilomètres dans la poussière sans voir âme qui vive. Comment son fils avait-il réagi en découvrant ces vastes espaces ? C'était un pays neuf et vierge, un pays pour la jeunesse. Même la terre avait une autre couleur.

Elle descendit à la gare la plus proche de Ruby Creek, heureuse d'être enfin à destination mais gênée par son allure d'étrangère, trop élégante dans ses vêtements londoniens. Elle prit une chambre dans le seul hôtel de la localité – un simple bar disposant de quelques chambres à l'étage – et elle y laissa sa valise. Sa priorité était de trouver le moyen de se rendre à la ferme. Elle avait espéré que les Kane auraient l'amabilité d'envoyer quelqu'un pour l'attendre à la gare car elle leur avait envoyé son heure d'arrivée bien à l'avance, mais elle n'avait reçu aucune réponse à ses courriers. Elle entra dans l'épicerie, qui faisait aussi office de poste, pour se renseigner.

L'épicière l'accueillit avec le sourire.

— Bonjour, vous désirez ?

— Je voudrais savoir comment aller à Ruby Creek, dit Callie. Je vais à la ferme des Kane. Est-ce que c'est loin ? Je cherche Jessie Kane.

— Vous venez d'Angleterre ?

— Oui.

— C'est bien ! Je suis désolée, mais Jessie est partie depuis un bon moment. Il y a eu du grabuge là-bas, ajouta l'épicière en baissant la voix. Moi, je vais vous dire : Bob n'est pas malin de l'avoir laissée s'en aller, c'était une bonne travailleuse. Sans doute que c'est le coup qu'il a reçu sur la tête dans son accident de moto qui l'a rendu méchant. Elle s'est fait la malle avec le gamin le jour de Noël, alors qu'ils n'étaient pas là depuis bien longtemps. Moi, je la comprends.

— Où sont-ils allés ? demanda Callie, atterrée.

— D'après ce que je sais, ils ont pris le train vers le sud. Ils ne reviendront pas, à mon avis. Quand on ne s'acclimate pas, on ne s'acclimate pas.

— Elle est partie avec le petit garçon, c'est bien ça ?

— Ce gamin, elle l'adorait. Un drôle de bonhomme. Peu avant qu'ils partent, il est venu avec l'air tout mystérieux pour poster une carte de Noël. Ce qu'il était mignon ! C'est bien dommage qu'on lui ait coupé ses beaux cheveux. Il ne s'amusait pas tous les jours là-haut, le petit Louie.

« Louie… songea Callie. Pourquoi l'a-t-on appelé Louie ? »

— Vous vous souvenez à qui était adressée sa carte ? demanda-t-elle.

— C'est que je ne lis pas le courrier qui me passe entre les mains, et ça fait un bon moment… Mais il m'a fait admirer son écriture. Il en était très fier, parce que, par ici, les gamins dans les fermes n'écrivent pas si bien, surtout quand ils ne vont pas à l'école, comme lui… Il l'envoyait à Adélaïde, et le nom… Attendez, ça va me revenir. J'ai connu quelqu'un qui portait le même. Ça commençait par un B… Ball, peut-être ? Non, je ne connais personne qui s'appelle Ball.

L'épicière ferma les yeux pour mieux se souvenir de ce qu'elle avait vu.

Callie n'osait plus respirer.

— Je vous en prie, cherchez…

— Ah oui ! Je sais… Boyd Rankin, il allait à l'école avec moi à Marree. L'enveloppe était adressée à un M. Boyd, à Adélaïde. Je ne peux rien vous dire de plus.

— Vous pensez qu'ils sont allés là ?

— C'est pas à moi qu'il faut demander ça. Voyez plutôt avec Ma Kane… En fait, non, il ne vaut mieux pas. Vous êtes de la famille ou des services sociaux ? questionna l'épicière, prise d'un soudain soupçon.

— Je suis de la famille très proche… J'ai fait tout ce long voyage pour les voir… Et j'arrive trop tard !

La fatigue et la déception faisaient monter ses larmes, mais Callie se retenait de pleurer pour ne pas se donner en spectacle.

— Asseyez-vous, vous avez l'air fatiguée, ma pauvre dame. Vous allez pouvoir me rendre un service, si vous comptez chercher Jessie. J'ai toute une pile de courrier pour elle que je n'ai pas pu lui donner. Attendez une seconde.

La femme passa dans l'arrière-boutique, et en ressortit avec le colis de Noël qu'avait envoyé Callie, ainsi que plusieurs lettres.

— Mais ça aurait dû arriver pour Noël, avant leur départ ! s'exclama Callie.

— Je n'ai reçu tout ça qu'un peu plus tard, il y a eu un retard dans l'acheminement. Mais ce n'est pas grave, vous allez la retrouver. Adélaïde est une belle ville, et ce M. Boyd saura sûrement où ils sont. Bonne chance… Vous ne m'avez pas dit exactement qui vous étiez…

Callie sourit à la femme sans lui répondre et sortit de la boutique horriblement déçue. Elle avait tellement compté sur des retrouvailles à sa descente du train ! Desmond n'avait donc reçu ni les photos ni les cadeaux. Jessie s'était-elle enfuie en recevant sa première lettre – qui n'était pas, comme elle venait de le constater, parmi celles qu'elle tenait dans la main ? Oui, c'était sans doute la raison qui l'avait poussée à partir aussi vite.

L'inquiétude de Caroline était telle qu'elle éprouva le besoin de boire un verre pour se remettre. Elle retourna à l'hôtel ; le bar étant fermé, elle monta dans sa chambre et s'allongea, se raccrochant aux maigres indices qui lui permettaient d'espérer encore.

Elle redescendit dans la soirée, mais s'arrêta à l'entrée du bar, gênée par les regards pesants des buveurs de bière, qui s'étaient tous tournés vers elle. Elle devait leur sembler bien étrange. Un homme mal rasé en salopette s'avança alors vers elle, la démarche déjà vacillante.

— Il paraît que vous cherchez ma femme, attaqua-t-il d'une voix coléreuse en la dévisageant. Ah, mais on se connaît !

— Oui, nous nous sommes rencontrés, monsieur Kane. Je voudrais bien savoir ce que vous avez fait pour que Jessie se sauve avec mon fils le jour de Noël.

— Vous êtes sûre que Louie est votre fils ? demanda-t-il en prenant ses amis du bar à témoin. Faudrait être une bien mauvaise mère pour abandonner son fils à une putain.

Callie réprima une forte envie de lui casser le nez, elle préféra se contenter de répliquer, assez fort pour être entendue de tout le monde :

— Il faut simplement être une mère qui a été arrêtée par les nazis, et qui a été emprisonnée dans un camp de concentration ! Une mère qui a eu beaucoup de mal à rentrer chez elle, comme tant d'autres prisonniers de guerre.

Un grand silence se fit dans le bar. Callie détestait parler de ce qui lui était arrivé, mais elle ne pouvait pas se laisser insulter sans répondre.

— Et si j'apprends que vous avez brutalisé mon fils… gare à vous. Je sais où vous trouver. Vous feriez mieux de me dire où ils sont allés, ou vous le regretterez. On m'a appris beaucoup de choses, à l'armée, pour faire parler les gens…

Le regard inflexible qu'elle posait sur Kane le fit plier, mais il tâcha de sauver la face.

— Ça ne me gêne pas de vous le dire : elle est allée faire le trottoir à Adélaïde, et bon débarras. Ce petit pleurnicheur de gamin me tapait sur les nerfs !

Il lui tourna le dos et regagna l'autre bout du bar pour finir son verre.

— Merci ! Je ne vous en demandais pas plus... Un whisky, ajouta Callie en prenant place face au barman. Pour faire passer l'odeur de rat.

À Maitland Avenue, Desmond était heureux, assis à table face à Big Jim. Ils déjeunaient en famille sur une nappe blanche. Il y avait du rôti et de la purée, des fleurs dans un vase, des tapis des *Mille et Une Nuits* par terre. Il n'en revenait pas que son rêve se soit réalisé. Maintenant, il dormait dans une jolie chambre qui ne sentait pas le fumier de mouton. La famille Boyd vivait dans une maison splendide, faite de briques bien solides, et non de bois, et éclairée par de grandes fenêtres. Il y avait même un jardin où aller jouer. C'était le paradis, après la vieille ferme de Ruby Creek, pas beaucoup mieux bâtie qu'une cabane. De plus, Jessie avait retrouvé le sourire.

Ils avaient redouté de ne pas être bien accueillis, mais ils avaient eu tort de s'inquiéter. La vieille Mme Boyd les avait tout de suite fait entrer, et elle avait passé un coup de téléphone à son fils à l'entrepôt pour l'avertir de leur arrivée.

— C'est le petit garçon écossais qui t'a envoyé une carte et sa maman. Ils viennent de leur ferme...

Jim était arrivé très vite.

— J'ai bien reçu le mot de Louie, et j'avais l'intention de venir vous rendre visite après Noël, mais vous avez fait plus vite que moi. Vous pouvez habiter chez mes parents en attendant d'avoir trouvé un logement.

Il avait l'air tout content de revoir Jessie. Il l'avait emmenée dans une autre pièce pour discuter, et Mme Boyd avait dit à Desmond :

— Je crois que ta maman a besoin de se reposer, elle a l'air fatiguée.

Desmond adorait qu'on voie Jessie comme sa mère. Et quel soulagement c'était pour lui d'être loin de l'oncle Bob et de ne plus redouter de recevoir des coups. Ils allaient vivre heureux dans une vraie ville, avec des vraies boutiques, des rues, des parcs.

— Je vais chercher du travail, lui annonça Jessie. Toi, il va falloir que tu ailles à l'école.

Une perspective qui ne déplaisait pas du tout à Desmond.

— Mais nous ne resterons pas ici, expliqua encore Jessie, ça ferait jaser. Ne t'attends pas à vivre dans le luxe : nous ne pourrons nous permettre qu'un deux-pièces.

— Moi, ça m'est égal.

Il aurait vécu n'importe où avec elle, tant que ça n'était pas à Ruby Creek… Et puis il avait un secret espoir : il savait que Big Jim aimait beaucoup Jessie, et que Jessie aimait beaucoup Big Jim, donc, si tout se passait bien, ils pourraient bientôt tous vivre ensemble et former une grande famille.

Jim emmena Desmond à l'entreprise de matériaux de construction qu'il avait fondée avec son père. L'entrepôt était plein de gros sacs de ciment et de sable, et de piles de bois. Dans la cour, il y avait des camions équipés de bras mécaniques pour soulever les sacs, des outils, des seaux, des machines. Desmond fut ravi d'y voir des chats, aussi, et il voulut jouer avec eux.

— Attention à ne pas te faire mordre, lui recommanda Jim. Ils sont surtout là pour attraper les souris et les rats… Alors, qu'est-ce que tu penses de tout ça ? Avec tous les soldats qui rentrent et qui veulent se construire une maison, les affaires sont bonnes.

Desmond nageait dans le bonheur. La chance était avec lui : si Jim ne lui avait pas donné son adresse et s'il ne lui avait pas envoyé une carte de Noël, que se serait-il passé ? Il s'était vraiment bien débrouillé.

Callie eut un peu de mal à trouver les Boyd à Adélaïde. C'était un nom de famille écossais assez courant, listé par dizaines dans l'annuaire. Il fallait repérer la bonne famille. Comme il faisait beaucoup trop chaud pour se rendre à chacune de ces adresses à pied, Callie décida de mener son enquête par téléphone. Le réceptionniste de l'hôtel se montra très serviable, et quand il la vit presque découragée après une série d'échecs, il proposa de l'aider. Ils se partagèrent les numéros restants ainsi que ceux qui avaient déja été composés mais sans que personne ne réponde. Callie perdait espoir quand enfin, après son introduction habituelle, il y eut une réaction prometteuse.

— Bonjour, Madame, dit Callie. Je suis à la recherche d'une personne qui s'appelle Jessie Kane. Elle voyage avec un jeune garçon du nom de Desmond Lloyd-Jones, et est partie de Ruby Creek pour voir un M. Boyd. Est-ce que cela vous dit quelque chose ?

Il y eut un silence.

— Qui est à l'appareil, s'il vous plaît ?

— Caroline Jones. La mère de Desmond, dit Callie, prise d'un grand espoir.

— Je suis désolée, mais il n'y a pas de Desmond ici.

L'hésitation qui avait accompagné cette réponse poussa cependant Callie à insister.

— Son second prénom est Louis… Alors, peut-être que…

— Ah, vous voulez parler de Louie.

— Vous le connaissez ? Est-ce que Jessie et lui vivent chez vous ?

— Pas exactement, et je voudrais d'abord savoir qui vous êtes.

Callie commença à lui raconter son histoire, mais son interlocutrice l'interrompit assez vite.

— Il vaudrait sans doute mieux que vous veniez à Maitland Avenue pour nous parler de tout ça en personne. Aujourd'hui pour le thé, cela vous conviendrait-il ? J'imagine que vous pouvez prouver votre lien de parenté.

— Oui, bien sûr !

Le soulagement la fit vaciller. Le réceptionniste se précipita pour la soutenir.

— Des mauvaises nouvelles ?

— Non, je crois les avoir trouvés, répondit-elle, l'écouteur encore dans la main parce qu'elle ne pensait pas à raccrocher. C'est à Maitland Avenue. Mon fils est bien ici ! Il va me falloir un taxi. J'y vais cet après-midi !

— C'est un bon quartier, ça, remarqua le réceptionniste.

Mais Callie ne l'écoutait pas.

« Desmond est là, je vais le voir bientôt, songeait-elle. Je dois me préparer à ce qu'il ait beaucoup changé. Il faut que je me fasse belle, et que je n'oublie pas les papiers. » L'ascenseur lui sembla très lent pour remonter dans sa chambre. Elle avait beaucoup à faire avant d'arriver triomphalement chez les Boyd.

Comme tous les vendredis après l'école, Desmond courut retrouver Jim à l'entrepôt pour attendre Jessie. Quand elle sortait de la crèche où elle travaillait, ils allaient tous les trois au cinéma, puis ils rentraient au deux-pièces de Pitcairn Street pour dîner de *fish and chips*. Desmond adorait les soirées du vendredi, les meilleures de la semaine puisqu'elles précédaient deux jours sans école. Le lendemain, il irait peut-être avec Jim à Elder Park pour assister à un match de cricket tandis que Jessie ferait la lessive. Le samedi, il allait chez les Boyd pendant que Jessie et Jim sortaient ; le soir, ils se retrouvaient tous à Maitland Avenue pour dîner autour du barbecue. Le dimanche matin, il y avait la messe et le catéchisme ; l'après-midi, ils partaient en promenade, de préférence dans un parc avec un bassin ou un plan d'eau car Desmond adorait faire voguer son voilier.

Mais quand il arriva à l'entrepôt ce vendredi-là, le père de Jim l'attendait dans la cour, l'air soucieux. Il le fit monter dans sa grosse voiture noire, toujours lavée de frais et lustrée avant le week-end.

— Je te ramène à Maitland Avenue, dit-il. Il y a quelqu'un qui veut te voir. Jim est déjà là-bas.

Ce devait être important pour que Jim quitte son travail aussi tôt. Soudain, Desmond eut peur que Bob Kane n'ait retrouvé leur trace et qu'il ne soit venu pour les ramener. « Jamais je ne retournerai là-bas », songea-t-il. Il s'était habitué à sa nouvelle vie. Il aimait son école et ses camarades. Un tremblement nerveux le prit. Il avait essayé d'oublier le calvaire enduré à la ferme, mais parfois, au milieu de la nuit, le visage de Bob surgissait devant lui dans le noir, et il en hurlait de peur. Jessie venait alors le prendre dans ses bras pour le réconforter. Et si Bob demandait à un agent de police de les obliger à le suivre ?

— C'est qui ? lança-t-il au père de Jim d'une petite voix tremblante.

— Je n'en sais rien. On m'a juste demandé de te ramener tout de suite.

Desmond se recroquevilla sur la banquette, terrorisé à l'idée de se retrouver face à son ennemi juré.

Callie descendit du taxi dans le quartier de Westbourne Park, admirant la rue de jolis pavillons entourés de grandes pelouses. Les Boyd devaient être à l'aise, à en juger par ce quartier cossu. Elle monta sous la véranda, rassemblant son courage. La confrontation avec Jessie allait sans doute être pénible. Qu'allait-elle lui dire ? Elle n'en avait pas la moindre idée, elle devrait donc improviser. « Allez, courage », s'exhorta-t-elle en posant le doigt sur la sonnette.

Une femme aux cheveux gris et au visage bronzé par une vie sous le soleil australien la fit entrer.

— Bonjour, madame Jones, je suis Mme Boyd… et voici mon fils Jim, précisa-t-elle en désignant un homme à la stature imposante.

Callie les salua et les suivit dans un salon éclairé par des baies vitrées qui donnaient sur une grande piscine au milieu d'un gazon.

— Vous boirez bien quelque chose ? Un panaché ?

— De l'eau, simplement, merci.

— Le petit n'est pas ici. Mon mari doit revenir avec lui un peu plus tard, et Jess est à son travail.

Cela nous donnera le temps de discuter tranquillement. Nous sommes curieux de savoir pourquoi vous avez entrepris ce grand voyage.

— Mais cela me semble évident : je suis venue récupérer mon fils.

— C'est ce qui nous étonne ! Nous pensions que les parents de Louie étaient morts pendant la guerre. C'est pour cela que Jess l'a pris avec elle.

— Elle l'a sans doute cru, mais comme vous voyez, elle se trompait. Desmond avait trois ans quand je me suis engagée dans l'armée et que j'ai été envoyée en mission, mais il occupait toutes mes pensées.

— C'est un choix inhabituel, pour une mère…

Devant cette critique à peine voilée, Callie resta ferme.

— Pendant la guerre, beaucoup de parents et d'enfants ont été séparés, vous savez. Toute cette période était très inhabituelle, pour reprendre votre terme… Je voulais participer à l'effort de guerre, ajouta-t-elle en s'adressant au fils, qui, elle l'espérait, la comprendrait mieux.

— Pourquoi avez-vous mis autant de temps à rentrer ?

Caroline réussit à expliquer la situation sans trop parler de sa mission secrète. Sa capture, le camp, sa maladie, puis la lettre perdue.

— Et votre mari ?

— Il nous a abandonnés avant la guerre… Je ne sais pas où il est parti, et cela ne me préoccupe pas. Tout ce qui compte, c'est Louie, puisque vous appelez ainsi mon petit Desmond. Sa mère est en vie, et elle est venue le chercher. Jessie n'a aucun droit sur mon enfant. Elle n'était que sa gouvernante.

— Pas seulement, intervint Jim. Elle a joué le rôle d'une mère.

— Alors, il aura deux mères pour le gâter, répliqua Callie.

Les Boyd ne répondirent pas au sourire qui accompagnait cette réponse.

— Je ne pense pas que la situation soit aussi simple, dit Jim en jetant un coup d'œil à sa montre. Ils vont bientôt arriver. Cela vous ennuierait d'aller faire un tour dans le jardin avec ma mère pendant que je prépare Jess à votre visite ? Elle est un peu fragile pour l'instant.

— Comme vous voudrez, répondit Callie avec une certaine méfiance.

On allait essayer de l'apitoyer, pensa-t-elle, mais elle devait demeurer très ferme et ne pas se laisser influencer. Desmond était son fils, et il rentrerait avec elle.

Desmond regarda avec appréhension par l'entrebâillement de la porte du salon pour voir Bob sans être vu. Il n'était pas là. Il y avait une dame en veste et robe bleues, portant un chapeau, qu'il ne connaissait pas. Elle l'aperçut et lui sourit. Il se rapprocha alors timidement de Jessie qui se tenait à côté de Big Jim devant le canapé où étaient assis les parents Boyd. Tous les yeux se tournèrent vers lui.

— Dis bonjour à Mme Jones… Tu la reconnais ? demanda Jessie d'une drôle de voix.

Il sourit poliment, fit non de la tête, et alla lui serrer la main.

— Bonjour, Desmond, je ne t'ai pas vu depuis que tu étais haut comme ça, dit-elle en montrant la taille d'un enfant de trois ans.

Desmond jeta un coup d'œil indécis à Jessie, ne sachant comment répondre.

— C'est Jessie qui s'est occupée de toi pendant que j'étais à la guerre, ajouta la femme. Tout le monde a cru que je ne reviendrais pas, alors elle t'a gentiment emmené ici avec elle pour s'occuper de toi provisoirement. Je suis venue pour te ramener chez nous.

Desmond fit un pas en arrière, ne comprenant pas. Il voyait bien que Jessie avait l'air triste. Elle tenta d'expliquer :

— Ta maman est tombée malade à la fin de la guerre, et elle n'a pas pu rentrer tout de suite. Maintenant, elle veut que tu retournes vivre avec elle en Angleterre. Qu'est-ce que tu en penses ? Tu veux partir avec elle ?

Desmond se sentait très mal. Il ne connaissait pas cette dame qui rendait Jessie malheureuse. Il recula lentement pour sortir du salon et courut se réfugier en haut, dans une chambre. Il ne voulait pas partir ! Pourquoi cette dame l'appelait-elle Desmond ? Il ne se rappelait rien de sa vie avant le bateau. Big Jim, les bons dîners à bord et les cours de danse étaient ses premiers souvenirs. Avant cela, rien. Ruby Creek restait vivace dans sa mémoire – les coups de tisonnier et la ferme à laquelle il avait voulu échapper –, mais pas l'Angleterre. Il se cacha la tête dans ses mains en espérant se rendre invisible jusqu'à ce que l'inconnue reparte.

Un grand silence avait suivi la fuite de Desmond. La joie de Callie était retombée quand elle avait vu son visage déconcerté. Il ne l'avait pas reconnue. Il s'était tourné vers Jessie comme un enfant se tourne vers sa mère quand il a peur. Il avait beaucoup grandi, avait-elle noté. Ses cheveux avaient perdu leurs boucles et éclairci au soleil, et il avait la peau brune. C'était un bel enfant dans lequel elle avait retrouvé des traits de son cher Ferrand.

À présent, face à ce groupe familial uni, elle se sentait à son désavantage, mais elle était résolue à ne pas se laisser impressionner par leur force. Les trois Boyd choisirent de quitter la pièce pour que Jessie et elle puissent s'expliquer. Son ancienne gouvernante n'aurait jamais dû partir avec Desmond contre la volonté de Phoebe. Elle était dans son tort. Quant à son mariage malheureux, on ne pouvait que compatir.

— Je suis désolée, mais j'ai fait ce qui me semblait le mieux à l'époque, se justifia Jessie. Votre mère était incapable de s'occuper de Desmond, on vous croyait décédée. Je ne pouvais pas l'abandonner. Je l'aime, cet enfant, et il est très attaché à moi, comme vous l'étiez à Marthe. Vous m'avez tellement parlé d'elle !

— Ce n'était pas une raison pour le déraciner, l'emmener à l'autre bout du monde, le faire passer pour votre neveu. Ce n'était pas honnête.

— À son âge, j'ai jugé que cela valait mieux que de l'abandonner dans un pensionnat. J'estime que j'ai fait mon devoir : vous me l'aviez confié, et je m'en suis occupée du mieux possible. Il ne sait même plus qui vous êtes.

Les Boyd reparurent à cet instant. Ils avaient une solution à proposer.

— Nous pensons que vous devriez passer un moment ici, expliqua Mme Boyd. Il faut que Louie se réhabitue à vous. Il y a trop longtemps que vous êtes séparés. Nous ne savons pas quoi vous conseiller d'autre. On ne peut pas forcer un enfant de cet âge à changer de vie aussi brusquement. Le temps n'a pas la même signification pour un enfant.

Callie se souvint que Primrose lui avait donné le même avis : il fallait laisser du temps à Desmond. Quand il serait prêt, il sentirait le lien qui les unissait.

— Merci, répondit-elle, fatiguée et déçue. J'ai tant de choses à lui montrer, à lui expliquer. Je suis sûre que ça n'est pas trop tard. Il se souviendra de moi.

Personne ne lui répondit, personne ne lui sourit, personne ne l'encouragea. Elle était seule contre eux, maintenant, et devrait batailler pour récupérer son fils.

38

Ce soir-là à table, Desmond n'avait pas très faim. Il ne quittait pas des yeux la dame qui dînait avec eux. Elle était jolie, mais très différente de Jessie. Elle avait les yeux bleus, de jolies dents droites, et elle sentait bon les fleurs, alors que Jessie ne mettait pas de parfum. Elle le regardait beaucoup, aussi. À la fin du repas, quand la famille les laissa seuls, elle sortit un paquet d'un sac.

— Je suis allée à la poste de Ruby Creek, et on m'a rendu le paquet que je t'avais envoyé pour Noël et que tu n'as pas reçu. Je suis désolée qu'il ne soit pas arrivé à temps.

— Ça n'est pas grave, répondit-il en s'en emparant.

Il y avait dedans un jouet – une grosse voiture rouge – et des photos, l'une montrant une maison et d'autres des personnes qu'il ne connaissait pas. Il y avait un livre racontant l'histoire d'Orlando, le chat roux, et des bonbons entourés de papier.

— Merci, dit-il.

— Tu vois cette photo ? Elle ne te rappelle rien ? Là, c'est toi, à cheval sur mon dos… dans le jardin de Dalradnor. C'est ta mamie Phee qui l'a prise.

Elle lui mit la photo dans les mains. Il vit un petit garçon bouclé sur le dos d'une dame qui riait. Cela ne lui évoqua rien.

— Je suis trop grand pour jouer au cheval. Je vais jouer au cricket, et oncle Jim m'a donné des guichets.

Callie poussa vers lui une autre photo qui montrait cette fois une dame bien habillée, avec des plumes dans les cheveux.

— Là, c'est ta grand-mère Phoebe. C'était une chanteuse de music-hall célèbre. Elle est jolie, non ? Elle a été malade, et c'est pour ne pas la fatiguer que Jessie t'a emmenée avec elle.

— C'est pas elle, c'est moi qui ai voulu venir.

— Ah, tu t'en souviens, alors ?

— Non, je me souviens seulement du grand bateau avec oncle Jim et de Ruby Creek.

— Je regrette d'avoir dû rester loin aussi longtemps, mais nous allons avoir le temps de refaire connaissance, toi et moi, Desmond.

— Je m'appelle Louie.

— Oui, parce que ton père s'appelait Louis-Ferrand. C'était un homme très courageux. Cette médaille, continua-t-elle en la sortant et la lui tendant, il l'a gagnée parce qu'il a été très courageux à la guerre. Il est mort, tu sais.

— Ça n'est pas grave. Oncle Jim est là pour s'occuper de nous.

— Mais Jim, ça n'est pas ta famille. C'est moi, ta famille, à présent.

— C'est quoi, la famille ?

— La famille, c'est les gens que le bon Dieu t'a donnés pour t'aimer et t'élever.

— Le bon Dieu m'a donné Jim et Jessie, maintenant.

— Seulement pour un petit moment. Ta vraie famille, à partir de maintenant, c'est moi... Louie.

Elle se pencha vers lui comme si elle voulait l'embrasser, et il eut un mouvement de recul.

— Non, c'est pas vrai ! Je ne vous connais pas ! Allez-vous-en !

Callie sanglota toute la nuit, souffrant du rejet de Desmond. Il ne se rendait pas compte de la valeur sentimentale de la médaille qu'elle lui avait offerte. Abandonnant ses cadeaux, il l'avait laissée assise seule à la table et s'était sauvé dans le jardin. Bien sûr, elle n'avait ni protesté ni montré de colère. Jessie était aussitôt apparue pour voir ce qui se passait, accompagnée des Boyd qui n'en perdaient pas une miette.

Callie resta quatre jours chez les Boyd, puis décida de retourner vivre à son hôtel afin de préparer sa campagne de reconquête. C'était trop lourd pour elle de vivre avec cette famille. Ils étaient trop soudés, et trop discrètement hostiles. Elle avait besoin d'être seule pour penser à une stratégie. Elle acheta d'abord des billets pour un match de cricket, puis pour le cinéma. Elle voulut emmener Desmond se promener au parc après l'école mais il refusait d'y aller sans Jessie. Le grand rêve de Callie avait toujours été de l'attendre à la sortie de l'école et de le voir se précipiter vers elle en riant, les bras tendus, mais il était beaucoup trop tard : à sept ans, les petits garçons ne faisaient plus cela ; au contraire, ils voulaient avoir l'air indépendants. Desmond ignorait Callie, comme s'il en avait honte. Leurs sorties n'étaient pas des parties de plaisir, mais des tests d'endurance. Elle persévéra encore une semaine, s'intéressant à tout ce qu'il faisait, lui promettant de l'emmener à Londres en avion. Mais plus elle se donnait de mal, moins il semblait faire attention à elle. Cette résistance obstinée était difficile à comprendre pour Callie.

Ce fut Jim qui osa aborder le sujet un après-midi, profitant de ce qu'il était seul avec elle.

— Je sais que vous n'êtes pas là depuis très longtemps, mais vous ne pensez pas que l'épreuve a assez duré ? La pauvre Jess souffre de la situation, vous en souffrez aussi, et le petit ne sait plus où il en est. On ne peut pas obliger un enfant à faire ce qu'il ne veut pas faire. Bob Kane lui a mené la vie dure. Jessie a demandé le divorce pour cruauté physique et mentale. Louie a assez connu de bouleversements comme ça. Il faudrait qu'il ait son mot à dire.

Callie lui jeta un regard horrifié.

— Comment ? Vous voulez lui laisser la responsabilité de décider seul de son avenir ? À son âge ?

— Pourquoi pas ? Louie n'est pas un petit garçon ordinaire. Il est déjà très mûr. Il a dû grandir vite. Il chasse de ses pensées tout ce qui le dérange, et vous êtes victime de ce mécanisme de protection. Je suis désolé, mais c'est vrai : à ses yeux, il n'a pas d'autre mère que Jess.

— Mais c'est moi, sa mère ! Je l'ai mis au monde, je lui ai donné le sein. Je veux récupérer mon fils !

— La question, c'est de savoir s'il veut aller avec vous. Le plus important, c'est de faire ce qui sera la meilleure chose pour lui. La maternité ne se résume pas à la naissance, tout comme la paternité ne se limite pas à l'apport de gènes. Les parents sont ceux qui nous élèvent, en qui on a confiance. Il faut le laisser choisir sa vie.

— Je ne suis pas d'accord. Il est beaucoup trop jeune pour savoir ce qui est bon pour lui. Je ne suis pas responsable de la guerre.

— Inutile de me le dire, je l'ai faite aussi. Je connais tous les déchirements, tous les sacrifices, toutes les séparations qu'elle a causés. Louie en a souffert comme nous. Il a été privé de vous à cause de la guerre.

— Vous voulez que je renonce à lui ? s'écria-t-elle.

— Non, seulement que vous lui laissiez le choix.

— Et s'il veut rester ?

— Nous verrons à ce moment-là.

— Mais c'est mon fils. Il doit m'obéir. Je suis sa mère, j'ai le droit pour moi. Un enfant ne peut pas décider à cet âge. Je ne veux plus entendre parler de ça !

Très en colère, Callie repartit à son hôtel et ouvrit une bouteille de vin pour arriver à s'endormir.

Elle s'éveilla en sueur au petit matin, épuisée par ses cauchemars. Elle poursuivait Desmond dans un labyrinthe de haies sans arriver à le rattraper. Elle l'entendait rire, appeler, mais plus elle avançait, plus la végétation se resserrait sur elle comme une jungle verte qui l'empêchait d'aller vers le bonheur.

Depuis l'arrivée de la dame anglaise, rien n'était plus comme avant pour Desmond. Les Boyd chuchotaient entre eux, Jessie pleurait en s'endormant et elle avait l'air inquiet. Il avait reçu une punition parce qu'il s'était battu dans la cour de l'école. Il se ruait sur les élèves qui se moquaient de lui à cause de son accent anglais, alors qu'il faisait de son mieux pour parler comme eux.

C'était la faute de la dame, parce qu'elle venait l'attendre à la sortie de l'école habillée de ses belles robes qui la faisaient remarquer. La dame disait qu'il était son fils, mais elle se trompait : son fils s'appelait Desmond, et il avait les cheveux bouclés. Pourtant, il se souvenait confusément de ce prénom, et de la grande maison des photos. La dame lui parlait de l'Écosse et du kilt qu'il avait porté, mais les jupes, c'était pour les filles, et il ne voulait pas l'écouter. Elle était gentille : elle lui apportait des bonbons et des jouets et faisait des parties de jeu de l'oie avec lui ; mais quand elle voulait l'embrasser, il courait se cacher dans le jardin.

Un dimanche, après la messe, le prêtre rentra déjeuner avec eux. Il y avait beaucoup de monde autour de la table, tous parlaient et riaient en mangeant, et la dame ne le regarda pas une seule fois. Ensuite, ils traversèrent l'entrée pour aller au salon et s'assirent, sauf le prêtre qui prit la parole.

— Merci pour votre invitation, le déjeuner était excellent. Mais maintenant, il est temps de passer aux choses sérieuses. Les Boyd appartiennent à ma paroisse depuis des années, et j'ai accédé à leur demande d'arbitrer une situation tout à fait exceptionnelle. Je me suis entretenu avec les deux parties en privé, et j'ai entendu des histoires bien tristes. J'ai vu le certificat de naissance qui atteste que Louie est bien le fils de Mme Lloyd-Jones, et je connais aussi les terribles épreuves qu'elle a endurées alors qu'elle était en service commandé pendant la guerre.

J'ai parlé à Mme Kane, et compris pourquoi elle avait dû fuir son mari. Dans des circonstances ordinaires, il ne pourrait y avoir aucun doute sur la conclusion à tirer, mais Jim et vous, monsieur et madame Boyd, vous pensez que l'enfant devrait exprimer son souhait.

— Il est trop jeune pour prendre ce genre de décision, intervint la dame.

— Je comprends votre inquiétude, madame, mais je vais tout de même poser au jeune Louie quelques questions en tête à tête, si vous le voulez bien.

Le prêtre fit sortir Desmond dans le jardin et s'assit avec lui sur un banc près d'un rosier. Il lui demanda de lui parler de Ruby Creek et des circonstances de leur départ. Louie lui montra les cicatrices sur ses jambes, et le prêtre fut scandalisé. Il lui demanda ensuite s'il se souvenait de l'Écosse, et ce qu'il avait envie de faire. C'était pourtant évident, il n'arrêtait pas de le dire ! pensa Desmond.

— Je veux qu'elle s'en aille.

— Tiens, et pourquoi ?

— Elle veut que je parte avec elle, et moi je veux rester, dit-il en se détournant du vieil homme.

— Mais c'est ta vraie maman. C'est elle qui t'a donné le jour.

— Non, c'est tante Jess ma vraie maman maintenant. Je veux vivre avec Jess et Jim.

— Tu sais que tu vas faire beaucoup de peine à Mme Jones si tu dis ça devant elle ? Elle est venue de très loin pour te chercher. Elle t'aime beaucoup.

— Ça m'est égal. Dites-lui de partir.

Desmond resta sur le banc, têtu et boudeur, et laissa le vieux prêtre retourner dans le salon où tout le monde l'attendait.

L'atmosphère était très lourde dans la pièce quand le révérend Mitchell apparut. Les Boyd s'esquivèrent, laissant Callie et Jessie seules avec lui. Il se plaça dos à la cheminée et les regarda l'une après l'autre.

— Ce que je vais dire maintenant va décevoir l'une d'entre vous. Nous devrions peut-être faire venir un avocat pour nous assurer que nous sommes dans la légalité avant d'entendre la décision de Louie. C'est un petit garçon très sûr de lui, qui semble bien équilibré.

— Je veux savoir ce qu'il a dit ! lança Callie avec impatience.

— Il préfère rester ici. Je suis désolé, mais il n'a pas du tout hésité.

— C'est ridicule, c'est mon fils ! Il doit rentrer avec moi. Je n'ai survécu au camp que grâce à l'espoir de notre réunion. Je ne peux pas renoncer à lui simplement parce qu'il s'est habitué à elle.

Callie parvenait à peine à regarder Jessie.

— Seulement, madame, pensez-vous à ses besoins ou aux vôtres en disant cela ? répliqua le prêtre. Voulez-vous faire passer votre propre intérêt au premier plan, ou voulez-vous écouter les besoins d'un petit garçon qui n'a eu comme repère fixe dans sa vie que Mme Kane ?

— Alors partageons-le. Je peux venir vivre ici, et il ira tantôt chez moi, tantôt chez vous, proposa Callie à Jessie, en désespoir de cause. Je suis sûre que ça s'est déjà fait.

— Vous savez bien que cela ne fonctionnerait pas, rétorqua Jessie. Vous voudrez toujours me le reprendre pour le ramener en Écosse.

— Il faudra bien que ça fonctionne ! Je ne vous le laisserai pas. Vous l'avez eu assez longtemps, c'est mon tour, se défendit Callie, au bord de la panique.

— On ne peut pas couper un enfant en deux, intervint le prêtre. Vous l'aimez toutes les deux, et son intérêt doit passer avant le vôtre.

— Vous voulez que l'une d'entre nous renonce ? Moi, je n'ai jamais demandé à l'adopter et à l'aimer, protesta Jessie. On me l'a confié. C'était mon travail. Nous nous sommes attachés l'un à l'autre, et maintenant je l'aime de tout mon cœur, tout comme lui il m'aime.

Elle se tourna vers Callie avec tristesse.

— Vous savez ce que c'est, vous l'avez vécu quand vous étiez petite. Je suis désolée que vous n'ayez pas pu être présente pour lui, mais il a bien fallu que je prenne le relais. Jamais je n'ai voulu vous voler votre enfant.

— Et pourtant, c'est ce que vous avez fait ! Vous m'avez volé son cœur, et à présent il ne se souvient plus de moi. Je l'ai perdu.

— Pas nécessairement, déclara le prêtre. Vous pouvez sûrement jouer un rôle dans sa vie à l'avenir – être sa tante, par exemple.

C'était une suggestion très malvenue. Callie ne pouvait que se révolter en pensant à sa propre histoire.

— Protéger mon enfant en me faisant appeler sa tante ? Jamais ! Si vous m'obligez à partir, je ne reviendrai pas. Je ne veux pas être autre chose pour lui que sa mère. Desmond a besoin de stabilité. Il aura tout mon amour, je n'ai pas grand-chose d'autre à lui offrir, et je vois bien que cela ne lui suffit pas. Mais je ne m'avoue pas vaincue. Laissez-moi lui poser la question moi-même.

Elle se leva et alla à la porte-fenêtre. Personne ne tenta de l'en empêcher.

— Où est-il ?

Le prêtre désigna le fond du jardin. Elle sortit et descendit lentement les marches de la terrasse. Les critiques du révérend l'avaient terriblement blessée. Elle avait peut-être été égoïste comme il semblait le croire, pensait-elle. Elle était venue par amour pour son fils, mais aussi parce qu'elle se sentait coupable de l'avoir abandonné et parce qu'elle avait absolument besoin de lui pour essayer de reprendre une vie normale : s'il rentrait avec elle, elle aurait l'impression que ses sacrifices n'avaient pas été vains. Cela lui ferait tellement de bien de l'entendre l'appeler « maman » de nouveau !

Le prêtre avait raison de dire qu'elle mettait ses propres besoins avant les désirs de son fils. Il avait sa vie, dans ce jeune et vigoureux pays, une mère et un père qu'il s'était choisis.

« Dois-je sacrifier son désir de rester pour pouvoir mener la vie dont je rêvais avec lui ? Ou, au contraire, est-ce à mon bonheur que je dois renoncer pour lui permettre de garder la vie qu'il mérite et qu'il aime ici ? Comment peut-on me demander de faire un tel choix ? Faut-il que je paie le prix fort pour me punir de l'avoir quitté ? Ce sera terrible s'il me rejette de nouveau. »

— Louie, appela-t-elle.

Il jouait au ballon, et fit semblant de ne pas l'entendre.

— Écoute-moi, s'il te plaît. Je sais que tu as parlé au révérend, mais je veux être sûre d'avoir bien compris. Est-ce que tu voudrais venir avec moi sur le grand paquebot pour rentrer dans notre belle maison, avec les chevaux et les poules ?

— Non, je n'aime pas les poules, répondit-il sans la regarder.

— Alors, qu'est-ce que tu veux faire ?

— Je veux vivre avec tante Jess et oncle Jim pour toujours.

— Pourquoi ?

— Je ne sais pas. C'est ma famille, maintenant, dit-il en posant sur elle son regard si bleu.

Elle soupira et s'accroupit pour se mettre à sa hauteur.

— Tu as sûrement raison, mais je serai toujours ta maman. Je t'écrirai. Tu me répondras ?

— Je n'aime pas écrire.

Il tapait dans son ballon comme si elle n'était pas là, refusant de prendre la main qui se tendait vers lui.

— Alors je vais te dire au revoir, déclara Callie en retenant ses larmes avec peine.

Elle contemplait le petit visage sérieux pour l'imprimer dans sa mémoire, se retenant de le supplier à genoux de l'aimer. Et lorsque Desmond tendit enfin sa main, elle fut incapable de la prendre. Elle se détourna vite et s'enfuit pour qu'il n'entende pas ses sanglots.

Quand Louie rentra du jardin, la dame était partie. Il avait compris qu'elle ne reviendrait pas, et il était fier d'avoir réussi à la chasser. Il allait de nouveau avoir Jessie pour lui tout seul, et personne ne les dérangerait plus. On n'en parlerait plus jamais. Il savait que cette drôle de mère était un secret qu'il fallait bien garder. Mais lorsqu'il se retrouva seul dans son lit ce soir-là, il eut du mal à s'endormir : il se souvenait du cri étouffé que la dame avait poussé en partant, et des larmes qui remplissaient ses yeux quand elle s'était baissée pour lui parler.

Il savait que, pour pleurer aussi fort, il fallait être très malheureux : lui-même avait beaucoup pleuré le jour où oncle Bob l'avait obligé à tuer une pauvre petite poule. Il sentait encore le parfum que la dame portait, et soudain le souvenir du jardin sur la photo lui revint. Il y avait un sentier, des roses près de son visage, et une chanson douce qui le rendait triste. C'était la dame qui chantait. Il se réveilla pour se rendre compte qu'il avait mouillé son lit. Jess lui fit des reproches, et il ne put pas lui expliquer ce qui n'allait pas. Il savait qu'il ne fallait plus parler de la dame, et il espérait l'oublier très vite : elle, son jardin et ses roses. Plus personne ne l'appellerait plus Desmond. Il ne voulait même plus entendre le prénom Louis qu'elle avait prononcé. Son seul prénom dorénavant serait Lew.

39

Callie était assise au bar de son hôtel, un verre entre les mains. Elle ne savait plus combien elle en avait bu, mais pas suffisamment pour oublier le rejet de son fils. Son regard de défi et cette expression de triomphe qu'il avait eue quand elle avait capitulé la poursuivaient. « Ai-je bien fait de lui laisser prendre la décision ? Pourquoi ai-je renoncé à me battre pour le garder ? Une mère n'abandonne pas son enfant aussi facilement. » Elle était totalement désemparée. Il lui avait semblé agir pour le mieux en donnant à son fils la possibilité de grandir dans un milieu qui le sécurisait et où il était heureux. Comment aurait-elle pu le traîner à son corps défendant dans un pays dont il ne se souvenait même pas ? Son cœur pleurait, et sa raison chancelait :

« On ne peut pas obliger un enfant à éprouver des sentiments qu'il n'a pas. Cette famille qui l'a pris sous son aile est une bonne famille, solide, heureuse. À côté d'eux, je ne fais pas le poids. Je ne suis qu'une pauvre épave battue par la vie, seule et sans soutien. J'ai tout raté. Je me suis mal mariée – à supposer que ce mariage ait été valide –, j'ai eu tort d'accepter cette mission dangereuse qui m'a séparée trop longtemps de mon fils. Je mérite ce qui m'arrive… »

Callie s'affala sur le comptoir.

— Un autre, un double ! commanda-t-elle au barman.

Il fit mine de ne pas l'avoir entendue.

— Vous avez assez bu, vous ne croyez pas ? intervint une serveuse. Je vais vous appeler un taxi.

— J'en ai besoin pour oublier ma bêtise ! Un double !

— Allez, c'est l'heure de se coucher, dit le barman. Elle est cliente de l'hôtel. Aide-la à monter, s'il te plaît, ajouta-t-il en s'adressant à la serveuse.

Arrivée dans sa chambre, Callie se laissa tomber sur le lit, désespérée, ne sachant plus que faire de sa vie.

Mima, qui accrochait des rideaux neufs à petits bateaux dans la chambre d'enfant pour préparer le retour de Desmond, fut interrompue par Phoebe. Si Callie n'avait pas donné signe de vie depuis son passage éclair à Dalradnor, sa mère comptait sur son pardon quand l'enfant serait de retour, et tout était prêt pour sa visite. En ouvrant la carte-lettre et en voyant l'écriture de Caroline, ses espoirs avaient été ranimés, et elle était vite montée pour la lire avec Mima. Le timbre, pourtant, l'étonnait : il n'était ni anglais ni australien. Elle approcha le papier de ses yeux, mais sans ses lunettes elle n'y voyait pas grand-chose.

— Mima, lisez-la-moi, vous voulez bien ?

> Comme le montrent les pyramides imprimées du côté de l'adresse, je ne suis plus en Australie. Je t'écris pour te donner des nouvelles de Desmond, que tu ne reverras pas de sitôt, je te l'annonce.
>
> Je l'ai trouvé avec Jessie à Adélaïde, où la famille Boyd les a pris sous son aile. Le mariage de Jessie

s'est très mal terminé, comme beaucoup de mariages de guerre, et elle a dû quitter son mari pour se mettre à l'abri et protéger mon fils. Desmond s'appelle maintenant Louie, et il s'est attaché au nouveau fiancé de Jessie, Jim Boyd, qu'il suit partout comme un petit chien.

— Je n'ose pas continuer, Madame, c'est trop personnel.

— Lisez, Mima, lisez !

Il a été décidé (pas par moi, bien entendu) qu'il fallait laisser à mon fils le soin de choisir avec qui il voulait vivre. Évidemment, il a dit préférer rester avec Jessie dans cet endroit auquel il s'est habitué plutôt que de rentrer avec moi qu'il n'a pas vue depuis des années. Au début, il ne m'a même pas reconnue. J'avais été prévenue, je n'aurais pas dû être étonnée.

On m'a assuré que j'aurais régulièrement de ses nouvelles et qu'on lui ferait lire mes lettres. Nous sommes les bienvenues à Adélaïde tant que nous voudrons.

Donc voilà, j'ai brûlé mes vaisseaux, et je me moque un peu de tout maintenant. J'aurais pu me battre davantage, mais à quoi bon ? Je suis descendue à l'escale de Port-Saïd. Rien ne m'attend en Angleterre que la pluie et la pénurie alimentaire. J'ai retrouvé ma vieille amie Monica Battersby au Caire, et je vais vivre chez elle un certain temps. Nous revisitons notre passé et cette belle Égypte qui nous voit veuves toutes les deux, et moins gaies, c'est certain. Qui sait, peut-être un jour vais-je tomber sur mon escroc de mari dans un bar louche, et pouvoir lui dire ses quatre vérités ? Mais j'en doute.

Je n'ai aucune intention de remettre les pieds à Dalradnor sans mon fils, donc ne t'attends pas à me revoir dans un futur proche… ni même lointain.

Caroline

— Oh, mon Dieu, gémit Mima en rendant la lettre à Phoebe.

Cette dernière plaqua le feuillet sur son cœur.

— Ma pauvre petite fille ! Que vas-tu devenir ?

Phoebe avait été profondément blessée par les reproches cachés dans cette froide missive. Elle comprenait que le désespoir avait dû les dicter, mais c'était trop pour elle. Elle s'effondra sur le lit, certaine de ne jamais revoir sa fille.

— Madame ? Madame ? Vous allez bien ? demanda Mima.

Mais Phoebe ne pouvait plus parler. Elle parvenait à peine à respirer, étouffée par l'étau glacé de cette certitude.

— Caroline… pardonne-moi.

Ce furent les derniers mots qu'elle réussit à prononcer avant de sombrer dans la nuit.

TROISIÈME PARTIE

Melissa
2002

I know where I'm going
And I know who's going with me
You're the one I love
But the dear knows who I'll marry...

« Je sais où je vais
Et je sais qui vient avec moi
C'est toi que j'aime
Mais Dieu sait qui un jour j'épouserai... »

Chant traditionnel britannique

40

Melissa Boyd adorait les dimanches matin à Londres. « Je me sens bien, ici », songeait-elle en marchant dans les rues tranquilles, sentant craquer sous ses pieds les feuilles d'automne. Il y avait peu de circulation, et on entendait le carillon des églises tinter clairement dans l'air humide. Aux terrasses des cafés, les gens lisaient paisiblement les journaux du dimanche. C'était la belle vie : Londres lui devenait si familier qu'elle en oubliait sa nostalgie d'Adélaïde.

Elle n'avait d'ailleurs pas le loisir d'avoir le mal du pays : ses activités à la Royal Academy of Music occupaient tout son temps. Dans cette vénérable institution, l'enseignement était très complet : on apprenait un riche répertoire, et on suivait des cours non seulement de technique vocale, mais aussi d'interprétation dramatique et de diction lyrique italienne. Mel était également devenue virtuose dans l'utilisation des transports en commun, et ne manquait aucune des réunions organisées à l'université pour regrouper les étudiants étrangers. Elle côtoyait ainsi un intéressant éventail d'artistes venus du monde entier.

À l'académie de musique, elle avait été jetée dans le grand bain dès sa première master class. L'étudiante choisie pour chanter pendant la séance s'étant désistée, la cantatrice conférencière avait demandé à Melissa de prendre sa place. Pas moyen de reculer. Comme en concert, il lui avait fallu dominer la peur qui coupait le souffle et brouillait la diction. Ainsi, l'une des plus grandes sopranos du monde l'avait écoutée, et lui avait prodigué critiques et encouragements. Elle avait tant à apprendre.

L'appartement qu'elle louait près de Marylebone High Street était situé à proximité de son université et de Regent's Park. Ses trajets matinaux pour s'y rendre lui rappelaient les promenades dans les parcs de sa ville natale. Ses parents auraient été heureux pour elle. Mais ils n'étaient plus là, et il ne lui restait qu'une seule relation proche avec l'Australie : sa meilleure amie, Patty, avec qui elle échangeait des e-mails et qui avait promis de venir la voir.

Melissa n'avait pas oublié l'étrange testament de son père, mais elle avait eu trop à faire jusque-là pour se lancer dans des recherches. Ce dimanche, elle s'aventurait pour la première fois sur la piste du passé, ayant décidé d'explorer un Salon de la carte postale qui se tenait régulièrement dans un hôtel de Bloomsbury. Parmi les collectionneurs présents, elle en trouverait peut-être un qui pourrait identifier la carte ancienne représentant la comédienne au grand chapeau que lui avait léguée son père. Ce serait un point de départ.

Après une longue marche, car tout était toujours plus loin à Londres que les plans de la ville ne semblaient l'indiquer, la jeune fille arriva dans une salle remplie de stands et de monde. Elle ne s'était pas attendue à une telle affluence.

Il y avait là une multitude de styles et de thèmes pour satisfaire les amateurs : cartes de bord de mer humoristiques, vieilles rues, navires au port, villes étrangères, scènes de guerre. Certains clichés étaient colorisés à la main ; d'autres s'accompagnaient de « bons souvenirs » calligraphiés, entourés de dentelle. On trouvait des faire-part de décès, des rois, des reines. Toutes ces curiosités et ces merveilles étaient rangées dans des boîtes, répertoriées, évaluées. Par où commencer ? se demanda-t-elle. Il devait y avoir des spécialistes de cartes de théâtre dans ce labyrinthe, mais il était bien difficile de les repérer.

La voyant désorientée, une femme qui tricotait en surveillant les clients d'un œil s'adressa à elle.

— Je peux vous renseigner ?

— J'aimerais simplement apprendre tout ce que je peux concernant cette carte, dit Melissa en la lui montrant.

— Demandez à Mark, là-bas ; il fait le cinéma et les spectacles.

Elle désignait un homme jeune et grand en bras de chemise, qui triait son stock.

— Venez, je vais vous présenter.

Melissa la suivit.

— Mark, cette jeune demoiselle a besoin d'un conseil. Elle n'a pas l'habitude de notre foire, venant de… Nouvelle-Zélande ? Je me trompe ?

— D'Australie, dit Melissa, amusée que les Anglais n'entendent jamais la différence entre les deux accents. Je vous remercie, mais je n'ai rien l'intention d'acheter. Je ne suis qu'une pauvre étudiante ! Je voulais juste montrer cette carte à quelqu'un susceptible de m'en dire quelque chose.

Elle tendit la carte de la comédienne, et l'homme l'examina des deux côtés.

— Début du XXe siècle. C'est une chanteuse de music-hall. Phoebe Faye, comme le confirme l'autographe. Pas une vedette, mais une très belle femme assez connue en son temps. Vous êtes une descendante ? demanda-t-il en jetant un coup d'œil à Melissa pour la comparer à la photo.

— Je ne sais pas, mais je fais bien une recherche généalogique. La carte me vient de mon père.

— Faye ne devait pas être son vrai nom : les artistes portaient souvent des noms de scène. Je peux vérifier, mais je ne pense pas avoir d'autres photos d'elle dans mes cartons. Les théâtres imprimaient ces cartes par centaines pour leur promotion. Elles n'ont pas beaucoup de valeur, je suis désolé.

— Je n'ai aucune intention de la vendre. J'ai une autre carte pour suivre la piste : elle représente un bateau, et est adressée à une personne dont le prénom est Desmond. C'est très désuet, non ? Je ne sais pas comment je vais résoudre ce mystère, mais merci d'avoir essayé de m'aider.

Il la retint.

— Attendez. Je connais un bien meilleur spécialiste de cette époque – moi, je m'intéresse plutôt au cinéma des années 30 et 40. Je vous emmène le voir. On prend un café ensemble ? Je m'appelle Mark Penrose, à propos.

— Melissa Boyd.

Ils se serrèrent la main. Mark avait un regard chaleureux et un visage plein de caractère.

— Regardez si vous trouvez quelque chose qui vous intéresse dans cette boîte, sous la table, pendant que je demande à Ben de s'occuper de mon stand. Parfois, j'oublie ce que j'ai.

— Vous vivez de la vente de cartes postales ?

— Jamais de la vie ! C'est une passion qui remonte au jour où on m'a donné l'album de ma grand-mère. Je suis avocat à mes heures perdues. Et vous ?

— Je suis étudiante à la Royal Academy : j'ai décroché une bourse à Adélaïde.

— Une musicienne ! Le niveau est excellent à la Royal Academy. Quel instrument ?

— La voix… Je chante, ajouta-t-elle en rougissant devant son intérêt.

— Art lyrique ?

— Oui. Vous aimez l'opéra ?

— Évidemment. J'adore *Tosca*… Mais racontez-moi pourquoi vous voulez identifier cette comédienne.

— Je remplis une mission que m'a confiée mon père avant de mourir. Il m'a demandé de retracer son passé, sans me laisser beaucoup d'indices. Je ne sais pas pourquoi, mais j'ai le sentiment que c'est très important.

— Ben, tiens la boutique un moment ! lança Mark d'une voix forte, pour se faire entendre de son ami qui n'était pourtant qu'à deux pas. Je fais un saut chez Humph, j'en ai pour un quart d'heure. Et surveille le type à l'anorak bleu : il a des grandes poches !

Mark fit traverser la foule à Melissa pour la conduire, de l'autre côté de la salle, à un stand couvert de programmes et d'affiches de théâtre et tenu par un couple. Il s'adressa à l'homme.

— Humph, je te présente Melissa. Est-ce que tu sais quelque chose sur Phoebe Faye, la chanteuse de music-hall ?

— Possible… Je te dis tout ce que tu veux savoir pour une bière ! répliqua l'homme du stand en riant.

La femme le poussa pour le faire lever.

— Emmenez-le, vous me rendrez service. Il ne veut jamais se séparer de ses trésors, alors ça me laissera le temps de vendre quelque chose, pour changer.

Ils s'installèrent à une table à la cafétéria, et Humph leur donna quelques détails supplémentaires sur Phoebe Faye.

— On trouve pas mal de cartes de promotion pour ses spectacles. Elle a eu son petit succès, et elle a participé à des tournées aux armées pendant la Première Guerre mondiale en France. Je n'ai pas vu grand-chose d'elle qui remonte à l'après-guerre, à part un film ou deux. Elle en a tourné un avec Ivor Novello, je crois – à moins que je la confonde avec Lily Elsie. Alors elle, Lily Elsie, c'était une grande star ! Une photo d'elle signée, ça peut valoir quelque chose, ajouta-t-il en prenant une gorgée de café. J'ai eu une photo de Phoebe Faye en uniforme de l'armée, mais je l'ai vendue à une collectionneuse de cartes de suffragettes. C'est drôle, personne ne m'en a parlé depuis des années, et vous êtes la deuxième en un mois.

Melissa ne connaissait rien au cinéma de cette époque.

— Savez-vous si Phoebe Faye était mariée ? demanda-t-elle.

— Non, je n'en sais rien. Vous obtiendrez peut-être des renseignements sur elle dans son avis de décès, s'il y en a eu un dans la rubrique nécrologique des journaux. Ce n'était pas une grande star, mais elle devait avoir du talent. George Edwardes, son imprésario, choisissait bien les artistes qu'il représentait. Pas mal d'entre elles étaient d'origine modeste, mais elles avaient du potentiel : jolie voix et physique agréable. Beaucoup ont fait de beaux mariages dans l'aristocratie. J'espère vous avoir un peu aidée.

— Certainement, c'est un bon début, dit Mel.

Humph se leva pour regagner son stand, les laissant à la cafétéria.

— Où pensez-vous que je puisse consulter les rubriques nécrologiques ? demanda Melissa à Mark.

— Commencez par la British Library. Vous y trouverez les collections de tous les journaux. Mais avant, il faut découvrir quand elle est morte. Ce sera facile, grâce aux registres d'état civil : date de naissance, mariages, date de décès… à moins qu'elle ne soit encore en vie.

Melissa était un peu effrayée par l'ampleur de la tâche, mais son intérêt était vraiment éveillé. Cette Phoebe Faye devenait un peu plus réelle pour elle. Ce n'était plus seulement une photo publicitaire, mais une femme qui avait vraiment vécu.

— Je ne vais malheureusement pas avoir le temps de faire grand-chose, soupira-t-elle. Nous entrons en phase de répétitions. En tout cas, merci beaucoup.

— Si vous avez besoin d'aide… Je suis curieux, maintenant. Ce n'est pas tous les jours qu'on voit une jeune femme arriver de l'autre bout du monde munie d'une carte postale pour retrouver une ancêtre.

— Nous ne sommes peut-être pas parentes.

— Je parierais que si. Elle était chanteuse, et vous aussi. C'était une belle femme, et vous êtes très jolie.

— Merci… dit Melissa en rencontrant son regard.

— Très sérieusement, n'hésitez pas à me contacter. Je vous donne ma carte avec mon adresse e-mail. Votre histoire m'intéresse réellement, alors avertissez-moi si vous ne comptez pas continuer, je reprendrai le flambeau. Je vais fouiller dans ma collection, au cas où j'aurais oublié quelque chose.

Elle retourna avec lui à son stand, ne sachant trop si elle allait continuer ses recherches, mais sûre au moins d'une chose : elle avait envie de revoir Mark Penrose, amateur d'opéra, avocat, et passionné de cartes anciennes.

Melissa était tellement absorbée par ses répétitions qu'elle fut très surprise de découvrir une carte postale dans son courrier, la semaine suivante : « Rendez-vous à la pâtisserie Valérie samedi prochain vers 11 heures, j'ai du nouveau. Mark Penrose. »

Le lieu fixé lui convenait parfaitement, la pâtisserie française étant à deux pas de chez elle, et fameuse pour ses délicieuses tartes aux framboises. Elle fut touchée que Mark ait tenu sa promesse d'effectuer quelques recherches pour elle dans son stock, mais elle eut un peu peur qu'il espère en échange quelque chose qu'elle n'était pas prête à lui offrir.

« Pas d'histoire d'amour compliquée pour le moment, se disait-elle. Ma carrière doit passer d'abord. Je suis venue à Londres pour réussir dans la musique, et rien ne doit me distraire de mon objectif. » Mais du moment que leur relation restait simple et amicale, elle serait ravie de le revoir.

Ce samedi-là, elle passa des heures à choisir comment s'habiller. Pour une raison étrange, rien ne lui allait, et surtout pas les vieux jeans et les pulls qu'elle mettait d'ordinaire. Elle ne voulait pas avoir l'air négligé, mais elle éliminait aussi tout ce qui pourrait paraître trop habillé et laisser supposer qu'elle avait fait un effort. Elle recherchait un look à la fois décontracté et élégant, qu'elle trouva finalement dans un jean bien coupé et un joli haut. Ses boucles d'oreilles aborigènes ajoutaient juste la touche d'exotisme qui lui plaisait.

Ses hésitations lui avaient pris tellement de temps qu'elle faillit être en retard. Marylebone High Street était toujours noire de monde le samedi. Dans la foule des badauds, elle croisa des camarades d'université auxquels elle fit signe en passant sans s'arrêter. C'était une de ces belles journées de fin d'automne qui fleurent bon la fumée des feux de jardinier. Melissa se sentait bien intégrée, heureuse dans ses études et dans sa vie.

Mark l'attendait à une table en terrasse. Il se leva pour l'accueillir, vêtu avec le même chic décontracté qu'elle, veste de tweed et jean. Elle avait oublié qu'il était aussi grand et aussi bel homme.

— Bonjour, dit-il avec un sourire.

Ils décidèrent de s'asseoir à l'intérieur, et elle entra avec lui, intriguée par le porte-documents qu'il tenait sous le bras et qui semblait prometteur. Ils s'installèrent au fond dans un coin tranquille et passèrent leur commande. Alors qu'il se penchait vers elle, elle perçut un subtil parfum d'après-rasage qui lui indiqua qu'il avait, lui aussi, fait un effort.

— Vous êtes vraiment gentil de vous en être occupé, et aussi vite, déclara-elle. D'autant que moi, je n'ai eu le temps de rien faire.

— Ça n'était pas bien compliqué, mais je ne peux pas rester très longtemps… J'ai un match de rugby tout à l'heure.

— Dites, vous en avez des talents ! Spécialiste des cartes postales et du rugby, un beau mélange !

— Vous pouvez rire ! Notre équipe est très mauvaise, je joue surtout pour l'exercice. D'ailleurs, comme le disait ma grand-mère, le secret de la vie, c'est de garder un bon équilibre entre un peu tout.

— La même grand-mère qui a éveillé votre passion pour les cartes postales ? Je n'ai connu qu'une seule de mes grands-mères, et elle est morte quand j'avais dix ans ; j'ai perdu ma mère peu de temps après… alors je ne m'y connais pas très bien en famille.

Le cœur de Melissa se serrait encore à la pensée de la disparition précoce de sa mère.

— Vous allez être contente de ce que je vous apporte, annonça Mark. J'ai trouvé la nécrologie de Phoebe Faye.

Il lui tendit la photocopie d'une page du *Daily Telegraph*.

— Comment vous êtes-vous débrouillé ?

— Oh, vous savez, quand on est avocat, on a le bras long… répondit-il en lui lançant un sourire charmant qui fit pétiller ses yeux vert-de-gris derrière ses lunettes. Dans ces quelques lignes, on apprend beaucoup de choses sur Phoebe. Son vrai nom était Phoebe Annie Boardman. Elle est née à Leeds, et elle est morte en 1948 de maladie. Elle ne s'est pas mariée, mais elle a été fiancée pendant la Première Guerre mondiale. Elle a participé à la tournée des spectacles de Lena Ashwell pour les soldats au front… Il y a aussi un résumé de sa carrière au cinéma… mais la dernière partie vous intéressera plus. Elle avait une nièce, Caroline, qui était encore vivante à l'époque de son décès.

Melissa lisait par-dessus son épaule pendant qu'il parlait. L'article était accompagné du portrait d'une élégante femme d'une trentaine d'années aux cheveux permanentés retenus en chignon.

— À l'époque, il arrivait que le terme « nièce » désigne une fille illégitime, continua Mark. Au début du XXe siècle, il était encore considéré comme honteux d'avoir un enfant hors mariage. Phoebe est morte dans un village près de Glasgow. Vous pourriez aller là-bas, si vous voulez récolter d'autres informations sur elle. Vous ne pensez pas ?

Melissa s'en souvint soudain, sa mère disait souvent que sa grand-mère Boyd était écossaise.

— C'est une très bonne piste ! Merci. Mais vous semblez supposer que Caroline pourrait être la personne qui a envoyé la carte postale. C'est peut-être un peu rapide, non ?

— Si nous avions son acte de naissance, nous en saurions sûrement beaucoup plus. Vous n'imaginez pas la quantité d'informations qu'on peut en tirer : lieu de naissance, nom complet, parents. Il faut la version longue, pas l'extrait. Je flaire un mystère là-dessous.

— Mais nous ne connaissons pas sa date de naissance…

— Il suffit de piocher entre 1914 et 1918, et de chercher Caroline Boardman. Si elle n'est pas illégitime, ce sera la fille d'un des deux frères de Phoebe

Faye – elle n'avait pas de sœur. Ça vaut la peine d'essayer. Dès que vous aurez son nom exact, vous pourrez chercher son certificat de mariage ou son acte de décès. S'il n'y en a pas, c'est qu'elle est encore en vie… La fille de Phoebe Faye… C'est elle qui nous intéresse et qui nous mènera au but.

Ils reprirent leurs tasses de café en silence. Mel réfléchissait à ces nouvelles informations, heureuse que Mark ait dit « nous » pour parler de l'enquête et qu'il compte continuer à l'aider.

Mais il allait un peu vite en besogne en supposant qu'elle avait un lien de parenté avec ces deux femmes. Et il semblait prendre ses recherches beaucoup plus à cœur qu'elle-même. Ce n'était pas très compréhensible, se dit-elle, à moins qu'il veuille surtout se rapprocher d'elle. Et dans ce cas, comment pouvait-elle lui montrer sa reconnaissance sans trop l'encourager ?

— Je voudrais vous remercier. Est-ce que cela vous ferait plaisir d'avoir des entrées pour notre concert de Noël ? Venez avec qui vous voudrez, ajouta-t-elle en souriant pour bien lui montrer que cela ne la gênerait pas.

— Avec grand plaisir. Je trouverai sûrement quelqu'un pour m'accompagner et vous applaudir avec moi. Mais surtout, vous ne devez pas abandonner les recherches. Les témoins de cette époque, s'il en reste, doivent être très âgés, il faut vous dépêcher. La prochaine étape, c'est donc d'aller à l'état civil. Vous voulez que je vous accompagne ? On n'est pas trop de deux pour entreprendre ce genre de recherches.

— Je ne sais pas. Je ne voudrais pas que ça vous prenne trop de temps, et de mon côté je suis en pleine période de répétitions. Je suis venue à Londres principalement pour ma musique, ce petit jeu de Sherlock Holmes est secondaire.

Elle hésita, regrettant cette réflexion qui pouvait paraître désagréable.

— Pardon, vous m'avez vraiment beaucoup aidée, mais cette recherche ne doit pas m'empêcher de faire mes études. Pourtant vous avez raison : si Caroline est en vie, elle doit être très âgée. Nous avons déjà bien avancé. Nous avons cette nécrologie, et puis, dans la boîte que m'a laissée mon père, il y avait d'autres photos qui pourraient faire avancer les recherches…

— Ah ! Mais je ne le savais pas !

— Si. Par exemple, une photo de deux collégiennes avec quelques mots au dos.

— De la même écriture que la carte ?

— Je ne suis pas sûre.

— Vous habitez près d'ici, non ? Allons y jeter un coup d'œil tout de suite… J'ai juste le temps, ajouta-t-il en se levant, l'œil sur sa montre.

Melissa eut d'abord envie de refuser : elle détestait faire le ménage et elle avait laissé des vêtements éparpillés un peu partout, dans son incapacité à trouver la tenue adéquate. Mais finalement, ce n'était peut-être pas plus mal pour le décourager : s'il commençait à être séduit, le désordre du studio freinerait ses ardeurs.

Mark alla au comptoir pour régler la note et choisir quelques pâtisseries à emporter.

— C'est Sarah qui va être contente ! commenta-t-il pendant que la serveuse faisait son paquet.

Ainsi, il y avait une Sarah dans sa vie, pensa Mel. Il était pris, et elle n'avait rien à craindre de lui. Mais au lieu d'être rassurée, elle fut un peu déçue. Pourquoi l'avait-elle supposé célibataire ? Un beau garçon comme lui n'était sûrement pas seul. Qui était cette femme ? Une avocate, peut-être, comme lui.

Elle eut envie de l'interroger, mais hésita pendant tout le trajet jusque chez elle, et finalement n'aborda pas la question.

— Pardon pour le désordre, je n'ai pas eu le temps de ranger, dit-elle en le faisant entrer.

Elle attrapa le carton sous le lit, et le tira vers elle en espérant qu'il n'avait pas trop accumulé de poussière.

— Voilà, dit-elle en le posant sur la table.

Elle mit de côté la lettre de son père, beaucoup trop personnelle pour qu'elle la lui fasse lire, et chercha la photo dont elle lui avait parlé. On y voyait deux jeunes filles, dont l'une était blonde et portait de longues nattes.

Marc la compara à la photo qui accompagnait la nécrologie de Phoebe Faye.

— Il y a bien un air de famille. Les sourcils, le nez. Les cheveux.

Sur l'envers, il lut : « Primmy et moi. »

Elles portaient des petites robes plissées de collégienne des années 30. Au fond s'élevait un grand bâtiment aux allures de château, sans doute un pensionnat.

— Cela pourrait être n'importe où, remarqua Melissa. Primmy, je suppose que c'est le diminutif de Primula ou Primrose… Pas facile à porter, ajouta-t-elle avec un sourire. Elles ont l'air de vraies petites diablesses, toutes les deux.

— Vous arrivez à lire ce qui est écrit sur l'écusson cousu à leur robe ? demanda Mark en ajustant ses lunettes. Un agrandissement nous permettrait peut-être de trouver le nom de l'école.

— Ah ! Bravo ! Quel œil d'épervier ! Ça doit être votre esprit de juriste qui vous rend aussi observateur. À leur allure, on peut situer la photo vers les années 20 ou 30, mais je n'aurais jamais pensé au nom de l'école…

— Vous me la confiez ? Je me charge de l'agrandissement.

— Je ne voudrais pas vous déranger, ça me gêne…

— Vous avancerez mieux dans l'enquête pendant vos vacances. En attendant, laissez-moi vous donner un coup de main pour vous mettre sur la bonne voie.

Il fouilla un peu dans le carton et en tira la médaille.

— C'est curieux, on dirait une croix de guerre. Votre père vous en a parlé ?

Melissa hésita, puis pensa que Mark ne comprendrait jamais vraiment la situation s'il ne lisait pas la lettre de son père.

— Tenez, répondit-elle en la lui tendant.

Elle attendit en silence qu'il ait fini sa lecture, tout en notant le regard préoccupé qu'il levait vers elle de temps en temps.

— Merci de votre confiance, déclara-t-il en la lui rendant. Je me rends compte de ce que ça doit vous coûter. Votre père a eu raison de se confier à vous. C'est une belle preuve d'amour.

— S'il m'aimait, il avait une drôle de façon de le montrer ! protesta-t-elle tandis que l'émotion lui serrait la gorge. Pourquoi a-t-il fallu qu'il attende d'être au seuil de la mort pour m'en parler ? C'est injuste.

Mark lui posa la main sur le bras.

— Oui, c'est dur, je comprends. Mais regardez comme vous avez déjà avancé. Nous allons arriver à trouver le fin mot de cette histoire, vous verrez…

Il faut que je vous laisse, ajouta-t-il en regardant sa montre. Mes coéquipiers m'attendent. Je vous rappelle très vite. Ne soyez pas triste, vous réussirez.

Il venait de sortir quand Melissa vit qu'il avait oublié sa boîte de gâteaux. Elle descendit l'escalier en courant pour le rattraper.

— Les gâteaux de Sarah ! cria-t-elle.

Il s'arrêta et se tourna vers elle avec un sourire.

— Merci. Bon week-end.

Melissa remonta dans son studio, se sentant très seule et enviant à Sarah l'homme prévenant qui lui apportait des gâteaux.

Trois semaines s'écoulèrent avant que Mark ne lui refasse signe, mais elle reçut encore une de ses drôles de cartes postales portant un message laconique : « Cherchez sur Internet l'école de jeunes filles St Margaret, près d'Arboath en Écosse. Plein d'infos. Mark. »

Melissa allait souvent dans un cybercafé près de chez elle, et elle y effectua la recherche que Mark lui suggérait. Il s'était bien renseigné. Le château de la photo avec les deux collégiennes apparut sur la page d'accueil, accompagné de l'écusson de l'école avec sa devise : « Toujours plus haut ! » Suivait une histoire de l'établissement. C'était très bien, pensa Mel, mais elle pouvait difficilement partir en expédition au fin fond de l'Écosse en pleines répétitions de l'opéra.

Elle découvrit cependant sur le site l'adresse de la secrétaire de l'association des anciennes élèves de St Margaret. Les associations de ce genre étaient souvent très bien informées, cela valait la peine d'envoyer un petit courriel qui lui permettrait de se sentir moins coupable vis-à-vis de Mark. Elle pourrait dire qu'elle avait fait quelque chose.

Elle écrivit quelques lignes, demandant s'il y avait moyen de trouver la trace de deux anciennes élèves ayant fréquenté l'école dans les années 20 ou 30 et se prénommant Caroline et Primrose. Puis elle envoya son message, ne s'attendant pas à recevoir de réponse avant le Nouvel An.

Le lendemain, elle trouva ce courriel :

> Chère Mademoiselle,
>
> Merci pour votre récente demande. Je viens à Londres la semaine prochaine. Voulez-vous que nous nous retrouvions le jeudi à l'heure du déjeuner ? Vous m'avez intriguée, et je pourrai peut-être vous fournir des informations utiles. Disons 13 heures au restaurant du grand magasin John Lewis, dans Oxford Street.
>
> Sincèrement,
>
> Elizabeth Steward
>
> P.- S. Je porterai un foulard écossais.

Melissa choisit une carte postale humoristique de Jacky Fleming pour mettre Mark au courant. Une réponse aussi rapide et ce rendez-vous signifiaient forcément que sa correspondante allait faire avancer son enquête.

41

Melissa avait eu du mal à se frayer un chemin à travers la foule de Noël. En haut de l'escalator, elle vit une femme drapée dans un châle écossais devant l'entrée du restaurant. Elle avait une cinquantaine d'années, et une permanente d'une curieuse couleur aubergine.

— Madame Steward ? demanda Melissa en s'approchant d'elle.

— Mademoiselle Boyd ! C'est incroyable, je n'en reviens pas. Suivez-moi, j'ai réservé une table. Melissa, c'est un si joli prénom. Quand je pense que vous êtes venue d'Australie pour retrouver Callie…

— Pas exactement. Je vis à Londres pour poursuivre mes études.

— C'est vraiment un coup du destin ! J'ai démissionné du poste de secrétaire de l'association il y a déjà plusieurs mois, mais je ne sais pas pourquoi, votre demande m'a été envoyée au lieu d'être réexpédiée au nouveau secrétariat. Il fallait que je vous voie !

Elle posa ses sacs encombrants par terre, visiblement soulagée de s'en débarrasser.

— Je viens toujours à Londres pour faire mes courses de Noël et voir les décorations… C'est un peu triste, vous ne trouvez pas ? Je m'appelle Libby…

— Alors, vous savez qui sont ces deux jeunes filles ? demanda Melissa en sortant de son sac la photo, ainsi que la carte postale du music-hall. C'est un ami qui a réussi à agrandir l'image pour lire ce qu'il y a écrit sur l'écusson. J'ai trouvé cette photo à la mort de mon père. J'ai identifié l'actrice, Phoebe Faye. Est-ce que cette jeune fille blonde était sa nièce ?

Libby prit ses lunettes et sourit en examinant la photo.

— Oui, c'est bien Caroline avec ma mère, Primrose McAllister. Elles ont lié connaissance dès leur premier jour à St Margaret. Deux vraies terreurs qui ne rêvaient que plaies et bosses. Callie était la meilleure amie de maman.

— Elles sont mortes, alors ?

— Maman est décédée il y a cinq ans. C'était une femme extraordinaire. Ces femmes qui ont vécu la guerre avaient une force de caractère très particulière. Maman était opératrice radio à Bletchley Park, le centre de renseignements de l'armée. Elle a épousé mon père, Ralph, après la guerre. Je sais que Callie aussi a intégré ce service, mais on ne m'a pas dit grand-chose d'autre. Son rôle est resté très mystérieux.

— Vous pensez qu'elle pourrait toujours être en vie ? demanda Melissa, le cœur battant.

— C'est possible, mais elle ne sera pas facile à retrouver… Je crois qu'elle voyageait beaucoup.

— Vous la connaissiez bien ?

— Je ne l'ai rencontrée qu'à l'âge de sept ans. Elle revenait de Suez, en 1956. Je me souviens d'une grande femme blonde, très bronzée. Elle avait offert un chameau à roulettes à mon frère et à moi une poupée de collection égyptienne. Elle ne s'est pas beaucoup intéressée à nous. Je vous ai apporté l'album photo de l'enfance de ma mère, mais je ne pense pas que ça vous apprendra grand-chose.

Elles passèrent leur commande et attendirent leur déjeuner en commentant les photos. Libby parla à Melissa de St Margaret et de l'amitié qui avait uni sa mère et Caroline.

— Je sais qu'elle s'est mariée jeune et qu'elle a vécu un peu au Caire, mais maman n'en parlait pas beaucoup devant nous. J'étais trop petite pour comprendre – les enfants ont une vision déformée des choses. Mais quand j'ai vu Callie pour la première fois, à sept ans, j'ai tout de suite remarqué qu'elle était différente des autres amies de ma mère.

— De quelle façon ?

— Eh bien, entre autres, elle avait une odeur… de cigarette, et, excusez-moi, mais une haleine qui sentait l'alcool. J'avais un peu peur d'elle parce qu'elle était grande et élégante. Maman disait qu'elle avait été courageuse pendant la guerre, mais je n'ai pas beaucoup apprécié qu'elle s'installe chez nous.

— Elle a vécu chez vous ?

— Un peu, oui… Un peu…

Novembre 1956

Appuyée au bastingage, Callie regardait les matelots larguer les amarres dans le port d'Alexandrie. La crise du canal de Suez l'obligeait à quitter précipitamment l'Égypte. Les rues étaient envahies de soldats, et les sentiments anti-Anglais devenaient trop violents pour qu'il soit sage de rester. Elle voyagerait avec Monica Battersby, qui, grâce à ses relations, était arrivée à leur avoir des places dans un bateau en partance pour l'Angleterre.

C'était sans doute le dernier geste d'amitié que Monica ferait pour Callie, car leur relation avait beaucoup souffert d'une regrettable histoire de jalousie. Caroline s'était bien entendue avec Cecil Mason, l'homme qui était entré dans la vie de Monica après la mort de Ken. Elle avait aimé sortir s'amuser avec lui. Il connaissait les meilleurs clubs de jazz du Nil, les endroits où boire et faire la fête. Il leur était souvent arrivé de revenir à la villa accompagnés de bandes joyeuses à des heures indues, ce qui avait eu le don d'exaspérer Monica. La mort de Ken l'avait aigrie, vieillie. La rencontre de Cecil commençait à lui faire du bien, mais l'arrivée de Callie l'avait déstabilisée de nouveau.

Monica ne comprenait pas pourquoi Callie aimait autant sortir, s'étourdir de bruit et d'alcool. C'était, bien sûr, pour s'empêcher de penser à Desmond. Elle avait eu beau écrire à Adélaïde pour demander des nouvelles, elle n'avait reçu que de brèves réponses de Jessie – et rien de son fils, pas même des remerciements pour les cadeaux qu'elle envoyait à Noël. Et puis, un jour, ses dernières lettres lui étaient revenues sans avoir été ouvertes. On ne voulait même plus qu'elle écrive.

Elle se reprochait amèrement de ne pas s'être davantage battue pour faire respecter ses droits, mais c'était trop tard, maintenant, lui semblait-il, trop compliqué. Ses fonds étaient bas, aussi. L'argent lui filait entre les doigts. Monica ne l'aiderait pas : elle lui en voulait de sortir avec son homme, et elles ne partageaient plus grand-chose. Elles n'étaient d'ailleurs même pas dans la même cabine pour cette traversée de retour.

Callie leva les yeux vers le ciel bleu que troublait une légère brume de chaleur. À son arrivée, ce serait l'hiver ; il ferait froid, il ferait gris – et Dalradnor serait tristement vide, maintenant que Phee était morte ! La nouvelle de son décès était arrivée trop tardivement pour que Callie ait le temps de rentrer, même par avion. Mima lui avait envoyé plus tard un paquet de lettres trouvées dans ses papiers, pensant lui faire plaisir. Callie les avait rangées sans les lire dans un carton à chapeau, avec celle du notaire l'informant du contenu du testament, puis elle les avait oubliées. Elle ne les avait retrouvées qu'au moment du départ en faisant ses bagages, et de nouveau ignorées.

Elle ne voulait rien devoir à Phoebe, et surtout pas se replonger dans son douloureux passé.

Alors que le navire sortait lentement du port, Callie s'étonna de n'avoir pas plus de remords. Elle ne ressentait aucune culpabilité vis-à-vis de sa mère. À vrai dire, elle ne ressentait plus grand-chose. Son agréable vie au Caire lui avait permis de se protéger de la réalité. Maintenant, les beaux jours prenaient fin, et elle allait devoir regarder sa vie en face. Elle avait quarante ans, et peu de perspectives.

Seul le gin parvenait à éloigner la peur, le chagrin et la honte. Tant qu'elle pourrait s'en procurer, elle tiendrait et réussirait à ne pas penser sans cesse à Desmond. Trop de temps s'était écoulé ; il avait à présent toutes les raisons de ne pas la reconnaître. Sans doute était-ce mieux ainsi, et pourtant...

Il hantait son sommeil. Elle le voyait courir au bord du loch, mais chaque fois surgissaient les baraquements du camp et le rouleau compresseur qui cherchait à l'écraser. Elle entendait les grognements des chiens qui s'acharnaient sur leurs victimes, voyait des corps pendre des gibets comme des blocs de glace. Seule la mort la libérerait de ces images, mais, pour Céline, elle s'était juré de ne jamais mettre volontairement fin à ses jours : la vie était un don précieux. Pourtant, son existence était une torture qu'une fin rapide aurait soulagée, et elle espérait qu'à la longue l'alcool finirait par la tuer.

Primrose, son ange gardien, lui avait proposé de l'héberger à son arrivée en Angleterre, le temps de s'organiser. Callie avait encore sa pension de guerre et une petite rente, mais c'était insuffisant pour vivre. Il faudrait qu'elle travaille, mais quel emploi pourrait-elle trouver ? Elle n'avait pour qualification que son entraînement militaire, et à quoi servait en ces temps de paix la capacité de changer d'identité, de se cacher et de tuer l'ennemi ? Elle ne savait pas non plus garder les hommes. Elle donnait son corps, mais sans jamais laisser toucher son âme. Elle n'avait pas de pudeur parce qu'elle ne ressentait rien, mais elle continuait à enchaîner les conquêtes pour défier la solitude. Au Caire, elle avait cherché en vain des traces de l'amour de Ferrand.

« La vie est trop dure, songeait-elle. Je me sens tellement vide, tellement seule ! Ah, si je pouvais en finir… »

À la fin d'une nuit blanche, vers le milieu de la traversée, Callie fut soudain prise de rage contre Phoebe et sortit les lettres de sa mère du carton à chapeau pour les jeter par-dessus bord. Elle voulait les voir s'éparpiller dans l'écume et sombrer, comme si elles allaient emporter son passé avec elles. Mais soudain, alors qu'elle s'apprêtait à les lancer à l'eau, elle s'aperçut que ces lettres dont elle avait hérité n'étaient pas seulement de la main de sa mère comme elle l'avait cru. Il y avait une écriture différente sur certaines enveloppes tamponnées d'un cachet militaire. Curieuse, elle alla chercher une lampe et s'assit sur une chaise longue pour mieux les examiner.

Il s'agissait de la correspondance qu'avaient entretenue pendant la guerre sa mère et Arthur Seton-Ross. Un père que Callie n'avait aucune raison de tenir pour responsable des mensonges de Phoebe. Elle n'avait rien à lui reprocher, et fut heureuse de trouver ce moyen, le dernier qui lui restait, de connaître un peu de ses pensées. C'était bien la moindre des choses.

Ma chérie,

Quel miracle, cet instant où je t'ai vue traverser le mess des officiers à Boulogne dans ton uniforme, belle comme ce premier jour où je t'ai remarquée sur scène et où je suis tombé amoureux de toi ! Comme j'aurais voulu pouvoir rester plus longtemps, mais la perspective de te revoir à Londres m'aide à supporter la séparation et la vie à la garnison.

Ces quelques jours où j'ai pu te prendre dans mes bras ont été les plus beaux de ma vie. Je n'arrive pas à croire à ce merveilleux cadeau que m'ont fait les dieux…

Callie interrompit sa lecture, gênée. Elle avait l'impression d'être indiscrète, et ces mots ressemblaient trop à ceux que Ferrand lui écrivait. Elle prit la lettre suivante, la réponse de sa mère.

… Merci pour ces trois jours et ces trois nuits magnifiques. Comme j'ai trouvé difficile de te quitter, sachant que tu allais rejoindre ta froide tranchée alors que je serais bien au chaud chez moi ! Ta bague, que je chéris, attend sous mon oreiller. Je ne peux pas la porter, car si on me savait fiancée on m'interdirait d'aller en France avec les armées. Mlle Ashwell suit les directives de la YMCA, qui n'accepte que les jeunes filles sans attaches en service outre-Manche. Moi qui suis si fière de porter notre bel uniforme…

Envoie-moi la liste de ce qui te manque pour le prochain colis : livres, encre, vêtements chauds, tout ce que tu voudras. Je n'ai que deux prières à t'adresser : fais-moi parvenir une photo de toi et, je t'en supplie, ne prends pas de risques. Maintenant que nous nous sommes retrouvés, je ne supporterais pas de te perdre à nouveau…

La gorge serrée, Callie contemplait la lettre. Elle aurait pu l'écrire à Ferrand. Elle n'avait jamais aussi bien compris que ses parents avaient été deux jeunes amoureux en temps de guerre, tout comme elle-même et Ferrand l'avaient été. Quelle tristesse ! Elle ne pouvait pas jeter ces lettres d'amour, ni s'arracher à leur lecture. Elle les tria par ordre chronologique avant de reprendre sa lecture.

15 mai 1916

Ma chère aimée, ma vie,

Merci pour ta carte. Un petit mot pour te dire qu'il n'y a pas la moindre chance que j'obtienne une permission. Une grande offensive se prépare (gare à la censure !). Je t'ai trouvée inquiète, dans ta lettre. Je regrette que tu n'aies pas pu venir outre-Manche comme prévu et que tu aies dû partir faire la tournée des concerts en Angleterre.

Je suis content que ma sœur ait décidé de devenir infirmière et qu'elle connaisse ton amie Kitty, cela fera du bien à Verity. J'ai préparé mon père à notre mariage dès ma prochaine permission. Pas de réponse pour l'instant. M'épouserais-tu même s'il me déshéritait ?

J'écris à la lumière d'un pauvre bout de chandelle dans la tranchée pendant que le chef ronfle, plus fort que la Grosse Bertha…

Le cœur serré, Callie frissonna, sachant que la fin de ce dialogue amoureux était proche. D'après la date, Phoebe devait savoir qu'elle était enceinte. La lettre suivante, qui était la plus froissée, était tamponnée comme les autres du cachet militaire « retour à la famille ».

… Je suis désolée d'ajouter à tes soucis, mais je dois t'annoncer une nouvelle qui m'effraie un peu. Nous allons, toi et moi, apporter en ce monde une nouvelle petite vie. En septembre, affirme le médecin, nous serons trois si Dieu le veut.

Ah ! Si tu pouvais rentrer pour partager avec moi cette heure merveilleuse ! Si Dieu veut bien nous bénir d'un fils, nous lui donnerons ton nom. Que Dieu fasse qu'il naisse dans l'amour, et non dans la honte.

Ta femme aimante et ton futur enfant

Callie trouva difficile de lire ces lignes. Sa mère avait voulu un fils. Était-ce la déception qui l'avait rendue si distante ? Du moins avait-elle eu le courage d'annoncer la nouvelle à son amant, ce qu'elle-même n'avait pas su faire : Ferrand était mort sans savoir qu'il était père. Ah ! Si elle avait pu connaître plus tôt l'histoire de sa mère et en tirer des leçons… Pourquoi Phoebe ne lui avait-elle rien raconté ? Un télégramme était glissé dans la même enveloppe :

CHÉRIE BIEN REÇU NOUVELLE TOUT IRA BIEN. LETTRE SUIT. ARTHUR

Fascinée par l'histoire qui se déroulait sous ses yeux, Callie déplia la lettre suivante.

… J'ai obtenu une permission exceptionnelle. Je rentre le 19 septembre et nous pourrons nous marier le 20. J'ai prévenu ma famille, et il sera possible d'aller en Écosse à Dalradnor pour notre lune de miel. J'aime cet endroit plus que tout et je veux te le montrer. Tu y resteras si cela te dit, loin des fatigues de la ville. Je ne peux songer à plus bel endroit pour élever notre enfant.

Ta bonne nouvelle me donne de l'espoir et du courage. Dans ce carnage, la naissance d'un enfant, c'est bien beau. Plaise au ciel qu'il ne connaisse jamais les horreurs de la guerre.

Bonne nuit, mon aimée.

Des larmes mouillaient les yeux de Callie. Un soleil rouge se levait sur la mer. Rouge pour le sang de son père… Mais au moins il avait su que son enfant allait naître. Il avait désiré sa venue. Cette fois, elle arrivait mieux à comprendre Phoebe : l'inquiétude, la joie, puis le deuil profond et la solitude pour assumer les conséquences de leur amour. Son père avait eu raison : Dalradnor avait été un refuge, pour sa mère d'abord, puis plus tard pour elle, quand elle avait donné naissance à Desmond.

Il restait deux lettres qu'elle ne se résolvait pas à lire, sachant ce qu'elles annonçaient. Elle avait froid et soif, mais elle se refusait à bouger tant qu'elle n'aurait pas affronté la triste fin. D'abord la lettre d'un camarade inconnu :

… Nous avancions pour nettoyer le terrain près de Lesbœufs quand nous avons rencontré une poche de résistance. L'ennemi ne voulait pas lâcher, malgré tous nos efforts. Arthur était parti en reconnaissance avec quelques hommes quand il a été touché par une balle, nous sauvant la vie en attirant sur lui le feu qui nous a avertis.

Les hommes l'ont enterré dans un champ avec autant de recueillement et de cérémonie que possible, vu le danger, et nous avons placé une croix là où il est tombé…

Callie se souvenait bien de ce champ labouré où Phee l'avait emmenée, en France, quand elle était petite, où un monument avait été érigé plus tard. Elle regretta son ignorance d'alors, mais au moins elle apprenait aujourd'hui qu'Arthur avait été brave et respecté. Tant mieux s'il n'avait pas pu voir l'inutilité de cette guerre et de ses sacrifices, ni su que sa fille avait perdu l'homme qu'elle aimait lors d'une autre guerre.

Phoebe avait dû être dans une grande souffrance au moment de sa naissance, et vingt ans plus tard elle-même avait connu une situation similaire.

« Oh, Ferrand, songea-t-elle, je ne sais même pas où tu es enterré ! Je n'ai pas de lettres à transmettre à ton fils. J'ai ta médaille. Seulement ta médaille. »

Phoebe avait gardé précieusement ces lettres toute sa vie. Caroline tremblait en pensant qu'elle avait failli les perdre à jamais. La dernière, écrite par son père, fut la plus pénible à lire.

> … Si par malheur j'étais empêché de venir à notre mariage, ce ne serait pas parce que j'ai changé d'avis, mais parce que la destinée m'a dérobé ce bonheur.
>
> J'ai pris mes dispositions. Je ne te laisserai pas sans ressources. J'ai agi vite, car je sens en moi une douleur, l'idée que je ne vivrai pas la durée naturelle de mes jours et que je ne verrai pas grandir notre enfant.
>
> La guerre nous a dérobé les joies de la vie de famille. Nous avons passé si peu de temps ensemble, vécu de si brèves épousailles !
>
> Ne sois pas triste. Vis comme tu l'as toujours fait, indépendante et déterminée. Donne à notre cher enfant l'éducation qui lui permettra de tenir sa place dans la société et d'avoir un cœur bon et brave. Et puis, le jour venu, tu trouveras un homme qui lui donnera son nom et vous sauvera du déshonneur. La société est une ennemie cruelle pour les mères qui ne sont pas mariées, et je te confie notre petit, que tu protégeras en ce monde comme je veillerai sur lui dans l'autre.

Je n'ai jamais aimé que toi. Courage, mon amour. Sois heureuse et dis à notre enfant que son père l'a aimé…

Callie était en larmes. Comme elle aurait voulu connaître cet homme ! Ces lignes la bouleversaient. Sa mère avait fait son possible pour la protéger, elle s'était battue toute sa vie pour lui offrir une belle existence. L'incompréhension avait creusé un fossé entre elles, et maintenant il était trop tard. Caroline se maudit de n'avoir pas su s'entendre avec sa mère. « Quelle idiote je suis ! Pas étonnant que j'aie fait le vide autour de moi. S'il me voyait maintenant, Arthur serait très déçu. »

Elle rassembla les lettres et descendit à sa cabine pour noyer son chagrin et dormir.

À l'arrivée dans le port de Southampton, tous les passagers sortirent sur le pont, aspirant à pleins poumons le vent frais de ce matin anglais. Le paquebot donna de longs coups de corne de brume, comme s'ils étaient des héros, et non de pitoyables exilés vaincus. Les bombardements n'avaient que peu duré sur Port-Saïd, et c'étaient les Américains et les Russes qui avaient réglé le conflit. Il n'y avait donc pas de quoi pavoiser.

Les vêtements de Callie n'étaient pas adaptés à la fraîcheur et à la pluie britanniques. Son ensemble en soie et coton marquait son étrangeté et son déracinement. Elle songea avec soulagement que Primrose l'attendait sur le quai. Il faudrait bien lui montrer sa gratitude.

Elle salua de loin Monica, sachant qu'elles ne se reverraient sans doute jamais. Callie avait eu beau tâcher de faire amende honorable et de s'expliquer en l'invitant à dîner, Monica ne lui avait pas pardonné son inqualifiable attitude, restant polie mais distante. Callie l'avait remerciée de lui avoir trouvé un passage et d'avoir bien voulu supporter ses sautes d'humeur, mais leur amitié avait trop souffert pour que quelque chose soit sauvé.

À son grand soulagement, Callie vit que Primrose était fidèle au rendez-vous – grasse comme une caille, et ses beaux cheveux, devenus poivre et sel, toujours épais sous son grand chapeau de feutre. Son amie la prit dans ses bras et s'exclama :

— Grands dieux, que tu es maigre ! Comme tu as dû avoir peur là-bas. Je suis bien contente de te voir.

— Merci, ma chérie, je vais bien, lui assura Callie qui avait surtout besoin de boire un verre. As-tu pu me retenir une chambre quelque part ?

— Il n'est pas question que tu ailles à l'hôtel ! Tu viens chez nous, bien sûr. Tu vas enfin rencontrer Elizabeth Caroline – nommée ainsi en ton honneur, mais elle n'accepte de répondre que si on l'appelle Libby – et Peter, qui a bientôt quatre ans. Ils ne parlent que de toi depuis des jours.

Le cœur de Callie se serra. Les enfants lui rappelaient toujours cruellement son fils perdu. Mais Primrose continuait :

— Je me doute que ça doit être dur pour toi de rentrer. Je suis restée en contact avec ta mère jusqu'à la fin, tu sais. Nous sommes allés à son enterrement. Toutes les anciennes du music-hall étaient là en grande tenue de gala ! Dalradnor n'avait jamais rien vu de pareil. Quel dommage que tu n'aies pas pu… Mais n'en parlons plus. Tu verras sa tombe au petit cimetière.

« Ah, Prim ! » Son amie n'avait jamais brillé par son tact, songea Callie. À peine remettait-elle le pied en Angleterre que Primmy soulignait ses échecs. Elle soupira sans répondre et monta dans la voiture de Primrose pour effectuer le trajet vers Londres. La joie des retrouvailles avait été brève : ce retour risquait d'être une épreuve.

Primrose vivait avec Ralph et leurs enfants dans une grande maison de banlieue de style néo-Tudor à faux colombages. Elle était entourée d'un jardin et située à proximité de la gare, au bout d'une avenue boisée. Prim avait une femme de ménage et un jardinier et s'occupait à des activités de mère de famille : elle encadrait les scouts, participait au service volontaire féminin et aux œuvres paroissiales. Callie tâcha d'admirer sa belle maison et sa cuisine rutilante, mais elle n'avait jamais mené ce genre d'existence. Et puis, même si les enfants étaient polis, curieux et pleins de vitalité, Peter lui rappelait trop Desmond à l'époque où elle l'avait laissé à Dalradnor. Pour supporter cette atmosphère, elle allait avoir grand besoin des quelques bouteilles qu'elle avait eu la prévoyance de mettre dans sa valise.

Callie s'attristait de constater qu'il ne restait plus rien de leur belle complicité d'enfance. Contrairement à elle, Primrose était devenue une matrone satisfaite de son sort. Un peu trop contente d'elle, même. Quant à Ralph, c'était un brave homme qui restait discret. Mal à l'aise, Callie s'efforçait de trouver des excuses pour leur fausser compagnie, mais Primrose ne voulait rien entendre.

— Attends au moins Noël. Donne-toi le temps de te réacclimater avant d'aller en Écosse, dit-elle un jour au petit déjeuner pour clore le débat.

— Mais je n'ai pas l'intention d'aller en Écosse.

— Je croyais que tu aimais Dalradnor Lodge.

— Plus autant qu'avant. J'ai dit que la maison pouvait être louée. Après l'Égypte, j'aurais trop froid dans la neige, et je me sentirais loin de tout.

— Quel dommage, tu adorais tellement être là-bas…

— J'en garde de mauvais souvenirs. Tu n'as pas oublié, j'imagine.

— Oui, ta dernière visite… Quel gâchis… Phoebe ne s'en est jamais remise, tu sais. As-tu eu des nouvelles de Desmond ?

C'était la première fois que son fils était mentionné. Callie se sentit obligée de mentir.

— Oui, il va très bien. Il est très bon élève. Les enfants s'épanouissent au grand air australien. Ils se baladent pieds nus, là-bas. Ses lettres sont très joyeuses.

Elle ne se débrouillait pas trop mal. On lui avait appris à mentir pendant la guerre… Et puis, après tout, il fallait espérer que ce n'était pas complètement faux. Prim dut la croire, car elle n'insista pas et demanda :

— Aurais-tu un peu de temps cet après-midi ? J'ai promis de changer les fleurs à l'église. Tu pourrais peut-être aller chercher Libby à l'école à 16 heures et emmener Peter au parc avant ? Il adore les balançoires.

Callie accepta. Non seulement elle n'était guère en mesure de refuser, mais cela lui donnerait l'occasion d'aller discrètement acheter une bouteille et des cigarettes. Elle prendrait un bouquet pour remercier

Prim de son hospitalité, et ensuite elle ferait sa valise. Cette visite avait assez duré.

Le soleil de décembre ne chauffait pas, mais le ciel était tout bleu. Callie, qui portait une veste en tweed de Prim, se dit en regardant Peter qui sautillait devant elle pour arriver plus vite aux balançoires qu'on pourrait les prendre pour une mère et son fils. Illusion séduisante mais difficile à tenir : avec ses cheveux roux et ses taches de rousseur, Peter était le portrait de Primrose.

Callie apprécia de respirer de l'air frais, après la chaleur et la poussière du désert, mais au bout d'un moment elle eut soif. Il restait encore une longue heure avant la sortie des classes. Elle avait repéré en chemin un hôtel chic qui faisait aussi salon de thé. Elle y emmena Peter pour attendre 16 heures au chaud en lui promettant des gâteaux. Pour être sûre d'être servie, elle alla parler à la serveuse du bar des résidents.

— Vous ne pourriez pas me servir un petit verre d'alcool fort ?

— Ce n'est pas encore l'heure, il faudrait demander au directeur.

— Soyez gentille. J'arrive de Suez. Je descends du bateau et j'ai les nerfs à vif.

— Ma pauvre ! Je vais voir ce que je peux faire.

Ensuite, les autres clients sourirent à Peter, et exprimèrent leur sympathie et leur curiosité à Callie : son départ d'Égypte avait-il été très pénible ? Elle leur raconta les scènes dont elle avait été témoin, parla de Nasser et de la position égyptienne. On lui apporta tous les verres qu'elle voulut.

Peter demanda à aller aux toilettes et la serveuse eut la gentillesse de l'y emmener. Quand elle fut seule, Callie regarda sa montre et eut un choc. Il était 17 h 30 ! Il faisait déjà nuit, et elle avait oublié de passer chercher Libby à l'école ! Elle se leva d'un bond, mais dut se rasseoir, prise d'un vertige. Comment allait-elle rentrer ? Elle n'était pas en état de marcher. À peine eut-elle la force de payer l'addition. Peter la guida dehors comme si elle était aveugle. On lui avait appelé un taxi, mais, une fois assise à l'intérieur, elle fut incapable de se rappeler l'adresse.

— J'habite dans la maison avec un portail vert dans Portland Avenue, dit Peter au chauffeur.

Quand ils arrivèrent, ils trouvèrent une voiture de police dans l'allée. Prim sortit de la maison en courant et attrapa Peter dans ses bras.

— Où étais-tu passée ? cria-t-elle à Callie. J'étais morte d'inquiétude !

— Excuse-moi.

— Libby a attendu à la porte de l'école, en larmes… et tu as bu ! ajouta Primrose en reniflant l'odeur d'alcool.

— Pardon, Prim.

— Tu vas te soûler au pub avec mon petit garçon, et tu voudrais que je te pardonne ? Comment as-tu pu me faire une chose pareille ?

— Je n'ai pas vu le temps filer… Ça n'était pas un pub. Je ne le ferai plus.

— Tu n'en auras pas la possibilité. Tu as dégringolé bien bas ! Qu'est-ce qui t'arrive ? Tu crois que nous n'avons pas remarqué que tu bois ? Tu montes dans ta chambre sous n'importe quel prétexte, mais nous savons très bien pourquoi. Reprends-toi, Callie. Pas étonnant que les Boyd aient tenu à garder Desmond, si tu t'es conduite comme ça chez eux !

L'accusation était si dure que Callie ne parvint pas à répondre.

— Vous désirez porter plainte, madame ? demanda l'agent. C'est un délit d'être en état d'ébriété en ayant la charge d'un mineur.

— Puisqu'il n'est pas arrivé malheur, je ne vais pas la poursuivre, mais je ne lui donnerai pas l'occasion de recommencer : je ne veux plus d'elle chez moi… Attention, Callie, ajouta Primrose. Bientôt, il ne te restera plus personne. Tout le monde a souffert de la guerre, ce n'est pas une excuse pour se conduire comme tu le fais. Moi, j'ai perdu mon frère. Cesse de t'apitoyer sur ton sort et trouve-toi du travail, ou tu finiras clocharde. Je suis désolée d'avoir à te demander de partir, mais je ne peux pas te laisser côtoyer mes enfants.

Dégrisée, Callie fit sa valise en silence. Elle n'avait qu'une idée : quitter cette banlieue étouffante et ne plus jamais s'exposer au dégoût de Primrose.

Le policier l'avait attendue, et l'emmena à la gare, qui était sur le chemin du commissariat.

— Est-ce que vous savez où aller ? demanda-t-il avec une certaine inquiétude.

— Je vais prendre une chambre à l'hôtel, tout ira bien.

— Bonne chance, alors.

Il lui fit un signe et redémarra, la laissant seule dans la nuit froide.

42

Libby referma l'album photo avec un soupir.

— Après ça, maman ne nous a plus parlé de Callie. Je crois qu'elles ne se sont jamais revues. Il a dû se passer quelque chose pendant la guerre dans cette maison en Écosse, Dalradnor Lodge. Callie avait vécu là-bas avec sa mère. Maman disait que c'était une belle demeure et que tout le monde y était heureux avant la guerre. Quand je posais des questions au sujet de Callie, elle ne répondait malheureusement pas grand-chose. Les gens de cette génération ne parlaient pas beaucoup de leur vie privée, et encore moins après la guerre. C'est surtout l'odeur d'alcool et l'uniforme du policier qui m'ont marquée. Je me suis demandé si Callie viendrait à l'enterrement de maman. Il y a eu une annonce dans la presse. Je ne sais pas si je l'aurais reconnue, mais je crois que oui. En tout cas, je ne l'ai pas vue.

— Du coup, je n'ai plus très envie de poursuivre mes recherches. Elle n'a pas l'air très sympathique, cette Caroline.

— Il ne faut pas dire ça. D'après maman, elle avait beaucoup souffert pendant la guerre. Elle revenait d'un camp de concentration. Il faut essayer de la comprendre. Et puis moi, j'ai toujours su que c'était la fille de Phoebe et pas sa nièce… Vous devez continuer vos recherches. Elle est peut-être encore en vie.

— Pas si c'est une alcoolique ! Les alcooliques ne font pas de vieux os.

Pour Melissa, l'alcoolisme était un sujet particulièrement sensible. Mais Libby tenta encore de la convaincre.

— Il ne faut pas la juger, mettez-vous à sa place.

— Je n'ai pas de mal à l'imaginer : j'ai vécu avec un alcoolique. Mon père a fait de la vie de ma mère un enfer.

— Votre père ?

— Oui, et il paraît que cette faiblesse peut être héréditaire. C'est pourquoi je tâche de faire très attention. Je bois très rarement. D'ailleurs, c'est mauvais pour la voix… Vous m'en avez dit assez pour que je n'aie pas très envie de la rencontrer. Je ne me sens pas capable d'affronter de nouveau ce problème. En tout cas, merci beaucoup d'être venue me raconter tout ça.

— Donnez-moi de vos nouvelles. Nous viendrons avec plaisir vous entendre chanter. Nous allons souvent à des récitals à Wigmore Hall quand nous sommes en ville. J'ai eu le privilège d'entendre au début de leur carrière d'excellents chanteurs qui sont devenus célèbres par la suite. Ce sera bientôt votre tour.

Melissa se leva, cherchant le serveur des yeux.

— Je vous interdis de régler l'addition, dit Libby. Je vous invite.

Elles se serrèrent la main en se promettant d'échanger des e-mails, puis Melissa se dépêcha de sortir à l'air libre. Les endroits clos et les discussions trop longues l'oppressaient et contractaient ses cordes vocales. Elle décida de rentrer à pied dans la joyeuse atmosphère de Noël et de s'arrêter devant les jolies vitrines de Selfridges. Ce ne fut qu'en atteignant les rues moins passantes et moins éclairées qui la ramenaient vers Marylebone qu'elle repensa à ce qu'elle avait appris.

Caroline Lloyd-Jones avait été alcoolique, comme Lew. Était-ce une pure coïncidence ? se demanda Mel. Quoi qu'il en soit, elle connaissait à présent le nom de femme mariée de Caroline et l'adresse de sa maison en Écosse. C'était un énorme progrès. Elle pouvait la chercher dans les registres d'état civil, voir si elle avait eu un enfant, et recouper ces informations avec celles qui étaient déjà en sa possession. Cette femme était-elle encore en vie ? Ce serait une très vieille dame, dans ce cas… Si elle faisait partie de sa famille, n'était-il pas de son devoir de la retrouver ? Les révélations de Libby l'en faisaient douter. Sa quête lui semblait beaucoup moins amusante maintenant.

En arrivant au bas de High Street, Mel s'arrêta avant de traverser. C'est alors qu'elle éprouva une sensation bizarre – comme une vibration, un sentiment de reconnaissance – et qu'elle entendit la voix de son père, aussi distincte que s'il était à côté d'elle, lui souffler : « Continue tes recherches, Mel, continue. »

43

1965

Callie se promenait sur un joli sentier des Cotswolds, heureuse de sentir la bonne odeur des champs labourés et de voir le premier verdoiement du printemps dans les haies. Depuis huit ans, elle menait une vie errante, travaillant dans des bars, des hôtels en ville et des pubs plus tranquilles à la campagne. Elle restait parfois un peu plus longtemps dans certains endroits mais repartait sans regrets, curieuse de découvrir de nouveaux horizons et de nouvelles clientèles. Elle buvait tant qu'elle voulait en servant les clients et en empochant les pourboires. Une vie bien différente de celle qu'elle avait envisagée, mais qui lui convenait.

Des cris et des gémissements la tirèrent brutalement de sa rêverie. Elle s'arrêta, se demandant ce qui se passait derrière la haie. Elle courut jusqu'à la barrière et la franchit pour entrer dans le champ. Elle vit un homme, un habitué du Wagon and Horses, le pub où elle travaillait, qui battait son chien, en rage. Il s'acharnait sur lui avec un gros bâton, et la pauvre bête s'aplatissait contre le sol, la queue entre les pattes, en hurlant de douleur. Pour un chien de berger, il semblait bien vieux et bien maigre, pas étonnant que le fermier ne soit pas content de son travail, pensa Callie.

Scandalisée, elle intervint avec virulence.

— Ted Fletcher ! Vous n'avez pas honte ? Laissez ce chien tranquille !

— Mêle-toi de tes affaires, retourne derrière ton bar.

— Vous allez la tuer, cette pauvre bête.

— Je fais ce que je veux de ma chienne. C'est pas toi qui vas lui apprendre à obéir.

— Elle est toute maigre, elle doit mourir de faim ! dit Callie en faisant un pas pour s'interposer.

Le fermier brandit son bâton pour l'arrêter.

— Pas la peine de me prendre de haut, Callie. T'es que la boniche du pub ! Si j'étais toi, je me tiendrais à carreau.

Cette violence et ce mépris ramenèrent Callie en arrière, au temps du camp de concentration où d'autres brutes encore plus dangereuses frappaient et terrorisaient les déportés. Elle se retrouva dans la cour d'appel, les yeux baissés pour ne pas attirer l'attention. Elle s'était crue débarrassée de ces images soudaines qui étaient revenues l'envahir à tout propos pendant des années, mais voilà que cela recommençait. On n'avait pas gagné la guerre pour retomber sur le même genre de crapule chcz soi, songea Callie. Fletcher n'était pas grand, mais il était robuste, et ressemblait à un sanglier avec du poil partout, même dans le nez et les oreilles, mais il ne l'impressionnerait pas si facilement.

— Laissez ce chien tranquille !

— Tu vas déguerpir ! Tu es dans mon champ. C'est une propriété privée !

Il leva son bâton pour la menacer, cette fois. C'était un geste plus expressif que dangereux, mais le sang de Callie ne fit qu'un tour. Les réflexes acquis dans les forces armées étaient toujours aussi vifs. Elle se jeta sur lui, et, profitant de l'effet de surprise, elle empoigna le bâton, le lui arracha puis, avec une force qu'elle ne se connaissait pas, se mit à le frapper.

— Tiens, tu vas voir si ça fait du bien !

Emportée par une colère énorme, elle le mit à genoux. Il incarnait soudain à ses yeux toutes les brutes, tous les gardiens qui avaient écrasé les prisonnières. Aveuglée par la rage, elle frappa jusqu'à ce que l'homme se recroqueville à ses pieds en gémissant. Alors seulement, elle réalisa ce qu'elle avait fait. Elle lâcha le bâton et se pencha sur lui. Il gémissait de douleur et se protégeait la tête avec les bras. Il s'en remettrait, mais ne martyriserait plus jamais ce pauvre chien.

Elle prit la chienne par le collier mais, voyant qu'elle ne la ferait pas lever, elle la souleva dans ses bras pour l'emporter jusqu'à chez elle. Elle vivait dans une caravane parquée à l'arrière du Wagon and Horses, le seul logement que lui proposait le pub.

La chienne ne pesait pratiquement rien. Elle posait sur Callie des regards remplis de crainte, tout en tremblant.

— Viens, mon toutou, viens, on va te soigner, dit Callie d'un ton rassurant. Je sais ce que c'est, va. On ne te fera plus de mal, ajouta-t-elle en sentant ses yeux se remplir de larmes.

Depuis combien de temps la pauvre bête était-elle le souffre-douleur de Fletcher ? Longtemps, sans doute. Elle l'installa sur la banquette et la caressa lentement. La malheureuse chienne n'avait vraiment plus que la peau sur les os, et elle était couverte de puces et de plaies. Malgré cet état lamentable, Callie savait qu'elle allait devoir se battre pour la garder. Les propriétaires de troupeaux tenaient à leurs chiens et estimaient avoir tous les droits sur eux, même celui de les tuer à la tâche.

— Je vais t'appeler Dolly, annonça-t-elle en mettant de l'eau à chauffer.

Elle allait la laver, la soigner, la faire belle, mais il y aurait du travail avant que la vieille chienne puisse jouir d'une retraite bien méritée.

Pour tout remerciement, Dolly fit ses besoins par terre.

— Ah, c'est malin, protesta Callie. Je vais devoir t'attacher dehors pendant que je nettoie. Mais je ne te battrai pas, n'aie pas peur. Je sais ce que c'est, je ne suis pas du genre à frapper… sauf ton propriétaire.

Trois heures plus tard, la caravane et le chien étaient propres comme des sous neufs, et Callie s'apprêtait à partir travailler quand on tambourina à la porte. Elle trouva sur le seuil deux policiers qui demandèrent à entrer. Le capitaine Harry était un habitué du pub (deux bières pression et un paquet de couenne de porc frite les soirs de semaine quand il n'était pas de service).

— Qu'est-ce que c'est que ce chien ? lui demanda-t-il.

— Je viens de l'adopter. Elle s'appelle Dolly maintenant. Je l'ai sauvée, tout à l'heure : elle se faisait battre par son propriétaire.

— C'est pour ça qu'on est là.

— Je lui ai un peu tapé dessus, pour lui apprendre à vivre.

— Tu lui as flanqué une sacrée rossée ! Il est couvert de bleus. On n'a pas le droit de se faire justice soi-même, Callie, tu devrais le savoir.

— C'était de la légitime défense ! Il m'a menacée avec son bâton, et il allait tuer cette pauvre bête. Regardez ces plaies, et elle est squelettique.

— C'est un chien de ferme, pas un chien de salon.

— Dolly est trop vieille pour travailler. Je la mets à la retraite. Ted Fletcher n'a qu'à mieux traiter ses animaux.

— Ça n'est pas si simple. Il porte plainte pour coups et blessures. Tu vas devoir venir faire une déposition au poste, avec le chien.

— Vous n'allez pas la rendre à cette brute ? Je la lui rachète, s'il le faut.

— Il n'y a pas que le chien : tu vas passer devant le juge pour les coups.

— Je voudrais que Dolly comparaisse avec moi, alors. Quand le juge verra dans quel état elle est, il comprendra.

La chienne leva un regard pensif vers eux, puis elle suivit Callie en boitillant, ne la quittant plus d'un pas.

— La reconnaissance du ventre, commenta le capitaine Harry en adressant un clin d'œil à Callie.

Callie comparut peu après devant le juge, et reconnut être coupable d'avoir frappé le fermier, mais seulement parce qu'elle était en état de légitime défense, et indignée par sa cruauté.

— Je voulais lui faire sentir ce qu'il infligeait à son chien, et je ne regrette rien.

— Il l'a senti et bien senti, madame Jones : il a besoin de béquilles pour se déplacer ! Et il veut récupérer son chien.

— Je demande que le chien soit d'abord examiné par la SPA.

Il y eut un silence, puis le juge reprit la parole.

— Je ne comprends pas comment un grand gaillard comme M. Fletcher a pu se laisser attaquer par une crevette dans votre genre. Il dit que vous aviez l'air folle, enragée, et que vous avez crié des mots dans une langue étrangère.

— Ah ? Je n'en ai aucun souvenir, mais ça ne m'étonne pas. La dernière fois que j'ai vu des hommes manier le bâton, c'était contre des femmes et des enfants qui étaient jetés en pâture à des chiens pour qu'ils les dévorent. Ça ne s'oublie pas.

— Pas en Angleterre, sûrement !

— Non, au camp de Ravensbrück, en Allemagne. Vous voulez d'autres détails ?

— Vous avez été déportée ?

— Oui, monsieur, et je ne veux plus jamais revoir des choses pareilles. Nous nous sommes battus pour empêcher ce genre de comportement chez nous. Je ne m'attendais pas à voir autant de barbarie dans un champ en Angleterre. On dit que la tyrannie commence par de petits actes d'injustice qu'on préfère ignorer par confort. Je ne sais plus qui a dit : « Pour que le mal triomphe, il suffit que les gens de bien ne fassent rien. »

— Vous avez tout à fait raison…

Il y eut un nouveau silence, puis le juge fit connaître sa décision.

— Caroline Jones, puisque c'est votre première infraction, je vous donne seulement un avertissement. Si vous répétez ce genre de conduite violente, si bien intentionnée soit-elle, vous serez sanctionnée. C'est compris ?

— Oui, monsieur. Je peux garder Dolly ?

— Provisoirement : ce sera à la SPA d'en décider. Et abstenez-vous de voler au secours de tous les canards boiteux qui croisent votre route. L'affaire est close, vous pouvez partir.

— Merci.

En rentrant, Callie s'arrêta pour acheter à Dolly un collier neuf et une laisse, ainsi que du shampooing et du produit contre les puces. En atteignant la caravane, elle réalisa soudain qu'elle n'avait pas bu une goutte de la journée.

Le propriétaire du pub l'attendait devant sa porte.

— Tu es virée ! lança-t-il. Fais tes bagages ! Tu es un danger public et tu effraies la clientèle avec ta violence. Avant de partir, débarrasse tes bouteilles vides de sous la caravane. Ne me demande pas de références, je n'ai que du mal à dire de toi !

— Si c'est ça, viens, Dolly, on s'en va ! Il ne manque pas d'établissements qui ont besoin d'une bonne serveuse et d'un chien de garde, répliqua Callie qui, très fière de ce qu'elle venait de faire, ne s'inquiétait pas pour l'avenir.

Elle dut pourtant aller plus loin pour chercher du travail : dans la région, tout le monde racontait qu'elle avait attaqué un client, et personne ne voulait l'employer. Ses finances étaient très basses, et le chien coûtait si cher à nourrir qu'elle ne pouvait plus s'acheter de quoi boire. Mais elle n'en souffrait pas trop, car la compagnie de Dolly lui faisait oublier son besoin d'alcool. Son corps protesta bien un peu, et elle eut quelques cauchemars au début : elle se réveillait en pleine nuit, frissonnante et en sueur, après avoir rêvé que les gardes du camp la poursuivaient dans la forêt. Ce n'était pas tous les jours facile, aussi, parce que certains bed and breakfast n'acceptaient pas les chiens et que Dolly devait alors dormir à l'extérieur. Callie s'en attristait, mais on était en été, et la chienne avait l'habitude de rester dehors.

De plus, les jours précédant l'arrivée de sa pension de guerre, Callie était elle-même obligée de dormir à la belle étoile et d'utiliser les douches publiques pour se laver. Son existence devenait de plus en plus précaire, et elle acceptait tous les petits boulots qui se présentaient sur sa route. Heureusement, le moment de récolter les fruits et les légumes arriva. Elle ramassa des fraises, des framboises, des groseilles et des mûres dans les nombreuses exploitations du Worcestershire qui acceptaient Dolly.

La chienne attendait patiemment sa nouvelle maîtresse tandis qu'elle travaillait courbée en deux dans les champs. Callie apprit par les autres saisonniers que les cueillettes pouvaient occuper jusqu'à la fin de l'automne. Il faudrait qu'elle réussisse à économiser assez pour les mois d'hiver. Pleine de courage, elle mettait tout son cœur à sa tâche, mais se demandait combien de temps elle pourrait continuer à ce rythme car elle n'était plus aussi résistante qu'avant. Autour d'elle, les jeunes cueilleurs se déployaient avec une énergie joyeuse dans les champs. C'étaient des vagabonds d'un nouveau genre, vêtus de chemises indiennes multicolores, de jupes flottantes et de pantalons légers. Ils travaillaient vite et voyaient mieux qu'elle. Il lui aurait fallu des lunettes : les années ne l'avaient vraiment pas épargnée.

Les jeunes vivaient tous ensemble sur un terrain où se regroupaient de vieux camping-cars, des caravanes et des tentes, et ils appelaient ce campement « Sunset Camp ». Ils faisaient des feux et jouaient de la guitare à la veillée en fumant du haschisch. Ils se nourrissaient sainement de légumes cuits dans une grande marmite où tombait tout ce qu'ils récupéraient à droite et à gauche. Cela rappela à Callie l'époque de sa fuite avec Madeleine et Marie. Quand ils comprirent qu'elle était sans logis, ils lui proposèrent de se joindre à eux, et elle accepta sans hésiter.

Le premier soir, une jeune fille qui se faisait appeler Petal lui tendit un bol bien chaud en riant.

— Tu m'en diras des nouvelles ! Ça te fera du bien, tu vas voir.

Il y avait d'autres chiens pour tenir compagnie à Dolly, qui ne se privait pas de les renifler. Des petits enfants couraient partout, pieds nus, le visage barbouillé, surveillés par quelques adolescentes en jupes longues et aux cheveux lâchés sur les épaules.

La communauté était bienveillante et généreuse. Callie fut admise telle qu'elle était. Ils parlaient de leurs voyages, des squats qu'ils avaient occupés pendant les mois d'hiver. Ils entraient dans les maisons abandonnées, et avaient même trouvé un manoir vide et muré dans lequel ils étaient parvenus à s'installer. Certains d'entre eux allaient tous les ans en France pour les vendanges, ou plus au nord pour la récolte des pommes de terre. Callie découvrait un univers dont elle avait ignoré l'existence. On pouvait vivre une vie simple et libre, et pas seulement à vingt ans. Certains couples plus âgés avaient choisi d'abandonner sécurité et carrière pour se contenter de mener cette vie simple. Ils méditaient, pratiquaient le yoga, écoutaient de la musique indienne, discutaient des gourous qu'ils voulaient suivre. On l'aida à se monter un abri et on lui donna une couverture. Il y avait une cagnotte où chacun versait quelque chose pour participer aux frais d'essence et acheter les denrées de première nécessité.

Pour la première fois depuis des années, Callie se détendait. Elle se sentait en sécurité dans cette communauté désordonnée, parce que tous étaient solidaires. Malgré les apparences, il y avait des règles : on respectait l'espace des autres, on s'entraidait. Il y avait beaucoup de passage, parfois des disputes et des inimitiés, mais le cannabis adoucissait les mœurs et aidait à parler.

Callie se savait malheureusement trop fatiguée pour supporter un hiver sous la tente. Et si les emplois dans les pubs offraient le gîte et le couvert, elle redoutait la tentation. Il aurait fallu trouver une autre solution, cependant elle ne se sentait pas capable de faire autre chose.

Un matin, alors qu'elle enveloppait des pommes dans du papier journal pour les entreposer dans le fruitier, un gros titre attira son attention. Elle défroissa la feuille et tâcha de lire en éloignant le papier de ses yeux. Un homme politique du nom d'Airey Neave avait constitué un groupe de pression afin d'exiger du Parlement une compensation pour les victimes des camps de concentration. Une somme d'un million de livres avait été donnée par l'Allemagne pour l'indemnisation des rescapés de la déportation, et les parlementaires étaient chargés de redistribuer ces fonds. Callie se demanda si elle ne pourrait pas en bénéficier. Elle plia la page de journal et la mit dans sa poche. Petal et le reste de la communauté la conseilleraient sûrement.

Pour Céline et tous ceux qui avaient été tués comme elle, il était trop tard, mais elle pouvait profiter encore un peu de la vie, se dit-elle. Un capital de départ l'aiderait à s'installer – à condition d'arriver à faire valoir ses droits. Elle allait devoir quitter la tranquillité du campement pour retourner à une vie plus précaire à Londres, remplir des formulaires, se faire connaître et reconnaître. Or, si elle touchait toujours sa pension de victime de guerre et était en mesure de prouver son identité en montrant son carnet, elle ne possédait plus aucun autre titre ou papier. C'était presque comme si elle n'existait plus.

Par ailleurs, il était impensable de se présenter où que se soit dans son état de vagabonde en salopette déchirée, avec des cheveux négligés et retenus par un vieux foulard. Il lui restait bien quelques vêtements présentables, mais froissés, tout au fond d'un sac ; il faudrait tout laver et repasser – en espérant qu'ils lui iraient encore.

Callie s'inquiétait aussi pour Dolly, qui n'avait pas l'habitude de la ville : la chienne devrait rester attachée dans la rue tant qu'elle n'aurait pas de logement. Elle lui avait sauvé la vie en l'aidant à arrêter de boire et méritait de finir ses jours heureuse, dans cette communauté où elle était bien et où il y avait des enfants. Callie ne se sentait pas le droit de l'emmener dans un monde où les chiens n'étaient pas bien traités.

Au moment de prendre sa décision, Caroli
un long moment à caresser sa vieille chien
avait à présent des flancs moins creux, un poil plus souple et plus brillant. Chère Dolly, sa fidélité et son affection l'avaient vraiment beaucoup aidée. En s'occupant de cette pauvre bête, elle s'était soignée elle-même. La chienne avait rempli la place laissée béante par Desmond. La quitter serait un déchirement, mais elle méritait de rester dans un endroit paisible où faire ses interminables siestes et finir ses jours en paix. Ce serait trop cruel de la transplanter dans l'agitation malsaine de la grande ville. Cette décision prise, Callie fut certaine qu'elle faisait le bon choix, même si rien n'aurait pu être plus difficile pour elle.

— Je ne peux pas t'emmener, ma belle, dit-elle en pleurant. Je ne sais pas comment je vais faire sans toi, mais il faut que je parte seule.

Elle hésita cependant encore un peu : elle aurait pu abandonner son projet de retour à Londres, mais elle avait conscience qu'il était temps pour elle de cesser de se cacher, de se jeter de nouveau dans la mêlée et peut-être même de se rendre utile. Depuis qu'elle s'était libérée de l'alcool, elle voyait la vie autrement. Elle retrouvait les valeurs inculquées dans son ancien pensionnat, et la devise « Toujours plus haut » de St Margaret venait ranimer son courage. Elle avait eu la chance de survivre, et devait à ses chers disparus de faire quelque chose de son existence. Il n'était jamais trop tard pour se redonner une chance et, l'argent étant le nerf de la guerre, sa réussite dépendrait de son retour à Londres.

— Pourquoi faut-il que je sois toujours seule ? sanglota-t-elle. Pourquoi faut-il que j'abandonne tout ce que j'aime pour avancer dans la vie ?

Malgré sa peine, elle se prépara à son voyage. La jupe et la veste noires qu'elle exhuma étaient passées de mode mais encore présentables. Petal lui fit une couleur qui redonna à ses cheveux grisonnants une belle teinte blonde, et elle les coiffa en chignon. Avec sa pension, qu'elle venait de tirer, Callie eut de quoi s'acheter un billet de train et prendre une chambre à l'hôtel pour une nuit. Son objectif était d'aller à l'ancien ministère de la Guerre pour remplir les papiers, mais elle n'avait pas la moindre idée de ce qu'elle ferait ensuite.

Elle emmena Dolly pour une dernière promenade au bord de la rivière et lui expliqua encore une fois qu'elle devait la laisser au campement.

— Je reviendrai te chercher dès que mes affaires seront réglées, lui promit-elle.

Mais malgré cette assurance, elle sentait qu'il s'agissait peut-être d'adieux définitifs.

Elle prit le train à Gloucester. Le trajet se passa bien. Elle réussit à conserver son équilibre jusqu'à l'arrivée à Paddington, mais là, l'effervescence des passagers qui se précipitaient autour d'elle dans la gare provoqua une crise de panique. Elle transpirait, et ne songea plus qu'à trouver un coin tranquille où fuir l'agitation, le vrombissement des moteurs et les avertisseurs. Elle avait eu beau se préparer, elle avait oublié à quel point Londres était une ville démoniaque. Elle avait l'impression d'être tombée dans un pays étranger, s'effrayait de tous ces visages inconnus qui l’entouraient. Des souvenirs de la guerre lui revinrent qui la désorientèrent encore davantage.

Le besoin de courir au ministère l’avait abandonnée. Elle n’avait plus l’énergie de marcher dans ces rues pourtant familières autrefois. Une seule chose pouvait la sauver : un petit remontant. Dès qu’elle aurait bu un verre, elle serait de nouveau capable d’affronter le monde. Après tout, elle méritait bien une récompense, après l’abstinence des derniers mois, pensa-t-elle. Il y avait justement un pub devant elle. Elle poussa la porte et entra telle une somnambule.

44

« Qu'est-ce que tu fabriques ici ? » Melissa aspirait à pleins poumons l'air printanier de la lande de Dalradnor. Devant elle, les eaux du loch scintillaient d'or et d'argent sous le soleil. C'était bien beau, mais était-il vraiment raisonnable de consacrer ses vacances de Pâques à des recherches farfelues alors qu'elle avait tant besoin de réviser ses oraux ? L'endroit que Libby Steward avait désigné comme étant le centre du mystère se trouvait en pleine Écosse, et seul un cachet exceptionnel pour une représentation solo de *La Création* lui avait permis de s'offrir le voyage.

Elle ne savait par où commencer pour retrouver la piste de Lew, et elle regrettait d'avoir de nouveau refusé l'aide de Mark. Il continuait de s'intéresser à sa mission, mais il faudrait un jour qu'il comprenne qu'elle ne voulait pas de lui. Son insistance l'étonnait : elle n'avait pas l'habitude que ses soupirants lui proposent de l'aide. Cilla et Angie, ses amies d'université, le trouvaient très mignon et auraient été enchantées de l'en débarrasser. Car il était célibataire, comme avait fini par le découvrir Mel : la fameuse Sarah était sa sœur aînée, avec laquelle il partageait un appartement pour réduire leurs dépenses. Les amies de Mel ne comprenaient pas que, tout en l'appréciant beaucoup, elle ne veuille pas se laisser séduire.

— Je suis beaucoup trop occupée par mes cours, tentait-elle de leur expliquer. Et puis il y a les répétitions et les représentations. Je vais aussi prendre des leçons particulières.

— Ne te cherche pas d'excuses, répondait Cilla en riant. En fait, c'est parce qu'il te plaît trop et que tu meurs de trouille.

Comme d'habitude, son amie était perspicace. Et c'était à cause de sa peur de l'intimité qu'elle se retrouvait seule en Écosse. Pourtant, sans Mark, elle s'amuserait beaucoup moins. L'expédition au cimetière pour chercher la tombe de Phoebe Faye et la visite de son ancienne maison manqueraient de charme. Quant à la région des Trossachs, elle aurait à peine le temps d'y jeter un œil avant de rentrer.

Mark avait pu obtenir l'extrait de naissance de Caroline, et ils avaient découvert avec surprise que l'adresse était à Marylebone, juste à côté de chez Melissa. Une bien curieuse coïncidence.

Il n'y avait qu'une poste et une épicerie au village, constata Mel. N'étant pas de la région, l'épicière ne put rien lui apprendre sur Phoebe Faye, mais elle lui conseilla d'aller à Radnor Inn, une auberge nichée dans une ruelle de maisonnettes blanches. Mel alla commander une assiette de sandwichs et un cidre au bar.

— Tiens, une Australienne, dit le patron en tirant le cidre à la pression.

— Je suis sur les traces d'une ancienne comédienne du nom de Phoebe Faye pour une recherche généalogique. Je me demandais si quelqu'un pourrait me renseigner.

— J'ai exactement l'homme qu'il vous faut sous la main ! Wullie Mackay, là-bas, dans la petite salle. C'est notre historien régional. Hé, Wullie, viens parler à cette jeune fille des livres d'histoire que tu écris !

Un vieil homme aux cheveux cotonneux se leva d'une table et vint vers eux en s'appuyant sur une canne.

— Je cherche à me renseigner sur Dalradnor Lodge et Phoebe Faye, lui expliqua Melissa.

— La maison a été mise en location saisonnière. Elle faisait partie autrefois des terres de la famille Seton-Ross. Utilisée principalement pour la chasse. Après la Première Guerre, Mlle Faye est venue y vivre. Son fiancé, un fils Seton-Ross, avait été tué au combat. Elle avait une nièce, mais je ne sais pas ce qu'elle est devenue. On n'a plus entendu parler d'elle depuis des années.

— Caroline Boardman, c'est bien cela ?

— Attendez, je sais qui pourrait vous renseigner mieux que moi : Netta, à la ferme des Dixon. Eux, ils auront des choses à vous dire. Vous êtes en voiture ? Je peux vous montrer le chemin si vous voulez.

Mel lui offrit une bière, et avala ses sandwichs pendant qu'il la buvait. Le vieil homme monta ensuite avec elle en voiture et lui indiqua la route de terre battue qui menait à la ferme.

— Une des filles Dixon est partie en Australie pour rejoindre son mari après la Seconde Guerre, lui apprit-il. Elle n'est jamais revenue, même pour une visite ; c'était trop cher, à l'époque. Elle avait épousé un aviateur de là-bas, je ne sais plus comment il s'appelait. Netta est sa plus jeune sœur, elle est restée pour s'occuper de l'exploitation avec ses parents et ses frères. Elle saura tout ça, elle.

La ferme était un long bâtiment blanc flanqué d'une laiterie. Des chiens aboyèrent à leur arrivée, et une femme en tablier sortit pour les accueillir.

— Ah, Isabel, je vous amène une Australienne, lança Wullie. Elle s'intéresse aux gens qui habitaient à Dalradnor Lodge avant la guerre. Je pense que ta tante va pouvoir la renseigner.

— Netta va être contente : elle adore parler de son enfance, mais je parie que ses histoires sont à moitié inventées. Venez, entrez, ça lui fera plaisir de bavarder.

— Merci. Je m'appelle Melissa Boyd, dit Mel en tendant la main à Isabel.

— Boyd ? Vous êtes de la famille de Jessie, alors ?

— Jess Boyd était ma grand-mère, oui. Elle est morte avant ma naissance.

— Ça alors ! Attendez que tante Netta apprenne ça ! Il va falloir parler un peu fort, elle n'entend plus très bien – sauf pour les commérages, évidemment.

Elle les mena par un couloir dans un salon qui servait aussi de chambre à coucher à une vieille dame invalide. Assise au coin du feu, les cheveux très blancs et crêpés comme une meringue, elle maniait un crochet avec une rapidité impressionnante. Elle leva la tête de son ouvrage et détailla Mel des pieds à la tête quand on la lui eut présentée.

— Ça ? C'est pas une Dixon. Mais assieds-toi, ma poule, tu ne viens pas de la porte à côté.

Mel expliqua ses recherches et sortit la fameuse carte postale.

— Tout ce que je sais, c'est que Jess avait gardé cette carte, et que mon père pensait qu'elle avait un rapport avec lui, mais il ne s'appelait pas Desmond…

— Desmond ? dit Netta en examinant la carte des deux côtés. Mais Desmond, c'était le petit garçon que Jessie a emmené avec elle en Australie. Il était orphelin, ou du moins c'était ce que tout le monde pensait à l'époque. Jessie était sa nounou et, quand sa grand-maman est tombée malade, elle s'est mis en tête qu'elle devait le prendre avec elle. Mais ça ne s'est pas bien passé du tout, en Australie : elle ne s'entendait pas avec son mari, le bonhomme détestait le gamin, et ils ont divorcé. Ensuite elle a trouvé quelqu'un d'autre et elle s'est remariée.

— Et ce Desmond, il était du village ?

— Oh, non… Quel malheur ! Sa mère a fini par revenir de la guerre, mais très tard, et il était déjà parti. Elle a reproché à Mlle Faye de s'en être débarrassée, et la pauvre vieille dame, ça lui a flanqué un grand coup cette dispute. On a même dit que c'était ça qui l'avait tuée.

— Netta, ça n'a aucun rapport, intervint Isabel avec impatience.

— Mais si ! Desmond était le fils de Mlle Callie, de Dalradnor Lodge. On ne sait pas où était son mari. Elle a vécu en Égypte un bon moment, et puis elle est partie à la guerre. Après, plus de nouvelles. Jess n'écrivait pratiquement jamais d'Australie non plus, juste une carte à Noël. Je crois qu'elle avait honte de son divorce… Je ne sais pas grand-chose d'autre. On a tous été bien tristes pour Mlle Faye. C'était une dame très gentille. Sa nièce n'est même pas venue à son enterrement.

— Vous n'auriez pas de photos d'eux ? demanda Melissa.

Isabel alla fouiller dans une commode.

— Il y a une boîte par là. Ça fait longtemps qu'on doit trier tout ça, mettre les noms des gens au dos des photos, mais on n'a jamais le temps de s'en occuper. Ah, voilà.

Netta posa son crochet pour prendre la boîte, et fouilla du bout de ses doigts agiles parmi les vieilles photos.

— Tenez, le mariage de Jessie.

Mel vit une jolie mariée en blanc et un jeune homme en uniforme de l'armée de l'air, devant une église. Et il y avait une autre photo de la même femme, un peu plus âgée, avec un petit garçon en culottes courtes.

— C'est mon père ! s'exclama Mel.

Au dos, il y avait écrit : « Louie, Ruby Creek. Noël 1946. »

— Ça vous ennuierait que je fasse reproduire cette photo ? Je n'en ai aucune de mon père à cet âge. Ça lui ressemble tellement !

Son sourire, elle l'aurait reconnu entre mille. Cette expression espiègle et innocente à la fois, elle la lui avait encore vue à la fin de sa vie. Il avait toujours eu ce charme ingénu mêlé d'une sorte de dureté qui était plus que de la force de caractère.

— Gardez-la, Melissa, gardez-la, répondit Netta. Je ne sais pas pourquoi Jessie nous a envoyé une photo de ce Louie. On n'a pas eu de nouvelles du petit Desmond, en tout cas, soupira-t-elle en reprenant son ouvrage.

— C'est peut-être une seule et même personne, intervint Wullie. La coïncidence m'a l'air assez parlante, mais nous pouvons aller pêcher d'autres renseignements dans les registres paroissiaux, on ne sait jamais.

Ils restèrent prendre le thé. Melissa rapporta à la famille le succès de l'entreprise de vente de matériaux de construction des Boyd à Adélaïde, et Netta lui livra encore quelques anecdotes sur Mlle Faye et la famille Seton-Ross.

Wullie emmena ensuite Melissa au presbytère, où elle fit la connaissance du pasteur. Le registre qu'il sortit pour eux était rempli de noms calligraphiés d'une écriture ancienne, et Mel tourna page après page jusqu'à l'année 1939 et l'annonce du baptême, qui leva tous les doutes. Elle trouvait enfin la preuve noir sur blanc de ce que Netta lui avait laissé supposer : « Desmond Louis Lionel Lloyd-Jones. Baptisé le dimanche de Pâques 1939. La mère étant Caroline Rosslyn Lloyd-Jones et le père Tobias Lloyd-Jones (décédé). »

— Voilà la réponse au mystère, dit Wullie avec un sourire.

— Il faut fêter ça ! s'exclama Mel. Un grand merci à vous deux.

Quel soulagement ! C'était fait ! Elle avait retrouvé la véritable identité de Lew, et le nom de sa famille d'origine. Maintenant, elle pouvait retourner à sa vie et ne plus y penser. Et pourtant, d'autres énigmes s'étaient accumulées au cours de ses recherches. Pourquoi avait-on cru Caroline morte, et pourquoi, si elle était allée voir son fils en Australie, ne l'avait-elle pas repris ? Pourquoi, aussi, n'avait-on pas révélé à Lew qui il était ?

Mel aurait voulu arrêter là ses recherches, mais elle aurait l'impression de trahir son père si elle ne répondait pas à ces questions. Il fallait continuer l'enquête.

Le jour baissait quand elle arriva au portail de Dalradnor Lodge. Elle vit une grande maison au bout d'une allée. Des enfants qui jouaient bruyamment dehors furent rappelés à l'intérieur car il allait faire nuit. Si cette maison appartenait à Caroline, pourquoi n'y vivait-elle pas ? On n'aurait aucun moyen de le savoir… à moins de retrouver Caroline, si elle était encore en vie.

45

1966

Callie ouvrit un œil, et vit qu'elle était assise sur un banc d'un quai, dans une gare déserte. Elle ne se souvenait de rien, sauf d'être allée à Londres. Où était Dolly ? Après une seconde de panique, elle se rassura : sa chienne était restée au Sunset Camp. Elle fit le tour de ses maux : elle était engourdie, elle avait la bouche pâteuse, ses mains tremblaient. Un goût d'alcool traînait encore sur ses lèvres, elle se sentait faible et nauséeuse, fourbue comme si elle était passée sous une voiture. Ses vêtements étaient sales, sa jupe mouillée. Pouvait-on tomber plus bas ?

Peu à peu la mémoire lui revint. Elle avait été terrorisée par la ville, et elle avait bu un verre pour se calmer les nerfs. Après le bar, c'était le noir complet.

Callie regarda autour d'elle, désorientée. La présence de son sac sur ses genoux chassa un peu ses craintes et ramena quelques bribes de souvenirs. Elle avait eu l'intention de se rendre au ministère de la Guerre. Avait-elle mené sa mission à bien ? Elle se souvenait qu'elle avait pris le bus, était arrivée devant le grand bâtiment et était entrée dans le hall. Un homme en uniforme lui avait demandé si elle avait rendez-vous. Cela l'avait rendue folle de rage :

— Je veux voir le sale traître qui nous a donnés !

Ses hurlements avaient semblé particulièrement violents dans le silence feutré du bâtiment officiel. Avait-elle rêvé ce scandale ? La scène paraissait sortie d'un cauchemar. L'incertitude accentua son malaise, et elle se leva pour se dégourdir les jambes.

— Ah, tu es réveillée ! s'écria une femme en tailleur de tweed en venant vers elle d'un pas énergique. Tu te sens mieux ?

— Qui êtes-vous ?

— Voyons, je t'en prie, Charlotte, tu sais très bien qui je suis !

— Je ne m'appelle pas Charlotte.

— C'est sous ce nom que je te connais – et pourquoi pas, qu'est-ce que ça change ? Viens, tu as besoin d'une bonne tasse de thé et de te changer. Tu as une de ces dégaines, je t'assure !

Callie examina cette maîtresse femme un peu plus âgée qu'elle et qui portait sur la tête un feutre piqué d'une plume. Son visage lui était en effet familier, mais impossible de la resituer.

— Il faut m'aider, je ne me rappelle pas ce qui s'est passé.

— Nous sommes à la gare de Little Brierley, la plus proche du refuge. Nous avons pris le premier train du matin. J'ai préféré te laisser finir de cuver ton vin avant de t'emmener, pour ne pas effrayer mes pensionnaires. Tu avais abusé des bonnes choses, Charlotte. On peut dire que tu sais lever le coude.

Tu ne te souviens pas de moi ? Madge Cottesloe, que tu connaissais sous le nom de « Marcelle ».

« Marcelle… Charlotte… » songea Callie. Oui, cela la ramenait vingt-cinq ans en arrière, au temps de l'abbaye de Beaulieu. Marcelle était une recrue qui s'était retrouvée coincée en haut du filet de corde sur le parcours du combattant, pendant le camp de survie.

— Arisaig ?

— Tout juste ! Tu as réussi haut la main, et moi j'ai échoué lamentablement. On m'a mise au vert jusqu'à la fin de la guerre. Je sais que ça n'a pas été une partie de plaisir pour toi.

Callie, à qui les souvenirs revenaient, attendit la suite, honteuse.

— Tu es arrivée au ministère avec, disons, un petit coup dans l'aile. On m'a demandé de t'escorter pour que tu ne passes pas sous une voiture. Le retour à la vie civile n'a pas l'air de t'avoir réussi. Tu en as bavé, hein ?

Au moment de monter dans la vieille fourgonnette Morris dont Madge tenait la portière ouverte pour elle, Callie hésita.

— Où allons-nous ? On ne m'a pas demandé mon avis !

— Et en même temps, tu n'étais pas très capable de le donner ! Quand tu auras dessoûlé, tu feras ce que tu voudras. Tu es libre, bien sûr.

Callie monta et ferma les yeux. Elle n'était pas en état de se débrouiller seule, et si cette ancienne d'Arisaig voulait la retenir, elle était assez entraînée pour le faire. Il n'y avait plus qu'à se résigner.

Madge vivait avec une autre femme, Alfie, dans un manoir délabré en pleine campagne, entouré de granges et d'écuries. Alfreda, qui avait été infirmière dans l'armée, prit en charge la nouvelle venue. Elle la conduisit à une salle de bains rudimentaire et l'aida à se laver et à passer une salopette et une chemise de gros coton. Ensuite elles s'assirent devant un solide petit déjeuner, mais Callie ne réussit à avaler qu'un toast.

— Maintenant, tu vas pouvoir faire la connaissance de nos pensionnaires, déclara Madge.

Elle l'emmena dehors, jusqu'à un champ où deux poneys et un âne vinrent vers elles.

— Je te présente Poll, Nina et petite Bella.

— C'est ça tes pensionnaires ? C'est une école d'équitation ?

— Non, un refuge pour des vieilles dames et des vieux messieurs qui ont connu des jours meilleurs… Un peu comme toi, en fait. Tu as besoin de te retaper, toi aussi. Tu peux rester autant que tu voudras. Nous ne te demanderons que de nous donner un coup de main. Alfie se remet d'une grosse opération, et elle ne doit pas trop se fatiguer. Tu nous seras grandement utile. Mais pour commencer, je t'appelle comment ? Charlotte ?

— Je m'appelle Caroline, mais je préfère Callie. Je n'avais pas bu depuis des mois, il aurait mieux valu que je ne revienne pas à Londres.

— Ici, tu seras tranquille : il n'y a rien à boire. Nous n'avons pas les moyens d'acheter de l'alcool. Tout l'argent passe dans l'entretien de nos pensionnaires. Tu as l'air de quelqu'un qui a l'habitude de travailler en plein air.

— Je faisais la récolte des fruits. Je n'ai pas peur de me donner du mal.

— Parfait, parce que certains de nos amis arrivent en très mauvais état. Il te faudra de l'énergie pour t'occuper d'eux. Tu as l'habitude des chevaux ?

— J'en ai eu, autrefois.

— On n'oublie pas ce genre de choses. Entretenir une écurie, changer la litière, donner les soins. Bienvenue dans notre maison de retraite équine. Ne t'en fais pas, ajouta Madge avec un rire. Prends les choses comme elles viennent, un jour après l'autre. Tu as vécu pire !

— Dolly pourrait se plaire ici…

— Qui est Dolly ?

— Ma chienne.

— Désolée, mais nous n'acceptons pas encore les chiens. Nos vieilles bêtes pourraient en avoir peur à leur arrivée. Où est-elle, pour l'instant ?

— Chez des amis, dans un endroit qui lui convient. Je peux la laisser là-bas… Mais j'ignore si je saurai m'occuper d'animaux malades.

— Tout ce qu'il te faudra faire, c'est leur manifester du respect et de l'attention. Aucun de nos pensionnaires n'est vraiment en mauvaise santé, mais certains sont très méfiants parce qu'ils ont été maltraités.

— Je suis désolée d'avoir fait un scandale au ministère. Je ne sais plus au juste ce que j'ai dit…

— Tu as été très éloquente, et tu as brillamment prouvé que les traumatismes de guerre ne s'effacent jamais pour certaines personnes. Tu t'es plantée en bas de l'escalier et tu as hurlé à pleins poumons : « Je veux voir le salaud qui a trahi mon réseau ! Qui a passé des faux messages ? Qui n'a pas fait son boulot ? On ne me fera pas croire que personne n'a rien soupçonné ! » Ils t'ont vite fait entrer dans un bureau après ça, mais tu n'avais aucune intention d'arrêter, et ils ont failli appeler la police.

« Tu criais : "Comment se fait-il que personne n'ait voulu dire la vérité à mon retour ? On a pris nos témoignages, mais après cela, qui s'est soucié de savoir comment nous allions, comment nous nous en sortions après avoir perdu nos enfants, notre avenir, les hommes que nous aimions ? On nous a laissées tomber. Purement et simplement." Je t'assure que tous ces fonctionnaires, pourtant difficiles à impressionner, étaient dans leurs petits souliers.

— Mon Dieu, j'ai dit tout ça ?

— Tu as eu raison de le dire, puisque c'était ce que tu ressentais. Il était clair que tu avais besoin d'aide, et comme j'étais là, j'ai pu faire quelque chose. Ne t'inquiète pas, nos pensionnaires se moquent de ce que tu as pu dire au ministère, et je pense qu'ils ont beaucoup de choses à t'apprendre.

Plus tard ce premier soir, assise devant le poêle avec Alfie et Madge, une tasse de chocolat chaud dans les mains, Callie s'amusa de ce lieu insolite où elle avait échoué. Jamais elle n'aurait cru être un jour recueillie par un couple de femmes qui s'occuperaient d'elle comme de leurs chevaux maltraités. Pour la première fois depuis longtemps, elle n'avait plus peur de l'avenir. C'était une chance de tourner la page, mais cela n'allait pas être facile. Dolly n'était plus là pour la garder dans le droit chemin. Elle ne serait plus guidée que par sa seule volonté, et par une bonne Samaritaine qui savait par où elle était passée.

En voyant le petit âne sortir de la remorque, Callie fut prise d'une immense pitié. Il avait le poil emmêlé et la corne de ses sabots avait trop poussé et s'était déformée. Il avait été abandonné lors d'un déménagement, et laissé dans une remise, dans son fumier, sans nourriture. Madge avait été avertie par un vétérinaire, qui lui avait demandé de venir constater son état. Elle avait prodigué quelques soins sur place au pauvre animal, en attendant de le confier à Callie. Celle-ci lui avait préparé pendant ce temps un box avec de la bonne paille et de l'eau, à proximité des autres pensionnaires dont la compagnie lui redonnerait le goût de vivre. L'âne eut un mouvement de recul quand elle approcha, comme s'il s'attendait à être battu. Alfie montra à Callie comment s'y prendre, en avançant doucement, par le côté, et en lui parlant sans le regarder trop fixement.

— Il faut prendre la même voix que pour rassurer un enfant inquiet, lui expliqua-t-elle.

Quelques semaines plus tard, ses sabots curés et parés, le poil brossé, bien nourri, l'âne avait reconstitué ses forces mais gardait des séquelles émotionnelles. Il ruait quand on l'approchait et tentait inlassablement de se sauver. Callie se fixa alors pour objectif de gagner sa confiance.

La vieille ponette, Poll, fut mise à contribution et placée dans le même champ. Elle alla vers lui, mais fut repoussée et n'insista pas. Plus tard, l'âne, qu'on avait surnommé Jumpy à cause de ses ruades, accepta de mieux en mieux la présence de Poll, qui put commencer à se rapprocher. Peu à peu, Jumpy se mit à la suivre de loin. Et puis, un beau matin, Callie le vit qui trottait derrière sa nouvelle amie.

Quand elle agita le seau à la barrière, Jumpy accourut. Il autorisa même Callie à le caresser. Elle en eut les larmes aux yeux, et cette émotion ne fut dépassée que le jour merveilleux où Jumpy frotta la tête contre elle affectueusement. Il avait fallu des mois pour le rassurer, mais la récompense en valait la peine.

Callie se rendait compte que Jumpy était comme elle, distant, empoisonné par la méfiance, ne sachant pas faire confiance, et pourtant ils avaient su s'apprivoiser l'un l'autre. Elle n'était plus une misérable alcoolique ayant perdu le respect de tous comme le respect d'elle-même. Elle retrouvait sa fierté parce qu'elle avait gagné l'amitié de ses ânes, ses poneys et ses chevaux.

Le refuge coûtait cher. Callie lui versait l'intégralité de sa pension, et elle donna toutes les compensations supplémentaires qu'elle avait obtenues pour participer aux frais. Mais cela ne suffisait pas : la caisse se vidait vite, et il fallait continuer à trouver des financements extérieurs.

Pour se renflouer, le refuge organisait donc des journées portes ouvertes afin d'intéresser des donateurs, et ce fut lors de l'une d'entre elles que Callie rencontra Tom Renard, ancien vétérinaire tout nouvellement à la retraite, qui offrit de s'occuper gratuitement des pensionnaires des écuries. N'ayant emménagé dans la région qu'après la mort de sa femme, il cherchait des occupations.

— Quel magnifique travail vous réalisez ici ! dit-il en serrant chaleureusement la main de Callie.

Elle remarqua qu'il avait les bras très blancs, marqués de taches brunes, comme si le soleil n'avait bronzé qu'une partie de sa peau. Il suivit son regard, et sourit de sa curiosité.

— Un petit cadeau des Japonais : j'ai été prisonnier de guerre à Changi.

Il n'eut rien besoin d'expliquer : les camps d'internement japonais à Singapour étaient connus pour leurs conditions très rigoureuses. Callie fut impressionnée par cet homme qui avait su retrouver son équilibre malgré les épreuves. Se sentant en confiance avec lui, elle lui fit visiter les écuries.

Alfie eut l'idée de proposer à Tom d'entrer au conseil d'administration de leur association. Il s'engagea avec énergie, et se déclara prêt à assurer les contacts avec les entreprises de la région dans le cadre de la collecte de fonds. Alfie fut soulagée de se décharger sur lui de cette tâche qui ne lui plaisait pas beaucoup, d'autant que depuis son opération elle n'avait plus la force de sillonner le Herefordshire en tous sens.

— Si tu as besoin d'aide pour les conférences, Callie pourra t'accompagner, suggéra-t-elle. Madge n'a pas le temps.

Callie accepta vaillamment, tout en sachant que sans son gin elle aurait beaucoup de mal à parler en public. Au début, contrairement à Tom, qui était très éloquent et ne consultait jamais ses notes, elle dut rédiger ses discours, et même les répéter devant la glace. Mais sa timidité se dissipa vite, et elle arriva bientôt à s'adresser aux gens avec une humanité et une simplicité qui plaisaient beaucoup. Quand on avait sauté en parachute sur la Belgique et affronté les nazis, on n'avait pas peur de quelques dizaines de personnes bien élevées.

Un soir, au dernier moment, elle dut remplacer Tom, victime d'une extinction de voix. Elle n'eut pas le temps d'hésiter, et les membres de l'association féminine qui les recevait dans une salle paroissiale furent subjuguées par le récit touchant de la guérison du petit âne Jumpy. Les applaudissements furent très nourris.

— Bravo ! s'écria Tom, enchanté, quand Callie redescendit de l'estrade. C'est une belle histoire. Tu devrais écrire un article là-dessus et l'envoyer à des magazines. Ça vaut la peine d'essayer de le publier.

Madge et Alfie furent tout de suite enthousiastes.

— Vas-y, lance-toi, conseilla Madge. Ne sois pas timide : ça n'est pas de toi que tu parles, mais de Jumpy, de Poll et de tous les autres animaux maltraités.

Callie retravailla donc son discours improvisé et envoya l'article au magazine *Lady*. À sa grande surprise, il fut accepté, et un photographe vint au refuge pour l'illustrer par des portraits des fondatrices et de leurs pensionnaires. Madge et Alfie, toujours ravies d'une opportunité d'attirer l'attention sur leur association, lui donnèrent des idées de cadres intéressants et acceptèrent de poser longuement avec leurs animaux.

Callie, qui avait deux mois jusqu'à la publication pour choisir son nom de plume, trouva la tâche difficile. Elle ne voulait ni de Callie Jones ni de Callie Boardman pour commencer sa carrière journalistique. Elle réfléchit une matinée entière en s'occupant de Nina et de Jumpy, puis en changeant la paille d'une rangée de box. L'idée lui vint finalement : elle associerait ses deux prénoms. Ce fut ainsi que Caroline Rosslyn vit le jour.

Sous cette identité, Callie se sentait libre de dire des choses qu'elle ne s'était même pas autorisée à penser auparavant. Elle se découvrit un énorme besoin d'expression.

Avec l'aide de Tom, elle se lança dans un nouveau projet d'écriture : il s'agissait cette fois d'un témoignage personnel pour expliquer comment le refuge l'aidait à se remettre de ses expériences douloureuses de la guerre.

— Le parallèle est très intéressant, remarqua Tom après avoir lu le premier jet. À mon avis, c'est une voie thérapeutique d'avenir pour soulager les personnes en détresse.

Et en effet, les idées de Callie furent reprises par la presse nationale, et on lui demanda de préparer un dossier complet sur le refuge.

Ce succès lui donna le courage d'écrire encore une fois aux Boyd pour demander à voir Desmond, en incluant certains de ses articles, dans l'espoir de le rendre fier d'elle. Elle n'avait plus reçu aucune nouvelle depuis des années, mais elle n'avait jamais totalement perdu espoir.

Cette fois encore, ce fut le silence, et le seul résultat positif qu'elle tira de cette déception fut de voir qu'elle n'avait plus besoin de noyer son chagrin dans le gin. Pour oublier, il lui suffisait d'écrire. Elle rédigea un article assez virulent qui suscita de l'intérêt – et un don d'un riche mécène de Birmingham.

46

Melissa n'avait pas vu le temps passer : la mort de son père semblait encore toute proche, et pourtant son année de bourse s'achevait. Elle avait réussi ses examens écrits, ses oraux, et les récitals de fin de trimestre étaient terminés. Ne restait plus qu'à choisir sa robe pour le cocktail de fin d'année. Elle avait demandé à Mark de l'y accompagner afin de le remercier pour son aide. L'identification de la médaille n'était pas la moindre de ses réussites. Un soir au restaurant, alors qu'elle n'y pensait plus, il lui avait communiqué sa découverte.

— Je l'ai montrée à un expert. C'est un spécialiste d'histoire militaire qui participe à l'émission de télé sur les antiquaires, l'*Antiques Roadshow*. D'après lui, c'est une médaille belge, et non pas française, destinée à récompenser les actes de courage. Mon expert a même réussi à découvrir à qui elle appartenait. Il m'a téléphoné pour me dire qu'elle avait été attribuée à Louis-Ferrand van Grooten, un professeur d'université qui a été exécuté pour son appartenance à la résistance belge. Il venait d'une bonne famille des environs de Grooten. Intéressant, non ?

— Très ! Le certificat de baptême indique que Lew s'appelait à l'origine Desmond Louis. Le prénom « Louis » est un point commun. Libby m'a aussi appris que Caroline était allée dans une école pour jeunes filles en Belgique.

— Tu devrais te dépêcher de retrouver cette Caroline pendant qu'elle est encore en vie. Elle a plus de quatre-vingts ans. Je ne comprends pas ce qui t'arrête.

— Si elle a abandonné mon père à Adélaïde et que personne n'a parlé d'elle à papa, il devait y avoir de bonnes raisons. Ça n'était probablement pas une femme très fréquentable.

— Nous n'en savons rien.

— Elle était alcoolique. Je t'ai raconté mon entrevue avec Libby. Maintenant que tu as trouvé le nom de Louis-Ferrand, je vais pouvoir enquêter sur lui. Et puis j'ai d'autres soucis en tête : je dois prendre une grande décision. Je me demande si je dois passer des auditions pour entrer dans une compagnie d'art lyrique ou dans un opéra, ou alors entamer une carrière solo. Dans ce cas, il faudra que je donne des cours pour financer mes propres leçons particulières. Je ne suis sûre que d'une seule chose : je n'ai pas envie de rentrer à Adélaïde tout de suite.

Elle commençait seulement à bien comprendre l'Angleterre et elle avait encore trop peu profité des joies de la vie londonienne.

— Tu devrais peut-être t'octroyer quelques semaines pour voyager dans le reste de l'Europe, suggéra Mark. Nous pourrions aller faire un tour à Grooten ensemble, par exemple, et en profiter pour explorer des foires à la brocante. On n'a qu'à prendre la Golf.

Pour une fois, Mel ne refusa pas d'emblée. Elle appréciait beaucoup la compagnie de Mark, et elle avait envie de baisser sa garde. Ils étaient devenus si proches qu'elle trouvait difficile de lui résister.

— Ah, je vois ! répliqua-t-elle en riant. C'est encore une excuse pour acheter des cartes postales. Tu n'en as pas assez ?

— On n'en a jamais assez.

Il se pencha vers elle et l'embrassa doucement.

— Allez, dis oui. Pars un peu en vacances avec moi, et attends de rentrer pour prendre ta décision.

« Pourquoi pas ? » songea-t-elle. C'était l'été, il faisait chaud et beau. Elle avait mérité de s'amuser un peu, de fêter sa réussite. Elle ne voulait plus penser à la mère biologique de son père. Cette femme l'avait abandonné en Australie, alors pourquoi perdre un temps précieux à tenter de la retrouver ?

1986

— Comment es-tu arrivé à te remettre de ton internement au camp de Changi ? demanda Callie à Tom un soir, alors qu'ils revenaient de l'une de leurs conférences.

La veille, ils avaient vu à la télévision un documentaire sur l'évolution du Japon depuis le conflit, et elle enviait à Tom sa capacité à pardonner. Il avait un don pour le bonheur qui lui manquait, hantée qu'elle était par la culpabilité et les regrets.

— Je voudrais bien savoir comment tu fais, soupira-t-elle. Moi, je ne peux pas oublier ce qu'ont subi dans les camps des femmes et des enfants innocents.

Tom dut attendre d'avoir fini de tousser pour répondre. Il traînait un reste de bronchite depuis des semaines. Alfie et Madge avaient elles aussi passé un mauvais hiver, mais Alfie tenait bon, avec l'optimisme qui la caractérisait, et continuait de croire à une épidémie.

— Moi non plus, je n'oublie pas, dit Tom. Je ne suis pas un saint, mais je pense que tous les êtres humains sont capables de cruauté. Nous abritons tous de la haine en nous, et dans certaines circonstances nous sommes tous capables de tuer. Tu vois bien les actes barbares dont nous sommes témoins au refuge. Des gens tout à fait ordinaires peuvent maltraiter de pauvres animaux sans défense. Mais la haine fait du mal, même si on l'éprouve pour des tortionnaires : elle nous brûle de l'intérieur et anéantit tout ce qu'il y a de bon en nous. On ne peut pas vivre sans amour et sans idéal.

— J'aimerais avoir autant de sagesse que toi.

— Quand j'ai passé une mauvaise nuit, je sors dans le jardin le matin et je regarde autour de moi. Cela me fait du bien de voir et d'écouter la nature, d'apprécier le moment présent. Il faut être zen, ajouta-t-il avec un rire. Ce sont les petites choses qui changent tout : le chant des alouettes, le rire des enfants aux balançoires. Tu me diras que je suis un vieux romantique ridicule, mais ça me fait du bien.

— Je comprends parfaitement. Je ressens la même chose quand Jumpy vient me dire bonjour.

Tom avait une bonne influence sur Callie. Parfois, pour se reposer de ses tâches, elle allait se promener dans les champs pour le seul plaisir de reconnaître les fleurs sauvages, comme elle l'avait fait avec Marthe dans son enfance. Elle avait aussi acheté des enregistrements des orchestres de swing qu'elle avait aimés dans sa jeunesse.

— Tu devrais essayer de retrouver ton fils, lui disait Tom.

— C'est trop tard.

— Il n'est jamais trop tard.

— Il ne s'est même pas donné la peine de rester en contact avec moi.

— Ce n'est pas une raison.

— Je verrai…

Il avait raison, pensait-elle, mais elle ne se sentait pas le courage d'aller en Australie.

Et puis ensuite, il n'en fut plus question : la toux de Tom ne passa pas. Affaibli par ses années à Changi, il tomba gravement malade. Comme si cela ne suffisait pas, la santé d'Alfie se dégrada également. Elle faisait de petites chutes, perdait la mémoire. Callie et Madge se retrouvèrent avec le double de travail, et Callie ne songea plus à quitter l'Angleterre pour chercher Desmond.

— Allez, hardi, comme à l'entraînement ! lança Madge un jour alors qu'elles s'attaquaient au nettoyage de l'écurie dans un petit matin glacé.

— Toujours plus haut !

C'était ce que répondait invariablement Callie, mais elle s'attristait de voir que Madge vieillissait elle aussi. Après la mort d'Alfie et de Tom, elle perdit toute son énergie et sombra dans le chagrin. Ses pertes de mémoire la rendirent hargneuse, et la démence acheva de la détruire. Callie dut la placer dans un établissement qui prendrait soin d'elle jusqu'à sa mort.

Pour Callie, ces coups successifs furent très durs. Elle continua seule, grâce à l'aide de bénévoles, mais elle se fatiguait beaucoup. Les tâches administratives la submergeaient, et on l'usait à force de lui répéter qu'elle devait être « réaliste ». Le refuge avait des dettes et la maison tombait en ruine, elle en était consciente, mais cela faisait maintenant trente ans qu'elle vivait là, et elle ne se voyait pas aller ailleurs. Si elle travaillait trop, elle ne pouvait s'en prendre qu'à elle-même.

La beauté de Little Brierley et le sauvetage de ses pauvres pensionnaires la récompensaient malgré tout amplement de ses peines. Les membres du conseil d'administration avaient monté la Fondation Madge-Cottesloe, structure destinée à soutenir le refuge et à pérenniser la collaboration avec un centre d'éducation surveillée des environs. Quelques années plus tôt, un éducateur avait eu la bonne idée d'entreprendre une expérience pilote au refuge. Persuadé que le sauvetage des animaux pouvait remettre des délinquants sur les rails, il avait réussi à établir un programme pour les adolescents dont il s'occupait.

Au fil du temps, Madge avait accompli des miracles avec certains de ces garçons et filles difficiles. Beaucoup étaient devenus des hommes et des femmes dignes de confiance et bien intégrés. En fin de compte, Madge n'avait-elle pas fait pratiquement pareil avec elle-même ?

Ce matin-là, Jodie devait venir nettoyer le box de l'âne dont Callie s'occupait. La première fois, elle était arrivée l'air boudeur, et avait failli repartir en apprenant qu'elle n'allait pas galoper sur un fier destrier comme une star. Il avait fallu la remettre à sa place et l'avoir à l'œil. Callie avait ensuite dû la secouer sérieusement quand elle l'avait trouvée en train de fumer au fond du box, la voyant laisser tomber son mégot dans la paille.

— Ne refais plus jamais ça ! avait-elle hurlé. Si la paille prend feu, qu'est-ce qui va arriver à ce pauvre âne, d'après toi ? Ça te plairait de l'entendre braire pendant qu'il crame ? Tu n'es qu'une petite idiote ! Pense un peu aux autres, pour changer !

La leçon avait porté ses fruits : le changement avait été radical. Jodie était devenue son aide la plus assidue, et parlait même de se faire embaucher comme groom dans une écurie de course quand elle aurait terminé sa peine.

Le refuge travaillait aussi avec une école d'enfants handicapés. Ils avaient chacun un poney qui leur était assigné. C'était très beau de les voir forger une relation de confiance avec ces animaux qui les acceptaient tels qu'ils étaient. Il arrivait que les poneys renâclent, mais seulement si les enfants montraient de la peur. À force de patience, Callie parvenait à les faire travailler ensemble et à leur faire surmonter toute crainte.

Elle devait tant au refuge ! se disait-elle. Elle y avait puisé la force de surmonter ses peurs, de rester sobre et de supporter la douleur de ses anciens échecs. Grâce à ce lieu, elle s'était construit une vie riche et utile et avait trouvé un bonheur qu'elle n'osait plus espérer. L'âge pourtant gagnait du terrain. Il lui semblait que c'était un miracle de se réveiller encore tous les matins et d'avoir un peu de temps pour continuer à travailler au profit de la fondation et assurer son avenir.

Callie sortit sur le seuil de la cuisine avec son café. Venant des grands arbres, des croassements brisaient le silence de la campagne. Il y avait tant d'énergie à tirer de la beauté des champs et des prairies. Une odeur de rose parfumait l'air de l'été.

« Allez, courage ma vieille, il n'y a plus que toi pour faire tourner la baraque… ! »

47

— C'est la belle vie, dit Melissa, couchée près de Mark dans leur grand lit de l'hôtel du Château, sous un plafond ornementé. Je pourrais y prendre goût.

— Il faudra d'abord que tu deviennes aussi célèbre que Katherine Jenkins !

C'était une gentille moquerie, car il faisait allusion au contrat du siècle signé récemment par une jeune cantatrice avec une grande maison de disques. Il l'embrassa et la prit dans ses bras.

Melissa ne regrettait pas cette escapade avec Mark. Ils s'étaient rendus en voiture à Paris et s'étaient beaucoup amusés à parcourir les marchés aux puces. À la recherche de cartes postales françaises de Joséphine Baker et d'Édith Piaf, Mark avait déniché des trésors en fouillant dans bien des vieux cartons oubliés au fond des stands.

Paris à la fin de l'été, c'était le paradis : terrasses de café au soleil à Montmartre, galeries d'art, chanteurs des rues devant l'Opéra. C'était à l'hôtel Crillon que, contaminés par le romantisme de la ville, ils étaient devenus amants.

Ils avaient visité Versailles puis, sur les traces d'Arthur Seton-Ross et d'un grand-oncle de Mark, ils étaient allés voir les champs de bataille de la Première Guerre mondiale. De là ils avaient continué jusqu'en Belgique, où ils avaient découvert un château de Grooten entièrement restauré et transformé en hôtel. La reconstruction avait été si totale qu'il ne pouvait subsister aucune trace de Louis-Ferrand entre ses murs, mais ils avaient eu envie de rester dans la région et de se payer le luxe de quatre nuits de palace pour l'explorer.

Magnifiquement situé face à un lac, le château était maintenant voué à l'organisation de congrès, de réceptions et de mariages. Melissa envoya une carte postale de l'hôtel à Patty pour la tenir au courant de ses pérégrinations. Ils visitèrent Bruges, où ils goûtèrent les fameux chocolats, et se rendirent au musée à Bruxelles. Là, ils virent le conservateur, qui leur parla des héros de la Résistance et examina la médaille. Ils furent tous les deux horrifiés par ce qu'ils apprirent : la trahison des filières d'évasion, les dénonciations, les arrestations, les tortures et les exécutions. Ils rentrèrent au château très pensifs, se doutant que cette tragédie avait joué un rôle dans l'histoire de Lew.

— Allons voir le cimetière, proposa Mel. La famille van Grooten doit s'y trouver.

Une employée de l'hôtel leur suggéra de rendre visite à l'ancien prêtre, plutôt qu'au jeune pasteur qui le remplaçait.

— Le père Karel est dans une maison de retraite, maintenant, mais il vivait au château, autrefois. Il pourra vous en parler. Il a perdu toute sa famille pendant la guerre.

Mel saisit la main de Mark.

— Nous devons absolument lui parler !… Mais je n'irai pas très loin si nous devons compter sur mon français.

— Je ne pourrai pas t'aider beaucoup…

Comme souvent dans les villages, on put les renseigner rapidement, et ils trouvèrent la maison de retraite du vieux père Karel. C'était un ensemble de pavillons édifiés autour d'une cour et d'un bâtiment collectif où ils rencontrèrent la directrice. Elle parlait anglais, et proposa d'assister à la conversation pour traduire si nécessaire.

— Le père Karel n'a pas toujours l'esprit très clair, ajouta-t-elle. Il retourne souvent à ses souvenirs, mais il adore avoir de la visite.

Tandis qu'ils se dirigeaient vers la chambre, les couloirs et leur odeur de maladie rappelèrent à Mel les derniers jours de son père à l'hôpital.

Le vieux prêtre, allongé sur son lit, regardait par la fenêtre la pelouse bien tondue. Ses doigts pianotaient comme s'il jouait sur un clavier imaginaire. La directrice lui expliqua l'intérêt de ses visiteurs pour son frère.

— Ce pauvre Louis-Ferrand, dit-il dans un excellent anglais. Il n'y avait pas meilleur homme sur terre.

— Montre-lui la médaille, souffla Mark à Melissa.

Elle la sortit de son portefeuille.

— Regardez, je crois que c'était à lui.

En la voyant, Karel devint méfiant.

— D'où tenez-vous cette médaille ? Elle n'est pas à vous !

— Elle appartenait à mon père, Lew… comme on l'appelait en Australie. Louis. Il me l'a confiée à sa mort. Il ne savait pas pourquoi on la lui avait laissée.

— Je l'avais donnée à Caroline pour qu'elle la transmette au fils de Louis-Ferrand – il y a bien longtemps, quand elle était venue pour essayer de le retrouver… Mais alors… si elle était à votre père… Avez-vous une photo de ce Louis ?

Heureusement, Melissa avait pensé à prendre le dossier constitué au cours de l'année écoulée. Elle en sortit les cartes postales, les lettres, les photos. Il y en avait une qui les montrait tous les trois, son père, sa mère Sandra et elle, avant l'accident.

Karel les examina avec avidité.

— Oui, oui, c'est bien Louis-Ferrand ! C'était le plus beau de nous trois. Il ressemblait beaucoup à maman.

— Mais non, c'est une photo de mon père avec ma mère. Il devait avoir environ quarante ans, à l'époque.

Le vieil homme ne détachait pas les yeux de la photo, parti dans son monde, revivant des jours meilleurs, un sourire aux lèvres.

— On ne pouvait pas deviner que ça finirait aussi mal… marmonna-t-il. Et comment va Caroline ? Elle a souffert, elle aussi. Elle a été déportée, et elle n'a tenu que dans l'espoir de retrouver Louis-Ferrand. C'est moi qui ai dû lui annoncer sa mort. Pauvre petite, quelle peine elle a eue ! Et puis elle m'a fait bien plaisir en m'apprenant l'existence de leur fils, qui avait passé la guerre à l'abri, en Angleterre. Nous avons correspondu quelque temps, elle et moi ; après quoi je n'ai plus rien reçu. Il ressemble beaucoup à son père. J'aimerais faire sa connaissance.

Mel sentit les larmes lui monter aux yeux.

— Mon père est mort l'année dernière. Il m'a demandé de découvrir d'où il venait. Tout ce que je sais, c'est qu'il est parti en Australie avec sa nourrice et que sa mère est allée le chercher, mais qu'il est resté là-bas sans elle.

— Oui, oui, bien sûr, c'est ce que Caroline me racontait dans sa dernière lettre. On lui avait enlevé son fils. Elle avait été mise devant le fait accompli et on n'avait pas voulu le lui rendre. Et maintenant, vous voilà… C'est extraordinaire ! C'est un peu comme si elle avait rempli sa promesse de me le présenter. Merci. Et je ne me souviens même plus de votre nom !

— Melissa Alexandra Boyd, répondit-elle, la gorge serrée par l'émotion. Louis était mon père, mais je n'ai pas connu Caroline. Il ne se souvenait plus d'elle.

Karel lui prit la main.

— Tu as bouclé la boucle, ma chère enfant. Je pensais que les van Grooten allaient s'éteindre sans descendance, et voilà que le fils de Caroline a eu une fille. Tu vas prendre le relais, ma petite. Mon cycle arrive à sa fin, mais le tien ne fait que commencer. Merci, merci, tu m'as apporté la paix. Caroline sera très fière aussi d'apprendre tout ça.

Mel se tourna vers Mark, désemparée. Elle n'osait pas avouer au vieil homme qu'elle ne savait pas où était sa grand-mère.

— J'ai peur de vous fatiguer, répondit-elle simplement.

Karel adressa un regard rieur à Mark.

— Prenez bien soin de ma petite-nièce. Je retrouve les traits de ma mère dans son joli visage. Elle doit avoir du caractère, elle aussi !

— Mais oui, tout à fait, monsieur, lui répondit Mark en français.

— Vous m'enverrez une photo de Caroline ? Et vous lui transmettrez mes salutations. Je n'ai jamais oublié sa tristesse à l'annonce de la mort de mon frère, et son courage. Elle doit être très âgée, elle aussi, et les vieux ont besoin des jeunes pour bien achever leur temps sur terre. Dieu te bénisse et t'accompagne, Melissa. Qu'il vous protège tous les deux.

Ils le laissèrent, touchés par sa bénédiction.

— À présent, tu ne peux plus y couper, s'amusa Mark alors qu'ils regagnaient l'hôtel. Tu es bien obligée de la rechercher : tu as un message de l'oncle de Louis à lui transmettre. Nous devons retourner à l'état civil pour voir si elle est toujours en vie. Elle est peut-être aussi dans une maison de retraite. Nous pouvons essayer les listes électorales… les registres des impôts… les listes des pensions et des retraites. Nous sommes tous fichés quelque part, de nos jours, et avec l'aide d'Internet cela ne devrait pas demander trop de temps. Nous n'y sommes pas encore, mais presque.

— Tu dis toujours « nous », mais je préfère faire ça toute seule. C'est mon histoire, pas la tienne ! protesta Melissa.

— Pourquoi prends-tu toujours si mal mes propositions d'aide ?

— J'ai l'habitude de me débrouiller seule.

— Tu ne veux pas partager ce qui t'intéresse avec l'homme que tu aimes ? C'est plus amusant comme ça, non ?

Il voulut lui prendre la main, mais elle ne le laissa pas faire.

— Là, je ne m'amuse plus. C'est une affaire de famille, et je préfère m'en occuper seule. Ne me regarde pas de cette façon ! Je te suis très reconnaissante, mais j'ai des décisions à prendre à mon retour. Je vais peut-être engager un agent pour faire carrière, voyager… Peut-être même rentrer en Australie.

— Pourquoi parler de cela à présent ? Tu viens d'apprendre de très bonnes choses sur Caroline, et tu ne penses déjà plus qu'à repartir ! Moi qui voulais te proposer de t'installer avec moi, maintenant que Sarah a quitté Londres…

— J'espère que tu ne t'attends pas à ce que je repasse tes chemises !

Mel plaisantait, mais Mark n'eut pas l'air de beaucoup apprécier.

— Qu'est-ce qui te prend ? Je trouvais que c'était plutôt une bonne idée, moi. Ces vacances se sont tellement bien passées…

Il s'interrompit, un peu par provocation.

— Je ne suis pas prête à emménager avec quelqu'un, répondit Mélissa. Je veux rester près de l'école de musique, et je dois trouver un bon accompagnateur. À mon avis, tu ne serais pas ravi de m'entendre faire des vocalises nuit et jour. Restons indépendants, c'est mieux.

— Bon, très bien, j'ai compris. Tu ne veux pas t'engager, c'est tout à fait ton droit, mais vu le prix des logements à Londres je me disais que ce serait une bonne idée de partager les frais…

— Eh bien, non, n'insiste pas, je n'ai pas envie. Voilà.

Mel s'en voulut d'être aussi désagréable. Pourquoi s'éloignait-elle toujours quand ses amoureux se rapprochaient ? Elle aurait dû être reconnaissante à Mark de l'avoir aussi bien aidée, mais elle ne ressentait que de la peur. Elle était trop jeune pour vivre avec quelqu'un. Pourquoi ne pouvait-il pas la laisser prendre son temps et se contenter d'une relation plus légère ? Il n'avait vraiment pas choisi le bon moment : elle avait envie de penser à ce qu'elle venait d'apprendre. Peut-être que Caroline n'avait pas été une aussi mauvaise mère qu'elle l'avait cru. Le père Karel avait eu l'air de beaucoup l'apprécier, de la plaindre et d'admirer son courage…

Ils allèrent sur la terrasse pour prendre l'apéritif, et Melissa vit combien Mark était peiné, mais elle se dit que tant pis, elle préférait être claire, même au risque d'une séparation. « Mon père a-t-il été conçu dans ce château ? » se demanda-t-elle. Puis, avec un soupir, elle tourna les yeux vers les eaux sombres du lac et se mit à songer à la seule personne qui l'intéressait vraiment à cet instant : Caroline. Avait-elle regardé ce paysage avec son amant ? Mel voulait maintenant retrouver sa grand-mère, et elle savait qu'elle serait très triste si, au bout de sa quête, elle découvrait que celle-ci n'était plus en vie.

Ils dînèrent en silence et allèrent se coucher tôt. Mel dormit mal, attristée par leur dispute, regrettant que leurs belles vacances se terminent aussi mal. Elle ne savait pas plus que Mark ce qui se passerait à Londres. Parfois, le plus cruel était ce qu'on ne disait pas ou ne faisait pas. Elle avait besoin d'être seule pour mieux décider de son avenir, mais elle ne se sentirait vraiment libre qu'après avoir retrouvé sa grand-mère. Il fallait agir vite, avant qu'il ne soit trop tard.

Mel commença par contacter l'agence immobilière qui s'occupait de la location de Dalradnor Lodge pour localiser Caroline, mais la réponse fut décevante. On ne put lui donner que le nom du notaire, à Londres, qui gérait la succession. Mel était à présent inquiète de voir le temps passer. Elle avait l'impression d'être Sherlock Holmes, éliminant les fausses pistes les unes après les autres. Elle regrettait que Mark ne soit pas là pour l'aider, mais ils ne s'étaient revus qu'une seule fois depuis les vacances – et encore, seulement pour aller ensemble voir une pièce de théâtre pour laquelle ils avaient des places depuis longtemps. Mark avait promis à Mel d'assister à son premier récital en province, mais comme elle ne lui en avait pas donné la date exacte, il n'était pas venu.

Des étudiants avaient emménagé sur le même palier qu'elle, mais elle préférait garder ses distances, même si ses amies s'éloignaient. Angie avait trouvé une place de chanteuse dans un ensemble, et Cilla passait des auditions pour intégrer le chœur de l'opéra national, Opera North, à Leeds. De son côté, Mel avait perdu son ambition de jouer les divas à l'Opéra. Elle préférait être soliste dans une chorale, même si les salaires étaient modestes et l'obligeraient à enseigner en parallèle.

Adélaïde lui paraissait très loin. C'était un trop grand voyage pour aller y passer simplement une ou deux semaines, et d'ailleurs elle avait envie de revivre un Noël anglais, avec ses chants, ses promenades au parc, ses spectacles, et bien sûr la neige. Ses compatriotes australiens, qui organisaient toujours de joyeuses fêtes, lui ôteraient un peu de son mal du pays, mais elle serait certainement nostalgique.

Elle avait pris rendez-vous avec l'office notarial Benson, Harlow et Ford indiqué par l'agence. Elle s'y rendit, ne disposant que de peu d'éléments pour prouver son identité : quelques anecdotes, ses photos, et une copie du certificat de baptême de son père et de son acte de naissance obtenu à l'état civil écossais. Elle avait ainsi trouvé la date de naissance exacte de Desmond, et constaté que Jess lui avait fêté son anniversaire le bon jour. Louis-Ferrand n'avait pas reconnu Desmond, son nom ne figurait donc pas sur cet acte de naissance, pas plus que sur celui de baptême. C'était Tobias, le premier mari de Caroline, déclaré décédé, qui y était nommé.

Après s'être présentée à une secrétaire guère aimable, Mel dut attendre dans un bureau vide.

Cinq minutes plus tard, une jeune fille qui ne semblait pas beaucoup plus âgée qu'une lycéenne entra, chargée d'un dossier.

— Mlle Boardman, appelée aussi Mme Lloyd-Jones, est à notre connaissance la seule bénéficiaire de cette succession, selon les termes du testament de Mlle Faye. Le contact avec elle a été perdu. Aussi, selon la règle, la succession reviendra à l'État après le délai légal, si l'héritier légitime n'est pas retrouvé d'ici là. Il n'existe pas de certificat de mariage valide entre Caroline Rosslyn Boardman et Tobias Lloyd-Jones, mais vous nous apportez la preuve de l'existence d'un descendant.

— Desmond Louis, mon père.

— Oui, nous comprenons bien cela, mais s'il est décédé, alors c'est vous qui êtes… À moins que Caroline ne soit encore en vie…

— Je ne suis pas venue pour réclamer de l'argent. Je veux simplement la retrouver.

— C'est bien notre cas aussi, mais nous n'arrivons justement pas à la localiser, malgré son second prénom inhabituel. D'après nos recherches, rien n'indique un décès.

Si ces experts ne parvenaient pas à localiser sa grand-mère, Mel se dit qu'elle n'avait aucune chance d'y arriver. Il restait malgré tout à explorer la carrière de Caroline pendant la guerre. Karel lui avait dit qu'elle avait servi dans l'armée et été déportée. On devait donc pouvoir retrouver une trace d'elle dans les archives militaires, à moins que ces informations ne soient pas accessibles. Mark aurait su comment faire, mais elle ne s'autorisa pas à le recontacter. Il aurait été malhonnête de se servir de lui pour obtenir des informations si elle voulait l'éviter par ailleurs.

Cilla lui suggéra d'essayer Internet, et de poster une demande de renseignements sur un forum. Elle eut la surprise d'obtenir énormément de réponses. La variété l'étonna aussi. On lui proposa un peu tout, sauf des pistes pour retrouver sa grand-mère. À une ou deux exceptions près : on lui conseilla par exemple de se tourner vers les services auxiliaires féminins de l'armée, les WAAF, les ATS, les FANY. La tâche semblait colossale, et Mel ne tarda pas à être découragée : personne ne connaissait de Caroline Boardman ni de Caroline Lloyd-Jones. La cause lui parut bientôt désespérée, mais un extrême sentiment d'urgence la poussait à continuer. Elle voyait son père en rêve, et si elle n'entendait jamais ce qu'il disait, il lui souriait et lui faisait signe.

Sa chorale devait donner *Le Messie*, aussi elle interrompit ses recherches pour se consacrer aux répétitions et à ses cours particuliers. Elle songea même à embaucher un détective privé, mais le coût fut dissuasif. Et puis, au milieu de toutes ces activités, elle eut une rage de dents qui l'obligea à aller chez le dentiste.

Elle s'assit dans une salle d'attente remplie de patients qui contemplaient deux poissons rouges dans un aquarium pour tromper leur ennui. Vite lassée par cette occupation, elle se tourna vers la pile de vieux magazines écornés laissés à disposition sur la table basse. Il y avait là les publications habituelles de la presse people, des revues d'équitation, et un exemplaire hors d'âge de *Lady*. Elle le feuilleta, et s'arrêta sur un dossier un peu prometteur concernant les refuges pour chevaux maltraités. Il était illustré par des photos montrant l'état des animaux à leur arrivée, puis après quelques mois de soins. Les progrès étaient frappants. Il y avait un article sur les différentes associations caritatives impliquées dans ces sauvetages, et un appel à verser des dons à la Fondation Madge-Cottesloe, dans le Herefordshire.

Melissa, tout à fait par hasard, lut en entier cet encadré, jusqu'au nom et à l'adresse de la trésorière : Caroline Rosslyn.

Elle eut un coup au cœur et s'écria à voix haute :

— Non ! Incroyable !

Toute la salle se tourna vers elle, juste au moment où on appela son nom.

« Je t'ai trouvée ! songea-t-elle en se levant sans lâcher le magazine. Ça ne peut être que toi ! »

48

Callie n'arrivait pas à se réchauffer. Elle était épuisée, irritable. Cela devait être à cause du mauvais temps de novembre et de l'obligation de se lever avant le jour pour nourrir les bêtes. Les chevaux étaient à l'abri dans l'écurie, mais l'eau gelait dans les abreuvoirs. Elle avait beau mettre des bottes et enfiler plusieurs polaires sous son ciré, elle souffrait du froid comme jamais.

Le poêle s'était éteint et la réserve de fuel était vide, mais elle avait une bouilloire électrique et une plaque chauffante pour préparer ses repas. Elle s'en servait d'ailleurs peu, car elle n'avait pas beaucoup d'appétit.

« Sois raisonnable, se dit-elle, prends au moins une boisson chaude, et couvre-toi bien. N'oublie pas ton chapeau. » Elle ne voulait pas risquer l'hypothermie, et sa fatigue excessive l'inquiétait.

Elle se soignerait quand elle se serait occupée des animaux. Vera et Roger Hayes, qui vivaient au village de Little Brierley, viendraient dans la matinée pour promener les chevaux, ou du moins les sortir dans la cour et leur faire faire quelques tours. Il y avait aussi l'âne à aller voir au champ, mais elle pourrait s'en occuper elle-même, à son rythme, ralentie par ses jambes lourdes. L'air frais lui ferait peut-être du bien et soulagerait sa migraine.

Il faudrait également qu'elle passe ramasser le courrier dans la boîte au bout du chemin, au cas où des dons seraient arrivés après son dernier appel. L'argent ne lui parvenait qu'au compte-gouttes, pas suffisamment vite pour sauver le refuge. Si elle continuait à dépenser plus qu'elle ne recevait, il lui faudrait trouver d'autres foyers pour ses protégés… Malheureusement, tous les refuges qu'elle connaissait étaient pleins à craquer.

« Arrête de t'inquiéter. Remue-toi et fais ce qu'il y a à faire. Tu n'as pas le temps de traîner. »

Callie s'appuya à l'évier et ouvrit le robinet. Pas d'eau ! Les conduites avaient gelé, et elle n'allait même pas pouvoir se faire de boisson chaude, à moins qu'il reste un fond d'eau dans la bouilloire.

Elle jeta un coup d'œil à la bouteille de vin qui prenait la poussière en haut du buffet depuis des années. C'était un test qui lui permettait de renouveler de temps en temps son vœu d'abstinence. Mais elle n'eut nullement besoin de faire appel à sa volonté pour s'en détourner : si tôt dans la journée, la seule idée de boire l'écœurait.

« Allez, du nerf ! Que penserait Madge si elle te voyait tirer au flanc ? »

Le poids de son épais ciré et de ses bottes empêchait presque Callie d'avancer. Elle sortit néanmoins par la porte de la cuisine, et prit la pelle pour briser la pellicule de glace à la surface des abreuvoirs. C'est alors que, en la soulevant, elle sentit une violente douleur serrer sa poitrine comme un garrot. Le souffle coupé, elle se plia en deux, choquée par l'intensité et la soudaineté de l'attaque.

« Non, non ! Pas dehors. » Les chevaux bougèrent à peine en la voyant repartir. Elle se traîna vers la maison, rampant sur les pavés, cherchant à atteindre le téléphone. Elle eut l'impression de parcourir des kilomètres et de mettre cent ans pour parvenir à la porte.

« Bravo, tu y es ! » songea-t-elle, mais son soulagement fut de courte durée : terrassée par une nouvelle crise de douleur, elle s'effondra sur le paillasson.

49

Mel quitta Londres en voiture le vendredi après-midi, mais à peine partie, elle se demanda si elle ne ferait pas mieux de renoncer à son voyage dans le Herefordshire, car elle se trouva bloquée dans les ralentissements des départs en week-end. Elle décida de prendre son mal en patience, et mit son CD dans le lecteur pour répéter son solo et avoir ainsi l'impression de ne pas trop perdre de temps. La météo annonçait une vague de froid mais du soleil, il ferait beau pour sa visite à Little Brierley.

Elle profitait du seul week-end libre qu'elle aurait avant longtemps et ne pouvait pas vraiment reculer si elle voulait exploiter la piste qu'elle venait de trouver. Il ne pouvait s'agir d'une simple coïncidence de nom, se disait-elle. Elle était forcément sur la bonne voie.

Mark n'était toujours pas du voyage. Mel se reprochait de ne pas l'avoir appelé pour lui faire part de ses dernières découvertes, mais il avait annulé leur dernier rendez-vous par répondeur interposé, expliquant qu'il était débordé de travail, et, vexée, elle n'avait pas eu envie de le recontacter.

Elle repensait souvent à leur voyage à Paris et en Belgique, à leurs nuits d'amour. Elle eut un soupir de regret en évoquant ces vacances.

Si Mark avait été là, ils auraient été deux pour conduire, deux pour partager cette attente. Pourquoi avait-elle tenu à l'éloigner alors qu'elle éprouvait d'aussi forts sentiments pour lui ? Cela venait du manque de confiance qui conduisait à l'échec toutes ses relations. Elle aimait mieux être seule qu'abandonnée. Inutile de prendre l'avis d'un psy pour comprendre que c'était à cause de Lew et de ses promesses toujours brisées.

Mais si son père lui avait fait autant de mal, pourquoi s'était-elle donné la peine d'aller en Écosse et en Belgique, et maintenant aux frontières du pays de Galles pour satisfaire ses dernières volontés ?

— Mon pauvre papa, qu'est-ce que tu me fais faire ? Qu'est-ce qui m'oblige à braver les encombrements, à l'autre bout du monde, pour résoudre un problème qui n'est pas le mien ? Caroline m'a peut-être légué quelques gènes, mais je n'ai rien d'autre à voir là-dedans.

Elle continua ainsi à apostropher son père, laissant derrière elle la ville puis la banlieue. Elle prit l'autoroute, une nationale, pour finir par des routes de campagne sinueuses. Elle fit halte dans un motel sonore. Comme destination de week-end, on pouvait imaginer mieux. Tôt le lendemain matin, elle se vengea du raffut produit par la télévision de la chambre voisine en faisant ses vocalises. Ensuite, elle se dépêcha de prendre son petit déjeuner et de partir avant que ses voisins ne se remettent de leur frayeur. Une voix de chanteuse lyrique pouvait être bien utile, parfois, se dit-elle.

En descendant de voiture à Little Brierley, elle se félicita d'avoir enfilé plusieurs pulls et mis une bonne écharpe en laine. Ce n'était qu'un tout petit village d'une seule rue, avec une épicerie qui faisait aussi office de poste, un pub et la belle église de pierre blonde. Elle trouva le panneau indiquant le refuge de la Fondation Madge-Cottesloe et s'engagea sur une petite route tortueuse qui montait entre les arbres. Le tunnel de végétation, de plus en plus bas, devenait étouffant : les branches décharnées des arbres frottaient le toit de la voiture. Au bout de la route, Mel dut ouvrir une barrière pour continuer sur un chemin de terre, mais elle était sûre d'être sur la bonne voie car elle distinguait, plus loin, une remorque pour chevaux et une voiture à l'arrêt.

Elle se gara devant une ravissante demeure au toit de chaume et aux fenêtres à meneaux, vieille de plusieurs siècles. C'était presque trop beau pour être vrai. « Mission accomplie », songea-t-elle en se détendant enfin, soulagée d'avoir réussi à atteindre cet endroit bien caché. En voyant sortir d'un hangar une femme en pantalon de cheval et bottes en caoutchouc, elle sauta de la voiture avec un grand sourire. « Caroline ! Enfin ! »

— Caroline Rosslyn ? demanda-t-elle, très émue, mais surprise de trouver une femme aussi bien conservée pour ses quatre-vingts ans.

— Elle n'est pas là. Je suis une voisine, Vera Hayes. Si c'est pour nous confier un cheval, c'est impossible, nous n'en prenons plus. Nous allons sans doute être obligés de déménager bientôt.

La déception fit trembler la voix de Mel.

— Non, ce n'est pas pour un cheval. Je voulais tout particulièrement rencontrer Caroline Rosslyn. Je suis venue exprès de Londres pour la voir. Je m'appelle Melissa Boyd. Est-ce qu'elle va rentrer bientôt ?

— Je suis désolée, mais vous arrivez trop tard…

— Trop tard ? Oh, c'est tellement triste… C'est arrivé quand ? Moi qui tenais tant à la voir…

— Elle n'est pas morte, mais elle est à l'hôpital dans un état grave. Nous l'avons découverte inanimée hier. Elle ne prend pas assez soin de sa santé. Comme elle a le cœur fragile, nous nous sommes proposés pour promener ses protégés, de façon à l'épargner un peu. Heureusement que mon mari et moi nous sommes venus en avance hier, pour une fois. Elle était fatiguée, ces derniers temps… C'était pour écrire un article sur la fondation ?

Mel s'en voulait terriblement. Elle avait trop tardé, Mark avait eu raison de la pousser à agir vite.

— Non… c'est pour une affaire de famille… Je désirais tellement lui parler ! C'était vraiment important pour moi.

— Entrez donc, je vais vous donner du café. J'ai apporté une Thermos. Les conduites d'eau ont gelé… Ne faites pas attention au désordre. Callie n'est pas très soigneuse.

Ah ! c'était la preuve qu'elle cherchait. Libby Steward aussi l'appelait « Callie ».

Vera ne mentait pas : la pagaille régnait à l'intérieur. Dans la cuisine, une grande pièce froide et humide à l'odeur de foin et de cheval, des vêtements et des magazines étaient éparpillés, des cartons s'entassaient, ainsi que de la vaisselle sale. Elles dégagèrent chacune un coin de chaise pour s'asseoir.

— Ça n'est pas un endroit pour une vieille dame, commenta Vera. Elle travaille trop dur, mais elle est têtue comme une mule. Alors, racontez-moi un peu ce qui vous amène.

Mel comprenait sa curiosité, mais elle préféra ne pas en dire trop.

— Mon père m'a demandé de prendre contact avec elle parce que je venais en Angleterre. J'ai eu du mal à la retrouver. Il ne la connaissait que sous le nom de Mme Lloyd-Jones.

— Callie est très secrète. Elle ne se confie pas beaucoup. Sa seule passion dans la vie, c'est ce refuge. Tout ce que je sais d'elle, c'est qu'elle vivait avec Madge Cottesloe et sa compagne bien longtemps avant notre arrivée dans la région. Je pensais qu'elle était un peu comme elles… célibataire. Elle ne parlait pas de son passé, mais je suis sûre qu'elle serait très contente de vous rencontrer, d'autant plus que vous arrivez d'aussi loin. L'Australie, ça fait une trotte.

Mel lui parla de l'année qu'elle avait passée à Londres et de ses études de chant.

— Ah, c'est très bien ! s'exclama Vera. Vous pouvez rester jusqu'à demain ? Je vais me renseigner pour savoir si Callie est en état d'avoir de la visite. Sa maison n'est pas très agréable, mais je suis sûre qu'elle serait ravie que vous passiez la nuit ici… Ou alors vous pouvez venir chez nous, si vous préférez.

— Ne vous dérangez pas, ici ce sera parfait. Je peux vous aider à l'écurie si vous voulez. J'adorais l'équitation quand j'étais petite, et ma mère aussi aimait beaucoup les chevaux.

— Nous allons vous apporter quelques bouteilles d'eau et allumer un feu dans l'autre pièce. Les tuyaux qui viennent du puits ne sont pas enterrés assez profond. Il faudrait faire des travaux. Quant à l'électricité… c'est une catastrophe. La maison est jolie comme une carte postale, mais pour la vie de tous les jours c'est une horreur. Le loyer est assez bas, ce qui permet à Callie de survivre avec sa pension de guerre, mais elle ne va plus y arriver s'il augmente au prochain renouvellement du bail. Elle se fait beaucoup de souci à ce sujet…

Vera fit visiter les deux chambres du haut à Mel. L'une était dans le même désordre que la cuisine et sentait le renfermé ; mais l'autre, sous les combles, était propre. Cela irait très bien pour une nuit, pensa Mel. Il n'y aurait qu'à passer un petit coup de plumeau, à aérer et à réchauffer le lit avec une bouillotte.

Elles commencèrent par ranger la cuisine ensemble, puis Vera montra les chevaux, les poneys et les ânes à Mel. À midi, Vera rentra chez elle pour chercher une Thermos de potage, du pain et du lait.

— Ce soir, vous dînerez chez nous, et ne me dites pas non ! Vous nous parlerez de votre père et de votre carrière musicale.

Ce fut pendant ce repas du soir dans une petite maison de la rue principale du village que Vera apprit une bonne nouvelle à Mel.

— J'ai appelé l'hôpital et j'ai raconté que vous étiez une parente venue spécialement d'Australie pour voir Callie. Vous aurez droit à un quart d'heure demain après-midi, si tout va bien. Si vous n'aviez pas pu rester, j'y serais allée, mais elle préférera certainement votre visite.

— Vous êtes très gentille avec elle.

— C'est un plaisir. Il n'y a pas plus généreux que Callie. Depuis que je la connais, je la vois passer sa vie à aider les autres. Elle a fait des merveilles pour les jeunes vauriens de la ville qu'on lui envoie. Je ne sais pas comment elle les supporte, mais elle a un don pour les apprivoiser. C'est vraiment bien de redonner une chance à des jeunes, vous ne trouvez pas ?

La soirée se prolongea assez tard. Ils parlèrent de l'histoire du refuge, de Madge et Alfie, ses originales fondatrices, et des rumeurs qui circulaient sur Callie.

— On dit que, pendant la guerre, elle aurait fait partie des services secrets. Je n'en sais pas plus. Jamais elle ne parle de ses exploits ni du passé, mais Madge a laissé échapper un jour qu'elle avait été déportée. Quelle femme extraordinaire !

Melissa rentra dormir à la chaumière, mais tarda à se coucher, perturbée par les bruits de la vieille maison : les grincements du plancher, les claquements des fenêtres agitées par le vent dans le profond silence de la nuit. Ici, pas une voiture, pas de coups de klaxon. Elle fit le tour du salon, une pièce aux poutres apparentes et au plafond bas. Autour de la grande cheminée, il y avait quelques aquarelles au mur, mais qui ne l'aidèrent pas à situer la personnalité de l'occupante. Melissa s'en était forgé une certaine idée qu'elle devait entièrement revoir. Par exemple, Callie lisait beaucoup, si on en croyait le nombre d'ouvrages sur les étagères. Ses goûts musicaux favorisaient le jazz des années 40. Le rebord de la cheminée était encombré de récompenses de concours hippiques, rosettes et certificats poussiéreux. Parmi les photos de chevaux et d'ânes, il y avait celles de quelques personnes, mais elles ne renseignèrent guère Mel puisqu'elle ne les connaissait pas. Dans un cadre en argent figurait la photo de deux femmes en discussion avec la princesse Anne dans sa jeunesse…

On avait l'impression que personne n'entrait jamais dans cette pièce. Callie semblait vivre principalement dans sa cuisine et dans les écuries. C'était un peu triste de voir la maison dans cet état. Cette femme qui savait apparemment si bien redonner espoir aux autres n'arrivait pas à créer pour elle-même un cadre de vie confortable. « Comment va-t-elle réagir à mon arrivée demain ? se demanda Mel. Sera-t-elle contente de me voir ? Me rejettera-t-elle ? » Soudain, elle s'aperçut que cette rencontre revêtait une immense importance à ses yeux.

50

Callie voulait déjà sortir de l'hôpital. Elle s'inquiétait pour ses pensionnaires – Vera et Roger arriveraient-ils à trouver quelqu'un pour les aider ? Elle avait peur de trop leur en demander. Et il fallait aussi s'occuper de sa conduite d'eau gelée. La fatigue n'était pas une raison pour rester couchée, et elle s'agaçait du goutte-à-goutte fixé dans son bras et du bruit des appareils de monitoring qui l'entouraient. La compagnie n'était pas non plus très brillante, dans cette salle commune remplie de malades, et elle n'aurait pas beaucoup de visites car l'hôpital était éloigné de tout. Plus tôt on la laisserait rentrer chez elle, mieux elle se porterait.

Les médecins et les infirmières s'arrêtaient près de son lit de temps en temps pour lui poser des questions. Elle pouvait parfaitement leur dire la cause de son malaise :

— Je me suis trop fatiguée, je me nourris mal, et il faisait trop froid chez moi, expliquait-elle à qui voulait l'entendre.

Les gens ne comprenaient pas qu'on se prive de tout pour sauver des bêtes. « Mais à quoi bon vivre enfermée dans une maison de retraite surchauffée ?

Je préfère mourir debout plutôt que de démissionner. » Elle ne s'accoutumerait jamais à un changement de vie. Il ne lui aurait fallu qu'un peu plus d'aide pour tenir sa maison correctement et s'occuper de l'écurie, mais étant donné qu'elle n'en avait pas les moyens, elle continuerait seule, comme un bon soldat. Elle s'inquiétait, pourtant : à cause de ses dettes, on risquait de lui envoyer les huissiers et de l'obliger à fermer le refuge.

Soudain, son attention fut attirée par une jeune femme qui hésitait à la porte du service, et elle vit qu'une infirmière lui désignait son coin de la salle. La visiteuse, grande et longiligne, les cheveux blonds, approcha en souriant, un bouquet de grosses marguerites orange et roses à la main. Sa démarche légère faisait plaisir à voir.

— Mademoiselle Rosslyn ? demanda-t-elle en s'arrêtant devant elle. Est-ce que par hasard vous vous appelleriez aussi Caroline Lloyd-Jones ?

Callie, entendant l'accent australien, eut un choc.

— C'est à quel sujet ?

La jeune femme chercha une chaise et s'assit à son chevet.

— Je m'appelle Melissa Alexandra Boyd, et je viens d'Adélaïde… Et, ajouta-t-elle après une pause, mon père était connu sous le nom de Lew Boyd, mais en réalité son nom était Desmond Louis Lionel Lloyd-Jones, comme je viens de le découvrir. C'est bien le nom de votre fils ?

Callie dut détourner la tête pour cacher son émotion.

— Il est là, lui aussi ?

— Malheureusement non, mais peut-être en esprit. Son dernier souhait avant de mourir a été que je découvre qui lui avait envoyé cette carte.

Elle sortit une vieille carte que Callie ne connaissait que trop bien.

— Mon Dieu ! Il l'a gardée…

— Oui et non. C'est une longue histoire, et j'ai eu bien du mal à arriver jusqu'à vous.

En voyant Mel sourire, Callie crut avoir sa propre mère sous les yeux, et des larmes roulèrent sur ses joues.

— Alors, Desmond est mort ?

— Oui. Je suis désolée.

La jeune femme lui tendit une main, et Callie la prit, comme quelqu'un qui se noie s'accrocherait à une bouée de sauvetage.

— Il se souvenait donc de moi ? Je lui ai souvent écrit, mais il ne m'a pas répondu une seule fois.

— Je ne sais pas ce qui s'est passé de son côté, mais il m'a laissé quelques objets pour m'aider à vous chercher.

Mel sortit de son portefeuille une photo de la croix de guerre de Louis-Ferrand ; celle de Callie avec Primrose McAllister ; et celle de Jessie Boyd avec Desmond que lui avait confiée Netta, et que Callie n'avait jamais vue. Soudain, les bips du cardioscope s'affolèrent, et une infirmière accourut.

— Il ne faut pas la perturber, ou je vais être obligée de vous demander de partir.

— Non, s'exclama Callie, je veux qu'elle reste ! C'est ma petite-fille !

Elle dévisageait Melissa, arrivant à peine à y croire.

— Vous êtes vraiment sa fille ?

— Oui, je suis sa fille.

Elles se turent, se regardant l'une l'autre avec intensité, dans une sorte de communion extraordinaire.

— Et tu as fait tout ce chemin pour me retrouver ?

— Je ne viens que de Londres, en réalité. Je vis pour l'instant en Angleterre.

Elle lui raconta comment un article dans un magazine l'avait mise sur la piste.

— Heureusement, votre mère vous a donné un second prénom très peu courant, autrement je ne serais pas là.

L'infirmière revenait pour chasser Melissa, mais Callie l'arrêta encore :

— Permettez-lui de rester, je vous en supplie, nous avons tellement de choses à nous dire !

— Cinq minutes, pas plus.

Sans même attendre que l'infirmière se soit éloignée, Callie s'adressa de nouveau à Mel.

— Parle-moi de ton père et de ta mère. J'aurais tellement voulu avoir des nouvelles de mon fils…

Elle écouta avec passion, mais très vite, malgré son intérêt, Callie sentit qu'elle s'endormait.

Quand elle se réveilla, elle était seule. Sans doute avait-elle rêvé cette jolie jeune femme aux cheveux blonds qui lui apportait des nouvelles de Desmond, se dit-elle. C'était un songe réconfortant, une hallucination de fin de vie… Mais alors elle vit le joyeux bouquet à côté de son lit.

— J'ai eu de la visite ? demanda-t-elle à une aide-soignante qui passait.

— Mais oui, bien sûr, et elle vous a fait le plus grand bien, cette demoiselle. Il paraît que c'est votre petite-fille, d'Australie.

— Oui, c'est cela… Alors tout n'est pas fini.

51

Callie reconnut à peine sa maison quand elle rentra de l'hôpital, raccompagnée par Vera. Une bonne fée avait transformé sa cuisine d'un coup de baguette magique. Tout étincelait, le poêle était allumé, et, quand Callie jeta un coup d'œil dans le salon, elle vit un grand sapin de Noël illuminé et un feu dans la cheminée.

— Merci, Vera ! C'est incroyable.

— Je n'ai pas fait grand-chose. C'est surtout Melissa qui est venue le week-end dernier avec une bande d'amis. Ils ont tout nettoyé, et même repeint.

— Mais je n'ai pas les moyens de les payer… et le fuel…

— Ne t'inquiète pas pour ça. C'est de la part de la fondation. Tu n'as jamais pris un centime, et ce n'est pas juste. Le docteur va demander pour toi une aide à domicile. Nous t'avons laissée en faire beaucoup trop. Maintenant, tu vas te reposer davantage.

— Je ne comprends pas comment…

Vaincue par l'émotion, Callie se tut.

— Melissa t'expliquera. Elle doit revenir ce week-end pour Noël. Elle veut que tu te soignes mieux, et elle a eu une bonne idée pour trouver des financements. Elle va organiser un concert avec ses amis chanteurs et musiciens à l'église de Little Brierley. Qu'est-ce que tu en dis ?

— Elle n'est pas repassée me voir à l'hôpital…

— Elle t'a écrit. Là, l'enveloppe sur la cheminée… C'est bien qu'elle soit là pour Noël, non ? Nous devons montrer à notre jeune Australienne ce que c'est qu'un vrai Noël anglais.

— Mais où dormira-t-elle ? Les chambres du haut ne sont pas…

— Monte voir, tu seras surprise. C'est tout propre. Tu ne peux pas savoir comme je suis contente que tu sois de retour ! Ça n'est pas pareil, quand tu n'es pas là. Je suis tellement soulagée que tu ailles mieux !

Callie dut sortir son mouchoir.

— Je ne mérite pas tout le mal que vous vous donnez pour moi. J'ai honte de pleurer comme ça. C'est ridicule.

— Mais non, ça fait du bien de pleurer, ça purge. Comme tu ne vas plus pouvoir porter tes gros seaux de nourriture, nous avons établi un planning pour nous relayer à ta place.

— J'ai de la chance d'avoir d'aussi bons amis. Je ne vous mérite pas. Tu penses que le refuge pourra être sauvé ?

— Ne t'inquiète pas, tout ira bien. Et ne nous remercie pas : tu t'es sacrifiée pendant des années ; c'est à toi de recevoir de l'aide, pour changer.

Callie, épuisée par le trajet, appréciait grandement son nouveau confort. Elle s'assit dans son vieux fauteuil avec soulagement. Rien n'avait fondamentalement changé, mais le grand ménage avait transformé la pièce. Sans doute ne retrouverait-elle plus aucune de ses affaires, mais c'était bien agréable. Elle se sentait revivre, et pourtant la fondation était en danger. Le refuge ne survivrait sans doute pas à un autre hiver. Où iraient ses pensionnaires s'il fallait fermer ?

Elle soupira et prit la lettre de Melissa et ses lunettes.

> Je me suis dit que tu aimerais lire la lettre ci-jointe. On me l'a remise après la mort de mon père. Tu verras qu'il me demande de découvrir qui lui avait envoyé la carte également incluse dans cette enveloppe…

Callie contempla la carte postale du village de Dalradnor qu'elle avait envoyée à son fils il y avait si longtemps. C'était incroyable qu'elle ait ainsi traversé le temps et les océans. En regardant la photographie, elle fut envahie par un flot de souvenirs. Elle avait été tellement heureuse de prendre le bateau pour aller retrouver son fils ! Elle la reposa lentement, et prit ensuite la lettre de Desmond qu'elle orienta vers la lumière. Elle lut, lentement, s'imprégnant de chaque phrase en essayant d'imaginer sa voix.

> Ma chère Mel,
>
> J'ai l'impression d'être arrêté par un énorme mur dans lequel un seul petit trou permet d'apercevoir un jardin fleuri…

Cette phrase lui fit monter les larmes aux yeux. Ainsi, Desmond s'était souvenu du jardin de Dalradnor… Quelle douleur de ne l'avoir jamais revu ! Elle serra la lettre contre son cœur.

Le silence régnait dans la maison. Callie avait grand besoin de ce moment de tranquillité pour assimiler tous les changements survenus dans sa vie.

Elle termina cette dernière lettre de son fils et se désola de la tristesse qu'elle exprimait. Il n'avait eu aucun souvenir d'elle, et n'avait gardé que le fantôme d'un manque, une nostalgie éveillée par l'odeur des roses. Elle se souvint en pleurant du banc dans la roseraie où elle s'asseyait avec son petit garçon pour lui chanter sa vieille berceuse. « Encore ! disait-il toujours à la fin. Chante encore, maman ! »

Desmond avait eu la même faiblesse qu'elle pour la boisson, et avait tâché de combattre ses démons en se consacrant à son travail. La perte de sa femme, Sandra, qu'il semblait avoir beaucoup aimée, l'avait fait replonger dans l'alcoolisme. Personne n'aurait pu le comprendre mieux qu'elle. Ils avaient dû se ressembler beaucoup. Elle aurait tellement voulu le connaître. Mais il lui avait envoyé sa fille en messagère pour essayer de réparer le passé.

Si seulement elle avait pu revenir en arrière, refaire l'histoire, elle ne se serait pas engagée, elle serait restée avec lui. Mais avec des « si »… Callie contempla les flammes dans la cheminée. Il ne fallait pas se complaire dans les regrets. Elle devait maintenant profiter de cette dernière chance que lui offrait la vie. Quelles incroyables retrouvailles ! Elle avait vraiment hâte de revoir Melissa.

52

Mel pestait dans sa voiture. Depuis qu'elle avait quitté Londres, elle était d'une humeur de chien. « Je suis fatiguée, c'est tout… »

Elle se reprochait d'avoir quitté Mark comme elle avait quitté tous les autres. « Il te plaisait, alors qu'est-ce qui a cloché ? » Mais rien, rien justement, c'était bien cela le problème. Simplement, il avait voulu participer à ses recherches, et elle avait préféré continuer seule. « Et maintenant, petite idiote, tu le regrettes ! »

« Téléphone-lui, lui disait son cœur, excuse-toi avant qu'une autre te le prenne. — Mais non ! » criait sa tête. Mark devait rester libre, et elle aussi.

Elle jeta un coup d'œil vers la banquette arrière pour s'assurer qu'elle n'avait pas oublié les dossiers du notaire. Elle avait envoyé l'adresse de Caroline à Benson, Harlow et Ford. Leur réponse l'avait beaucoup intéressée, mais elle préférait en parler elle-même à sa grand-mère.

Elle allait justement passer Noël chez Caroline, et profiter de ces quelques jours pour finir d'organiser le concert du Nouvel An qui aurait lieu à l'église de Little Brierley. Il y aurait aussi un repas payant pour renflouer les caisses de la fondation. Les musiciens se produiraient tous gracieusement, contre le seul remboursement de leurs frais. C'était un quatuor, avec Angie à la flûte pour accompagner Mel dans les chansons qu'elle avait choisies.

Mel s'étonnait encore du concours de circonstances qui lui avait permis de retrouver sa grand-mère. Mais était-ce vraiment le fruit du hasard ? On pouvait se le demander. Elle s'indignait que Jess et Jim aient refusé de parler à Lew de sa mère biologique. On lui avait laissé faire seul un choix dont il était trop jeune pour mesurer les conséquences. On ne séparait pas ainsi un enfant de sa mère. Callie en avait eu le cœur brisé, et ses relations avec Phoebe avaient été empoisonnées par cette tragédie jusqu'à la fin. Comme c'était triste !

Lew avait dû beaucoup s'en vouloir inconsciemment. Elle avait toujours senti qu'une tristesse habitait son père, même avant l'accident. C'était sans doute cela qui l'avait poussé à boire, et quand il était devenu veuf, il avait basculé. Pendant ce temps, Callie sombrait aussi dans l'alcool, attendant en vain de recevoir de ses nouvelles. Avait-il eu plus de souvenirs d'elle qu'il n'avait bien voulu l'admettre dans sa dernière lettre ? Cette dame qui était venue le voir mais qu'il n'avait jamais revue, sans doute savait-il très bien qui elle était vraiment.

Mel soupira tout en conduisant. Elle ne connaîtrait jamais le fond des pensées de son père, mais il y avait bien d'autres choses qu'elle pouvait encore apprendre. Elle se promit d'écrire au père Karel pour l'informer des nouveaux événements, et tâcher de recueillir ses souvenirs de Louis-Ferrand. Elle n'était plus seule : elle se découvrait une famille… grâce à Mark.

Mais peut-être était-il temps de s'intéresser un peu moins au passé et un peu plus à l'avenir. Elle avait mené à bien la mission confiée par son père, c'était à elle maintenant de corriger ses erreurs. Le destin de Mark Penrose était-il de rejoindre le sien ? Cette histoire méritait peut-être qu'on lui laisse une seconde chance.

L'esprit agité par ces pensées, Mel continua sa route dans le crépuscule de décembre, guettant les pancartes qui indiquaient Little Brierley.

53

Callie trouvait très étrange de recevoir une invitée qui faisait tout pour elle. Melissa lui apportait son thé au lit, allait nettoyer les écuries, soignait les chevaux, répondait au téléphone, se chargeait des courses, comme si elle s'occupait d'une paralytique. Callie n'avait pas l'habitude d'être servie, mais elle devait se laisser faire car l'essoufflement freinait son moindre effort.

Elle aimait voir Melissa s'activer dans la cuisine, l'entendre faire ses vocalises dans l'écurie pendant que les chevaux étaient au pré. Ses aigus étaient d'une pureté à briser le cristal, certainement un héritage de son arrière-grand-mère. Comme Phee aurait aimé rencontrer cette jeune fille qui lui ressemblait tant, blonde, volontaire et gracieuse malgré ses allures de garçon manqué ! Elle avait envie de la voir en robe et un peu maquillée. Les filles ne s'affublaient plus que de jeans et de grosses chaussures.

Un soir, Melissa, en veine de confidences, lui avait parlé d'un jeune homme, celui justement qui l'avait aidée à retracer son histoire. Elle pensait l'aimer, mais l'avait quitté par peur de s'engager. Elle avouait le regretter, mais être trop fière pour faire machine arrière. Depuis, Callie s'inquiétait pour elle. Cela ressemblait trop à une malédiction familiale !

Que d'événements, en une année… Callie, toujours trop sauvage pour accepter les invitations, avait passé le dernier Noël seule. Elle avait festoyé d'une côtelette devant la télévision après une promenade dans la campagne. Melissa allait lui manquer. Cela lui faisait du bien d'entendre les anecdotes qu'elle pouvait lui raconter sur Lew et Sandra. Desmond avait trouvé l'amour, essayé d'être un bon père, mais ses difficultés avaient pris le dessus. Le démon de la boisson avait tout gâché, et avait causé la maladie qui l'avait emporté.

Il y avait eu du bon et du moins bon dans la vie de son fils, pensait Caroline, mais il avait eu cette ravissante jeune fille qu'il avait envoyée à la recherche de ses racines.

Callie attendait avec impatience le concert à l'église. L'acoustique y serait merveilleuse, et sans doute y aurait-il du monde, mais il en faudrait beaucoup pour sauver la fondation. L'angoisse la rendait malade, et elle avait l'impression qu'il ne lui restait plus longtemps à vivre. « Il faut que je mette de l'ordre dans la maison et dans mes affaires, comme Madge l'a fait avant de disparaître », se disait Callie. Elle n'oublierait jamais la gentillesse de ces deux femmes qui l'avaient sauvée, tout comme Melissa l'avait ramenée à la vie en arrivant à son chevet. Elle l'avait rencontrée à peine un mois plus tôt, et pourtant, dans son cœur, il lui semblait la connaître depuis toujours.

Le lendemain de Noël, alors qu'elles passaient la soirée en tête à tête au coin du feu, sa petite-fille descendit avec une feuille de papier sur laquelle elle avait imprimé un e-mail en gros caractères.

— Je voulais te montrer ça, mamie. Ça me démange depuis que je suis arrivée.

Mais pour que Callie puisse le lire, elle dut d'abord lui retrouver ses lunettes, qui avaient glissé derrière le coussin du fauteuil.

— Je t'ai expliqué que j'étais allée voir le notaire à Londres, quand je te cherchais. Il m'a envoyé ça.

— Benson, Harlow et Ford ! Ça alors, ils existent toujours ?

— Lis, je t'en prie.

> Ce mail fait suite à notre récente conversation concernant la succession de Mlle Phoebe Annie Boardman.
>
> Nous avons été informés il y a quelque temps par Pettigrew et Copeland, notaires à Glasgow, que les locataires actuels de Dalradnor Lodge, dans le comté du Stirlingshire, désiraient se porter acquéreurs de la propriété et des terres qui y sont rattachées, au prix actuel de son évaluation, au cas où les successeurs accepteraient de vendre ladite propriété.
>
> Maintenant que nous disposons de l'adresse de Mme Caroline Rosslyn Jones, née Boardman, nous joignons à cet envoi copie de cette proposition afin de la lui soumettre.

— Tu te rends compte ? dit Melissa. Si tu vends Dalradnor, tu pourras régler tes dettes, consolider la Fondation Madge-Cottesloe, et faire des travaux ici pour te rendre la vie plus agréable : installer des toilettes au rez-de-chaussée et une douche, refaire l'isolation, réparer le toit. Tu pourrais même te permettre d'avoir une aide à demeure. C'est plutôt tentant, non ?

Devant cet enthousiasme, Callie sentit son cœur se contracter dans sa poitrine. Elle respira profondément pour chasser la douleur.

— Mais Dalradnor est une propriété familiale. Tu en hériteras un jour. À mon âge, je n'ai plus besoin de rien.

— Je ne connais pas cette maison. Je l'ai vue de loin, mais je n'en ai jamais passé la porte. L'important, c'est toi, et ce que tu as envie de faire. Mon père m'a laissé de l'argent, ajouta Melissa avec un sourire en attisant le feu. J'ai tout ce qu'il me faut, ne t'inquiète pas pour moi.

La vente de Dalradnor Lodge serait bien sûr une solution, pensa Callie. L'idée était difficile à admettre, mais cet apport financier la sauverait.

— Pourquoi pas… Je suppose que l'avenir du refuge serait ainsi assuré. Nous pourrions prendre davantage de chevaux, mieux les accueillir, former et employer de nouveaux soigneurs. Moi, je ne vais plus pouvoir faire grand-chose.

— Et d'après ce que j'ai compris, la succession de Phoebe ne s'arrête pas à la maison. Tu es riche, tu sais.

Callie vit combien sa petite-fille était contente pour elle, mais elle haussa les épaules.

— J'y renoncerais facilement, si cela pouvait me permettre de me réconcilier avec ma mère. L'argent ne fait pas le bonheur, juste la sécurité, le confort ; ce n'est pas ce qu'il y a de plus important dans la vie. Je ne veux pas de son argent.

— Pourquoi pas ? Si tu n'acceptes pas l'héritage, c'est l'État qui l'aura.

— Ne me brusque pas, ma petite demoiselle. C'est un peu beaucoup à absorber en une seule fois. Mais d'abord, j'ai quelque chose d'autre à te dire.

Melissa comprit immédiatement que la suite n'allait pas lui plaire, et fut aussitôt sur la défensive.

— Je ne vois pas de quoi il peut s'agir…

— D'un certain jeune homme qui a joué un rôle important pour me retrouver. J'aimerais beaucoup le rencontrer.

— À quoi bon ? Tout est fini entre nous. Il faut comprendre que les artistes n'ont pas tellement de temps à consacrer aux histoires de cœur.

— Quelle idée ! Beaucoup d'artistes ont une vie sentimentale très riche. Fais-le venir, je voudrais le remercier pour l'aide qu'il t'a apportée. Il doit être amoureux de toi, autrement il n'aurait pas supporté très longtemps tes vocalises et ton indépendance.

— Non, je ne peux pas… Un homme prendrait trop de place dans ma vie.

— Je pense au contraire que tu étais destinée à l'aimer. Ton sort a été scellé à l'instant où tu as eu cette carte postale entre les mains. C'est grâce à elle que vous vous êtes rencontrés. Crois-moi, je sais ce que c'est que de trouver l'amour au mauvais endroit, au mauvais moment. Certaines situations ne sont pas bien pratiques, mais il faut suivre son cœur, Melissa. Tu vois ce qui m'est arrivé… Ne perds pas tout comme je l'ai fait. Si seulement mon histoire pouvait servir à te montrer les erreurs à ne pas reproduire, je serais satisfaite. Tu me promets de réfléchir à ce que je viens de te dire ?

Voyant qu'elle avait su toucher sa petite-fille, Callie insista :

— Les jeunes d'aujourd'hui ont la chance de pouvoir faire des projets. Il ne faut pas se sentir coupable de réussir sur tous les fronts à la fois. Tu peux chanter et être heureuse en amour en même temps. Ma vie a été brisée par la guerre. Si j'avais pu vivre avec Ferrand, tout aurait été différent ! Mais je ne devrais pas dire ça, parce que tu ne serais pas née. J'ai beaucoup de reproches à me faire. La perte de Desmond Louis a provoqué en moi une sorte de folie, un chagrin qui n'a jamais disparu. Je suis triste en pensant à toutes ces années d'amour perdues entre moi et mon fils et entre moi et ma mère avec qui je n'ai jamais pu me réconcilier. Je lui ai brisé le cœur. Pourquoi ne comprend-on ses parents que trop tard ? Ensuite, on doit trouver le moyen de vivre avec sa souffrance… J'ai eu la chance que Madge et Alfie me redonnent ma chance ici.

« Tu dois pardonner à ton père. L'alcool est un remède contre l'angoisse et la solitude. C'est la mort lente des désespérés. Tout le monde n'a pas la force de résister sans aide. Je sais que l'apparente indifférence de ton père t'a fait du mal. Les parents ont tendance à oublier que la plus belle chose au monde est de se donner le temps de profiter de ses enfants et de les écouter. J'ai privé mon fils de tant de choses !

« Je dois au refuge de m'avoir rendu le désir d'être dans la vie. J'y ai gagné beaucoup d'amour. Et jamais je n'aurais osé espérer avoir une petite-fille belle comme toi, qui porte en elle un peu de Desmond et de Ferrand. N'aie pas peur de donner ton cœur. L'amour est ce qui nous enrichit le plus.

Le souvenir de ce petit discours avait tenu Melissa éveillée une partie de la nuit. Elle avait du mal à regarder ses peurs en face et à reconnaître la réalité de son amour pour Mark. Sans lui, les derniers mois avaient été tristes et vides. Il fallait apprendre de ses erreurs. Tout en se maquillant pour le spectacle, elle se promit d'être plus à l'écoute la prochaine fois qu'elle rencontrerait un homme. Avec un peu de chance, elle se tromperait moins sur ses sentiments.

Elle entendit arriver les premières voitures dans le parking de l'église. C'était le moment d'une dernière inspection dans le grand miroir de sa loge improvisée dans la sacristie. Sa robe était en velours fuchsia, épaules nues, corsage ajusté et boléro à manches longues, bordé de passementerie. Elle portait un collier de perles qui venait de l'héritage de Phoebe, avec les boucles d'oreilles assorties. Elle se sentait aussi magnifique que Maria Callas à la Scala, mais le trac montait. Avant d'entrer en scène, elle joignit les mains et les musiciens firent de même pour se souhaiter mutuellement le « Toï Toï » des théâtreux, petits mots talismans qui portaient chance. Ce n'était peut-être pas l'Opéra, se dit Mel, mais elle avait l'impression de donner le plus grand récital de sa vie.

Au grand soulagement de Callie, l'église était bondée : toute la fine fleur de la région se trouvait là en tenue de soirée. Elle s'était faite belle, elle aussi, ravie de sa jupe longue et de sa veste en velours noir, de ses escarpins à talons et du chignon que Melissa avait eu la gentillesse de lui confectionner. Il ne manquait plus qu'une seule personne, et son regard s'égarait sans cesse vers la porte pour guetter son arrivée.

Le concert commença à l'heure avec le quatuor à cordes. Ensuite il y eut un superbe solo de flûte, puis Melissa monta les marches du chœur, digne et magnifique, belle comme une princesse.

Quand son chant s'éleva vers la voûte, Callie fut frappée par la richesse de sa voix. Les spectateurs échangèrent des regards, surpris par cette qualité et cette puissance. Callie n'y connaissait pas grand-chose, mais elle comprit que sa petite-fille avait une grande carrière devant elle. « *Et dire que c'est grâce à moi qu'elle a vu le jour...* »

Avant l'air suivant, Melissa se tourna vers Callie avec un sourire et déclara :

— En l'honneur de mes ancêtres écossais, j'ai choisi un chant de Robert Burns : « Ô mon amour est une rose rouge, rouge ».

Comment un tel talent avait-il pu naître des tragédies qui avaient brisé les vies de Phoebe, d'Arthur, de Ferrand, de Desmond ? se demanda Callie. C'était un renouveau. Cette belle enfant redonnait du sens à leur histoire à tous et lui rendait sa fierté. « Ah, si seulement je pouvais l'aider aussi ! » se dit Caroline avec émotion. Après un tonnerre d'applaudissements, Melissa commença le mélancolique « Baïlèro » des *Chants d'Auvergne*, et sa grand-mère prit son mouchoir pour s'essuyer les yeux, tout en observant les réactions du public, jeunes et vieux unis par l'amour de la musique.

Callie dormait mal depuis qu'elle avait reçu la proposition d'achat de Dalradnor Lodge. Pourquoi ne pas l'accepter ? s'interrogeait-elle. Elle s'était juré autrefois de ne jamais y retourner sans Desmond, et avec cet argent elle pourrait remettre le refuge sur les rails. La vente résoudrait tous leurs problèmes, ou presque : le bail du refuge arrivait à son terme, et s'il n'était pas renouvelé, la fondation devrait trouver un autre lieu, tout changerait… Elle ne pouvait pas s'empêcher de s'inquiéter, sans raison, sans doute.

Mais ce qui la préoccupait surtout, c'était le bonheur de Melissa. Elle scrutait les spectateurs, cherchant sur les visages un signe qui pourrait lui faire reconnaître la personne qu'elle espérait trouver. Et puis elle le vit : un grand jeune homme au manteau enneigé qui venait d'entrer discrètement. Restant debout au fond, il ne quittait pas Melissa des yeux. Callie eut un sourire. L'invitation de dernière minute transmise par Vera l'avait fait venir. Tout n'était pas perdu pour Melissa. C'était un souci de moins : elle allait pouvoir se concentrer sur l'avenir de la fondation.

Suite et fin

Callie avait retrouvé son banc au fond de la roseraie de Dalradnor Lodge. Si les parfums lui semblaient moins intenses que dans sa jeunesse, la beauté des fleurs remplissait son cœur de fierté. Le « Boule de neige » et l'« Albertine » grimpaient sur le mur, le « Mme Alfred Carrière » formait un arceau au-dessus du chemin. Tous les beaux rosiers qu'elle avait plantés prospéraient.

Ici, elle se sentait proche de Phoebe, d'Arthur et de Desmond. Les souvenirs d'enfance affluaient. On pouvait avancer sans jamais regarder en arrière, bien sûr, mais pourquoi ne pas revenir à ses origines avec un regard plus sage pour boucler la boucle de la vie ? Desmond n'avait pas oublié l'odeur des roses et les chansons qu'elle lui avait chantées. Arthur avait évoqué ce jardin pour se réconforter dans les tranchées. Elle ne pouvait pas ramener son fils à la vie, mais elle avait reçu de lui le plus merveilleux cadeau du monde.

Mel et Mark l'avaient emmenée par avion en Écosse, après le dernier concert londonien de Mel. Callie s'était un peu fait prier pour partir avec eux en vacances sur les lieux de son enfance, mais elle s'était laissé convaincre. Après tout, elle se devait de remercier les gens du village qui avaient apporté leur aide à sa petite-fille. Et puis un autre motif l'avait poussée à entreprendre le voyage.

Comment avait-elle pu envisager de vendre Dalradnor à des inconnus ? Elle ne s'en sentait pas le droit. C'était un bien familial qui n'était passé entre ses mains que pour être légué à sa descendance. Elle avait inspecté les anciennes écuries avec intérêt, revu les champs qui suffiraient plus que largement à ses pensionnaires… Le refuge continuerait d'exister, mais dans un autre lieu. À Dalradnor, il y aurait la place de loger des élèves, les annexes étant nombreuses, et il n'y aurait pas de propriétaire pour freiner ses initiatives. Le projet de refuge pourrait donc s'y poursuivre, et Mark Penrose prendrait soin des intérêts de la succession et de la fondation.

Callie se rappelait qu'elle avait été heureuse ici, autrefois, et la paix qu'elle éprouvait alors lui revenait. Arthur Seton-Ross avait assuré la sécurité de son enfant en léguant sa maison à Phoebe. Dorénavant, ce serait le refuge des déshérités, des abandonnés, de tous les êtres maltraités.

« Je suis bien ici, je suis chez moi, et j'y vivrai le temps qu'il me restera sur terre, songea-t-elle avec un sourire. Au moins assez longtemps j'espère pour assurer le transfert des chevaux et leur bonne installation. » Ses hésitations s'étaient envolées dès l'instant où elle avait posé le pied dans son cher jardin.

Un jour, au Caire, Ferrand avait voulu la consoler en comparant les erreurs de l'existence à des pierres précieuses. Si tel était le cas, elle en avait accumulé de quoi faire un bien beau collier ! Mais un fil inespéré les reliait à présent toutes entre elles, et c'était cette petite-fille en or qui venait vers elle au bout du chemin.

Remerciements

Je tiens à exprimer mon immense gratitude à mon agent littéraire, Judith Murdoch, à mon éditrice, Jessica Leeke, et à ma préparatrice de copie, Yvonne Holland, sans lesquelles ce livre n'aurait peut-être pas été publié. Elles sont intervenues à un moment où je suis brusquement tombée malade et ont pris en charge la fin du travail éditorial. Je les remercie de tout cœur.

Mes personnages ont beau être de pure fiction, je me suis inspirée de la vie d'Eileen Nearne – agent spécial du SOE section française –, et les récits de son évasion du camp de concentration de Ravensbrück m'ont donné le cadre qui m'a permis de situer mon héroïne.

Le choix difficile que doit faire Desmond dans son enfance n'était pas une situation inhabituelle pour l'époque, et je me suis appuyée sur une histoire vraie que j'ai entendu raconter il y a bien des années.

Je tiens à remercier mes cousins, David et Pat Rodger, qui m'ont aidée à trouver un « Dalradnor Lodge » près de Balfron, dans le Stirlingshire.

Enfin, à tous mes amis et à ma famille, qui se sont rassemblés autour de moi dans une période difficile – vous m'avez donné du courage et avez rendu l'épreuve moins ardue.

Leah Fleming

Composition et mise en pages
FACOMPO, Lisieux

Imprimé en France par CPI
en juillet 2019
N° d'impression : 2045300

Suite du premier tirage : juillet 2019
S27660/03